Desperta ao Amanhecer

Shadow Falls

Desperta ao Amanhecer

C. C. Hunter

Tradução

Denise de C. Rocha Delela

JANGADA

Título original: *Awake at Dawn.*

Publicado mediante acordo com St. Martin's Press.

2ª edição 2025

Editor: Adilson Silva Ramachandra
Gerente editorial: Roseli de S. Ferraz
Gerente de produção editorial: Indiara Faria Kayo
Editoração eletrônica: Join Bureau
Revisão: Maria Aparecida A. Salmeron

Dados Internacionais de Catalogação na Publicação (CIP)
(Câmara Brasileira do Livro, SP, Brasil)

Hunter, C. C.
Desperta ao amanhecer / C. C. Hunter; tradução Denise de C. Rocha Delela. – 2. ed. – São Paulo: Editora Jangada, 2025.

Título original: Awake at dawn
ISBN 978-65-5622-109-0

1. Ficção norte-americana I. Título.

25-276646 CDD-813

Índices para catálogo sistemático:

1. Ficção: Literatura norte-americana 813
Cibele Maria Dias – Bibliotecária – CRB-8/9427

Jangada é um selo editorial da Pensamento-Cultrix Ltda.
Direitos de tradução para o Brasil adquiridos com exclusividade pela
EDITORA PENSAMENTO-CULTRIX LTDA., que se reserva a
propriedade literária desta tradução.
Rua Dr. Mário Vicente, 368 — 04270-000 — São Paulo, SP — Fone: (11) 2066-9000
http://www.editorajangada.com.br
E-mail: atendimento@editorajangada.com.br
Foi feito o depósito legal.

Para o meu marido, Steve Craig — meu parceiro,
melhor amigo e herói. O seu amor, o seu apoio e
sua disposição para se encarregar da roupa suja me
ajudaram a realizar meus sonhos e fazer deles a nossa realidade.
Obrigada por fazer parte dos meus sonhos.
Eu te amo.

Para os meus fabulosos parceiros de crítica, que riram comigo durante muitos almoços, me deram apoio infinito quando meus personagens estavam se comportando mal e beberam martínis de chocolate para comemorar comigo cada bom momento da vida. Para a incrível e compreensiva equipe da Katy Budget Books. Vocês são demais. Para meu pai, Pete Hunt, e minha mãe, Ginger Curtis, que me ensinaram o valor do riso e do amor. E à minha filha, Nina Makepeace, e meu filho, Steve Craig, Jr. De longe, vocês dois são as melhores coisas que já fiz na vida. E por último, mas nem por isso menos importante, ao meu maravilhoso editor e agente, cuja crença em mim é o trampolim da minha inspiração.

Capítulo Um

"*Você tem que impedir isso, de qualquer maneira, Kylie. Do contrário, acontecerá com alguém que você ama.*"

As palavras agourentas do espírito soaram às costas de Kylie, confundindo-se com o crepitar da enorme fogueira que ardia a alguns metros dela. A lufada de ar frio anunciava a presença do fantasma da maneira mais clara possível, mas as palavras eram só para ela e não para os outros trinta campistas de Shadow Falls que formavam o círculo cerimonial.

Miranda, ao lado de Kylie na corrente humana, completamente alheia ao espírito, apertou-lhe a mão com mais força.

— Isso é tão legal! — murmurou, olhando para Della, do outro lado do círculo.

Miranda e Della, além de amigas íntimas, eram também colegas de alojamento de Kylie.

— Damos graças por esta oferenda. — Chris (ou Christopher, como tinha se apresentado essa noite), ficou no meio do círculo e ergueu para o céu escuro o cálice sagrado, enquanto abençoava seu conteúdo.

"*Você tem que impedir isso*", sussurrou de novo o espírito por trás do ombro de Kylie, desviando sua atenção do ritual.

Cerrando os olhos, Kylie visualizou o espírito tal como ele vinha aparecendo para ela ultimamente: em torno de 30 anos, longos cabelos negros, saia branca — manchada de sangue.

A frustração fez com que as entranhas de Kylie se contraíssem ainda mais. Quantas vezes tinha gritado para o espírito as perguntas quem, o quê, quando, onde, por quê? Mas a mulher morta se limitava a repetir o mesmo aviso.

Para encurtar a história, fantasmas recentes têm dificuldade para se comunicar, a mesma que os sensitivos inexperientes encontram para arrancar deles alguma coisa. Assim, a única opção de Kylie era esperar que a mulher finalmente conseguisse explicar o aviso. Mas aquela não era a hora ideal.

No momento, estou muito ocupada. Portanto, a menos que você me dê detalhes, o melhor é conversarmos depois. Kylie manteve essas palavras na mente, esperando que o fantasma pudesse ler seus pensamentos. Por fim, os arrepios que corriam pela espinha de Kylie desapareceram e o calor da noite voltou — o calor do Texas, úmido, viscoso e intenso, mesmo sem a colaboração da fogueira.

Obrigada. Kylie procurou se descontrair, mas a tensão em seus ombros não lhe dava trégua. E por uma boa razão. A cerimônia daquela noite era mais uma novidade em sua vida.

Uma vida que tinha sido bem mais simples antes de Kylie descobrir que não era inteiramente humana. Sem dúvida, o melhor seria que pudesse identificar seu lado não humano. Mas, infelizmente, a única pessoa que sabia a resposta era Daniel Brighten, seu verdadeiro pai. Kylie ignorava sua existência até ele lhe fazer uma visita há pouco mais de um mês. E Daniel aparentemente desejava que ela resolvesse sozinha sua crise de identidade.

Ele raramente a visitava, reforçando a velha imagem do pai ausente. Na verdade, Daniel estava mais que ausente: estava morto. Morrera antes de Kylie nascer. Ela ignorava se havia cursos de aperfeiçoamento para pais no além, mas sentia-se tentada a sugerir que ele procurasse um. Porque agora, quando de fato aparecia, ficava só olhando para ela; e se Kylie abria a boca para fazer uma pergunta, sumia, deixando atrás de si apenas um ar gelado e a pergunta não respondida.

— Vamos lá — disse Chris. — Soltem as mãos e deixem a mente vazia. Mas, façam o que fizerem, não quebrem o círculo.

Todos seguiram as instruções. Mas, embora soltasse as mãos, Kylie não conseguiu deixar a mente vazia. Uma rajada de vento agitou algumas mechas do longo cabelo loiro de Kylie e as espalhou pelo seu rosto. Ela as recolocou atrás da orelha.

Seu pai ausente tinha medo que ela lhe fizesse perguntas sobre sexo ou coisa semelhante? Isso sempre fazia sua mãe sair correndo do quarto — e sair à procura de algum manual de educação sexual para adolescentes. Não que Kylie conversasse com ela sobre o assunto. A mãe seria a última pessoa no mundo a quem ela recorreria para esse tipo de conselho. A simples menção de que estava interessada em algum garoto já fazia a pobre mãe entrar em pânico, com as letras S-E-X-O faiscando em seus olhos. Felizmente, desde que Kylie tinha sido despachada para o acampamento Shadow Falls, o suprimento de manuais de sexo tinha diminuído.

Mas quem poderia dizer o que a mãe estivera selecionando no último mês? Talvez tivesse reunido uma pilha de folhetos sobre doenças sexualmente transmissíveis que Kylie ainda não conhecia. Nesse caso os estaria guardando para quando a filha fosse visitá-la depois de três semanas de ausência. Kylie não estava pensando muito nessa visita, embora, com certeza, a relação entre elas tivesse melhorado desde que soubera que Daniel era seu verdadeiro pai. Mas os novos laços entre mãe e filha ainda eram frágeis.

Kylie chegava a se perguntar se esses laços, por serem tão delicados, justificariam um encontro de mais de duas horas. E se ela voltasse para casa e descobrisse que por ali nada havia mudado? E se a mãe continuasse indiferente? E como seriam agora as coisas com Tom Galen, o homem que durante toda a sua vida Kylie acreditou ser seu pai biológico, o homem que abandonou a mãe por uma garota pouco mais velha que a filha? Era uma verdadeira tortura vê-lo aos beijos e abraços com aquela assistente tão jovem. Mas ela ainda não tinha dito isso a ele.

A brisa de fim de noite arremessou uma nuvem de fumaça da fogueira no rosto de Kylie. Ela esfregou os olhos, mas não ousou sair do círculo. Como Della tinha lhe explicado, fazer isso seria falta de respeito com a cultura dos vampiros.

— Deixem a mente vazia — repetiu Chris, passando o cálice ao campista que se achava a seu lado no círculo.

Cerrando as pálpebras, Kylie tentou de novo seguir as instruções de Chris, mas ouviu então o som da cachoeira. Abriu bem os olhos e voltou-se na direção do bosque. Será que a cachoeira estava assim tão próxima? Desde que tinha ouvido falar da lenda sobre os anjos da morte que existiam ali, Kylie sentia vontade de conhecer o local. Não que quisesse encontrar cara a cara um anjo da morte. Já tinha fantasmas demais na vida dela. Mas, ainda assim, a cachoeira a atraía.

— Está pronta? — Miranda inclinou-se na direção dela e sussurrou: — Está chegando perto.

Pronta para o quê?, foi o primeiro pensamento de Kylie. E então se lembrou. Brincadeira de mau gosto de Miranda?

Kylie viu o cálice comunal sendo passado de mão em mão ao longo do círculo. Quase parou de respirar ao perceber que só faltavam dez pessoas para ele chegar até ela. Aspirando profundamente o ar saturado de fumaça, tentou não mostrar repugnância.

Tentou. A ideia de beber num recipiente onde tanta gente tinha posto a boca provocou-lhe na mente algo entre a náusea e a indignação. Mas, sem dúvida, o que mais lhe causava nojo era o sangue.

Ver Della consumindo diariamente seu alimento preferido tinha ficado mais fácil, no último mês, para Kylie, que chegara a doar um pouco de sangue em favor da causa — sobrenaturais fazem coisas assim por seus amigos vampiros. Contudo, degustar a substância que lhes dava vida era outra coisa.

— Sei que é nojento. Mas finja que está tomando suco de tomate — sussurrou Miranda à amiga Helen, de pé ao seu lado. Mas quem disse que o sussurro não seria ouvido em meio a tantos sobrenaturais com sentidos aguçados?

Kylie observou o círculo de campistas sobrenaturais, com os rostos banhados pelo fulgor intermitente das chamas da fogueira próxima. Viu Della franzindo a testa na direção delas, os olhos projetando faíscas amareladas. A audição aguçada era apenas um de seus muitos dons. Sem dúvida cobraria de Miranda, mais tarde, aquele "nojento". Ou seja, Kylie teria de convencer Della e Miranda a não se matarem. Como duas pessoas podiam ser amigas e ainda assim brigar tanto, isso estava além de sua compreensão. Reconciliá-las tinha se tornado, para Kylie, uma tarefa de tempo integral.

Viu outra campista levar o cálice à boca. Sabendo quanto aquilo significava para Della, Kylie se preparou mentalmente para sorver um gole do sangue sem vomitar. O que, porém, não impediu seu estômago de se rebelar.

Faça isto. Faça isto. Por Della.

Talvez até aprecie o sabor do sangue, tinha dito Della um pouco antes. *Não seria ótimo se você descobrisse que é uma vampira?*

Não, pensou Kylie, mas sem ousar abrir a boca. Ser vampiro era tão ruim quanto ser lobisomem ou metamorfo. Ela se lembrou de Della quase chorando ao falar da repulsa do ex-namorado pela temperatura baixa do seu corpo. Não, Kylie preferia manter sua própria temperatura. E o que dizer de uma dieta essencialmente à base de sangue...? Ela nem comia carne vermelha com frequência e, quando comia... era muito bem passada, por favor!

Holiday, líder do acampamento e sua mentora, achava improvável que Kylie começasse a exibir mudanças físicas muito acentuadas. Mas achava também que tudo é possível. Na verdade, Holiday — uma fada da cabeça aos pés — não poderia prever o futuro de Kylie. Porque Kylie era uma anomalia.

E detestava ser uma anomalia.

Ela nunca tinha se ajustado ao mundo humano, é verdade, e não estava nem aí se não se ajustasse ao sobrenatural também. O que não significava que os outros campistas não a aceitassem. Pelo contrário, ela se sentia mais próxima deles do que dos adolescentes humanos. Bem, só tinha passado a pensar assim depois de descobrir que ninguém ali estava louco para transformá-la em jantar. Como Della e Miranda eram agora suas duas melhores amigas — não havia nada que ela não compartilhasse com as duas. Doar sangue era uma boa prova disso.

Só havia uma coisa que ela não podia dividir com suas duas melhores amigas. Os fantasmas. A maioria dos sobrenaturais tinha o pé atrás com fantasmas. Mas quem disse que a própria Kylie também não tinha? O que não impedia, porém, que aqueles fantasmas irritantes vivessem aparecendo para lhe fazer uma visitinha.

De qualquer maneira, não importava o tipo de sobrenatural que ela fosse, ser um ímã para fantasmas era o dom que ela tinha. Ou... um deles. Holiday achava que se comunicar com fantasmas provavelmente era um dos muitos dons de Kylie, e outros se manifestariam no devido tempo. Kylie só esperava que qualquer dom futuro fosse mais fácil de lidar do que falar com gente morta, o que lhe parecia ao mesmo tempo um enigma e um desafio.

— Está chegando! — avisou Miranda.

Kylie viu alguém passando o copo para Helen. Sua garganta se contraiu um pouco mais e seu olhar se desviou para Derek, o meio *fae* de cabelos castanhos que, no círculo, estava três campistas antes de Helen. Ela não o vira bebendo o sangue. O que não a incomodava nem um pouco. Da próxima vez que se beijassem ela não queria pensar nele com sangue nos lábios.

Derek sorriu com ternura para ela e Kylie se lembrou de que ele podia sentir o tumulto emocional em que ela se encontrava. Por mais incrível que fosse, a capacidade dele de ler suas emoções era o que a fazia se sentir tão atraída e ao mesmo tempo o que a impedia de se aproximar ainda mais. Na verdade, não era bem a capacidade dele de ler emoções que impedia o relacionamento entre eles de se aprofundar, mas a capacidade que ele tinha de controlar essas emoções.

Por ser meio *fae*, Derek não só era capaz de sentir as emoções das pessoas, mas também, com um simples toque, de influenciar essas emoções, transformando o medo em fascínio, a raiva em serenidade. Não era à toa que ela encarava com um pouco de receio aquele garoto atraente e sedutor.

Podiam chamá-la de paranoica se quisessem, mas, depois de ver seu pai — quer dizer, padrasto — traindo sua mãe e depois Trey, seu ex-namorado, trocando-a por outra porque ela estava hesitante em se entregar a ele, confiar no sexo masculino era um verdadeiro desafio. Que dirá alguém que tinha o poder de manipular suas emoções?

Isso, contudo, não a impedia de gostar de Derek nem de querer deixar toda a precaução de lado. Mesmo agora — com o estômago revirado pela perspectiva de beber sangue e rodeada pelo acampamento inteiro — ela sentia o quanto ele a atraía. Queria poder se recostar em seu peito e chegar perto o suficiente para ver as raias douradas em suas pupilas se mesclarem e se fundirem com o verde brilhante dos seus olhos. Queria sentir seus lábios pressionando os dela novamente. Sentir o sabor do seu beijo. Naquelas últimas semanas, ela tinha descoberto o quanto gostava dos beijos dele.

O som de Miranda limpando a garganta trouxe Kylie de volta ao momento. Quando ela viu o sorriso travesso de Derek, soube que ele tinha lido as emoções dela e percebido a sua excitação. Ela sentiu as bochechas arderem e desviou o olhar para Miranda.

Ai, droga. Miranda segurava o cálice, oferecendo-o a Kylie. Era a hora do show.

Kylie pegou o cálice. Estava morno, como se tivessem acabado de drenar o líquido em seu interior da sua fonte vital. Seu estômago se contraiu e o mesmo aconteceu com a garganta. Ela não sabia se o sangue era animal ou humano.

Não pense nisso.

Kylie respirou fundo e o odor metálico, de moeda velha, invadiu suas narinas. Antes que o cálice chegasse à sua boca, sentiu vontade de vomitar.

Simplesmente beba. Mostre a Della que respeita a cultura dos vampiros.

Ela engoliu em seco, aproximou o cálice da boca e esperou que Della pelo menos soubesse reconhecer o seu esforço. Repetindo para si mesma que não precisava degustar o sangue, só engoli-lo, esperou até sentir a umidade na boca.

No segundo em que o líquido morno molhou seus lábios, ela sentiu o impulso de afastar o cálice, mas o sangue vermelho e espesso de algum modo escorreu por entre seus lábios apertados. Sua garganta se fechou, mas então o sabor explodiu na ponta da sua língua. O gosto, semelhante ao de amoras, mas ainda melhor, como o de morangos maduros, mas mais marcante, doce e exótico, fez com que ela abrisse a boca e engolisse o líquido com avidez. Quando o sangue deslizou pela sua garganta, o cheiro de moeda velha se desvaneceu e foi substituído pelo gosto picante de fruta.

Ela já tinha entornado quase tudo quando se lembrou do que estava bebendo. Afastou o cálice dos lábios, mas não pôde impedir a língua de deslizar pelos cantos da boca, atrás de uma última gota que pudesse ter escapado.

Imediatamente, a intensidade do olhar de todos fez com que ela recuperasse a consciência e um senso mais profundo da realidade. Murmúrios encheram seus ouvidos...

Pelo menos agora ela sabe o que ela é.

Como pode, se o corpo dela não está frio?

Parece que vamos ter que aumentar o estoque de sangue...

Em seguida, ela ouviu um gritinho de vitória de Della.

As mãos de Kylie começaram a tremer. A fumaça da fogueira penetrou em suas narinas e em sua garganta, e ficou cada vez mais difícil respirar.

Merda! Merda! Merda! O que aquilo significava? Que ela era... uma vampira?

Kylie passou os olhos pelos rostos de olhos arregalados para encontrar Holiday e ver seu sorriso tranquilizador, mostrando que estava tudo bem, que isso... isso não significava nada. Mas, quando ela localizou a líder do acampamento, a expressão dela refletia exatamente a mesma emoção dos outros — choque.

Kylie piscou, tentando reprimir as lágrimas, e entregou o cálice quase vazio nas mãos da pessoa ao seu lado. Sem se incomodar mais em demonstrar respeito, ela saiu do círculo e se afastou correndo.

Cinco minutos depois Kylie ainda estava correndo. Mais rápido do que jamais imaginou que pudesse. Mas seria essa a velocidade de um vampiro? O clima quente e pegajoso de verão encheu seus pulmões e saiu em golfadas. Mesmo com a temperatura ultrapassando a marca dos trinta graus, um calafrio percorreu sua espinha. Será que ela estaria agora mesmo se transformando em vampira? Seu corpo estava ficando cada vez mais frio? Della não tinha dito que sentira dor? Uma dor quase excruciante?

Mas ela estava sentindo dor? Emocionalmente, estava. Mas e fisicamente? Ainda não.

Kylie continuou em movimento. O som dos seus passos golpeando o chão de terra lhe enchia os ouvidos, e o dos galhos cheios de espinhos se agarrando aos seus jeans e se soltando violentamente parecia alto demais. Sua consciência pulsava no mesmo ritmo que as batidas do seu coração. *Tum. Tum. Tum.*

Quantas vezes ela tinha repetido para Della que ela não era um monstro? E, no entanto, a mera ideia de que pudesse ser vampira também parecia... demais para ela.

O cheiro da fumaça da fogueira impregnava suas roupas e invadia suas narinas. No entanto, o gosto doce do sangue ainda permanecia em sua língua. Ela correu ainda mais. E mais rápido. A rapidez significava que ela era vampira?

Kylie não queria pensar nisso.

Não queria aceitar essa ideia.

Seus pulmões finalmente pediram arrego, rejeitando o ar que ela tentava respirar. Os músculos das pernas estavam tensos e os joelhos tremiam. Ela parou; as pernas, se recusando a sustentar seu peso, desabaram em meio aos arbustos crivados de espinhos. Encostando as pernas no peito, ela abraçou os calcanhares e descansou a cabeça nos joelhos.

Forçou o ar quente a entrar nos pulmões, que agora imploravam por mais ar. Ela respirou uma, duas vezes. Fisicamente exausta, ficou ali em silêncio, até que lhe ocorreu um pensamento. Se ela fosse mesmo vampira, não deveria ter a resistência de Della? Talvez isso viesse junto com a mudança na temperatura do corpo. A umidade em seu rosto revelou que ela estava chorando.

O ar de repente se resfriou. Ficou muito frio.

Não frio como o corpo de um vampiro.

Frio como o corpo de alguém morto.

Ela não estava sozinha — outro espírito lhe fazia companhia. Mas quem era dessa vez? Holiday tinha explicado que, com o tempo, suas capacidades aumentariam e ela teria que lidar com mais de um fantasma ao mesmo tempo. Mas, neste momento, só um fantasma ela queria ver. Só uma coisa ela queria.

Ela queria respostas.

— Daniel? — chamou em voz alta o nome do pai. E então gritou: — Daniel Brighten! O que eu sou?

Ao ver que ele não aparecia, ela repetiu aos gritos seu nome várias e várias vezes. A garganta começou a doer, mas ela não parou.

— Apareça agora! Você me dá respostas ou eu juro que nunca mais, NUNCA MAIS, vou reconhecer sua presença outra vez. Vou me fechar pra você, arrancá-lo da minha mente e me recusar a ver você, falar com você ou pensar em você outra vez.

Enquanto o ameaçava, ela nem mesmo sabia se era capaz de fazer o que prometia, mas algo dentro dela dizia que sim. Ela descansou novamente a cabeça nos joelhos e se esforçou para respirar.

De repente, o ar ficou mais rarefeito. Ela o sentiu envolvê-la. Circundando-a como um abraço apertado. Não era um ar frio qualquer, era o ar frio de Daniel.

Ela ergueu o rosto e viu o espírito do pai ajoelhado ao lado dela. Seus olhos azuis, do mesmo tom dos dela, a fitavam. Seus olhos, e mais alguma coisa em seus traços faciais, desde o rosto em formato oval até o nariz levemente arrebitado, eram tão parecidos com os dela que chegava a ser perturbador. Quando os braços dele a rodearam, o bolo em sua garganta ficou ainda maior.

— Não chore. — Ele secou uma lágrima do rosto dela. — Não quero que a minha garotinha chore. — O toque gelado não deveria ser reconfortante, mas era.

— Eu bebi sangue e achei bom. — Ela falou depressa como se fizesse uma confissão.

— E você achou isso errado? — ele perguntou.

— Me... me assustou.

— Eu sei — ele disse. — Eu me lembro de ter me sentido desse jeito.

— Você bebeu sangue? Nós somos... vampiros? — Mal conseguiu pronunciar a palavra.

— Nunca provei sangue. — O semblante do pai demonstrava compreensão. — Mas, Kylie, você não fez nada errado. — A voz dele era suave; suas palavras, reconfortantes. O frio, o frio que vinha dele, amenizou o medo que Kylie sentia do desconhecido e ela se sentiu... amada.

Nesse instante ela soube que o amor não tinha fronteiras, nem mesmo a morte. O amor não tinha temperatura. Talvez ficar com frio não fosse tão ruim assim. Ela chegou mais perto do pai e se confortou com sua proximidade.

Passaram alguns minutos assim. Depois ela enxugou as lágrimas e se levantou. Ele saiu da posição de joelhos e se levantou também. Secando o rosto, olhou para o pai que nunca tivera a chance de conhecer em vida. Mesmo separados pela morte, ela sentia a ligação que existia entre eles.

— Me diga. Por favor, me diga o que eu sou.

O sorriso nos olhos dele esmoreceu.

— Eu queria muito poder te dar o que está me pedindo, mas eu não tenho as respostas. Eu era mais velho do que você quando percebi que era diferente das outras pessoas. Foi só quando fiz 18 anos e não estava mais na faculdade que as coisas começaram a acontecer.

— Que tipo de coisas? — ela perguntou e logo percebeu que já sabia. — Você via fantasmas?

Ele assentiu e depois gesticulou com as mãos.

— Pensei que tinha perdido o juízo. Então um dia encontrei um velho pescador. Ele me disse que era *fae*.

— Disse o que você era?

— Não, só disse que eu não era humano e, claro, pensei que *ele* tinha perdido o juízo. Precisei de meses pra começar a acreditar. Quando voltei para falar com ele, tinha ido embora.

— Mas e quanto aos seus pais? — Kylie perguntou. — Eles não disseram nada a você?

— Não. E quando a minha capacidade de reconhecer outros sobrenaturais começou a fazer sentido pra mim, percebi que meus pais eram humanos. Na época, eu não sabia que poderia não ser filho deles. Só depois de morto, soube que era adotado. O que não significa que eu não os considere meus pais de verdade. Eles me amaram. E amariam você também.

— Eles nunca contaram que você era adotado? Como puderam mentir desse jeito?

— Naquela época era melhor manter a adoção em segredo, mesmo do próprio filho. Eu ainda não sei quem são os meus verdadeiros pais ou que tipo de sobrenaturais eles são. Por isso, como você pode ver, as respostas que você procura são as mesmas que eu buscava antes de morrer. Talvez você consiga descobri-las por nós dois.

— Mas... pensei que os espíritos fossem capazes de ver tudo. Pelo menos nos filmes eles são. Ninguém, aí do outro lado, pode te dizer?

Ele sorriu.

— A gente acha que sim. Mas é um engano. Mesmo aqui eles querem que encontremos as nossas próprias respostas.

— Mas que saco! — reclamou Kylie. — Morrer devia trazer algumas vantagens.

Ele riu. O som pareceu familiar aos ouvidos de Kylie. Era outra coisa que ela tinha puxado dele — o jeito de rir. Seus pensamentos se voltaram para o seu padrasto, o homem que ela tinha amado tanto e, no fim, voltara as costas para ela e a mãe. Kylie ainda não sabia se conseguiria perdoá-lo. Ou se queria perdoá-lo. E, então, um estranho pensamento lhe ocorreu: ela tinha amado o pai errado.

Sua garganta se apertou de novo.

— Senti sua falta durante toda a minha vida — lamentou Kylie. — Eu não sabia disso, mas agora sei. Você deveria estar aqui.

Ele pousou a mão no rosto dela.

— Eu estava aqui. Vi você dando os primeiros passos. No dia em que caiu da bicicleta e quebrou o braço, tentei segurar você. Mas você passou através dos meus braços. E lembra aquele dia em que foi mal na prova de álgebra e ficou tão arrasada que cabulou aula e foi fumar um cigarro?

Ela amarrou a cara.

— Eu detesto álgebra. E detesto cigarro também.

— Eu também detesto — ele comentou, com uma risada. — Estou com você, Kylie, mas não posso ficar muito tempo.

As palavras dele deram voltas na cabeça dela e atingiram o seu coração num baque.

— Mas não é justo! Acabei de conhecer você!

— Meu tempo neste plano é limitado. Usei muito dele acompanhando o seu crescimento, até você se transformar na mulher que é.

— Então peça mais tempo. — Sentiu um nó na garganta. Ela já tinha perdido um pai; não queria perder o outro. Não agora. Não antes de sequer conhecê-lo direito.

— Vou tentar, mas pode não ser possível. Não me arrependo de ter usado meu tempo para ficar com você. — Os cantos dos olhos dele se enrugaram quando ele sorriu. — Vejo em você o melhor de sua mãe e o melhor de mim. E embora eu saiba que você não quer ouvir isso agora, vejo o melhor de Tom Galen também. Ele não é de todo mal, Kylie.

Ela queria dizer a Daniel que ele estava errado, insistir em dizer que ela não era como Tom Galen, mas seus pensamentos foram interrompidos por uma rajada de vento. Ela veio rapidamente, como se algo tivesse passado correndo por perto, algo tão veloz que seus olhos humanos não tinham detectado. Algo não humano.

O silêncio sombrio que se seguiu provou a Kylie que ela estava certa.

— Aposto que é Della. — Kylie olhou ao redor. — Procurando por mim... — Mas nem mesmo tinha terminado a sentença quando sentiu diminuir a temperatura fria que acompanhava a presença do pai.

— Não, por favor, não vá... embora. — A última palavra ecoou no silêncio ainda sinistro e solitário.

Não adiantou. Ele se foi.

O peito de Kylie ficou apertado. Então ela se deu conta de que, embora tivesse vindo em seu auxílio, ele não tinha as respostas que ela queria. Seu plano infalível para solucionar sua crise de identidade tinha ido por água abaixo.

Mordiscando o lábio, ela pôs de lado os pensamentos relacionados ao pai e preparou-se para enfrentar Della. Será que conseguiria explicar à amiga, sem magoá-la, sua resistência a se tornar vampira? Será que Della estava furiosa por Kylie ter quebrado o círculo e desrespeitado a cultura vampira? Conhecendo Della como ela conhecia, a resposta certamente era "pode apostar que sim!".

Della tinha muita raiva acumulada dentro dela e não era preciso muito para enfurecê-la. Um pouco dessa revolta podia decorrer do fato de ser vampira — os vampiros não eram conhecidos pelo seu temperamento gentil e amoroso, mas a maioria dos seus problemas vinha da família. Aparentemente, seu pai super-rigoroso havia notado as mudanças na filha desde a sua transformação e não tinha gostado nem um pouco. Sem coragem de contar ao pai que era vampira, Della mantinha silêncio, o que levava o pai a acusá-la de tudo, desde se envolver com drogas até ser simplesmente preguiçosa. O mais triste era que Della amava tanto o pai que ficava arrasada por decepcioná-lo.

Kylie esperou até que Della surgisse, aparecesse de repente. Mas isso não aconteceu. Será que a amiga, que morria de medo de fantasmas, tinha sentido a presença de Daniel e não se aproximara? A ausência de ruídos de repente adquiriu um ar ameaçador.

— Della? — Kylie chamou.

Nenhuma resposta. A menos que ela considerasse o silêncio sepulcral uma resposta. Kylie lembrou-se do primo de Della, Chan, e da visita desagradável que ele tinha feito às duas, alguns dias depois da sua chegada ao acampamento. A presença dele também tinha provocado um silêncio sepulcral.

A lembrança daquela noite dominou a mente de Kylie. Della tinha garantido que o primo só estava brincando quando se referiu a Kylie como um petisco, mas depois de conhecer a gangue de vampiros delinquentes Confraria do Sangue, ocasião em que ela quase se transformou num petisco de verdade, confiar num vampiro desconhecido passou a exigir dela um pouco mais de esforço.

Quando a quietude da noite persistiu, Kylie se obrigou a falar:

— Eu sei que tem alguém aqui. — Ela se levantou, esperando que sua falsa postura de desafio parecesse real. Sentiu novamente uma brisa forte passar por ela. — Se é você, Della, não tem graça.

Nenhuma resposta. Kylie ficou de pé ali, tentando adivinhar o que aconteceria em seguida. Então ela ouviu. Um farfalhar muito suave, mas nítido, entre os arbustos — havia alguém atrás dela. Prendendo a respiração, se voltou para enfrentar quem quer que fosse.

Capítulo Dois

A princípio Kylie não viu nada, depois seus olhos baixaram quase até o nível do chão e se fixaram num par de olhos — olhos com um brilho dourado que se destacava na escuridão da noite. Não eram olhos de vampiros. Não, não tinham o tom dourado dos olhos de Della quando ela estava com raiva. Esses olhos também não eram humanos.

Seriam de um cão?

Não.

De um lobo.

Ela quase tropeçou ao dar um passo para trás, enquanto seu coração gritava "*Corra!*". Mas uma palavra sussurrada em sua cabeça em seguida impediu-a de tentar fugir. *Lucas?*

Seu peito ficou oprimido, mas agora não mais pelo medo. Algo mais parecido com saudade aqueceu seu coração. Um sentimento doce e quente que se sobrepôs ao sentimento de traição. O lobisomem de olhar ardente tinha beijado Kylie com desvario, feito com que ela ansiasse por tê-lo, e depois fugido com Fredericka.

O olhar de Kylie desviou-se rápido para a lua coberta de nuvens. Apesar da bruma cinzenta, ela podia ver que não estava cheia. Só estaria na semana seguinte, quando os lobos do acampamento estariam organizando a sua própria cerimônia ritual.

E isso significava que o olhar lupino não podia ser de Lucas. Significava que era de um lobo de verdade. O tipo de lobo que era um animal selvagem. Significava que ela devia dar o fora dali antes que ele decidisse atacar.

Kylie se voltou novamente para a fera e, embora sua mente estivesse criando imagens da criatura de dentes arreganhados, pronta para dar o bote, o que ela via não parecia nada assustador. Os olhos dourados estavam fixos nos dela. As nuvens encobrindo o luar deviam ter sido levadas pelo vento, pois Kylie conseguiu ver o lobo de tamanho médio em detalhes. Seu pelo parecia grosso e áspero, e exibia uma mistura de tons que iam do cinza ao vermelho. Ela não diria que era bonito, mas sem dúvida não parecia nem um pouco ameaçador.

Rosnando baixo, ele avançou. Embora ainda não parecesse hostil, Kylie recuou um pouco. Como se percebesse o medo dela, o lobo baixou o corpo um pouco mais, assumindo uma posição submissa.

— Quem é você? O lobo de estimação de alguém?

Outro pensamento lhe ocorreu. Um lobo de verdade não teria espalhado no ar algo parecido com o rastro de um avião supersônico. Mas um metamorfo de verdade, sim.

Ela colocou as mãos nos quadris e dirigiu ao animal um olhar frio e reprovador.

— Droga! É você, Perry?

Perry, o poderoso metamorfo do acampamento, adorava fazer gracinhas. Mas Kylie já estava farta dos seus truques. Ela iria dar um basta naquilo.

— Pare com isso ou vou arrancar as suas orelhas!

Kylie esperou as fagulhas cintilantes se espalharem pelo ar ao redor do lobo, enquanto ele se transformava em ser humano novamente.

— Agora!

Nada de fagulhas.

A criatura, ainda de pé nas quatro patas, avançou mais um pouco.

— Nããão — Kylie insistiu, aceitando que se tratava de um lobo de verdade. — Você fica aí. — Ela estendeu a mão e o animal pareceu ouvir. — Nada pessoal, mas gosto mais de gatos.

Sua voz soou muito alta e ela se deu conta de que ainda não ouvia os sons da noite.

Nada de grilos. Nem passarinhos. Nem o vento ousava soprar. Ela olhou para o topo das árvores, tão imóveis que pareciam uma fotografia. Até a vegetação do Texas parecia congelada de medo.

Lutou contra a sensação de perigo agitando seu peito e olhou novamente o lobo, com mais certeza do que nunca de que o perigo não era causado pela presença da criatura. Não, o que quer que houvesse ali era muito mais maligno do que um animal selvagem. Calafrios percorreram sua espinha, deixando os cabelos da sua nuca arrepiados.

O lobo se empertigou, farejou o ar e soltou um rosnado. Depois se afastou um passo e voltou a avançar. Seus olhos dourados se encontraram com os dela como se a alertasse do perigo.

Mas quem disse que ela precisava de mais alertas? Seu coração já batia na boca. Outra rajada de vento frio passou por ela, só que desta vez mais perto, e deixou no ar um odor carregado de morte. O rosnado do lobo ficou mais intenso.

— Kylie? — Seu nome ecoou a distância, vindo da parte mais espessa da floresta. Ela olhou em volta e um vento frio passou por ela novamente. Só que desta vez teve a sensação de que ele continuou soprando. O que ou quem quer que fosse a queria sozinha. Ela abraçou a si mesma e tentou não estremecer com esse pensamento.

O lobo soltou um ganido baixinho e ela virou a cabeça, fazendo contato visual com ele. Ele moveu a cabeça ligeiramente, como se estivesse se despedindo dela, depois deu meia-volta, provocando um leve farfalhar nas folhas, e desapareceu.

— Kylie! — Ela ouviu seu nome mais uma vez, carregado pela brisa suave. Desta vez reconheceu a voz de Derek.

— Estou aqui! — ela gritou e, sem querer ficar sozinha nem mais um segundo, começou a correr.

Ela correu na direção da voz dele. O coração martelava no peito, enquanto desviava das árvores e saltava arbustos espinhosos. Continuou correndo. Como se pudesse fugir do medo que acabara de sentir, como se pudesse fugir dos próprios problemas. Ah, sim, ela queria muito deixar os problemas para trás. Cada vez que seus pés golpeavam a terra dura, ela sentia o medo se dissipando, mas os problemas continuavam com ela. Eles persistiam, mas o esforço físico exigido pela corrida lhe causava bem-estar. Até ela bater de frente com alguma coisa ou... alguém.

Derek.

Com o impacto, seu corpo bem torneado expeliu com força o ar dos pulmões e se chocou contra o chão com um baque surdo. Perdendo o equilíbrio, Kylie desabou sobre ele. O aroma fresco e envolvente do corpo de Derek invadiu suas narinas ao mesmo tempo que seus braços a envolveram de modo protetor.

— Você sentiu o lobo? — ela murmurou, ainda sem fôlego, ao se lembrar da capacidade dele de se comunicar com os animais.

— Que lobo? — Ele olhou ao redor. — Você está bem? — Com uma das pernas ainda enroscada nas dela, ele rolou o corpo até deitá-la na grama, e envolveu-a com o braço, encaixando a mão na curva da cintura. Calor e conforto emanavam do seu toque. Com a outra mão, ele tirou o cabelo do rosto de Kylie. Seu olhar, cheio de preocupação, encontrou o dela e ela lutou contra o nó de emoção que se formou em sua garganta.

— Kylie, fale comigo. — Seu tom de voz deixava transparecer o mesmo carinho que ela via em seus olhos, e aquela sensação de calor que ela sempre sentia quando ele a tocava se espalhou pelo seu peito.

— Me diga, está tudo bem?

Ela piscou e quis dizer que sim, mas a verdade transbordou dos seus lábios.

— Não, não está tudo bem.

— O que aconteceu? — O braço dele estreitou mais sua cintura.

Todos os problemas pareciam estar caindo sobre ela como uma chuva e um deles atingiu como um raio seu coração.

— Eu bebi sangue.

— Todo mundo bebeu. Fazia parte da cerimônia — ele disse, e ela teve a impressão de que ele estava se esforçando para dizer a coisa certa.

— Mas eu gostei.

— Eu sei — ele admitiu. — As suas emoções se projetaram para todos os lados quando você o bebeu; paixão, euforia, prazer.

Ela levantou um pouco a cabeça do chão.

— O que isso significa? Fale sério, o que significa?

— Talvez você só tenha gostado do sabor — ele respondeu num tom de cautela.

— Ou talvez eu seja uma vampira? — ela rebateu e depois encostou novamente a cabeça no chão, fechando os olhos.

Ele não disse nada por um minuto, depois falou:

— Você viu um lobo? Disse alguma coisa sobre um lobo?

— Vi. Ele estava agindo de maneira estranha, quase amigável.

— Não está mais aqui — afirmou Derek, como se o seu dom lhe permitisse sentir os bosques ao redor e perceber a presença de animais. — É provável que fosse só um cão sem dono.

— Parecia um lobo.

— Então devia ser um híbrido.

— Talvez — ela admitiu, percebendo que podia estar exagerando.

Nenhum dos dois falou por alguns minutos. Cerrando os olhos, ela saboreou a sensação do corpo de Derek tão próximo ao dela, e aos poucos relaxou. Quando abriu os olhos, as estrelas cintilavam no céu com um esplendor de contos de fada. A grama alta ao redor deles parecia dançar com o vento. Derek estava fazendo aquilo de novo, fazendo o mundo parecer utópico, perfeito demais. Até o ar ficou perfumado com o aroma inebriante das folhas, misturado com o perfume suave das flores silvestres. Ela fechou os olhos novamente, com receio de se entregar completamente ao mundo que ele criara.

— Você acha que é uma vampira? — ele perguntou.

A pergunta a trouxe de volta à realidade. Ela olhou para ele.

— Não sei. Estou confusa demais.

Ele deslizou a mão pelo rosto dela.

— Será que importa mesmo o que você é, Kylie? Pode ter certeza de que para mim não importa.

— Claro que importa! — Ela se levantou, apoiando-se num cotovelo. — Você não entende porque sabe o que você é. Sempre soube. Tudo o que eu sabia sobre mim mesma, sobre quem sou, sobre quem é meu pai, foi por água abaixo. Tudo o que me resta é um monte de perguntas. Nada é como eu pensava. — Os olhos dela se encheram de lágrimas. — E...

A boca de Derek cobriu a dela. Seus olhos se fecharam. A doçura do beijo fez todo o caos emocional se dissipar na sua mente. Ela se entregou ao prazer do momento. Deixou-se envolver pela sensação de apenas sentir e não pensar. E, ai nossa..., como aquilo era bom...

Quando ele afastou os lábios, ela ainda não estava preparada para deixá-lo se afastar. Abriu os olhos. Mas, não mais sob a influência das doces sensações do beijo, não tinha mais certeza do que sentia por ser silenciada por ele. Ela se sentou.

— Por que fez isso?

— O quê?

— Me beijou quando eu estava tentando falar.

Um sorriso se formou nos olhos dele.

— Não gosta que eu use o meu dom para acalmar você, então pensei em usar o meu charme.

— Se foi só o seu charme e não o seu dom, como faz tudo ficar parecendo um mundo de fantasia?

Ele balançou a cabeça e uma mecha do seu cabelo castanho claro caiu sobre a testa.

— Eu já disse, não estou fazendo nada.

Ela inclinou a cabeça para o lado e lhe lançou um olhar acusador.

— Se estou, não é de propósito. Juro. Ficar com você me deixa feliz e talvez a felicidade aumente o meu charme.

O sorriso dele era contagiante e nenhuma emoção semelhante à raiva ou à desconfiança encontrou espaço no peito de Kylie.

Ela deu um soco de leve no ombro dele.

— Você se acha muito charmoso, não é mesmo?

O sorriso dele ficou ainda mais largo.

— Eu acho que você gosta dos meus beijos.

O olhar de Derek desceu até a boca de Kylie, onde ela ainda podia sentir a umidade do beijo.

— Verdade? — ela gracejou. — Confia tanto assim no seu taco?

— Só tenho certeza de que você não está mais chateada. E é isso o que importa, não é? — Ele deslizou o dedo pelos lábios dela. — Porque eu realmente detesto ver você chateada.

Ela sentiu um aperto no peito e se perguntou se aquilo era uma confissão de que ele de fato estava manipulando as emoções dela. Mas era tão errado assim querer fazer alguém ficar feliz, dissipar seus medos? Ah, droga, o que ela estava esperando? O que a impedia de se render a tudo o que Derek queria? Concordar em namorar com ele. Sim... mais beijos e aonde quer que os beijos a levassem. Ela se aconchegou a ele, querendo sentir o gosto do seu beijo outra vez.

— Viu? — brincou ele, arqueando as sobrancelhas. — Admita. — Ele se aproximou um pouco mais. Os lábios tão perto que ela quase podia senti-los se movendo enquanto ele falava.

— Admitir o quê? — ela perguntou, imprimindo um tom de provocação na voz, esperando deixá-lo tão louco quanto ele a deixava.

— Admita que gosta dos meus beijos. E depois diga que vai namorar comigo.

Ela lhe lançou um olhar malicioso e sorriu.

— Vou admitir que gosto dos seus beijos, mas e você? Gosta dos meus?

— Mais do que qualquer outra coisa. — Ele diminuiu um pouquinho mais a distância entre eles. — Namora comigo?... — E beijou-a novamente. Com suavidade no início e depois mais profundamente. Ela sentiu sua língua deslizar pelo interior da sua boca. Sentiu seu corpo pressionando-a suavemente contra a grama. A mão dele acariciando-a sob a camiseta, tocando a pele nua da sua cintura. Ele já tinha tocado seu corpo daquele jeito, mas ela sabia que ele não seria mais ousado; não aumentaria a intimidade entre eles antes de sentir que era isso o que ela queria.

E simplesmente saber disso fazia com que ela quisesse. Saber que a escolha era dela e que ele respeitaria o que ela escolhesse significava muito. Mas seria o suficiente para que ela desse aquele passo?

Ela estendeu o braço para pegar a mão dele, querendo fazê-la subir um pouco mais, dando permissão a ele...

— Vocês dois precisam voltar ao acampamento. — A voz grave invadiu o devaneio sensual de Kylie.

Os dois se afastaram com um sobressalto. Burnett, o líder temporário do acampamento e membro da Unidade de Pesquisa de Fallen, uma unidade sobrenatural do FBI, estava de pé diante deles. O rosto de Kylie enrubesceu de constrangimento por ter sido pega abraçada e aos beijos com Derek na grama.

Derek não parecia incomodado. Ele ficou de pé e olhou ao redor.

— O que foi?

Kylie também se levantou. Só então reparou no tom sombrio de Burnett e notou que seus olhos estavam em brasa. Um sinal de que o vampiro estava na defensiva. Sem dúvida havia um perigo iminente.

— O que aconteceu? — Derek perguntou novamente.

— Alguém esteve aqui antes — Burnett respondeu.

— Quem? — Kylie conseguiu perguntar.

— Não sei. Mas é um vampiro, e não é um de nós. Agora voltem para o acampamento.

— Quer que eu fique com você? — Derek se ofereceu.

— E deixá-la sozinha? — Burnett perguntou com firmeza, fazendo cara feia.

Derek olhou de volta para Kylie e depois para Burnett.

— Tem razão. Vou levá-la até o acampamento em segurança. Quer que eu volte para cá depois?

— Não — Burnett insistiu. — Vou ficar bem. Só fiquem de olho no acampamento. Avise todo mundo para ficar atento. Fiquem juntos.

E deixá-la sozinha? A pergunta de Burnett ficou dando voltas na cabeça de Kylie e, com a repetição, ela ficou ainda mais irritante. Ela queria provar a ele que podia cuidar de si mesma. Della teria um ataque de raiva se fosse tratada como se alguém precisasse protegê-la. Então Kylie se lembrou do quanto tinha ficado assustada antes de começar a correr, antes de encontrar Derek. Obviamente, Kylie não era Della.

Será que isso significava que ela não era vampira? Ou só significava que era uma vampira sem um pingo de coragem? Será que existiam vampiros covardes?

Burnett continuou:

— Não saia de perto de Holiday. Amarre-a se for preciso. Entendido?

— Entendido. — Derek pegou Kylie pelo cotovelo e começou a andar. Mas Kylie não saiu do lugar.

— Eu senti — ela disse sem pensar. — Ele passou por mim várias vezes. Quase como se estivesse brincando comigo ou me testando. — Ela se lembrou de como tinha passado zunindo, fazendo com que ela percebesse sua presença sem deixar que o visse.

— Isso é muito estranho. Os vampiros normalmente não brincam com ninguém. Nem testam. — Burnett disse. — Eles veem a presa e atacam pra matar. Agora voltem para o acampamento.

Ela sentiu um arrepio nas pernas, de cima a baixo. Sentindo o medo dela, Derek pegou na sua mão e lhe deu um aperto quente e tranquilizador. O medo diminuiu.

— Vem. Vamos voltar para o acampamento. — Ele pegou-a novamente pelo braço. O som da voz dele ajudou o seu cérebro a se conectar novamente com seus membros e ela conseguiu andar.

Eles caminharam em silêncio, num passo rápido. Os sons ocasionais de grilos e corujas se sobressaíam na escuridão. Não que ela se importasse com os piados das corujas e o cricrilar dos grilos. Aquilo significava que não havia intrusos por perto.

— Por que você não me disse que um vampiro se aproximou de você? — Derek perguntou, a frustração dando mais intensidade à sua voz.

— Eu... primeiro achei que fosse Della e depois... — Depois ela tinha pensado que era Chan, mas não podia falar de Chan para Derek. Tinha prometido à amiga. — Então ouvi você me chamando. E comecei a correr e não fiquei mais com medo. — Ela viu sua testa franzida. — Eu contei a você sobre o lobo.

— Acho que o vampiro era um problema maior.

— É e eu teria... contado, mas você começou a me beijar...

— Então a culpa é minha? — Seu tom de voz ficou mais ríspido.

— Um pouco é... — ela disse, chateada ao vê-lo irritado minutos depois de terem se beijado. Ela começou a andar mais rápido.

Eles continuaram avançando por mais cinco minutos, em meio a um silêncio carregado de tensão. A cada passo, ela percebia o quanto a briga entre eles tinha sido tola.

— Eu devia ter te contado logo. É que não estava pensando direito. — Seu olhar afastou-se dele, com receio de que não aceitasse a trégua que ela oferecia.

Ela o ouviu suspirar.

— Desculpe. Não devia ter ficado tão mal-humorado. — Ele pegou a mão dela outra vez. Sua palma contra a dela provocava uma sensação agradável. — É que me assusta pensar que alguém podia ter machucado você. — A entonação da voz o fazia parecer mais velho. Sua voz ficou mais grave e sua necessidade de protegê-la lhe imprimiu um tom diferente. Apesar de ainda se sentir um pouquinho incomodada ao pensar que não conseguia proteger a si mesma, gostou da postura dele. Fazia com que se sentisse mais segura.

Com Derek de fato ela se sentia segura, mas isso não a impedia de sondar as árvores em volta e rezar para que o vento não parasse de soprar e que a noite não ficasse tão silenciosa outra vez.

Capítulo Três

— O que aconteceu? — perguntou Miranda, acuando-a num canto do refeitório vinte minutos depois.

Tão logo Derek contou a Holiday sobre o vampiro desconhecido à espreita, ela chamou todos os campistas e disse para permanecerem juntos.

Lá no fundo, Kylie ainda sentia um tremor agitando seu corpo. Se era por causa do medo ou da recepção fria de Della, ainda não sabia ao certo. Ela podia sentir com nitidez a frieza da amiga, mesmo estando do outro lado do refeitório.

— Vai, desembucha! — exigiu Miranda. — Depois tenho algo para te contar também.

Kylie olhou para Della novamente.

— Ela está muito furiosa comigo?

Miranda relanceou os olhos para a vampira.

— Digamos que, numa escala de um a dez, em que dez é uma vampira furiosa, ela está beirando os quinze... e subindo!

— Valeu — murmurou Kylie.

Miranda deu de ombros.

— Ela vai superar. Você sabe como ela é. Agora me conte o que aconteceu.

Kylie sacudiu a cabeça.

— Eu saí correndo e...

— Mas por que saiu correndo? Por que você... bebeu sangue como se fosse um chope gelado numa noite quente de sexta-feira?

Kylie olhou para os próprios pés. Ela não queria falar sobre isso agora.

— Não sei.

— Você gostou do sabor, não foi? — Miranda parecia ofendida.

Kylie engoliu em seco.

— Vai, fala logo! — Miranda exigiu.

O máximo que Kylie conseguiu foi confirmar com a cabeça.

— Tudo bem, então o que foi que aconteceu? — continuou Miranda, de cara amarrada.

Kylie engoliu a saliva com dificuldade.

— Anda, conta logo! — insistiu mais uma vez.

— Eu corri e senti que tinha alguém atrás de mim, um vampiro. E depois ouvi Derek me chamando. Acho que, se tinha mesmo alguém por perto, deve ter se assustado. Eu comecei a correr e encontrei Derek e então nós ficamos...

— Ficaram...? — Miranda a encarou, absorvendo cada palavra de Kylie.

Ficamos nos agarrando.

— Nada, Burnett apareceu.

Uma lufada de ar as atingiu quando Della parou subitamente ao lado de Kylie.

— E você contou a ele que achava que era Chan, não contou? — Della obviamente tinha ouvido toda a conversa.

Kylie olhou para Della.

— Não, eu não contei.

— Quem é Chan? — Miranda perguntou.

— Ninguém — Della respondeu rispidamente. — Meta-se com a sua própria vida.

Obviamente Della não queria que ninguém soubesse que o malandro do seu primo vampiro tinha violado uma das mais importantes regras de Shadow Falls: visitantes não entram sem permissão. Isso valia especialmente para aqueles que eram contra as tentativas da UPF de controlar os sobrenaturais.

Miranda, ofendida, sustentou o olhar de Della.

— Era Chan? — Kylie perguntou, sem se preocupar que Miranda estivesse ouvindo. Kylie compreendia a lealdade de Della por Chan. Ele tinha sido um dos que a ajudaram na sua dolorosa transformação. No entanto, fazia sentido pensar que, se o cara tinha violado as regras uma vez, poderia violar de novo.

— Eu disse que ele não ia voltar — Della respondeu, amuada.

— Mas como pode ter tanta certeza? — De repente Kylie se lembrou de como tinha ficado assustada no bosque ao se deparar com o primo folgado de Della. Ela cruzou os braços e assumiu uma postura defensiva. Só porque Della acreditava que Chan não era uma ameaça isso não significava que ele não fosse. Até onde Kylie sabia, ele podia fazer parte da Confraria do Sangue.

— Porque eu confio nele, ao contrário de outras pessoas. Achei que você e Miranda fossem minhas amigas. Tudo o que eu pedi foi que você respeitasse o fato de esta noite ser importante para mim. Que...

A frustração de Kylie chegou ao ápice.

— Que droga, Della! Por que tudo sempre tem que girar à sua volta?

As palavras mal tinham saído da boca de Kylie quando ela fitou os olhos de Della. O mesmo olhar que a amiga tinha toda vez que os pais vinham visitá-la. O olhar que dizia a Kylie que Della se sentia uma desgarrada.

Kylie mudou de atitude.

— Não tive a intenção de desrespeitar ninguém. Só fiquei apavorada, ok?

— Por quê? — A raiva de Della transparecia em sua voz, mas era só dor que ela via em seus olhos.

— Por que o quê? — Kylie perguntou, embora no fundo soubesse o que Della estava perguntando. Ela só precisava de alguns segundos para descobrir como dizer aquilo sem parecer tão rude.

Della se aproximou um pouco mais.

— Você ficou apavorada porque não quer ser vampira, não é? Você acha que sou um monstro, não acha? Está morrendo de medo de que possa ser como eu. É por isso que ficou apavorada, confesse.

Kylie abriu a boca para responder, mas nenhuma palavra lhe ocorreu. Provavelmente porque não podia mentir para Della. A vampira sabia a verdade. Della deu meia-volta para ir embora. Kylie tentou detê-la, mas a amiga já tinha se afastado.

— Onde ela foi? — Kylie deu duas voltas pelo refeitório, mas não conseguiu encontrá-la. O salão estava cheio de campistas agitados perambulando por ali.

— Deixe que vá esfriar a cabeça — aconselhou Miranda.

— Não posso. — Kylie sabia o quanto aquilo feria Della.

Kylie finalmente localizou o cabelo preto escorrido da amiga atrás de um grupo de metamorfos. Começou a andar na direção dela. Miranda a seguiu, insistindo:

— Estou falando sério, por que não dá um tempo a ela?

— Vá embora — rosnou Della antes que Kylie parasse completamente de andar.

— Não — respondeu Kylie, parando no lugar.

Os olhos dourados de Della faiscavam de raiva. Então seu lábio superior se arreganhou só o bastante para expor seus longos caninos. Houve um tempo em que ver Della daquele jeito arrepiava os cabelos de Kylie, mas isso não acontecia mais. Ela não tinha mais medo da amiga vampira.

— Eu não acho que você seja um monstro — disse Kylie. — Mas isso não me impede de ficar assustada.

— Mentira — grunhiu Della.

— Não estou mentindo. Cheque meu batimento cardíaco se quiser. Ouça o meu coração, veja se estou mentindo.

Della se virou para ir embora e Kylie desta vez segurou-a pelo braço.

— Você não vai embora — Kylie insistiu.

— Me larga! — Della rugiu numa voz baixa e profunda. Ao ver que Kylie não a largava, a vampira sacudiu o braço, com os olhos mais brilhantes e os dentes totalmente expostos.

Kylie ouviu um burburinho à sua volta. A briga tinha obviamente chamado atenção. Della ouviu também, porque olhou ao redor e sibilou. As poucas pessoas nas proximidades se dispersaram como camundongos assustados.

Kylie ainda não estava com medo.

— Ei, vamos nessa também — disse Miranda, cutucando Kylie com o cotovelo. — Ela está com muita raiva agora.

Kylie não olhou para Miranda. Continuou encarando Della, deixando claro para a amiga que não estava com medo.

— Não vou embora enquanto você não me ouvir.

— Não tenho que ouvir você. Já sei o que pensa. — O olhar furioso de Della, crivado de dor, fixou-se em Kylie.

— Não é justo! — exclamou Kylie para a vampira furiosa, encarando-a também.

— Menos justo ainda é pensar que você não é minha amiga. — A mágoa que Della sentia faiscava através do dourado dos seus olhos.

— Eu sou sua amiga. Dei meu sangue pra você — disse Kylie.

— E eu também — acrescentou Miranda, um pouco nervosa.

Como a expressão de Della não mudava, Kylie continuou.

— E eu também me lembro de que me contou o quanto ficou assustada quando descobriu que estava se transformando. Você disse que ficou com muito medo do que estava acontecendo. Disse que não queria mudar.

Della se virou mais uma vez para ir embora. Mas Kylie continuou falando e não largou o braço da vampira.

— Você é a única que pode ficar com medo? — Kylie sentiu a emoção crescendo no peito e seus olhos se encheram de lágrimas. — E é tão especial que mais ninguém pode sentir a mesma coisa?

Kylie quase esperou que a outra se afastasse, furiosa. Talvez até destroncando seu ombro se ela não a largasse.

Mas Della não fez isso. Nem deu meia-volta para olhá-la de frente. Simplesmente ficou ali por vários e longos segundos. Um. Dois. Três. Kylie contou e aguardou, esperando que isso significasse...

— Tudo bem — Della murmurou com frustração, mudando finalmente de atitude. Seus olhos não estavam mais dourados. Ela olhou para baixo e depois ergueu os olhos novamente. — Você está certa. — Ela olhou ao longe e depois para Kylie novamente. — Me desculpe.

— Droga — resmungou Miranda, um pouco alto. — Eu não sabia que os vampiros podiam se desculpar ou fariam isso um dia.

Della lançou um olhar frio para Miranda.

— Não desculpei você. Então por que não vai procurar a sua vassoura e voar para Timbuktu? Isso se o seu senso de direção destrambelhado permitir. E também não se dê ao trabalho de voltar.

Na ofensiva, Miranda deu um passo em direção à vampira.

— Você é uma coisa...

Della mostrou os dentes e rugiu.

— Eu ouvi muito bem quando você disse a Helena que sangue era nojento. Você prometeu respeitar...

— É desrespeitoso ser sincera? — Miranda perguntou.

Kylie se colocou entre as duas.

— Vocês duas podem trocar insultos, xingarem uma à outra e até se matarem mais tarde. Mas agora... — Ela olhou para Miranda. — Eu preciso de um minutinho a sós com Della. Por favor.

O queixo de Miranda se ergueu alguns centímetros. Ela não gostou, mas se afastou. Essa era uma qualidade de Miranda. Ela podia se enfurecer em questão de segundos, quase tão rápido quanto Della, mas se acalmava com a mesma rapidez. Della, por outro lado... essa garota sabia guardar ressentimentos. E, embora fingisse que nada podia magoá-la, Kylie sabia o quanto era vulnerável, muito mais do que Miranda.

Finalmente a sós, Della e Kylie ficaram ali, olhando uma para a outra. Kylie foi a primeira a falar:

— Me desculpe também. Não quis desrespeitar sua cultura. Eu simplesmente surtei. Só isso.

Della assentiu.

— Entendi. Não a princípio, mas... entendi agora. — Della suspirou e um leve sorriso apareceu em seus lábios. — Você adorou, não foi? O sangue. Estava bom.

Kylie não estava orgulhosa daquilo, mas admitiu a verdade.

— Foi assustador.

Della tocou o braço de Kylie.

— Mas você ainda está quente.

Kylie concordou com a cabeça.

— Se eu sou uma vampira, não devia estar fria?

— Não sei — Della disse com honestidade. — Talvez só não tenha mudado ainda. Mas esteja prestes a mudar.

Kylie se lembrou de que a transformação era como ter água fervente correndo nas veias.

— Eu estarei com você — Della disse, como se tivesse lido os pensamentos de Kylie. — Para ajudar na transformação. Se acontecer. Você não estará sozinha. Acho que me lembro da maioria das coisas que Chan fez para me ajudar.

— Sei que vai se lembrar. — Kylie tentou sorrir. Nesse mesmo instante, ela localizou Miranda do outro lado do refeitório, olhando para elas, como um cãozinho abandonado. Kylie sentiu-se mal por ter pedido que se afastasse. — E Miranda fará a mesma coisa. Ela ficará ao meu lado. E ficará ao seu lado também. Eu realmente gostaria... de coração... que vocês duas parassem de brigar.

Della deu de ombros.

— Ela consegue me tirar do sério.

— E você faz o mesmo com ela — disse Kylie, defendendo Miranda.

— É, mas ela não é como você. Você parece saber o que a gente está sentindo, sempre consegue dizer a coisa certa. — Della franziu a testa, como se estivesse pensando. — É quase como se fosse sensitiva. Sabe, como Derek e Holiday, você consegue ler emoções.

— Fala sério — negou Kylie, mas lá no fundo ela se perguntou se não seria verdade. Não foi sempre tão boa em interpretar as pessoas? Como aconteceu com sua mãe; ela sempre tinha sentido a distância que a mãe impusera entre elas, certa de que havia alguma coisa que a impedia de estabelecerem um vínculo verdadeiro.

— Está tudo bem? — A voz feminina conhecida veio de trás de Kylie.

Kylie e Della se voltaram para Holiday.

— Está — elas disseram ao mesmo tempo.

Holiday apertou suavemente o braço de Kylie.

— Precisamos conversar sobre o que aconteceu esta noite e faremos isso assim que as coisas se acalmarem.

Kylie assentiu e, embora o toque de Holiday oferecesse um pouco de conforto, ela não pôde deixar de imaginar se Holiday não a tocava apenas para checar sua temperatura — para saber se ela tinha se transformado em vampira.

— Mais tarde, tudo bem? — Holiday perguntou.

— Tudo bem. — Kylie de fato queria conversar com Holiday. Sentia, porém, que a líder do acampamento lhe diria a mesma coisa de sempre: *eu não tenho respostas. Acho que isso é algo que você mesma tem que descobrir.*

Mas como ela esperava que Kylie achasse as respostas? Seu plano de conseguir informações com Daniel tinha descido pelo ralo. O que lhe restava agora?

O toque do celular de Holiday trouxe Kylie de volta ao presente.

A líder levou o telefone ao ouvido.

— Burnett, é você? — A expressão da líder desmoronou um pouco. — Não. Você ligou para o número errado.

Kylie sentiu a frustração no seu tom de voz. Não havia dúvida de que ela estava preocupada com Burnett. Um pouco dessa preocupação também afligia Kylie. Fora ela quem fugira do vampiro. Se algo acontecesse a Burnett seria culpa dela. Fitando as paredes de madeira do refeitório, ela tentou afugentar a culpa.

Então Kylie se lembrou de que Burnett era provavelmente o último cara no mundo incapaz de tomar conta de si mesmo. O homem era uma parede de músculos e seus poderes de vampiro eram insuperáveis. Ou pelo menos era o que Della dizia. Desde que Burnett tinha assumido o cargo de assistente temporário, a amiga o via quase como um ídolo.

— Tenho certeza de que ele está bem — disse Kylie, sentando-se numa das cadeiras do refeitório.

— Ninguém tem chance contra ele — Della assegurou.

Mas nem os comentários de Kylie nem os de Della surtiram efeito. Holiday ainda tinha o semblante carregado de preocupação. E era uma preocupação mais do que normal. Kylie sentiu a atração que havia entre os dois desde a primeira vez em que os vira juntos. Só porque Holiday não queria se envolver, isso não significava que não se importava com ele.

Holiday discou um número, mas logo em seguida fechou o celular.

— Por que ele desligou o telefone?! — Os olhos de Holiday se apertaram. — Devia saber que quero falar com ele.

— Eu sei por quê — afirmou Della. — Veja bem, quando você está no meio de uma floresta, procurando alguém, esperando encontrá-lo antes de ser encontrado, nada o deixa em maior desvantagem do que o toque de um celular.

A verdade das palavras de Della só serviu para Holiday apertar ainda mais os lábios de preocupação.

— Ele poderia ter telefonado antes de desligar. Só está sendo... difícil. Eu juro, mal posso esperar que contratem outra pessoa. Eu simplesmente não consigo trabalhar com esse homem.

Della sorriu.

— Você não consegue trabalhar com ele, diz que não gosta dele, mas veja como está preocupada.

— Não estou preocupada... quer dizer, estou preocupada, mas não... não como...

— Como se realmente se importasse com ele. — Della terminou a sentença de Holiday e depois continuou. — Como se se sentisse muito atraída por ele? Ou não se sente atraída? Qualquer um pode ver que...

— Você se sente atraída por mim? — A voz grave de Burnett se fez ouvir enquanto ele se aproximava de Holiday por trás.

O rosto de Holiday enrubesceu — se de raiva ou constrangimento, Kylie não sabia ao certo. Então Holiday parou e confrontou o vampiro alto e moreno. Os olhos de Burnett encontraram-se por um instante com os de Kylie e ele a cumprimentou com a cabeça.

Kylie se lembrou do que ela estava fazendo a última vez em que a presença de Burnett a assustara naquele mesmo dia, e teve certeza de que ficou tão vermelha quanto Holiday.

— Então você está vivo — rebateu Holiday. Embora sua voz expressasse raiva, seu rosto contava outra história — um alívio genuíno e sincero. Diante da emoção de Holiday, Kylie esqueceu seu próprio embaraço. Não havia dúvida. A líder do acampamento se importava muito com Burnett. Provavelmente mais do que ela queria admitir.

— Você não respondeu — ele disse. — Sente-se atraída por mim ou não? — Seus olhos escuros se acenderam com um sorriso.

Endireitando os ombros, Holiday começou a falar.

— Della supôs que eu pudesse me sentir atraída por você. Mas você sabe o que dizem por aí sobre quem faz suposições, não sabe?

— Quem faz suposições, pode fazer papel de bobo — Della respondeu, cutucando Kylie com o cotovelo.

Holiday encarou Della com um olhar de reprovação e começou a se afastar. Ela deu três passos e depois voltou.

— Você não vem? — perguntou a Burnett.

— Você não me pediu — ele rebateu.

— Bem, supus que soubesse que precisamos discutir o que aconteceu.

Ele arqueou uma sobrancelha escura.

— E o que você acabou de dizer sobre quem faz suposições?

Della sorriu e pareceu completamente distraída com Holiday e Burnett, mas os pensamentos de Kylie estavam em outro lugar. Ela limpou a garganta.

— Vocês dois não tinham concordado em ser mais transparentes conosco de agora em diante? Então por que têm que conversar a sós? Por que não podemos ouvir a conversa?

Holiday fez cara feia.

— Ela está certa. — Burnett ergueu as duas mãos, como quem se rende. — Você de fato disse isso na reunião. Acredito que tenha sido a mesma reunião em que me chamou de idiota — ele acrescentou.

Os olhos de Holiday brilharam de frustração. Obviamente o homem não sabia quando ficar de boca fechada.

— Tudo bem — disse Holiday entredentes. Olharam um para o outro e nenhum dos dois piscou. Quando o silêncio se prolongou demais, Holiday soltou um longo suspiro. — Então por que você não conta a todo mundo? — ela perguntou, apontando a frente do refeitório. — Fique à vontade.

— Ok — Burnett respondeu, mas sua expressão dizia que ele na verdade não gostava de falar em público. Kylie também teve a impressão de que Holiday sabia disso.

Holiday se afastou e Burnett a observou.

— Não sei o que é pior, conversar com todo mundo ou conversar a sós com ela. — Ele olhou para Kylie e depois hesitou, como se não tivesse a intenção de dizer aquilo em voz alta. Então, antes de ir para a frente do refeitório, ele olhou para Della. Kylie podia jurar que viu sua boca murmurar um "obrigada".

Quando ele partiu, Kylie estudou o rosto de Della.

— Desde quando você sabia que Burnett estava no refeitório?

— Praticamente desde que Holiday entrou — Della respondeu, rindo. — Ei, nós, vampiros, temos que nos unir. — Ela cutucou Kylie como se ela fosse um deles. Kylie não tinha certeza se era. Mas também não sabia se não era.

A porta do refeitório se abriu. Kylie se virou e viu Derek entrando. Ele olhou direto para ela. O sorriso que abriu lembrou-a dos beijos que tinham trocado naquele dia. A sensação de calor provocada pela lembrança se espalhou pelo seu corpo ao mesmo tempo que um arrepio pouco natural percorreu sua pele.

Ela sentiu um calafrio quando ouviu as palavras novamente.

— *Você tem que impedir isso. Você precisa. Do contrário, acontecerá com alguém que você ama. Muito em breve. Acontecerá muito em breve.*

— Com quem? Quando? — Kylie murmurou num sussurro. O espírito se materializou a poucos centímetros do rosto de Kylie. Ela ainda usava a roupa manchada de sangue, só que desta vez o sangue pingava da bainha da saia e se empoçava aos seus pés. Kylie prendeu a respiração e, embora aquela fosse a última coisa em que queria pensar, sua mente a conduziu para lá. Para o doce e enjoativo cheiro de sangue.

— Do que você está falando? — Della perguntou.

Kylie desviou os olhos da poça cada vez maior de sangue e se voltou para os olhos levemente puxados da amiga, que revelavam sua descendência oriental. Depois ela viu os mesmos olhos se arregalarem de medo. Della estremeceu e recuou um passo.

— Você tem companhia outra vez, não tem?

Della fugiu. Ao mesmo tempo, vários outros campistas que estavam por perto começaram a se dispersar, como se também tivessem percebido o que estava acontecendo. Sentindo-se repelida por todos, Kylie sentiu um aperto na garganta e vontade de chorar.

Lutou para conter as lágrimas. Quando olhou outra vez para o espírito, ele tinha desaparecido e o ambiente não parecia mais tão frio. Kylie expirou o ar com frustração. Frustração, sem dúvida, causada por todas as suas perguntas sem resposta. Toda a vida dela era uma grande pergunta sem resposta.

— Com licença. — A voz grave e autoritária de Burnett encheu o salão. — Peço um minuto de atenção. Sei que estão todos muito curiosos para saber o que aconteceu esta noite. E como Kylie lembrou a Holiday e a mim de que prometemos ser mais transparentes com relação ao que acontece no acampamento, achei que seria melhor explicar.

Capítulo Quatro

Ouvir Burnett falando contribuiu para diminuir o bolo que Kylie sentia na garganta. Todo mundo olhou para a frente do refeitório.

— O acampamento foi invadido esta noite — Burnett explicou. — Por um vampiro.

— Ele fazia parte da gangue? Aquela que atacou vocês na reserva de animais? — Helen perguntou, olhando de relance para Kylie.

Kylie se inclinou um pouco mais para a frente, para não perder a resposta de Burnett.

— Não sei ao certo — ele olhou pela sala como se procurasse alguém. Um segundo depois, seu olhar se fixou em Holiday e sua expressão se suavizou. — Mas não acho que estivesse aqui para caçar. Se ele ou ela estivesse a fim de matar, já teria tido chance de capturar uma presa fácil e não fez isso. — Seu olhar se desviou para Kylie, deixando claro, pelo menos para ela, que *ela* era a "presa fácil".

Presa fácil. Presa talvez, mas *fácil*? Isso incomodou Kylie mais do que ela queria admitir. Tudo bem que não fosse exatamente a Mulher Maravilha, mas já tinha enfrentado a Confraria do Sangue na reserva. É claro que tinha recebido ajuda de Daniel, mas ela já tinha chutado o traseiro de muita gente antes disso. Será que não levaria nenhum crédito por isso?

Burnett limpou a garganta.

— É possível que tenha sido apenas alguém curioso para conhecer o acampamento.

Kylie lembrou o quanto tinha ficado assustada na floresta, ao sentir a presença do vampiro. Parecia mais do que uma simples curiosidade. Parecia algo ameaçador. Se Derek não tivesse aparecido, Kylie não sabia o que poderia ter acontecido, mas suspeitava que não seria nada bom.

— Ou pode ser que seja a gangue só querendo que saibamos que não fugiram assustados. Também pode ter sido um amigo ou parente querendo ver um campista, sem passar pelo nosso controle de visitantes. E se algum de vocês tem um amigo vampiro que possa ter tentado isso, por favor diga a essa pessoa em alto e bom som que entrar no acampamento sem o crachá de visitante é considerado uma violação grave. Se nós encontrarmos essa pessoa, ela será tratada como um invasor hostil. E isso vale para todas as espécies, inclusive os humanos.

Kylie esperava que Della tivesse ouvido. Pessoalmente, ela não se importava nem um pouco com Chan, mas sabia que para Della era diferente, e pelo bem da amiga não gostaria de saber que o invasor era o primo dela.

O olhar de Burnett ficou mais frio ao dar o aviso e então ele continuou.

— Embora eu não veja isso como uma grande ameaça, não penso em baixar a guarda tão cedo. A Confraria do Sangue foi estúpida o bastante para tentar uma vez. E eles são estúpidos o bastante para tentar de novo.

— Eu ainda não entendo o que eles têm contra nós — disse uma das amigas bruxas de Miranda.

— Eu respondo a essa pergunta — disse Holiday, indo para a frente do refeitório. — Se você reparar, temos mais vampiros aqui do que qualquer outra espécie. O motivo é muito claro. O vírus pode ser transmitido por muitas gerações e, por isso, os pais de um vampiro recém-transformado podem nem sequer saber que os sobrenaturais existem. Isso faz da vida em família algo extremamente difícil, levando muitos deles a se juntar a gangues. Mas, desde que o acampamento foi aberto, já salvamos mais de quatrocentos vampiros recém-transformados, evitando que se marginalizassem. A Confraria do Sangue vê Shadow Falls como um obstáculo para o crescimento das gangues.

Holiday fez uma pausa.

— Mais alguma pergunta? — Como ninguém levantou a mão, Holiday acrescentou: — Bem, já são quase duas da manhã, então por que não voltamos para nossos alojamentos e tentamos descansar um pouco? Mas lembrem-se do que Burnett disse. Não baixem a guarda.

Quando os campistas começaram a se dispersar, Kylie foi se juntar a Miranda, que estava sozinha num canto, distraindo-se com um joguinho no celular. Quando viu Kylie, ela inclinou a cabeça e deu um sorrisinho afetado, o que a deixou, aos olhos de Kylie, ainda mais parecida com um filhotinho fofo e amuado.

— Ah, agora que todo mundo me abandonou, você quer a minha companhia... — queixou-se Miranda.

Kylie franziu a testa.

— Eu feri os sentimentos de Della e precisava me desculpar. E não poderia fazer isso com vocês duas querendo pular no pescoço uma da outra.

— Mas você não se importa de ferir os meus sentimentos — resmungou Miranda. — É bom saber que vocês duas não estão nem aí comigo.

— Você sabe que não é nada disso — disse Kylie.

— Sei? — Ela balançou a cabeça e seu cabelo multicolorido, rosa, preto e verde-limão, se agitou em seus ombros. — É assim que vai ser daqui pra frente? Como vocês duas são vampiras, não vão me querer mais por perto?

— Não, não tem nada a ver. E... nem sabemos se sou vampira.

— Você gostou do sabor do sangue.

— Isso não faz de mim uma vampira. — A frustração cresceu no peito de Kylie. Mas, quando encontrou os olhos de Miranda e viu a insegurança neles, Kylie parou de pensar nos próprios medos. — E para o seu governo, eu me importo com os seus sentimentos. Não tive intenção de magoar você.

— E para o seu governo, eu também não tive. — Della acrescentou, unindo-se a elas.

— Uau! — exclamou Miranda, olhando para Della. — Isso foi quase um pedido de desculpas. E para uma bruxa disléxica.

— Não me provoque — avisou Della.

— Tudo bem. — Um sorriso se acendeu nos olhos de Miranda. — Vamos fazer um pacto de que estaremos sempre juntas, não importa o que Kylie descubra que é, não importa o que aconteça.

Della bufou.

— Em que planeta você estava? Já fizemos esse pacto antes.

Elas começaram a andar em direção à porta, mas pararam quando Holiday chamou o nome de Kylie.

— Posso conversar com você um minuto? — a líder do acampamento perguntou.

Enquanto Della e Miranda avisavam que esperariam do lado de fora, Kylie aproximou-se de Holiday.

— Sei que quer falar sobre o que aconteceu esta noite, mas gostaria de ter uma conversa com Burnett primeiro. Tudo bem se eu der uma passadinha na sua cabana depois para podermos conversar no seu quarto?

Kylie se lembrou do comentário de Holiday sobre ser tarde.

— Se quiser falar comigo amanhã, tudo bem...

— Não — Holiday franziu as sobrancelhas. — Você não quer falar sobre isso esta noite?

Kylie tentou ser educada.

— É, quero conversar.

Holiday lhe deu um rápido abraço.

— Vai ficar tudo bem.

Kylie percebeu que não estava tão assustada quanto antes com relação a toda aquela história do vampiro, mas a verdade é que havia muitos sentimentos conflitantes dentro dela.

— Eu sei. — Ela sorriu e torceu para parecer mais confiante do que de fato estava.

Quando Kylie saiu do refeitório, todo mundo já tinha ido embora, exceto Miranda e Della, que estavam sentadas nas grandes cadeiras de balanço brancas, na varanda da cabana da administração.

— O que ela queria? — perguntou Miranda.

— Me dizer que vai dar uma passada na nossa cabana daqui a pouco para conversar comigo.

— Conversar sobre o quê? — perguntou Della.

— Umas coisas... — Ela não queria começar a discutir com Della novamente sobre a questão do vampiro.

Miranda se levantou da cadeira.

— Podemos ir?

Elas pegaram a trilha que levava à cabana. Não estava tão escuro, por causa das estrelas e da lua. A noite cantava sua própria canção, e Kylie era extremamente grata por isso. Era quando a canção noturna se interrompia que Kylie se preocupava.

— Fui beijada esta noite — disse Miranda, no impulso.

— Uau! — exclamou Kylie. — Perry finalmente tomou uma atitude, hein?

— Não foi Perry. — Miranda chutou o chão de terra.

— Não foi Perry? — Kylie agarrou Miranda pelo braço. — Quem foi, então?

— É, quem foi? — repetiu Della, estudando atentamente o rosto da amiga. — Se você disser que foi Steve, eu chuto o seu traseiro. Sabe que estou a fim dele.

— Não foi o seu metamorfo Steve — disse Miranda fazendo uma careta. — Foi Kevin.

Kylie ficou pasma.

— Você não está falando de Kevin, o amigo e colega de alojamento de Perry...? Por favor, não me diga que foi *aquele* Kevin.

— Tá bom, então não vou dizer... — disse Miranda, escondendo o rosto com as mãos. — O que vou fazer agora? — Ela espiou as amigas por entre os dedos.

— Isso não é nada bom... — comentou Kylie.

Mirando continuou olhando para elas através dos dedos.

— Não pensei que fosse acontecer — disse ela, tirando as mãos do rosto. — Eu... estava voltando para a cabana, pensando que você poderia estar aqui e topei com Kevin. Eu estava preocupada com você. Começamos a andar juntos, conversar, e então... ele simplesmente me beijou e...

— E o quê? — perguntou Della.

— Eu não fiz nada para que ele parasse.

— Mas foi bom? — Della perguntou.

— Até que foi. Um pouco. Não sei. Por que me sinto tão culpada?

Kylie olhou para Miranda.

— Porque você vem agindo como se gostasse de Perry.

— Mas Perry não está agindo como se gostasse de mim. Claro, ele se senta comigo às vezes no almoço e no jantar, mas não acha que se gostasse de mim já teria me beijado ou coisa assim?

— Acho que só está meio inseguro — justificou Kylie.

— Acho que o problema é que ele não é macho o suficiente... — Della acrescentou.

— Pare com isso! — O rosto de Miranda ficou vermelho.

— Pare o quê? — Della perguntou.

— Pare de pôr em dúvida a masculinidade de Perry. É cruel e eu não gosto.

Della soltou uma risadinha.

— U-la-lá... alguém aqui gosta de Perry a ponto de defender sua masculinidade...

— E seu eu gostar? O que você tem a ver com isso? — disse Miranda, colocando as mãos nos quadris.

— Nada. — O tom de voz de Della demonstrava seu aborrecimento. — Mas pode ter a ver com Kevin, já que vocês andaram se beijando hoje...

— Parem! — implorou Kylie. — Deus! Será que não podem passar quinze minutos sem implicarem uma com a outra?

— Foi ela quem começou — disseram Della e Miranda ao mesmo tempo.

Kylie olhou de uma para outra.

— Vocês duas começaram. E as duas precisam parar. Estou por aqui com isso — disse Kylie colocando a mão na testa. — Sério, não aguento mais...

— Psiu! — Della pôs o dedo sobre os lábios de Kylie.

— O que foi? — sussurrou Miranda.

— Você sabe fazer silêncio? — Della perguntou.

Kylie tirou o dedo de Della dos lábios e ouviu. A noite estava silenciosa. Mas não o silêncio total que fizera no bosque, porque à distância, como uma música de fundo, ela podia ouvir os insetos e os pássaros; nas proximidades, porém, tudo estava quieto.

Kylie se inclinou para a frente e sussurrou:

— É outro vampiro?

Capítulo Cinco

Della farejou o ar.

— Não é um vampiro. É um lobo. Está nos seguindo faz um tempo. Eu senti seu cheiro uns minutinhos atrás e achei que ele estava só passando. Mas estava enganada. — Ela apontou para o bosque.

— O que um lobo pode estar fazendo tão perto do acampamento? — Miranda perguntou.

De repente, Kylie se lembrou do lobo que tinha visto naquela mesma noite. Derek não tinha dado muita importância, por isso Kylie nem tinha mais pensado no assunto.

— Vocês querem me ver chutando o traseiro de um lobo? — Os olhos de Della brilharam, como se a ideia lhe agradasse muito.

Kylie se lembrou do lobo e da sua postura submissa. E não parecia ameaçador.

— Não, não quero ver você chutando o traseiro de um lobo. — Ela agarrou Della pelo cotovelo.

— Por que não? — perguntou a amiga. — Não é um lobisomem. É só um animal.

— Sim, um animal de carne e osso. Ele não está nos fazendo nenhum mal — contestou Kylie. — Então por que vai machucá-lo?

— Ele está nos seguindo. E isso me dá arrepios — Della respondeu.

Miranda se encolheu toda.

— Detesto dizer, mas concordo com Della. Dá arrepios.

Kylie olhou o bosque atentamente e, entre as árvores, viu o par de olhos dourados fixo nela. Um calafrio percorreu sua espinha. Talvez ele provocasse mesmo arrepios, mas não estava machucando ninguém. Então Kylie se perguntou se a presença do lobo não seria um tipo de mensagem, ou uma peça de um quebra-cabeça. Ou, como Derek dissera, era só um animal híbrido querendo companhia?

— Caramba! Aquilo são olhos? — Miranda apontou para o bosque.

— São. Não gosto nem um pouco disso. Estou mesmo com vontade de dar um chute no traseiro desse lobo.

Percebendo que Della estava falando sério, Kylie pegou uma pedrinha do chão e atirou na direção do lobo.

— Vá embora! — ela gritou.

O farfalhar de arbustos cortou o silêncio quando o animal fugiu. Kylie olhou para Miranda e Della.

— Pronto, ele já foi. Felizes agora?

O som dos insetos começou novamente.

— Não muito — respondeu Della. — Seria mais divertido do meu jeito. Eu poderia ter feito esse lobo de petisco.

— Não acredito que teria matado aquele animal — insistiu Kylie.

— Só um pouquinho... — disse Della com uma risadinha.

Kylie revirou os olhos e esperou que Della só estivesse brincando.

— Será que ele foi embora mesmo? — perguntou Miranda, olhando para as árvores que margeavam o bosque.

— Foi — respondeu Della, e elas recomeçaram a andar. Mas Kylie não podia evitar olhar para trás e se perguntar o que, afinal, aquele lobo estava fazendo ali. Então um pensamento lhe ocorreu e ela sentiu o coração saltar na boca. Será que Lucas estava tentando lhe enviar uma mensagem?

— Voltando ao meu problema... — disse Miranda quando se aproximavam da cabana. — O que vou fazer com Kevin?

— Muito simples — disse Della, subindo os degraus da varanda. Ela se virou para trás e olhou para Miranda. — Você precisa fazer uma escolha. — Ela estendeu a palma da mão direita. — Você quer Kevin? — Então estendeu a palma esquerda. — Ou quer Perry? Não é tão difícil assim. Kevin? — ela levantou a mão direita. — Ou Perry? — então levantou a mão esquerda.

— E se eu escolher Perry e ele nunca me escolher? Nunca tomar a iniciativa? Nunca nem me beijar? E se eu acabar virando a última bruxa virgem da face da Terra?

— Então você vai saber que fez a escolha errada — respondeu Della, dando de ombros.

— Isso não ajudou muito — disse Miranda olhando para Kylie. — O que você acha?

— Eu acho... — Kylie se lembrou dela beijando Derek aquela noite, querendo que as coisas fossem diferentes, mas sentindo como se alguma coisa a impedisse de dar um passo à frente. Depois se lembrou de como se sentia dividida entre Derek e Lucas. — Acho que você não devia me pedir conselhos sobre relacionamentos. Não sou a pessoa mais indicada. — Kylie acelerou o passo e entrou na cabana.

Trinta minutos depois, Kylie estava na cama, aconchegada ao seu gatinho, o mesmo que Lucas tinha dado a ela. Do lado de fora do quarto, ela ouviu Miranda e Della conversando com Holiday. Quando a líder do acampamento bateu na porta da cabana, Kylie cobriu o rosto com o cobertor e fechou os olhos. Sentiu o gatinho subir em cima dela e golpear o cobertor com a pata. Não que não quisesse conversar com Holiday. Ela só estava em dúvida se aquela conversa ia adiantar alguma coisa.

Quantas vezes teria que ouvir Holiday dizendo: "*Eu não sei, Kylie, isso é algo que você tem que descobrir sozinha...*"? Por que achou que essa conversa seria diferente? Isso não seria um sinal de loucura? Fazer sempre a mesma coisa e esperar um resultado diferente?

— Kylie? — A voz de Holiday atravessou o cobertor quando ela bateu de leve na porta do quarto.

Ainda com a cabeça coberta, Kylie gritou:

— Pode entrar.

Kylie ouviu a porta do seu minúsculo quarto se abrindo, ouviu-a se fechando e Holiday se aproximar da cama.

— Não parece muito entusiasmada em me ver — disse a líder do acampamento.

— Quer que eu finja? — Kylie tirou o cobertor da cabeça e se sentou. Socks aconchegou-se ao lado dela.

Holiday sorriu e se sentou aos pés da cama de Kylie.

— Eu sei que não é fácil.

— Você não sabe nem a metade... — Kylie abraçou os joelhos e observou Socks se aproximar de Holiday e esfregar a cabeça no braço dela. — Eu tinha um plano para descobrir tudo. Só precisava passar um tempo com Daniel para que ele me contasse o que ele era, e então eu saberia o que sou. Ele finalmente apareceu esta noite, mas não tinha nenhuma resposta. — Kylie sentiu um nó na garganta.

Holiday parecia genuinamente intrigada.

— Como ele pode não ter nenhuma resposta?

— Porque foi adotado. Só percebeu que não era humano aos 18 anos. E eu nem sei por onde começar a procurar respostas agora.

— Você vai descobrir — Holiday disse, acariciando Socks da cabeça ao rabo. — Acredito nisso de todo o coração.

Os olhos de Kylie começaram a arder, o que basicamente significava que as lágrimas estavam a caminho.

— O fato de gostar de sangue faz de mim uma vampira?

Holiday hesitou.

— Espere — disse Kylie. — Deixe-me adivinhar. Você não sabe, né? E depois vai me dizer que isso provavelmente é algo que eu preciso descobrir sozinha. — Kylie secou as primeiras lágrimas dos olhos.

Holiday deixou escapar um longo suspiro, depois estendeu a mão e pegou a de Kylie.

— Você em parte está certa. Eu de fato não sei se você é uma vampira. Mas acho que posso dizer com certeza que gostar de sangue não faz de você uma vampira. Eu conheço humanos que adoram beber sangue e isso não significa que sejam vampiros. Mesmo que alguns deles sejam uns esquisitos e achem realmente que são vampiros.

— Então essa coisa toda de gostar de sangue pode não significar nada? — disse Kylie, tirando a mão da de Holiday.

— É, pode não significar nada. — O tom de Holiday deixava uma dúvida no ar.

— Mas você não acredita nisso.

— Acho que provavelmente significa algo. Só não sei se significa que você é vampira.

— Mas o que mais pode significar?

Holiday olhou para Kylie com um brilho de compreensão nos olhos verdes.

— Eu não sei. Mas... de fato acredito que, se continuar procurando, todas as respostas que *realmente* precisa serão respondidas.

— Que *realmente* preciso? — perguntou Kylie, repetindo as palavras de Holiday. — Como se eu não precisasse de *todas* as respostas.

Holiday arqueou a sobrancelha direita.

— Nunca descobrimos tudo, Kylie. Algumas coisas sempre serão um mistério.

— Talvez algumas coisas — disse Kylie. — Mas não isto. Não o que sou. Eu sinto que tudo na minha vida vai continuar em compasso de espera enquanto eu não encontrar essa resposta.

— Então continue procurando — disse Holiday.

Kylie descansou a cabeça nos joelhos e soltou um gemido.

— Viu só? Eu sabia que você ia dizer isso — resmungou Kylie.

Socks veio correndo como se só quisesse saber como ela estava. Holiday pôs a mão na cabeça de Kylie.

— Quando uma porta se fecha, outra se abre.

Kylie levantou novamente a cabeça.

— E se não houver outra porta?

— Então você tenta a janela.

— E se não houver uma janela? — Kylie perguntou.

— Então você pega uma marreta e abre uma janela. Ninguém disse que a vida é fácil. De modo geral, quanto mais difícil é uma coisa, mais gratificantes são os resultados.

— Mas e se eu não conseguir? — ela perguntou. — E se alguém for apunhalado até a morte porque não fui esperta o suficiente para encontrar as respostas certas? Eu segui o que você disse e fiz perguntas específicas e tudo o que o fantasma fez foi repetir o aviso. Ela só continua dizendo, "Isso vai acontecer a outra pessoa" se eu não impedir. Ela não me diz quem, quando ou onde. Como espera que eu encontre essas respostas?

— Como você sabe que alguém será esfaqueado? — Holiday perguntou.

— Porque ela está sangrando muito e parece que sua roupa foi cortada em tiras. As balas de revólver são redondas.

— Você já viu uma bala de revólver? — perguntou Holiday.

— Na TV.

Holiday deu um sorriso.

— Tudo bem, entendo por que acha que foi esfaqueada, e ela pode estar querendo dizer isso mesmo, mas lembre-se da primeira vez em que Daniel apareceu; você achou que ele estava sendo acusado injustamente por um crime de guerra.

Kylie afundou a cabeça no travesseiro.

— Acho isso um saco!

— Isso o quê? — perguntou Holiday. — Comunicar-se com espíritos? Eu já disse, eles são os únicos que requerem um curso de aperfeiçoamento para aprendermos a interpretar suas mensagens.

— Não só os espíritos — Kylie disse. — Tudo. Eu acho um saco *não* ser humana.

— Não é verdade — Holiday deu um soquinho no braço de Kylie. — Você está se dando muito melhor do que imagina.

Kylie encarou a líder do acampamento.

— Por acaso isso foi um elogio?

Holiday soltou uma risada.

— Sim, foi. — Ela fez uma pausa. — Ei, se isso faz com que se sinta melhor, saiba que às vezes eu também fico com o saco cheio de tudo.

Kylie olhou para Holiday e viu um leve arrependimento no fundo dos olhos dela.

— Algumas dessas coisas incluem Burnett?

— Esse é um assunto que eu prefiro não discutir no momento.

Holiday deu um profundo suspiro que revelava frustração e Kylie teve certeza de que tinha a ver com Burnett. Ela se lembrou de que tinha dito a Miranda que ela não deveria lhe perguntar nada sobre relacionamentos, mas por alguma razão Kylie não conseguiu deixar de tocar no assunto.

— Della estava certa esta noite quando disse que você parece se preocupar com ele.

Holiday enrolou o rabo de cavalo e o transformou num coque firme.

— Eu me preocupo com a paz mundial. Me preocupo com a falta de moral dos políticos de hoje. Me preocupo com todas as criaturas inocentes que são atropeladas na estrada a apenas três quilômetros do acampamento. A verdade é que me preocupo com um monte de coisas e a minha preocupação não muda nada — especialmente o relacionamento entre mim e esse vampiro teimoso, egoísta e machista.

— Você se sente atraída por ele — Kylie disse. — E não tente negar. Você já até admitiu isso uma vez.

— Tudo bem, não vou negar. Ele tem a favor dele aquele corpo musculoso e seu magnetismo de vampiro. Mas quando eu era pequena, tive uma paixonite pelo Garibaldo. Também não deu em nada.

— Pelo Garibaldo da Vila Sésamo? Jura? — Kylie perguntou. — Comigo foi com o Come-Come.

As duas riram e então Kylie acrescentou, num tom sério:

— Daria certo se você quisesse de verdade.

— Eu não tenho tanta paciência.

— Humm — continuou Kylie. — Uma pessoa muito esperta uma vez me disse que, quanto mais difícil uma coisa, mais gratificantes são os resultados.

Holiday estudou Kylie.

— Você já não tem problemas suficientes em que pensar para querer resolver os meus também?

— Todo mundo parece ter problemas mais fáceis de resolver do que eu — disse Kylie, sorrindo.

— Já ouviu dizer que a grama sempre parece mais verde do outro lado da cerca? Bem, acontece o mesmo com os problemas. Todos nós temos nossas dificuldades para superar. Então por que você não resolve os seus problemas e me deixa resolver os meus? — Holiday colocou uma mecha do cabelo de Kylie atrás da orelha. — Mas obrigada por se importar.

Holiday sorriu e Kylie mais uma vez sentiu a ligação entre as duas ficar ainda mais forte. Kylie sempre quis saber como seria ter uma irmã mais velha. Ela não podia deixar de pensar que isso era o mais perto que ela já chegara desse tipo de relacionamento.

Holiday estudou a expressão de Kylie e suas sobrancelhas se arquearam. Kylie sabia que Holiday a estava testando para ver se ela tinha aberto as portas da sua mente. No primeiro dia do acampamento, ela tinha descoberto que os sobrenaturais eram capazes de ler padrões cerebrais. Eles também conseguiam fazer com que outros sobrenaturais lessem esses padrões mais profundamente e tivessem um vislumbre de quem ou o que eram.

Mas não Kylie, é claro. O único padrão cerebral que ela tinha sido capaz de ler fora o do espírito do seu pai biológico. E, embora outros sobrenaturais pudessem ver os padrões de Kylie, ela ainda não tinha aprendido a se abrir e deixar que qualquer um tivesse esse vislumbre mais profundo.

— Você está fazendo os exercícios mentais que lhe passei? — Holiday perguntou.

— Estou — Kylie disse, e viu a líder do acampamento franzir ainda mais a testa.

Pelo menos durante trinta minutos por dia, Kylie tinha que meditar. Mas por enquanto aquilo não tinha ajudado em nada ou, se tinha, ninguém havia lhe contado.

— Não mudou nada, né? — Kylie perguntou, sem querer mais ser o patinho feio.

— Não. Você ainda é fechada como um tambor. Já conseguiu ler alguém?

— Não. Talvez eu seja uma sobrenatural retardada.

Holiday revirou os olhos.

— Acho que é justamente o contrário. Aposto que o seu cérebro está bloqueando seus poderes enquanto não a sente capaz e madura o suficiente para lidar com eles.

— Está me chamando de imatura? — Kylie fez a pergunta e em seguida mostrou a língua.

— Não digo imatura — Holiday disse, rindo. — Acho que você é mais esperta do que muitas garotas da sua idade. — Sua expressão ficou séria novamente. — Mas isso não significa que ainda não tenha muito o que aprender.

Holiday se levantou.

— Acha que consegue dormir agora?

— Talvez — disse Kylie, mas no fundo duvidava muito.

Holiday foi até a porta e depois se voltou.

— Ah, e quanto ao problema com o fantasma, se o espírito dessa mulher não lhe der nenhuma pista da próxima vez que aparecer, diga a ela que vai se fechar para ela até que resolva oferecer algo mais concreto. Então realmente faça isso. Se ela não lhe oferecer nada de diferente, saia da sintonia dela. Nada aborrece mais um fantasma do que ser ignorado. Isso geralmente faz com que procurem outra abordagem.

— Como eu saio de sintonia? — Kylie perguntou.

— Concentre-se em outra coisa. Tem que ser algo em que você queira pensar. — Holiday arqueou uma sobrancelha como se tivesse acabado de se lembrar de algo. — Como dar uns beijos em Derek.

Kylie viu algo nos olhos de Holiday e logo percebeu:

— Burnett te contou.

Holiday concordou com a cabeça.

— E eu não pretendo me envolver nessa história, só me prometa que não vai fazer nada de que vá se arrepender depois.

— Não aconteceu nada — disse Kylie.

— Desta vez... — disse Holiday, dando outro dos seus longos suspiros.

Kylie sentou-se um pouco mais ereta na cama.

— Derek nunca vai me pressionar a fazer... nada.

O queixo de Holiday se abaixou um pouco e ela encarou Kylie com um olhar de surpresa.

— Mas não é com Derek que estou preocupada, Kylie.

Kylie olhou para as próprias mãos, sentindo-se exposta. Como Holiday sabia o quanto Kylie estava perto de se entregar? Então ela se lembrou de que Holiday era como Derek — ela podia ler as emoções das pessoas. Obviamente, só o fato de estar perto dele já era suficiente para que seu corpo todo vibrasse de excitação. Ai, Deus, era como se ela andasse por aí com uma placa pendurada no pescoço dizendo ESTOU COM TESÃO. Aquilo não era simplesmente o máximo?

— Kylie... não há por que ficar constrangida. E não estou pedindo para que não faça... O que estou pedindo é que, quando tomar essa decisão, que a tome racionalmente e não porque simplesmente aconteceu. Entende a diferença?

Kylie assentiu.

— Ótimo — disse Holiday, abrindo a porta.

Mesmo depois que a porta já estava fechada, Kylie sentiu um turbilhão de emoções crescer dentro dela — embaraço, incerteza e um toque de ressentimento. Ela não queria que Holiday ou outra pessoa qualquer conhecesse seus desejos e sentimentos mais profundos.

Então se lembrou do carinho de irmã que tinha descoberto em Holiday, algo que Kylie valorizava muito. Supôs que qualquer bom relacionamento também tivesse suas desvantagens. Que uma irmã mais velha, mesmo que fosse totalmente humana, se sentiria no dever de conversar sobre sexo com ela.

Quando Kylie encostou a cabeça no travesseiro, lembrou-se de como tinha se sentido ao beijar Derek e se perguntou se um dia conseguiria tomar uma decisão racional com relação a ele. Especialmente com a capacidade que ele tinha de controlar suas emoções.

Socks subiu novamente na cama e Kylie foi pega desprevenida quando seus pensamentos passaram dos beijos de Derek para o beijo de Lucas.

Mas que droga! Ela apertou tanto o travesseiro que, se fosse vivo, ela o teria matado. Socks deu um miado fraco e voltou para os pés da cama. Kylie gemeu, com a boca enterrada no recheio de espuma do travesseiro. Sabia que teria de fazer muito esforço para dormir, e agora as coisas tinham piorado com toda a história de Derek *versus* Lucas em que pensar...

Capítulo Seis

Uma hora mais tarde, ela ainda não tinha conseguido pregar o olho. Bem, pelo menos não mais do que alguns segundos. Toda vez que estava quase caindo no sono, tinha aquela estranha sensação de estar flutuando, ou talvez voando, e essa sensação esquisita a fazia despertar num solavanco do seu cochilo leve. Uma vez, um pouco antes de acordar, ela viu Lucas, como se estivesse prestes a sonhar com ele.

Ele estava cercado com o que pareciam nuvens, e uma brisa fresca agitou a atmosfera enevoada. Justo quando ela ia dar uma boa olhada nele, outra nuvem veio flutuando e tirou-o do seu campo de visão. Ele estava usando uma camisa em parte desabotoada e a brisa levantava a fralda da camisa, deixando à mostra seu peito e a barriga chata. Foi então que a névoa começou a se mover mais rápido e a sensação de voar começou a ficar mais forte, até arrancá-la do sono.

Recuperando o fôlego, ela se sentou na cama e tirou o cabelo do rosto. A decepção começou a crescer em seu peito, mas ela a afugentou para longe. Não podia nem pensar em ter outro sonho daqueles com Lucas — com os dois dentro d'água, parcialmente vestidos — sem corar de vergonha. Certamente não precisava acrescentar mais isso na sua lista de "coisas em que não devia pensar".

Rolando na cama, ela socou o travesseiro como se um pedaço de espuma pudesse ser o culpado de tudo. Depois se sentou ereta, acendeu o abajur e, sem nem pensar no que planejava fazer, pegou a carta. A carta de Lucas. Aquela que Holiday tinha entregado semanas antes, mas ela não abrira.

Oi, Kylie,

Comecei a escrever esta carta várias vezes e, em todas elas, amassei tudo e joguei fora. Talvez seja porque não sei o que dizer, neste momento e neste ponto em que há tão pouco que eu possa dizer. Talvez seja porque eu simplesmente não devesse escrever, porque... é errado. São tantas as razões por que eu não deveria pensar em você o tempo todo, razões que não têm nada a ver com você e tudo a ver comigo. Eu sei que nada disso está fazendo muito sentido e, se eu pudesse, explicaria. Que inferno! Quem sabe se tudo ficar do jeito que espero que fique, eu possa explicar a você. Não tenho certeza se isso mudará alguma coisa, mas espero que sim.

Vê por que rasguei esta carta tantas vezes? Ela não faz nenhum sentido, faz?

Mas o que precisa fazer sentido é isto: você é muito especial, Kylie. E lamento não ter dito isso a você. Lamento não ter dito no mesmo instante em que me lembrei de você. Mas fiquei chocado demais quando te vi no primeiro dia do acampamento. Chocado e apavorado. Você sabia coisas sobre mim que eu tentava esconder — esconder de todo mundo, inclusive de mim mesmo. Meus pais fizeram coisas muito ruins e, quando eu era pequeno e não entendia as coisas direito, participei de muitas delas. Você não sabe o quanto eu me esforcei para tentar esquecer aquela fase da minha vida.

Na verdade, você foi a única coisa que eu não quis esquecer. A menininha loira, minha vizinha, que parecia um anjo e era um mistério. O que você era? Quem você era? Você me assustava e ao mesmo tempo me intrigava, já naquela época. Eu não entendia como você fazia eu me sentir por dentro. Queria matar os meninos que atiraram aquelas pedras em você, queria tocar o seu cabelo para ver se ele era tão macio quanto parecia. Nas luas cheias, eu observava você, esperando que se transformasse. Que se transformasse num lobo como eu.

Acho que acabei de descobrir por que tinha que escrever esta carta. Para dizer o que você significa para mim, só no caso de eu nunca mais falar com você pessoalmente. Mas isso se eu conseguir colocá-la num envelope antes de concluir que é uma idiotice e jogar tudo no lixo.

Pensando em você.

Lucas

P.S. Sonhe comigo.

A última linha da carta ecoou na cabeça de Kylie. *Sonhe comigo.* Se ele ao menos soubesse...

Então todas as suas outras emoções foram abafadas pela raiva que ela sentiu. Afinal, o que exatamente ele queria dizer com aquilo? Sonhe com ele fazendo o quê? Brincando de pula-sela com Fredericka?

Kylie enfiou a carta novamente no envelope e jogou-a de volta dentro da gaveta. Será que ele achava que aquela carta faria com que ela se sentisse melhor? Se ela era tão especial, por que ele tinha ido embora com Fredericka? Por que não tinha nem tentado explicar aquilo na carta? Por que tinha tantos segredos?

Lucas achava que ela não sabia que Fredericka estava com ele? Ele achava que aquilo não tinha importância? Havia até admitido que tinha feito sexo com a garota! Admitido que Fredericka achava que os dois eram um casal. E agora tinha fugido com ela. Como ele podia pensar que Kylie não ficaria chateada? Será que todos os homens eram uns cachorros? Ou melhor... uns lobos?

Não, definitivamente ela precisava esquecer Lucas. Superar tudo aquilo. E era exatamente o que pretendia fazer. Depois de apagar a luz, acomodou mais uma vez a cabeça no travesseiro. Depois teve uma visão de Lucas e a garota-loba se beijando e deu um último soco no travesseiro.

Na manhã seguinte, Kylie teve que se forçar a sair da cama, para se vestir e pentear o cabelo. Ela tinha tentado voltar a dormir depois de despertar ao amanhecer com o calafrio gelado provocado pela visita do espírito. Não tinha adiantado. Agora, com uma ou duas horas de sono apenas, realmente adoraria poder enterrar a cabeça no travesseiro e ignorar a programação do dia. Quem ali precisava de café da manhã ou uma boa alimentação? Ela voltou a desabar na cama.

Estava quase caindo no sono outra vez quando um pensamento a deixou totalmente alerta. Será que ela não estava com fome porque tinha bebido sangue na noite anterior? Será que estava perdendo a vontade de comer comida humana?

— Você já está indo? — perguntou Miranda, por trás da porta fechada do quarto.

— Sim, já estou indo.

Ela se reclinou no travesseiro e ficou olhando para o teto, tentando decifrar como se sentia sobre tudo à luz da manhã. Tudo bem, a ideia de se tornar vampira já não parecia mais o fim do mundo, mas ainda lhe parecia uma grande calamidade. Além do mais, ela precisava saber. Tinha o direito de saber o que ela era.

— Você vai agora ou no século que vem? — Della gritou uns três minutos depois.

Xingando Della baixinho, Kylie começou a se sentar na cama.

— Igualmente! — gritou Della em resposta.

Kylie soltou um grito. Della gritou de volta. Kylie sacudiu a cabeça e tentou ouvir os sons ao seu redor para ver se tinha adquirido superpoderes da noite para o dia. Mas não, ela não podia ouvir melhor do que na noite anterior. O que significava que Holiday tinha razão. Seu gosto por sangue não significava que Kylie era uma vampira.

Ou pelo menos ainda não.

Obrigando-se a se levantar, ela passou a mão no cabelo e resolveu que era hora de enfrentar as colegas de alojamento e o dia que tinha pela frente.

— Bom dia pra você também! — cumprimentou-a Miranda, quando Kylie saiu do quarto sem dizer uma palavra.

Kylie lançou-lhe um sorriso falso. Depois fez o que fazia toda manhã. Observou Miranda, erguendo as sobrancelhas, e olhou fixamente para a testa da amiga na esperança de ver seus padrões mentais. Mas nada. Só uma pequena espinha na linha do cabelo. Não que Kylie fosse contar a Miranda sobre isso. A garota provavelmente surtaria.

— Caramba! Você está tão animada esta manhã! — disse Della, com ironia, saindo do quarto e juntando-se às amigas.

— Não dormi direito — respondeu Kylie.

— Nem eu — reclamou Miranda, soltando um suspiro. — O que vou fazer se Perry descobrir que beijei Kevin?

Della deu uma risadinha.

— Corra e se esconda antes que ele se transforme num dragão que solta fogo pelas ventas e faça a sua bunda virar churrasco.

— Estou falando sério — rebateu Miranda com rispidez.

— E você acha que eu não estou?

Miranda encarou a vampira. Kylie encolheu os ombros como quem admitia a derrota e andou na direção da porta da frente.

— Primeiro, você precisa decidir o que quer fazer.

— Como assim? — perguntou Miranda enquanto saíam da cabana. Depois, enquanto esperava a resposta de Della, ela deu meia-volta e fez um volteio com a mão, abrangendo a porta de alto a baixo e lançando ali um feitiço de proteção.

Miranda tinha começado a lançar o feitiço na semana anterior, dizendo que sentia um visitante indesejado tentando entrar. Por acaso seriam os fantasmas que Miranda queria deter? Mas quem disse que aquilo estava funcionando? Toda manhã, ao primeiro sinal da aurora, Kylie acordava com a temperatura polar do quarto.

— O que eu quero saber é — continuou Della — você vai começar a gostar de Kevin ou está planejando só enrolar um pouco com o metamorfo na esperança de que Perry vire macho...

— Nem continue. Deixe a masculinidade dele fora disso — ameaçou Miranda, apontando um dedo para Della.

Della saltou o restante dos degraus, depois olhou para trás, fitando Miranda com um olhar de falsa inocência.

— Eu nem ia mencionar a masculinidade dele...

Pelo sorriso no rosto de Della, Kylie sabia que a vampira estava mentindo. Mesmo assim, ela de fato tinha feito uma boa observação.

— Della está certa — disse Kylie, dando sua opinião. — Você precisa tomar uma decisão.

Miranda franziu a testa e prendeu o cabelo com as mãos, num rabo de cavalo. Elas andaram alguns minutos em silêncio, enquanto Miranda parecia imersa em reflexões.

— Mas eu não tenho que fazer isso, tipo... agora — ela disse, por fim. — Tenho? Quer dizer, existe a chance de Kevin simplesmente esquecer o que aconteceu. O beijo nem foi tão bom assim.

— Ei, Miranda — chamou alguém, alguns metros atrás delas.

As três garotas se voltaram e deram de cara com o beijoqueiro medíocre vindo pela mesma trilha.

— Pouca chance de ele ter esquecido... — comentou Della, farejando o ar. — Nem queira saber quanto hormônio está no ar... Esse cara está babando por você.

— Sério? — perguntou Miranda. — Mas você não disse que não podia farejar os hormônios e feromônios dos metamorfos? Quando Perry virou um pássaro você disse...

— Eu disse que não sabia que cheiro tinha um passarinho tarado. Mas, em seu estado natural, os metamorfos poluem o ar com seus "hormônios de luxúria" assim como todo mundo. — Ela abanou a mão na frente do rosto.

Miranda olhou de Della para Kevin, que se aproximava cada vez mais.

— Oi. — Ele parou bem em frente das três. Kylie nunca tinha prestado atenção em Kevin antes, mas achou que ele era atraente. Não se comparava a Derek, mas tinha lá um certo charme. E, se perguntassem a Kylie, ela diria que ele era até mais interessante do que Perry, embora não tivesse nada contra o metamorfo. Perry tinha subido no conceito de Kylie nas últimas semanas.

— Dormiu bem? — Kevin perguntou a Miranda, afundando as mãos nos bolsos dos shorts cáqui. Kylie notou a camiseta azul-marinho um pouco folgada demais para o seu tamanho mediano. O cabelo, castanho claro, estava meio comprido nas laterais. Ele sorriu, com os olhos azuis fixos em Miranda e visivelmente interessado nela.

— Dormi, sim — Miranda respondeu, o que era uma mentira, e Kylie notou Della revirando os olhos.

— Achei que podíamos ir juntos tomar o café da manhã — convidou Kevin.

— Acho que tudo bem.

Miranda olhou para Kylie como se perguntasse se sua resposta tinha sido um erro.

Kylie não sabia o que pensar, por isso só abriu um sorriu despreocupado. Sem dúvida, se Perry descobrisse que Miranda e Kevin estavam andando juntos, ele ficaria magoado. Embora Kylie não tivesse medo de Perry, muitos outros campistas temiam seus poderes. Por isso, magoar Perry talvez não fosse uma boa ideia. Mas então Kylie viu as bochechas coradas de Miranda e sua postura um pouco mais ereta. Certo ou errado, o interesse de Kevin estava fazendo maravilhas pela autoconfiança da amiga.

Quando Miranda e Kevin tomaram a dianteira na trilha, Kylie e Della desaceleraram o passo, esperando até que se afastassem um pouco. Ficaram sem falar algum tempo, até ver o casal sumir numa curva da trilha que lhes oferecia certa privacidade.

— O que acha? — Kylie perguntou a Della enquanto avançavam a passo lento para não alcançar os dois à frente.

Della revirou os olhos.

— Acho que mais cedo ou mais tarde uma grande merda vai cair no ventilador.

— É, mas você viu como os olhos dela brilharam? — Kylie perguntou. — Toda garota adora saber que um cara está a fim dela. Talvez Perry veja isso e perceba que precisa tomar uma atitude.

— É justamente aí que a merda vai cair no ventilador. Não se pode brincar com os sentimentos de um metamorfo, especialmente um tão poderoso quanto ele. Estou dizendo, o fato de Perry não se transformar num porco-do-mato e abocanhar a sua bunda naquela noite em que você puxou a orelha dele é um verdadeiro milagre. Essa foi a primeira coisa que Chan me explicou sobre o mundo sobrenatural. Cuidado com os metamorfos, eles têm um humor muito instável.

Della inclinou a cabeça como se estivesse ouvindo um barulho.

— Ai, merda. Vai acontecer mais cedo do que eu pensava...

— O quê? — perguntou Kylie para o vazio.

Della tinha desaparecido. Kylie só entendeu quando ouviu o grito de Miranda e o rugido de um grande animal cortando o ar da manhã.

Correndo o mais que podia, o que era incrivelmente mais rápido se comparado ao que ela podia correr um mês antes, Kylie chegou à encruzilhada da trilha justo no momento em que dois imensos ursos-negros começaram a trocar patadas.

Della estava segurando Miranda, que lutava para se desvencilhar da amiga, como se quisesse apartar a briga entre os animais. Demorou meio segundo até Kylie perceber que não estava diante de dois ursos normais. Não. Eram Perry e Kevin.

Quando o urso maior enfiou as garras no ombro do outro e o sangue jorrou, derramando-se no chão de terra, Kylie gritou:

— Parem!

Ela chamaria mais atenção se tivesse falado com uma parede de tijolos. Os dois animais furiosos continuaram atracados. De repente, algumas fagulhas se espalharam pelo ar e um dos ursos se transformou num leão do tamanho de uma minivan. Seu rugido era tão alto que feriu os ouvidos de Kylie. Em segundos, o outro urso se transformou num leão — ainda maior. O som de dentes se entrechocando podia ser ouvido entre os rugidos penetrantes e mais sangue umedeceu a terra seca sob suas patas.

Kylie não sabia se os ferimentos provocados pelos metamorfos eram permanentes ou se eles voltariam inteiros quando se transformassem em humanos outra vez. Quando um leão agarrou o outro pela garganta, Kylie percebeu que ela não podia ficar simplesmente parada ali e assistir aos dois se matando. Sem pensar nas consequências, agarrou um dos leões pela juba e puxou-a o mais que pôde.

— Não faça isso! — Della gritou e, embora Kylie não pudesse ouvi-la direito, suspeitou que Della estivesse falando com ela. E justamente quando Kylie pensava em ouvir o conselho da amiga, a fera ficou de pé sobre as patas traseiras, levando Kylie para cima com ela. Com as duas mãos agarradas ao pelo laranja da juba do leão, os pés de Kylie balançavam no ar. O animal abriu a boca, com sangue pingando dos dentes, e rugiu com uma fúria diferente de tudo o que Kylie já tinha ouvido na vida. Os olhos raivosos do felino fitaram Kylie. Ela viu os olhos passarem do dourado para o violeta. E de algum modo soube que era Perry.

— Me coloque no chão e pare de brigar! — ela gritou para ele.

Nesse mesmo instante, o outro leão atingiu Perry no flanco. O golpe arremessou Perry para trás e Kylie quase soltou a sua juba. Nesse momento ela viu que estava a quase dois metros do chão. A queda sem dúvida ia doer, talvez causar uma fratura, mas ela sobreviveria. No entanto, também a deixaria à mercê das patadas furiosas de Kevin e das suas mandíbulas poderosas. Sobreviver então ficaria um pouquinho mais difícil, por isso ela agarrou com mais força a juba e lutou pela sua preciosa vida.

Perry começou a sacudir a cabeça como se quisesse se livrar do peso. Kylie balançava de um lado para o outro, como um bicho de pelúcia não muito querido nas mãos de uma criança birrenta. Os dedos de Kylie começaram a escapar. Ela olhou para o chão, tentando encontrar uma saída, mas sua atenção foi desviada para as mandíbulas de Kevin, que avançaram na direção da barriga peluda e macia de Perry. Aumentando a pressão dos dedos em volta da juba espessa, ela levantou o pé e chutou Kevin no olho, para impedir que matasse Perry. Kevin soltou Perry, mas, ao recuar, Kylie viu sangue pingando da sua boca.

Perry rugiu, se de dor ou de fúria, Kylie não sabia. Talvez as duas coisas.

Kylie ouviu Della gritar algo. Em seguida, sentiu a amiga passar quase voando por ela, como se tentasse resgatá-la, mas, cada vez que tentava, Perry mudava de direção, deixando Kylie fora de alcance.

— Chega! — gritou Kylie para os leões. — Vocês dois, parem! Parem ou eu vou chamar os anjos da morte!

Mal as palavras saíram da boca de Kylie, ela sentiu a temperatura do ambiente cair à sua volta. Sentiu o ar gelado em sua garganta. Sua ameaça inútil soou em seus ouvidos. Mas agora ela não tinha outra escolha a não ser perguntar... Ela tinha mesmo o poder de chamar os anjos da morte ou era apenas Daniel ou outro fantasma anunciando sua presença numa hora inoportuna?

Ou talvez numa hora oportuna?

Daniel já não tinha ajudado Kylie uma vez? De repente, isso não importava mais, porque ela viu fagulhas de cor laranja aparecendo ao redor de Kevin. Perry recolheu a pata direita, como se estivesse se preparando para atacar Kevin durante a fase de transformação.

— Não faça isso, Perry! — ordenou Kylie.

Perry rugiu como se estivesse resmungando, mas voltou a ficar nas quatro patas. Kylie largou sua juba e pulou no chão. Ainda a quase um metro do solo, ela aterrissou fora de equilíbrio e caiu sentada. Quando olhou para cima, viu fagulhas surgindo ao redor de Perry e duas figuras humanas tomando forma. Vestidos, graças a Deus.

Perry olhou para ela, sentada no chão, com os olhos amarelos brilhantes e a fúria ainda estampada no rosto. Mas não estava sangrando.

— Nunca vi tanta estupidez! Nunca, jamais, fique no meio de uma briga entre metamorfos. Você podia ter morrido.

— Você por acaso está me dando uma bronca? — Kylie perguntou, pasma com a ousadia que ele tinha de repreendê-la. — Não era eu que estava tentando fazer em pedaços o meu colega de alojamento. E eu estava tentando proteger você. — Ela se sentou de lado e massageou a nádega machucada.

— Eu não precisava de ninguém me protegendo. — Sua voz aumentou de volume e o olhar fuzilava Kylie.

Olhando de relance para Kevin, ela percebeu que seu processo de transformação era muito mais lento do que o de Perry. Tao logo Kevin apareceu, ele recuou, afastando-se de Perry.

— Isso não acabou ainda. Vamos terminar mais tarde — Perry disse a Kevin, numa voz que mais parecia um rugido.

— Quando quiser — respondeu Kevin, fitando Perry com um olhar penetrante; Kylie quase chegou a pensar que eles iam começar a brigar outra vez, mas Kevin se virou e começou a se afastar.

Kylie percebeu que era preciso muita coragem para dar as costas para Perry quando se tinha acabado de quase tirar um pedaço da sua barriga. Mas o fato de Kevin ter dado as costas ao metamorfo, sem olhar para Miranda sequer uma vez, fez com que Kylie se perguntasse qual dos dois tinha realmente mais poder.

Quando Kevin desapareceu por entre as árvores, Kylie esperou que Perry dissesse alguma coisa a Miranda. Mas nenhum dos dois falou nada. Os pássaros à distância recomeçaram a cantar.

— Você está bem? — Miranda perguntou, finalmente.

Kylie olhou para cima, para garantir à amiga que estava intacta, mas depois percebeu que Miranda não estava falando com ela, mas com Perry. Kylie desviou o olhar para o metamorfo. Ele parecia bem. Nem um arranhão. O que significava que, quando os metamorfos voltavam à forma humana, todos os seus ferimentos se curavam. E isso significava que Kylie tinha se metido no meio da briga e esfolado o traseiro por nada. Ela podia ter deixado que os dois se retalhassem. Devia ter feito isso.

Ainda sentada no chão meio de lado, ela massageou mais uma vez uma nádega e observou Miranda se aproximar de Perry.

— Por que você fez isso? — perguntou Miranda, parecendo lisonjeada por ele ter brigado por ela e ao mesmo tempo zangada... por ele ter brigado por ela. — Me diga. — Ela deu mais um passo na direção da fonte da sua raiva.

— Deu vontade — rosnou Perry. Na verdade, o modo como sua postura mudou quando ela se aproximou dele denunciou sua raiva. Sua postura enrijeceu como se todo o seu corpo estivesse tenso. Seu cabelo loiro estava grudado na testa suada. Seus olhos azuis ficaram azuis por um segundo e depois se tornaram verdes brilhantes.

Ele ainda tinha a aparência feroz de um leão prestes a atacar — não havia mais nenhum resquício do Perry meio palhaço, o cara que sempre tinha um comentário sarcástico ou divertido na ponta da língua. E pela primeira vez, Kylie entendeu por que todo mundo tinha um pouquinho de medo dele.

— Você não fez isso por minha causa? — perguntou Miranda, obviamente sem se importar com a fúria que ele usava como uma couraça. — Porque estava com ciúme?

Perry não respondeu. Só ficou olhando para ela e depois fez sua própria pergunta:

— Então é verdade?

— O quê? — perguntou Miranda.

— Que você beijou Kevin? Eu não acreditei quando ele me disse. Pensei que só estivesse me provocando, mas não estava mentindo, estava? Você realmente fez isso. Você o beijou.

Os olhos de Miranda se abriram um pouco mais.

— Sim.

O silêncio pairou sobre os dois, no ar quente da manhã.

— Não — ela deixou escapar, e sacudiu a cabeça, misturando as mechas cor-de-rosa, pretas e verdes do cabelo com o movimento. — Eu não o beijei. Ele me beijou.

— Mas você correspondeu — acusou ele.

Kylie segurou o fôlego. Della se aproximou de Kylie e estendeu a mão para ela. Kylie aceitou a ajuda e, uma vez de pé, massageou novamente a nádega.

— Responde!

Kylie se voltou para Perry e Miranda. A tensão que irradiava do casal parecia sugar todo o oxigênio do ar e tornava ainda mais difícil desviar o olhar.

— Alguém pode acabar se machucando... — comentou Della.

Capítulo Sete

Kylie torceu para que toda aquela confusão pudesse de algum modo terminar bem — e que seu traseiro fosse a única coisa que saísse machucada.

— Seja sincera — ordenou Perry.

Miranda hesitou antes de responder.

— Eu... eu não correspondi.

Della inclinou a cabeça para mais perto da orelha de Kylie e cochichou:

— Ela está mentindo.

Perry deu um passo à frente e estudou a fisionomia de Miranda, como se tentasse descobrir se podia acreditar nela.

— Por que eu não acredito em você? — Ele fez uma pausa. — E mesmo que não tenha correspondido, você não fez nada para que ele parasse.

Miranda hesitou e então seus ombros caíram como se ela reconhecesse a derrota. Kylie percebeu que ela tinha decidido jogar limpo.

— Não, eu não fiz nada para ele parar. E, sim, talvez eu tenha correspondido um pouquinho. Mas...

— Isso é tudo o que eu precisava saber.

Dor e decepção transpareceram nos olhos de Perry e por um segundo Kylie se perguntou se era o mesmo sentimento que ela tinha sentido quando viu Trey colado a outra garota. Depois foi a dor de ver Mandy beijar Derek. E não se podia esquecer da ocasião em que ela tinha descoberto que Lucas havia fugido com Fredericka.

— Não é justo! — murmurou Miranda.

— Ah, pode não ser justo, mas é tão ruim quanto o que você fez! — rebateu Perry. — Poderia ter sido bom se fosse entre nós. — Ele se virou e começou a se afastar.

Estava a uns três metros de distância quando Miranda o chamou.

— Não quer saber por que não fiz nada para ele parar de me beijar?

Perry voltou-se para ela e a encarou.

— Estou mais curioso para saber por que você acha que eu me importaria.

Miranda pareceu perder o fôlego diante das palavras de Perry. Então deu vários passos na direção dele.

— Eu não fiz nada para que Kevin parasse porque... estava cansada de esperar você me beijar.

— É mesmo? — Perry avançou, pondo um fim à pequena distância que havia entre os dois. Seu braço direito a enlaçou pela cintura e ele a puxou para junto dele. Não fez uma pausa nem hesitou. Ele a beijou — não um selinho apenas. Pareceu a Kylie que se tratava do melhor tipo de beijo, o mesmo que Derek lhe dera na noite anterior. O tipo de beijo que uma garota pode sentir da ponta dos pés até o último fio de cabelo. E pelo jeito como Miranda se apoiou no peito de Perry, Kylie pode adivinhar que seu corpo todo correspondia.

— Uau! — Kylie murmurou, sorrindo.

— É... uau! — Della se inclinou para mais perto. — Acho que Perry arranjou um par.

Kylie mordeu o lábio para não rir.

— Se isso fosse um filme, haveria uma música tocando ao fundo.

— Eu poderia cantar — brincou Della, com um sorriso malicioso.

— E acabar com todo o clima... — respondeu Kylie, devolvendo a brincadeira. — Eu ouvi você cantando no chuveiro uma vez.

Rindo, as duas olharam novamente para o casal se beijando.

Perry afastou os braços de Miranda e deu um passo para trás. O jeito abrupto com que interrompeu o beijo pareceu estranho. E não foi só Kylie quem notou. Perry se afastou tão rápido que Miranda quase perdeu o equilíbrio.

Ele encarou Miranda com uma expressão que não se esperaria ver no rosto de alguém que acabou de beijar a garota dos seus sonhos. A raiva e a mágoa que Kylie tinha percebido antes nos olhos de Perry não se dissiparam com o beijo. Agora, ele parecia ainda mais furioso.

— Isso... — ele disse, o tom de voz refletindo a emoção nos seus olhos — foi só pra mostrar que valeria a pena ter esperado por mim.

— Valeria? — perguntou Miranda, com a voz trêmula.

— Pode apostar. — Perry se virou e começou a se afastar. Mas enquanto andava ele estendeu o braço para trás e mostrou a Miranda o dedo médio.

— O que ele quer dizer com isso?! — perguntou Miranda, chocada.

— Adivinha! — respondeu ele, sem olhar para trás.

Miranda deu meia-volta e se aproximou das amigas. Ela pôs a mão na boca e seus olhos começaram a se encher de lágrimas.

— Mas que droga... — o coração de Kylie estava apertado por causa da amiga.

— Babaca!... — gritou Della para Perry.

Holiday veio correndo pela trilha. Ela parou e olhou para as três amigas, enquanto Perry se afastava.

— O que aconteceu? — perguntou.

— Nada — respondeu Della.

Holiday olhou de Della para os olhos lacrimosos de Miranda, que observava, extática, Perry ir embora. Então a líder do acampamento olhou novamente para Della.

— Eu ouvi.

— Tudo bem... quase nada — respondeu Della, dando de ombros.

Como se percebesse o tumulto emocional de Miranda, Holiday aproximou-se e passou o braço pelos ombros da garota.

— Vamos lá, que tal uma conversa?

— O que está fazendo? — Della perguntou, entrando na cozinha cambaleando de sono às duas da manhã.

Kylie desviou os olhos da tela do computador e fitou a amiga.

— Usando uma marreta para abrir outra janela.

Della deu um passo para trás.

— Você andou tendo um daqueles sonhos barra-pesada de novo?

Kylie sorriu.

— Não. Estou pesquisando para ver quantos Brightens existem na região de Dallas.

— Quantos o quê? — perguntou Della, recostando-se na mesa da cozinha.

— Brightens. O sobrenome do meu pai era Brighten e minha mãe me disse que seus pais moravam em Dallas quando eles se conheceram. Como Daniel não pode me dizer o que eu sou, vou descobrir por mim mesma.

— Mas eu pensei... Você não disse que ele era adotado?

— Isso mesmo — Kylie voltou a atenção para a tela do computador e franziu a testa. — Droga. Existem mais de cem Brightens na região metropolitana de Dallas. Quem ia adivinhar que era um nome tão comum?

— Se ele foi adotado, então como isso pode ajudá-la a descobrir o que você é? — Della perguntou, se curvando para olhar a tela.

— Talvez eles me ajudem a descobrir quem são os pais verdadeiros dele.

— Eu queria ser uma mosquinha na parede para ouvir essa conversa. "Olá, vovô e vovó, sou a neta que vocês nunca conheceram, mas agora que eu sei que adotaram o meu pai que morreu antes de eu nascer, não estou nem aí com vocês. O que eu quero mesmo é encontrar os meus verdadeiros avós."

Kylie olhou carrancuda para Della.

— Você não está ajudando em nada.

— Só estou mostrando como vejo a situação.

— Bem, então eu preferia que você ficasse quieta. — Kylie cerrou os olhos e tentou se agarrar ao fiapo de esperança que ainda tinha. Mas lá no fundo estava com medo de que Della estivesse certa. As chances de encontrar os Brightens eram quase nulas. Procurá-los para perguntar sobre o pai biológico quando ela nem devia saber que ele era adotado! Bem, seria preciso mais do que uma marreta para abrir essa janela.

— Ei — chamou Della, cutucando o ombro de Kylie. — Imprima esses números e Miranda e eu podemos ajudá-la nesses telefonemas.

Kylie olhou novamente para Della.

— Vocês fariam isso?

— Você me deu o seu sangue, não deu?

— É verdade — disse Kylie, voltando a fixar os olhos na tela do computador. Então ela pegou mentalmente a marreta outra vez e apertou o botão de imprimir.

— Me solte! Me solte!

Dois dias depois, algo fez com que Kylie acordasse sobressaltada. Sem saber direito por que estava se debatendo na cama, ela abriu os olhos. O vapor da sua própria respiração flutuava acima da sua cabeça num padrão ondulante. O ar gelado do quarto revelava que horas eram. Amanhecia.

Ela puxou as cobertas até o pescoço e fechou os olhos. E, então, *bum*! A lembrança do sonho desabou sobre ela.

Me solte! Me solte!

Ela ouviu o eco dos seus próprios gritos, como se estivessem ricocheteando nos cantos escuros do quarto. Seu coração acelerou, pulsando contra o peito como um animal capturado numa armadilha. *Tum. Tum. Tum.*

Ela agarrou o cobertor com as duas mãos e mentalmente lutou para não ser puxada de volta para o pesadelo. Seus esforços foram inúteis. O sonho se tornou realidade.

Tiras de tecido prendiam seus braços como se alguém tentasse mantê-la amarrada. Piscando, ela tentou se concentrar, mas sua visão parecia prejudicada. Tudo parecia prejudicado. Sua cabeça girava. Ela contou uma, duas, talvez três figuras borradas e embaçadas na frente dela. Chutou com as duas pernas, mas uma lentidão esmagadora comprometia a sua força.

Esforçou-se para se soltar, mas as figuras pairando acima dela se multiplicaram. As mãos agarraram seus membros mais rápido do que ela podia se mover. As amarras em torno dos seus pulsos ficaram mais apertadas. Incapaz de se mexer, ela observou com horror quando outra figura embaçada se aproximou dela com uma faca.

— Não! — Seu próprio grito a arrancou do pesadelo. Abrindo os olhos, ela fechou os punhos e olhou para o teto, com receio de que, se piscasse, fosse arrastada de volta.

— É só um sonho. Só um sonho — repetiu várias vezes. Virando-se de lado, tentou se levantar, mas a vertigem do sonho parecia ter dominado seu corpo. Ela teve que se reclinar na cama.

— É só um sonho. Só um sonho. — Contou as respirações e, só quando a temperatura do quarto subiu, ela tentou se levantar novamente. A onda de vertigem passou, mas o pânico persistiu. Sua mente recapitulou rapidamente as imagens apavorantes, bombeando medo nas suas veias. Então ela percebeu com horror que, no sonho, ela era a mulher. Era o fantasma.

Agarrando seu jeans, ela o vestiu apressada, sem trocar a blusa do pijama. Sem se incomodar em pôr os sapatos ou um sutiã, correu para fora do quarto e saiu da cabana. Seu coração ainda estava na boca quando ela chegou aos degraus da varanda. Apesar da hora, a escuridão era como um manto negro sobre o céu e só alguns raios de luz começavam a tingir o horizonte.

Kylie pegou a trilha até a cabana de Holiday, mas se lembrou de que a líder do acampamento chegava ao escritório logo ao amanhecer. A facilidade e rapidez com que ela caminhava deveriam ser reconfortantes, mas só serviram como uma lembrança de que tudo na vida dela não parava de mudar. E ela não sabia para onde essas mudanças a levariam.

A meio caminho do escritório, seus pulmões finalmente começaram a exigir mais oxigênio. Respirando grandes golfadas de ar, ela dobrou os joelhos ligeiramente e descansou as palmas nas coxas. Fitando os pés descalços, lutou para impedir que as imagens dos sonhos não passassem como um filme de terror na sua cabeça.

— Foi só um sonho — sussurrou para si mesma em meio ao silêncio da madrugada.

E foi então que ela notou. A quietude. O silêncio sepulcral.

O tipo de silêncio que significava que ela não estava sozinha. Como não sentiu a temperatura cair, deduziu que não era um espírito. Lembrou-se do vampiro que ousara invadir o acampamento. O mesmo que Burnett insistia em dizer que poderia tê-la atacado facilmente caso fosse essa a sua intenção. E se ele tivesse voltado para terminar o serviço?

Ela ficou ereta. Seu primeiro impulso foi correr.

O segundo foi gritar.

O terceiro, não tão forte quanto os outros dois, foi deixar de bancar a garotinha indefesa e enfrentar como adulta quem quer — ou o que quer — que fosse.

Antes que tivesse tempo de optar pela alternativa número três, o mundo ao seu redor voltou à vida. Reconfortando-se com o coaxar dos sapos, o piar ocasional de um passarinho e o zumbido dos insetos, ela conseguiu expulsar o medo do peito. Não havia dúvida de que os últimos dias a tinham deixado meio desconfiada. Um segundo de silêncio na sinfonia do amanhecer não significava que ela estava sendo seguida.

Ou pelo menos não por um vampiro. Nem por algum motivo de que se lembrasse... Ela voltou o olhar para a borda da floresta, onde árvores se enfileiravam, como guardas protegendo a floresta. Nenhum lobo de olhos dourados espreitava na escuridão. Nem outra criatura da noite. Obviamente, a única coisa que a seguia no momento era sua própria paranoia. Intensificada pelo pesadelo.

Soltando o ar dos pulmões, ela recomeçou a caminhar na trilha. Depois de alguns passos, ouviu algo. Antes que pudesse reagir, uma lufada do ar frio da manhã a atingiu.

Preparando-se para lutar por sua vida, com o pensamento fixo nos perigosos vampiros e determinada a provar que não era uma presa fácil, Kylie levantou um pouco os braços e assumiu uma posição de defesa.

Então ela viu.

Não um vampiro.

Um pássaro gigantesco — um cruzamento de uma enorme garça-azul e algo que só podia ter existido numa época pré-histórica — estacionou na frente dela seu traseiro sem penas e bateu as asas, que deviam ter de dois a dois metros e meio. Chocada e mal acreditando no que via, Kylie ofegou. A criatura era quase um metro mais alta do que ela. Sem saber direito o que fazer, ela deu um passo para trás. As fagulhas começaram a se formar no mesmo instante.

Cruzando os braços sobre o peito, ela se sentiu uma idiota por não ter percebido no ato.

— Isso não tem graça nenhuma! — Kylie sibilou quando Perry apareceu.

— O que não tem graça? — ele perguntou, num tom sério que ela raramente via nos lábios de Perry.

— Você quase me matou de susto, isso não tem graça. Estou realmente cansada, farta de...

— Desculpe. Não quis assustar você. Eu te vi correndo. Quis ter certeza de que estava tudo bem.

Ela não soube dizer se foi o tom de voz dele ou sua expressão, mas sabia que ele estava dizendo a verdade. Não estava de gozação. Estava preocupado.

— Tá tudo bem. — No entanto, quando ela olhou mais atentamente nos olhos dele, percebeu que nada estava bem.

Perry, o cara que só fazia piada, era o retrato da dor. Era quase o reflexo espelhado da dor que ela vira nos olhos de Miranda. E aquela situação era uma completa estupidez. Se os dois se gostavam tanto, por que simplesmente não esqueciam aquela história toda com Kevin?

— Ela realmente gosta de você, Perry — Kylie disse, sem conseguir se conter.

— Gosta do Kevin também.

— Ela não gosta do Kevin. Ele a beijou, só isso. E vocês dois nem chegaram a ficar juntos.

— Ela sabia que eu gostava dela. Eu me sentava com ela quase todo dia na hora do almoço.

— Tudo bem, mas a gente espera que um namorado faça mais do que simplesmente se sentar e almoçar com a gente.

— Eu sei disso — ele rebateu. — Eu teria... só estava esperando o momento certo.

— E por que agora não é o momento certo?

— É tarde demais.

Kylie balançou a cabeça.

— Você vai mesmo deixar que um beijo impeça você de ficar com quem realmente gosta? Será que você é tão...

— Cabeça dura? — ele completou. — Sou, os metamorfos são assim. Obviamente você não sabe nada sobre nós, afinal quase se matou!

— Mas se você gosta mesmo dela, então...

— Gostava — corrigiu ele. — Eu gostava dela. Miranda é passado.

Pequenas fagulhas de luz começaram a rodopiar em torno dele.

— Ah, e obrigada por tentar me proteger aquele dia. Mas, sério, não faça isso outra vez.

O pássaro gigante reapareceu. As asas em movimento no ar agitaram os cabelos de Kylie e ao mesmo tempo uma dor profunda latejou na boca do seu estômago.

O brilho dourado de lâmpadas acesas iluminava a janela do escritório quando Kylie fez a última curva da trilha. Ela parou e ficou ali, olhando para a janela, se lembrando do olhar triste de Perry e desejando que ela pudesse mudar aquilo.

Subindo os degraus, abriu a porta e chamou o nome de Holiday, para que a amiga não se sobressaltasse com uma visita tão cedo.

— Estou na minha sala! — Holiday gritou de volta, enquanto Kylie entrava no cômodo.

Holiday fez um gesto com a mão, para que Kylie se sentasse. Ela se deixou cair na cadeira e se recostou no assento.

— Você está bem? — Holiday perguntou, enquanto verificava uma pilha de correspondências.

Kylie suspirou.

— Miranda ainda está deprimida. Eu acabei de topar com o Perry e tentei falar com ele, mas ele não quis me ouvir. Não que não pareça estar sofrendo por causa dela. Ele não está nem fazendo piadas mais. Della está com TPM e por isso está perdendo a paciência com Miranda, porque tudo o que ela quer fazer é devorar potes de sorvete e chorar pelos cantos por causa do Perry.

Kylie parou um segundo para tomar fôlego, depois continuou. Ela sabia que estava falando como uma matraca, mas não conseguia parar.

— Mas eu sei que não é Miranda nem a TPM que está deixando Della tão rabugenta. É a ideia de ir para casa com os pais no fim de semana e ter de conviver com a família. Mas, Miranda, mesmo quando não está deprimida, nunca encara muito bem o humor instável de Della. Agora, então, Della e Miranda estão ameaçando arrancar o coração uma da outra e alimentar o meu gato com ele. Na verdade, acho que Della queria o fígado de Miranda; é Miranda que quer o coração de Della. Portanto... respondendo à sua pergunta... Nada está bem.

Holiday tirou os olhos da correspondência e se limitou a oferecer uma palavra.

— Interessante.

— O que é interessante? — Kylie teve a vaga impressão de estar numa das sessões de psicanálise da Dra. Day.

O olhar de Holiday voltou-se mais uma vez para a correspondência.

— Muita coisa anda acontecendo, de fato. — Ela separou uma correspondência da pilha antes de olhar para Kylie. — Mas acontece que eu não perguntei de Miranda, nem de Della, nem de Perry. Eu perguntei como *você* estava.

— Então sou uma idiota por me preocupar com minhas amigas? — Kylie perguntou, aborrecida. E, sim, ela estava para ficar menstruada também, então podia ser um pouquinho de TPM. Ou poderiam ser os milhares de outros problemas que carregava nas costas como um gorila infeliz.

— Não quis dizer que é uma idiota. — O tom de voz suave e carinhoso de Holiday incomodou mais Kylie do que o tom psicanalítico. Provavelmente porque fez com que ela se sentisse menos como uma idiota e mais como uma ingrata.

Holiday descansou o queixo nas mãos entrelaçadas, um gesto tão típico dela que, na mente de Kylie, a líder do acampamento estava sempre com o queixo apoiado na mão.

— Só quis dizer que acho que você esconde os seus problemas de si mesma concentrando-se nos problemas dos outros.

Kylie se lembrou de que o motivo que a levara ao escritório do acampamento antes do amanhecer não era exatamente Perry ou Miranda. Portanto, de fato, Holiday talvez tivesse um pouco de razão. Mas quem disse que Kylie estava disposta a dar o braço a torcer?

— Então, pode ser que eu seja só uma pessoa legal. — Kylie afundou um pouco mais na cadeira e lamentou ter ficado irritada. Nenhum dos problemas de Kylie era culpa de Holiday e, além do mais, o relacionamento cada vez melhor entre elas era uma das poucas coisas boas na vida de Kylie naquele momento. Por essa razão, no final da sentença ela se desculpou com um sorriso.

— Legal? Ah, não tenho dúvida disso — disse Holiday, sorrindo. — Então vou tentar de outro jeito. Como vai *você*, Kylie?

Kylie se aprumou na cadeira e apoiou os dois cotovelos na escrivaninha.

— Quanto tempo você tem?

— Quanto tempo você precisar. — Holiday deixou que alguns segundos se passassem em silêncio e depois perguntou: — O que está acontecendo entre você e Derek?

— Nada. Por quê?

Holiday arqueou uma sobrancelha, com um ar de suspeita.

— Eu vi você saindo sorrateiramente do refeitório ontem quando ele entrou, e o mesmo aconteceu no jantar.

— Eu só não queria falar com ele.

Era verdade. Em parte. Ela também não queria que ninguém com a capacidade de ler emoções ou farejar hormônios soubesse o quanto ela se derretia só de olhar para ele. Enquanto ela não conseguisse controlar seus pensamentos, seria melhor não chegar muito perto quando estivessem em público. Ou sozinhos, ela tinha de admitir. E, sem dúvida, mais cedo ou mais tarde iria ter de explicar aquilo a Derek. Se dependesse dela, seria "mais tarde".

— Aconteceu alguma coisa? — Holiday perguntou.

Kylie cruzou os braços.

— Estou imaginando coisas ou você não me disse pouco tempo atrás para tomar cuidado para não... — ela não quis dizer em voz alta. — Você não me avisou para ter cuidado quando estivesse com ele? E agora que estou tomando cuidado, você age como se isso estivesse errado. O que quer que eu faça?

Holiday apertou os lábios enquanto pensava.

— Tomar cuidado, sim. Mas eu não disse para você evitá-lo.

— Talvez não tenha dito, mas neste momento essa é a maneira que encontrei de tomar cuidado. É meu jeito de lidar com isso.

Holiday ergueu a mão, como que rendida.

— Tudo bem. Então lide com isso do seu jeito. — Ela fez uma pausa, depois soltou outro longo suspiro que deu a entender que ela não aprovava a atitude de Kylie. — Você já falou com o seu padrasto?

Kylie revirou os olhos.

— A minha mãe ligou pra você de novo? Juro, não consigo imaginar por que ela acha uma ótima ideia que eu perdoe o homem, quando ela mesma não tem nenhuma intenção de perdoá-lo pelo menos no próximo século.

Holiday retorceu um pouco os lábios, como se estivesse pesando as palavras antes de dizê-las.

— Ele está se divorciando da sua mãe, não de você.

É, a mãe de Kylie dissera mais ou menos a mesma coisa, mas não tinha conseguido convencê-la.

— Não é o que parece. — Ela ainda podia se lembrar do dia em que implorou para que o pai a levasse para morar com ele. Mas, não, ele não a quis, então por quê? Ela olhou para Holiday outra vez. — A minha mãe disse também que ele está saindo com uma garota que é só uns dois anos mais velha que eu?

— Não, mas você me disse. No dia em que fomos tomar sorvete. — Holiday a fitava com os olhos cheios de compreensão. — Olhe, Kylie, não estou dizendo que ele não esteja errado. Mas isso não tem nada a ver com o relacionamento entre vocês dois. Se eu deixasse que a relação entre os meus pais afetasse os meus sentimentos, odiaria os dois.

— Sinto muito, mas eu discordo totalmente. Isso pode ser algo entre eles, mas o que ele está fazendo afeta a mim, sim. Me afeta de muitas maneiras. Por exemplo, minha mãe me telefonou ontem para dizer que está pensando em vender a nossa casa. A casa onde eu passei a minha infância, o lugar que considerei meu lar a minha vida inteira.

Holiday reclinou-se na cadeira.

— Isso é duro. Eu ainda me lembro de como fiquei chateada quando a minha mãe vendeu a nossa casa. Mas...

— Nada de "mas" — rebateu Kylie. — Minha mãe não devia me pressionar a fazer uma coisa que nem ela consegue fazer. Ela não consegue perdoá-lo. Talvez eu também não consiga. Então, simplesmente diga *isso* a ela da próxima vez que ela ligar. Ou talvez eu mesma diga.

Holiday franziu a testa.

— Não foi a sua mãe quem ligou. Foi o seu padrasto. E ele disse que ele...

— Ah, não. Ele ligou pra você? — Kylie se lembrou de como tinha sido embaraçoso quando o pai tinha paquerado Holiday, encarando-a com um ar babão, como se ela fosse um pirulito e ele fosse tarado por doces. — Por favor, não me diga que ele convidou você pra sair ou coisa do gênero.

— Não. Ele parecia de fato preocupado. Disse que vive mandando e-mails e telefonando e você não dá notícias.

— Se ele estivesse tão preocupado poderia simplesmente aparecer no dia da visita dos pais. Mas ele aparece? Não. E sabe por quê? Aposto que é porque a namoradinha não quer que ele venha. Os pais dela provavelmente não lhe dão permissão para sair da cidade.

— Ou talvez seu pai não venha porque acha que você não quer vê-lo. — Holiday balançou a cabeça. — Simplesmente acho... que talvez fosse melhor você falar com ele. — Ela mordiscou o lábio e depois apertou os lábios. — Ah, que seja. Já dei minha opinião, mas ainda diria mais. Também acho que você está usando a fuga como uma maneira de lidar com tudo o que está acontecendo na sua vida agora. Com o seu pai e agora com Derek. E, francamente, devo acrescentar que a fuga não é um método muito bom de se lidar com as coisas. Eu sei porque também já tentei usá-lo uma ou duas vezes.

— É — concordou Kylie, sentindo-se uma bela idiota outra vez, mas incapaz de fazer alguma coisa a respeito. — Mas até que surja outro método como que por encanto na minha cartola, é esse que eu tenho de usar. — Ela quase quis se defender dizendo que não estava fugindo de nada. Tinha passado um dia e meio ligando para todos os Brightens da região de Dallas, tentando encontrar os pais adotivos do seu pai, para que pudesse encontrar seus pais verdadeiros e quem sabe descobrir o que ela era.

Holiday franziu a festa.

— Todos nós acabamos aprendendo as lições do modo mais difícil, não é mesmo?

— Acho que sim — concordou Kylie, sem saber ao certo se as coisas poderiam ficar mais difíceis. — Só não estou pronta para enfrentar meu pai... meu padrasto... ou o que estou sentindo por Derek. Será que é muito pedir um tempo?

— Não, não é muito. Mas, de modo geral, quanto mais demoramos para resolver um problema, mais difícil ele fica. Às vezes, simplesmente precisamos encarar as coisas de frente. Meu pai costumava dizer que a gente precisa olhar na cara do problema e cuspir no olho dele.

— Nunca dominei a arte de cuspir.

Holiday sorriu e depois desviou o olhar para a correspondência outra vez. Suspirando, ela ergueu o olhar.

— Quer evitar isso também? — disse, empurrando uma carta na direção de Kylie.

— O quê? — Kylie encarou o envelope e viu o nome dela rascunhado numa letra conhecida.

A letra de Lucas. Ele tinha escrito outra carta.

Capítulo Oito

Uma parte de Kylie queria empurrar a carta de volta para Holiday. Ela não tinha prometido esquecê-lo? Sabia que a amiga não a forçaria a pegar a carta. Será que já não tinha coisa demais em que pensar no momento? Por que iria complicar ainda mais a própria vida?

Holiday puxou a carta de volta e deixou-a de um lado da escrivaninha.

Olhando para a líder do acampamento, esperou ver desaprovação em seus olhos, porque, mais uma vez, Kylie não estava disposta a encarar seus problemas de frente. Mas tudo o que ela viu no rosto de Holiday foi compreensão.

— Não tenho certeza se quero ler — confessou Kylie.

— Por quê? — Holiday perguntou.

— Ele fugiu com outra garota.

— Não acho que ele pense em Fredericka como...

— Mas ela pensa nele assim. E, se ela se atira em cima dele..., bem, ele é homem.

— Eu sei, mas nem todos os homens...

— Mas alguns são. E saber a diferença é como matemática — difícil. Você acha que entendeu tudo e depois descobre que chegou à resposta errada. E nem tente discordar, porque é por isso que você ainda não deu uma oportunidade a Burnett.

Holiday descansou o queixo na palma da mão e não discutiu com Kylie. Depois de vários instantes de silêncio, ela disse:

— Eu posso simplesmente guardá-la na gaveta e, se você decidir que quer ler mais tarde, poderá fazer isso.

Sim, Holiday poderia fazer isso, mas e Kylie? Será que ela realmente queria sair dali sem levar a carta? Conseguiria fingir que não se importava com Lucas?

Que não se preocupava com ele desde que ele tinha ido embora, não se preocupava com o que ele não podia contar a ela, e que parte do que ele não podia contar envolveria Fredericka?

Mas, se ela ainda se importava com Lucas, então o que realmente sentia por Derek? Ou será que o que sentia por Derek era mesmo de verdade ou ele estava manipulando os sentimentos dela?

Ah, droga! Será que a vida dela podia ficar mais complicada?

Ela podia muito bem levar a carta e deixar a coisa rolar, sabendo que tudo seria como tinha de ser.

Kylie estendeu a mão e puxou a carta de sob a mão de Holiday. Depois de olhar para ela por alguns segundos, dobrou-a e guardou-a no bolso do jeans. Mais tarde, sozinha, quando estivesse pronta para cuspir no olho do problema, ela pensaria naquilo.

Quando olhou para Holiday, ela assentiu com a cabeça, como se achasse que Kylie tinha feito a coisa certa. Não que Kylie tivesse certeza disso. De muito pouca coisa na vida ela tinha certeza agora.

Elas voltaram a ficar em silêncio e, quando Kylie começou a se sentir desconfortável, Holiday tocou em outro assunto tão perturbador quanto o precedente.

— E o fantasma? Alguma novidade?

— Novidade? Sim, mas nada que ajude. — Kylie franziu a testa, com vontade de fugir desse problema também, como tinha feito com Derek e o padrasto. Mas a violência e a ameaça das visões não lhe davam alternativa. — Acho que ela foi torturada pelos seus raptores.

— Uau! — exclamou Holiday. — E você acha que isso realmente aconteceu ou ela só está querendo comunicar alguma coisa com essa cena?

— Acho que aconteceu. — Kylie mordeu o lábio, pensando no aviso de que aquilo aconteceria com alguém que ela amava se ela não fizesse alguma coisa. — Parecia muito real, como no sonho em que Daniel levava um tiro. Eu era ela no sonho. E eles se aproximavam de mim com umas facas estranhas. Senti uma facada e quando tentei me defender eles me amarraram. — Lembrando-se do sentimento de terror, Kylie percebeu seu coração acelerando. O pânico começou a crescer em seu peito outra vez.

Holiday estendeu o braço e tocou a mão de Kylie. Do seu toque irradiou-se uma sensação reconfortante que subiu pelo braço de Kylie. O medo represado no coração dela esgueirou-se como um camundongo assustado. E, como por encanto, o pânico foi diminuindo até se transformar num sentimento menos avassalador.

Kylie olhou para a líder do acampamento.

— Obrigada, mas isso não vai resolver nada. É como um *band-aid* num ferimento à bala.

— Eu sei — disse Holiday, franzindo a testa. — Mas, quando tudo o que você pode oferecer a alguém é um toque reconfortante, é isso que você quer fazer.

Kylie soltou um longo suspiro.

— O que vai acontecer se eu não desvendar esse enigma?

A mão de Holiday, pousada no braço de Kylie, ficou mais quente, como se ela sentisse que Kylie precisava de outra dose de calma.

— Você aceita que fez tudo o que estava ao seu alcance e segue em frente.

O absurdo do que Holiday estava dizendo, aliado à responsabilidade que pesava sobre os ombros de Kylie, de repente pareceu demais para ela. Kylie puxou o braço, afastando-o da mão de Holiday.

— Não, eu não poderia fazer isso... Não poderia viver em paz com a minha consciência. Quer dizer, se entendi bem, alguém vai morrer. Morrer de verdade, e não vai ser uma morte fácil. — Todos os problemas da vida de Kylie começaram a saltar de um lado para o outro na cabeça dela, como bolas de pingue-pongue. Seus olhos se encheram de lágrimas. Ainda doía pensar no funeral da avó; ela não aguentaria perder mais ninguém. — Simplesmente não posso fracassar. Não tenho essa opção.

A mente de Kylie começou a dar voltas, tentando descobrir quem podia estar em perigo. Seria sua mãe? Alguém da sua família? Alguém do acampamento? Ou mesmo Holiday? Ah, Deus, e se fosse Lucas ou Derek? Ela olhou para a porta e lutou contra uma vontade irresistível de sair correndo dali.

Holiday limpou a garganta.

— Embora a gente nunca queira fracassar, o nosso dom não é garantia de que podemos ajudar alguém. Às vezes temos que aceitar que não somos capazes de consertar as coisas.

Kylie balançou a cabeça.

— Talvez você se conforme com isso, mas eu não posso. — Ela mordeu o lábio até quase sangrar. — Eu deveria ter recusado esse dom. Não estou à altura dele. Devia tê-lo mandado de volta, com um bilhete dizendo, "obrigada, mas não quero". — O bolo em sua garganta ficou maior, comprimindo suas amídalas. — É tarde demais para recusá-lo?

— Acho que sim. Você se abriu para ele quando...

Kylie se levantou tão rápido que a cadeira de madeira se virou e bateu no chão, com um estrondo que ecoou pelo pequeno escritório.

— Kylie, espere! — A voz de Holiday a perseguiu enquanto ela corria para a porta, mas ela não prestou atenção. Dane-se! Ela tinha de encontrar um jeito de decifrar a mensagem do fantasma. Tinha de descobrir, caso contrário, alguém que ela amava morreria e Kylie não conseguiria mais encarar a si mesma se isso acontecesse.

Ainda com a garganta apertada de emoção, ela subiu os degraus da sua cabana bem a tempo de ver o Sol finalmente nascendo no céu. Os raios dourados de luz batiam em suas costas e projetavam uma sombra alongada sobre a varanda. Quando ela deu outro passo, o Sol deve ter se erguido um pouco mais no horizonte, porque a sombra pareceu dançar no assoalho da varanda. Sombras dançantes a faziam se lembrar... da cachoeira.

Ela prendeu a respiração. Precisava ir até a cachoeira. Por mais que parecesse loucura, era como se ali fossem lhe dizer alguma coisa que a ajudaria a encontrar as respostas. Ela deixou a ideia mergulhar no seu cérebro exaurido. E como o Sol às suas costas, o primeiro raio de esperança despontou dentro dela.

Inspirando uma grande golfada de ar pelo nariz, ela de repente se sentiu revigorada, cheia de energia.

Ela podia ir até a cachoeira. Só não queria ir sozinha. Seu olhar se voltou para a porta da cabana. Por que teria que ir sozinha? Ela tinha amigas. Com fantasmas ou sem fantasmas, elas a ajudariam se ela pedisse.

É verdade que já tinha pedido antes e elas se recusaram, mas desta vez era diferente. Desta vez iria implorar. Elas não se recusariam, não é? Só havia um jeito de descobrir.

Entrou, apressada, pela porta da frente, passou voando pelo seu gatinho com mania de perseguir tornozelos e escancarou a porta do quarto de Della.

— Preciso de você. Acorda.

Ela viu Della levantar a cabeça e fitá-la com olhos cheios de sono. As manhãs não eram a melhor hora do dia para Della.

Em seguida, Kylie correu até a porta de Miranda e a abriu com ímpeto.

— Miranda. Acorda. Preciso de vocês duas.

Miranda se apoiou num cotovelo. Seus olhos estavam inchados de tanto chorar, como se ela tivesse passado metade da noite soluçando sobre o travesseiro — o que, conhecendo Miranda, era provavelmente verdade. O coração de Kylie se apertou pela amiga e ela quase disse, "*Deixa pra lá*". Mas depois voltou atrás, pois realmente queria as duas amigas com ela, Miranda e Della. E talvez Della estivesse certa: era hora de Miranda parar de choramingar pelos cantos e começar a superar a dor.

— Por favor... — Kylie pediu antes que Miranda tivesse chance de resmungar qualquer coisa.

Kylie foi até a mesa da cozinha esperar pelas duas, mas estava ansiosa demais para se sentar. Ficou andando de lá pra cá, esperando que as duas amigas se levantassem, para ela começar a implorar.

— É melhor que seja importante — resmungou Della, irrompendo na cozinha e desabando numa cadeira. — Você sabe que horas são? Não são nem seis ainda. É nessa hora que eu durmo mais gostoso.

Miranda saiu do quarto segundos depois, usando uma camiseta, shorts e chinelos de coelho. Kylie encarou os chinelos de Miranda; as orelhas sacudiam a cada passo, enquanto a garota sonolenta arrastava os pés até uma cadeira vazia. Depois de se acomodar, ela olhou para cima.

— O que foi? — murmurou.

— Somos uma equipe, não somos? — Kylie perguntou. — Estamos sempre prontas para ajudar umas às outras. Não é isso o que sempre dizemos?

— Por que tenho a impressão de que isso é uma convocação? — Della baixou a cabeça, batendo a testa na mesa de carvalho. Se qualquer outra pessoa tivesse batido a cabeça na madeira com a mesma força, provavelmente teria desmaiado ou pelo menos ficado com um galo do tamanho de um ovo.

— Só diga o que quer de nós. — Miranda dobrou os braços sobre a mesa e descansou o queixo sobre o punho. O cabelo multicolorido, esparramado sobre o tampo da mesa.

Kylie olhou para Miranda e Della, ainda com a cabeça voltada para baixo e a testa apoiada na mesa, e seu coração se contraiu. Se elas dissessem não, ia doer.

Della deve ter ouvido o coração acelerado de Kylie, porque levantou a cabeça e a encarou.

— Desembucha, Garota Fantasma! Será que é tão ruim assim?

Engolindo em seco, Kylie obedeceu. Desembuchou.

— Preciso que vocês venham comigo à cachoeira. Eu só quero...

— Ah, nem vem com essa! — Della exclamou.

— Sem chance... — acrescentou Miranda ao mesmo tempo, reclinando na cadeira.

— Mas eu tenho que ir — disse Kylie.

— Então vá! — Della respondeu, acenando com a mão na direção da porta.

Kylie engoliu o nó que se formou na sua garganta.

— Não quero ir sozinha.

— Então você quer que a gente se sacrifique também — rebateu Della.

— Não vai acontecer nada — Kylie insistiu.

— Então por que temos que ir? — perguntou Miranda, com uma cara emburrada.

— Nada de ruim vai acontecer — repetiu Kylie, sentando-se numa cadeira, já sem esperança diante da atitude das amigas.

— Quem disse? — perguntou Della.

— Eu estou dizendo — Kylie respondeu. — Eu só... só não quero ir sozinha.

— Porque está com medo — Della insistiu. — E por um motivo muito bom. Você não sabe o que fazem os anjos da morte?

Kylie hesitou.

— São eles que julgam os sobrenaturais. — Ela repetiu o que tinha ouvido, mas a verdade é que não entendia muito bem os anjos da morte. Como podia entender se ninguém queria falar sobre eles? Bem, ninguém menos Holiday, e ela só tinha contado que nunca encontrara esses anjos cara a cara.

— Isso mesmo, são eles que nos julgam e às vezes determinam a punição também — explicou Miranda. — Eu conheço uma garota, Becca. Ela estava... brincando de jogar feitiços nas pessoas que a incomodavam. Pessoas que, na verdade, não mereciam ser enfeitiçadas. Talvez ela estivesse agindo mal, mas, que droga!, seus feitiços eram mais um aborrecimento do que qualquer outra coisa. Então, dois dias depois, ela saiu de casa e suas roupas pegaram fogo. Num estalar de dedos, ela quase virou cinzas. Hoje está desfigurada, toda cheia de cicatrizes, e todo mundo diz que foram os anjos da morte que lhe deram uma lição.

— Ou talvez fosse a vingança de alguém que ela enfeitiçou — retrucou Kylie.

— Todos eles passaram por um interrogatório no Conselho das Bruxas. Provaram que eram inocentes.

Kylie discordou com a cabeça.

— Nós nem sabemos se os anjos da morte existem mesmo. Talvez sejam só fantasmas mais poderosos — afirmou Kylie, repetindo outra coisa que Holiday tinha lhe dito. Se Della e Miranda soubessem da metade do que Daniel tinha feito, levando-a a participar dos seus sonhos, e tirando-a do corpo e fazendo-a incorporar no dele para que pudesse reviver sua morte, bem, elas provavelmente pensariam que ele era um anjo da morte.

Della inclinou a cadeira para trás, apoiando-a sobre duas pernas.

— Se você não acredita que eles existam, então por que quer ir até lá?

— Porque se houver a menor chance de existirem, e se forem mais poderosos do que os fantasmas comuns, então talvez sejam capazes de me ajudar a salvar quem eu amo. — Ela nunca tinha explicado nada disso a Della ou Miranda. Como poderia, se surtavam cada vez que ouviam a palavra "fantasma"?

— Salvar quem? — Della, balançando na cadeira apoiada nas pernas de trás, olhou ao redor do cômodo, como se elas tivessem companhia.

— Não sei. Poderia ser você. — Kylie olhou no fundo dos olhos negros de Della. — Ou você. — Ela apontou para Miranda. — Existe um fantasma que vive me dizendo que alguém que eu amo vai morrer. E cabe a mim...

— Espero que não seja uma de nós — disse Miranda.

Della bufou.

— Talvez seja uma de nós e vamos morrer porque você quer nos levar à cachoeira e nos oferecer em sacrifício para os anjos da morte.

— Você sabe que eu não faria isso. — A frustração pairava ao redor dela ainda mais forte do que antes. Ela batia o pé descalço no chão de ladrilhos, tentando ser paciente, mas estava lhe faltando paciência ultimamente.

Della balançou a cabeça.

— Quer dizer, já é bastante ruim ter que aceitar que fantasmas aparecem o tempo todo pra você, mas sair por aí, atrás de anjos da morte... — Ela deixou a cadeira cair sobre as quatro pernas num baque. — Não quero ficar com um monte de cicatrizes na cara. Não quero mesmo.

Kylie fitou as duas amigas.

— Tudo bem, mesmo que eles existam, o que vocês duas fizeram de tão ruim a ponto... de eles atearem fogo nas suas roupas? — Ela fitou Miranda. — Você não está jogando feitiços em qualquer um. — Depois voltou a olhar para Della. — E você não...

— Você não sabe o que eu já fiz! — interrompeu-a Della, com os olhos mais brilhantes. — Droga!, nem eu mesma sei. Quando a gente se transforma em vampiro, fica um tempo completamente sem noção das coisas e eu fiquei assim. Não sei o que aconteceu durante dois dias inteiros. Nem quero saber. Por isso não critico ninguém; por que iria perder tempo julgando os outros? E por isso não vou a lugares onde dizem que há anjos da morte. Talvez você jamais tenha cometido um pecado, mas eu não sou perfeita.

Kylie notou o sentimento de culpa na voz da amiga.

— Eu não acho que você tenha feito nada tão ruim.

— Eu não teria tanta certeza. — Miranda fez uma careta. — Veja como ela é cruel comigo — lamuriou Miranda.

Della encarou Miranda.

— Ah, pelo amor de Deus, nunca fui cruel com você.

— Que mentira... — respondeu Miranda. — Você não tem feito outra coisa nestes últimos dias. Eu estou sofrendo e tudo o que você faz é gozar da minha cara.

— É, mas eu faço isso porque gosto de você. Na esperança de que você veja o quanto está sendo babaca. Chorando por causa de um cara que fez todo aquele estardalhaço só porque um dos amigos dele beijou você. Você devia sair por aí beijando todos os outros amigos dele só pra mostrar que não está nem aí. Mas fica chorando pelos cantos...

— Ei, eu não sou babaca! — Miranda levantou seu dedo rosado.

— Eu disse pra você nunca apontar essa droga de dedo cor-de-rosinha pra mim! — Della pulou da cadeira e começou a gritar alguma coisa sobre como todas as bruxas deviam queimar no inferno.

Kylie ficou sentada ali, ouvindo as duas trocarem insultos. Então, frustrada e completamente sem paciência, ela se levantou, pegou seu tênis ao lado da porta e saiu. Parou na varanda para calçá-lo.

Sentando-se nos degraus da varanda, enfiou o pé direito. Os dedos ficaram espremidos dentro do calçado, como seu coração dentro do peito, e ela afrouxou os cadarços antes de amarrá-los. Será que Della e Miranda tinham percebido que ela havia saído? Nesse instante, percebeu que a frustração e a impaciência não eram as únicas emoções que disputavam espaço em seu peito. Também havia a mágoa.

Será que não percebiam o quanto ela precisava delas naquele momento? Enquanto amarrava o tênis, teve a esperança de que mudassem de ideia.

Que decidissem que a amizade das três era forte o suficiente para confiarem nela.

Pé direito devidamente amarrado, Kylie calçou o outro pé e recomeçou todo o processo. Ainda conseguia ouvir as duas lá dentro gritando. Ainda não tinham percebido que ela havia saído da cabana. Ou talvez tivessem e não ligassem. Aquilo a magoava, também.

Se qualquer uma das duas precisasse dela, ela não as decepcionaria.

Ficou de pé, percebeu que ainda vestia a blusa do pijama junto com o jeans e estava sem sutiã, mas não se importou. Saltou os degraus da varanda.

Percorrendo a trilha num passo firme, ela se lembrou de que nem sabia direito como chegar à cachoeira. Mas algo dentro dela dizia que conseguiria chegar lá. Ela faria isso. E faria sozinha.

Kylie fez uma parada rápida na margem do bosque, insegura quanto à direção a tomar. Ela se lembrou de que podia ouvir a queda d'água da pedra onde ela e Derek tinham ido. Também se lembrava de ter ouvido a queda quando estava no riacho onde havia pegadas de dinossauro. A cachoeira devia estar entre os dois pontos, por isso ela continuou seguindo a trilha. Só tinha andado alguns metros sob o manto espesso formado pela copa das árvores quando a luz difusa da manhã enfraqueceu, tornando-se uma sombra nevoenta de um tom cinza violáceo. Ela podia sentir a neblina no rosto.

O calor das primeiras horas da manhã tinha afugentado a friagem da noite, forçando-a a se dispersar na forma de neblina. Mas a cerração agarrava-se às árvores e pairava a alguns metros do solo. Ela sentiu um calafrio de apreensão na nuca. Mas, crente de que era só paranoia, ignorou a sensação e continuou seguindo em frente. Mais rápido.

Depois de uns quinhentos metros, ela se aventurou a sair da trilha de terra batida, esperando que o barulho da cachoeira a atraísse, como parecia ter feito antes. Ouviu e continuou a correr. Nada de cachoeira. Só o som da sola do tênis batendo no chão de terra, acompanhado dos barulhos costumeiros da natureza.

Kylie continuou avançando por entre as árvores, encontrando uma trilha ou abrindo outra enquanto enveredava pela floresta. Os espinhos dos arbustos se agarravam ao seu jeans, como se tentassem impedi-la de avançar. Mas ela não diminuiu o passo. Ocasionalmente, um galho de árvore um pouco mais baixo parecia surgir de repente no caminho, mas ela se abaixava a tempo ou o afastava com os braços.

Lembrou-se do dia em que tentou acompanhar o passo de Della por um trecho da floresta muito parecido com aquele, na primeira noite da fogueira. Quase não conseguia andar. Isso já não acontecia mais. Agora suas pernas se moviam em sincronia, com passos sucintos e eficientes.

O pensamento lhe ocorreu mais uma vez: mudança. Tudo estava mudando. Ela sentia a mudança no modo como se movia, na rapidez com que andava; sentia a mudança no modo como sorvia o oxigênio dos pulmões pela boca. O que mais mudaria?

Aquilo não era importante, pelo menos não no momento, disse a si mesma. A única coisa importante era decifrar a mensagem do fantasma. Salvar a vida de alguém era prioridade. Depois ela podia se preocupar consigo mesma.

Kylie piscou e então sentiu o rosto ser nocauteado por um punhado de folhas de um galho baixo. Ouviu um som alto de algo se quebrando e pôde jurar que era o galho, mas não quis acreditar. Quanto mais se embrenhava na floresta, mais densa ficava a vegetação e mais rápido ela corria. E mais rápido o seu coração batia, com a mistura de medo e expectativa. Todo o seu corpo formigava com a adrenalina.

Será que ela era louca de ir à cachoeira? Será que Della e Miranda estavam certas? E se os anjos da morte vissem seus pecados e quisessem castigá-la?

Buscou mentalmente os erros que tinha acumulado ao longo da vida: mentir para a mãe, ver uma garota praticando *bullying* na escola e não fazer nada, atropelar um esquilo na aula de direção. Quanto mais ela pensava, mais longa parecia sua lista de pecados.

Será que ela só estava arranjando encrenca indo à cachoeira? Ou salvando alguém que amava de algo terrível?

Nesse momento ela ouviu. Ou melhor, não ouviu. Os únicos sons na floresta eram o baque do tênis no solo e o barulho dos galhos batendo no seu jeans e os espinhos se agarrando a ele, enquanto corria. Ela parou e se abraçou. Exausta, dobrou o corpo para a frente. O ar silencioso estava pesado, até mais do que a neblina que pairava um pouco acima do chão e agora serpenteava pelas árvores. E foi nesse instante que ela percebeu. Não estava sozinha.

Capítulo Nove

O barulho de gravetos esmagados sob pés revelou a Kylie que havia alguém atrás dela. Ficou paralisada, o ar preso nos pulmões, o medo lhe causando um frio na barriga. Será que os anjos da morte a tinham encontrado?

Ela ainda não tinha decidido qual seria seu próximo movimento, quando ouviu:

— Caramba! Isso foi divertido!

Kylie reconheceu a voz cantarolante. Vencendo o pânico, deu meia-volta. Mal pôde acreditar no que via. Miranda montada nas costas de Della, com as pernas em volta da cintura da vampira.

— Desmonta, anda. Abre os olhos. Encontramos Kylie.

Della se desvencilhou dos tornozelos de Miranda e empurrou-a das suas costas, sem desviar os olhos de Kylie.

— Você está bem? — Della perguntou a Kylie. — Seu coração está disparado. Alguma coisa errada?

Mesmo com o pânico ainda correndo nas veias, Kylie não pôde deixar de sorrir. Elas vieram. A emoção encheu seu peito e formou um nó na sua garganta. Mesmo contra a vontade, as lágrimas umedeceram seus olhos.

— Você deixou que ela subisse nas suas costas? — Kylie perguntou, esperando que não notassem suas lágrimas.

— Ou eu fazia isso ou teria que esperar por ela. É mais lenta do que uma tartaruga de três pernas com uma bengala quebrada.

— Não sou, não! — discordou Miranda.

— É, sim! — Della contrariou-a.

Kylie tentou engolir o bolo na garganta.

— O que foi? — Miranda e Della perguntaram ao mesmo tempo, acabando com as esperanças de Kylie de que não tivessem notado sua emoção. Mas quem disse que ela se importava? Não era a primeira vez que a viam chorar.

— Desculpe a gente por não ter vindo com você — falou Miranda, cutucando Della com o cotovelo. — Você nos desculpa?

— É — continuou Della. — Você está bem, mesmo? Seu coração está batendo rápido. Super-rápido. Numa velocidade sobre-humana.

Kylie piscou novamente. Ela de fato se sentia estranha, mas não era uma sensação ruim.

— Estou bem. Pra dizer a verdade, mais do que bem agora que vocês duas estão aqui. Obrigada. — As palavras vieram com sentimento e mais lágrimas toldaram sua visão.

Della deu de ombros.

— Ah, tudo bem, se eu morrer ou algo assim, volto pra assombrar você.

— Não se preocupe — disse Miranda para Kylie, com um meio sorriso. — Se ela começar a assombrar você, tenho um feitiço que fará com que fique presa no purgatório por pelo menos uns dez anos.

Della fingiu encarar Miranda com uma falsa carranca e depois estendeu o braço e agarrou o cotovelo de Kylie.

— Venha, vamos sair à caça de alguns anjos da morte.

— Posso subir nas suas costas outra vez? — perguntou Miranda, esfregando as mãos.

— Não! E se você contar a alguém que te dei uma carona, quebro suas pernas. Não vou sair por aí levando todo mundo para dar uma voltinha.

— A menos que seja um gato, certo? — perguntou Miranda, com uma risadinha.

— Pare com isso! — retrucou Della, enquanto Miranda ria mais ainda.

Kylie olhou para as amigas e percebeu que, pela primeira vez em vários dias, ela ouvia Miranda rindo.

— Adoro vocês, meninas.

— É, nós sabemos — respondeu Miranda, e as três começaram a andar.

O bom humor aos poucos foi diminuindo com as sombras escuras das árvores.

Elas caminhavam sem falar. Um pássaro piou ao longe e o vento sacudiu as folhas. Kylie achava que estavam indo na direção certa, pois Della não abria a boca e já tinha dito a Kylie que era capaz de encontrar a cachoeira só ouvindo o barulho da água.

Enquanto avançavam, contornando e às vezes atravessando a vegetação espessa, Kylie notou que seu passo era tão rápido quanto o de Della. Era Miranda que parecia estar com dificuldade para acompanhá-las.

Elas percorreram uns trezentos metros e Kylie notou que Della olhava para ela de soslaio. Será que também tinha notado sua energia renovada?

— O que foi? — perguntou Kylie.

— Nada — respondeu Della. — É só que... seu coração ainda está muito acelerado e você parece... diferente.

— Diferente? — Kylie perguntou, olhando de Della para Miranda e para Della novamente. — Por que pareço diferente?

Della continuou andando, mas segurou os seios nas mãos.

— Seus peitos.

Kylie olhou para baixo.

— É que você nunca tinha me visto sem sutiã.

Della parou.

— Não é a falta de sutiã. É que eles parecem maiores.

— Não parecem, não. — Kylie parou de andar e envolveu seus seios de tamanho médio com as mãos em concha e uma coisa muito estranha aconteceu. Eles não pareciam os mesmos. Pareciam... pareciam maiores!

— Caramba! — Kylie exclamou.

— Ela tem razão — concordou Miranda, aninhando os próprios seios nas mãos, como se checasse o tamanho deles.

— Ai, meu Deus! — murmurou Kylie, olhando para os seios.

— Ei, se você não gostou, dê um pouco para mim — disse Della, rindo.

Kylie voltou a pensar que tudo estava mudando. Ela só não esperava que isso incluísse seus seios.

— E tem mais — acrescentou Miranda. — Você está mais alta também. Deve ter tido um surto de crescimento da noite para o dia.

— Um surto de crescimento? — Kylie parou com a coluna muito reta, tentando calcular seu tamanho em comparação a Della e Miranda. Ela de fato parecia um pouquinho mais alta. E seus tênis pareciam apertados também. O que estava acontecendo com ela?

— Minha tia Faye costumava dizer toda semana: "Você cresce como mato. Deve estar passando por um surto de crescimento".

Kylie queria acreditar que tudo aquilo era normal — humanamente normal —, um surto de crescimento, mas não acreditava. Seu olhar cruzou com o de Della.

— Você ficou... ficou, tipo, maior do que era, um pouco antes de se transformar?

Della olhou para o próprio peito.

— Eu pareço maior? Bem que eu gostaria...

Kylie olhou novamente para os próprios seios.

— E se não pararem de crescer? E se continuarem ficando maiores?

— Então vai ter uma fila de garotos andando atrás de você... — brincou Miranda. — Ei, você sabe como eles são quando se trata de peitos. Quanto maior, melhor.

— Você sempre pode trocar o seu nome e passar a se chamar Barbie — sugeriu Della, com uma risadinha. — Minha mãe não nos deixava nem brincar de Barbie, porque achava que não era uma imagem saudável. Acho que era porque ela sabia que, por sermos orientais, provavelmente não teríamos bunda nem peitos grandes. E não queria que nos comparássemos com uma imagem de plástico.

— Você tem bunda — comentou Miranda.

— É, graças a Deus. Pelo menos herdei isso da minha mãe. Ela tem uma bunda e tanto. — Della olhou para os próprios seios. — Infelizmente, tenho os peitos do meu pai.

Kylie tentou ser grata à reação descontraída das amigas, mas isso não diminuiu sua preocupação. Tudo bem, ela admitia que às vezes queria ter peitos maiores. Especialmente quando se comparava a Sara, sua melhor amiga da escola, que não telefonava mais para ela e tinha seios que atraíam como um ímã o olhar dos garotos. E, claro, alguns centímetros a mais de altura faziam com que ela parecesse mais magra.

Mas nada disso fazia com que se sentisse melhor. A ideia de que tudo isso era resultado de algum DNA inumano desconhecido que ela tinha em seu corpo a deixava nervosa. Nervosa porque ela não sabia onde aquilo ia parar ou o que aconteceria depois.

Ela teria que acabar usando um sutiã de tamanho extragrande, como a tia-avó de Sara? Deus do céu, a mulher quase sufocava Kylie quando a abraçava nos piqueniques da família da amiga.

Kylie ainda segurava os seios nas mãos quando sentiu um arrepio nos braços e seus lábios ficaram gelados com o ar invernal que inspirou.

Tinham companhia.

De pé na frente dela estava o fantasma. A única diferença é que ela parecia em pior estado do que antes. Estava definhando, de tão magra. Os ossos malares protuberantes davam-lhe uma aparência cadavérica.

— *Você precisa fazer alguma coisa. Logo. Precisa fazer alguma coisa. Eles me mataram. Me mataram e vão matá-la também.* — Então o fantasma se dobrou sobre si mesmo e vomitou sobre o tênis de Kylie e sobre o lindo tênis de corrida branco de Della.

— Que nojo! — exclamou Kylie dando um pulo para trás e se chocando com Miranda.

— O que foi? — perguntou Della, olhando para baixo, enquanto Miranda se aproximava para ver o que tinha acontecido.

Kylie não conseguiu responder. Ela sabia que não tinham visto o vômito, sabia que o vômito não estava ali de verdade, que tão logo o fantasma desaparecesse o mesmo aconteceria com a visão, mas ficou meio nauseada e, sendo de verdade ou não, no momento parecia bem real. Para não vomitar também, desviou os olhos do tênis.

— *Faça alguma coisa!* — o fantasma repetia.

— Ah, merda! — reclamou Della. — Os anjos estão aqui, não estão? — Ela começou a andar em círculos, falando sozinha. — Eu juro, juro que lamento tudo o que fiz.

— Eu também — disse Miranda, com os olhos vasculhando a floresta.

Kylie olhou para o fantasma e, sem querer assustar ainda mais Della ou Miranda, falou com ele mentalmente.

— *Eu estou tentando fazer alguma coisa. Mas preciso saber de quem você está falando. Preciso de mais informações.*

— *Me matando!* — repetiu o fantasma. Então ela e seu vômito desapareceram em meio ao ar gelado e rarefeito.

Kylie, percebendo que ainda segurava nas mãos os seus seios milagrosamente maiores, deixou os braços caírem dos lados do corpo. Enquanto dava uma última olhada nos peitos, pensou que o tamanho deles não parecia mais tão importante. Ela tinha que ir até a cachoeira e ver se os anjos da morte podiam ajudá-la.

— Vamos nessa! — disse, olhando para Della e Miranda.

— Eu não peguei fogo! — disse Della, com um ar de surpresa. Ela cutucou Kylie com o cotovelo. — Será que isso significa que não fiz nada de ruim nesses dias que antecederam a transformação?

— Talvez. — Kylie não teve coragem de dizer a ela que não eram os anjos da morte, por isso simplesmente recomeçou a andar. Em poucos segundos, ouviu o som hipnótico da queda d'água. Ela não tinha certeza se era real ou um chamado místico, mas continuou andando.

Andaram mais uns cinco minutos em silêncio. Então Miranda colocou uma mecha do cabelo multicolorido atrás da orelha e olhou para Kylie.

— Você acha mesmo que alguém que você ama vai morrer?

— O fantasma parece achar que sim — respondeu Kylie, tentando não parecer tão frustrada.

— E ele não contou quem é?

— De acordo com Holiday, alguns fantasmas têm dificuldade para se comunicar.

— Que saco...

— É. — A responsabilidade esmagadora de salvar uma pessoa causava em Kylie um peso no peito. Se alguém morresse porque ela não tinha sido capaz de decifrar a mensagem, não conseguiria se perdoar.

— Acha mesmo que os anjos da morte podem ajudar você?

Kylie ponderou sobre a pergunta de Miranda.

— Não tenho certeza, mas, sim, por alguma razão acredito que podem.

— Você não tem mesmo medo deles? — perguntou Della.

— Claro que tenho — respondeu Kylie, mas quando viu o medo estampado nos olhos de Della, pensou melhor. — Mas não acho que sejam malignos.

— Você acha... — balbuciou Miranda — que posso pedir a eles que... Perry me perdoe?

— Ah, pelo amor de Deus! — exclamou Della. — Perry só precisa criar vergonha na cara. Você não precisa do perdão dele.

— Não é verdade — discordou Miranda. — Eu também ficaria furiosa se ele beijasse outra garota.

— Furiosa, sim. Mas humilhá-lo por causa disso é ridículo. Quer dizer, não é como se você tivesse dado uns amassos no Kevin ou dormido com ele. Ele só beijou você... grande coisa!

A mente de Kylie deu um salto e começou a pensar em beijos. Tanto nos de Derek quanto nos de Lucas. Para ela tinha sido uma grande coisa! *Pare de pensar nisso*, disse a si mesma. Mas mesmo tentando tirar da cabeça todos os seus pensamentos sobre beijos, ela se lembrou da carta que tinha no bolso. A carta de Lucas.

Uma coisa por vez. Primeiro salvar a vida de uma pessoa, depois se preocupar com garotos. E peitos que cresciam num passe de mágica. E o fato de ela ainda não saber que tipo de DNA corria em suas veias não humanas.

— Se for para pedir favores — acrescentou Della —, peça que possam me livrar do tormento de ter de ir pra casa nos finais de semana dos pais. Eles vão ficar vigiando cada passo que eu der, tentando descobrir provas de que estou consumindo drogas. Provavelmente vou ter que mijar num copo a cada duas horas para que possam saber se estou me drogando. Juro, se eu fizer um movimento em falso, eles me tiram do acampamento e me internam numa clínica de reabilitação daquelas frequentadas por artistas.

— Eu só quero que Perry me dê outra chance. Eu... — Miranda continuou falando, mas Kylie não a ouviu mais. Della ficou quieta, como se estivesse ocupada demais pensando em como seria o fim de semana com os pais.

Kylie detestava ver as duas amigas deprimidas, mas no momento não podia se preocupar com os problemas delas, não se a vida de uma delas podia estar em risco.

— Eu não vou pedir favor nenhum. Só preciso saber se podem ajudar o fantasma a se comunicar melhor comigo. Tenho que descobrir de quem ele está falando.

Miranda apressou o passo, se esforçando para acompanhar as amigas.

— Você realmente acredita que o aviso do fantasma pode envolver uma de nós?

— Não sei. — As palavras do fantasma se repetiam na cabeça de Kylie. "*Você precisa fazer alguma coisa. Logo. Você tem que fazer alguma coisa. Eles me mataram. Me mataram e vão matá-la também.*" Foi só então que Kylie reparou que o fantasma tinha se referido a uma mulher. A esperança de que logo pudesse descobrir mais cresceu em seu peito, enquanto ela avançava na direção da cachoeira.

— Este lugar é mesmo de arrepiar! — Della exclamou no momento em que entrou na clareira e teve o primeiro vislumbre da cachoeira.

— Concordo — disse Miranda, dando um passo para trás. — Não acho que devíamos estar aqui. Sinto isso.

Kylie continuou avançando, o olhar observando a paisagem, tentando absorver tudo o que via. O lugar era... lindo. Não, mais do que lindo. Era pitoresco. Parecia uma fotografia trabalhada no Photoshop, como se alguém tivesse passado horas acrescentando detalhes. Todos aqueles detalhezinhos juntos criavam uma certa atmosfera. A essência emocional do lugar parecia tão viva quanto as árvores. Quando Kylie sorveu o ar fragrante, levou um minuto para definir o que estava sentindo. Mas finalmente conseguiu. O lugar tinha um perfume de reverência — como um templo ou igreja antigos.

Talvez fosse a maneira como o sol se infiltrava por entre as árvores, como se os seus raios partissem de holofotes no céu. Talvez fosse o modo como a cascata borrifava minúsculas gotas d'água, que dançavam no ar e ficavam prateadas sob os raios de luz. Ou como a vegetação verdejante brilhava com todas as gotinhas de orvalho. Ou talvez fosse o barulho. O som da água corrente encheu os ouvidos de Kylie até ela sentir a mesma vibração em seu sangue. Ou talvez fosse o modo como a umidade no ar fazia cócegas na garganta e enchia seu peito de emoção. Não uma emoção ruim. Era mais... aceitação.

— Ok, falamos que viríamos aqui com você. Viemos. Agora vamos embora — disse Miranda, recuando um passo.

— Ainda não — respondeu Kylie, sem conseguir tirar os olhos da cachoeira que formava uma queda d'água de quase cinquenta metros. Então, sem pensar, como se estivesse enfeitiçada, ela entrou no riacho. Simplesmente entrou, sem nem pensar em parar e tirar o tênis ou enrolar a barra da calça.

— Ei, não vou entrar com você! — Della gritou. — Sério, precisamos voltar para tomar café. Estamos indo, tá?

— Esperem por mim. Me deem só alguns minutos. — Kylie não olhou para trás. Seu tênis e seu jeans absorveram como uma esponja as águas. Ela deu mais um passo para dentro do riacho e depois mais outro.

— Tem certeza de que devia estar aí dentro? — A voz de Miranda estava tensa de preocupação. — Vem, Kylie. Vamos embora, por favor?

— Se você entrar aí, pode não conseguir sair — avisou Della.

Kylie não respondeu, não quando ela podia jurar ter visto alguém ou alguma coisa atrás da cortina de água brilhante. A figura se moveu outra vez. Definitivamente havia alguém ali. Ela só esperava que fosse alguém que tivesse respostas. E não alguém pronto para fazê-la entrar em combustão instantânea pelos seus erros do passado. Mas só para ter certeza, ao dar o próximo passo, ela fez uma oração silenciosa pedindo perdão por tudo o que já tinha feito de ruim.

As gotinhas de água respingavam em seu rosto à medida que ela chegava mais perto da cachoeira. Ao dar o passo final, o jato d'água da cachoeira bateu em sua cabeça e em seus ombros.

Atravessando o véu de água, ela se viu em meio à escuridão de uma caverna. Passou as mãos no rosto, esperando que seus olhos se ajustassem à penumbra. Estava arrepiada, não do mesmo jeito que ficava quando via os fantasmas; não, era um arrepio de medo. Ela ficou completamente imóvel e esperou que, com a volta da visão, viesse também um pouquinho de coragem.

O som da cachoeira ecoava e encobria qualquer ruído do mundo externo. Quando ela piscou, a escuridão de repente não lhe pareceu mais tão densa. Ela percebeu que estava de fato numa caverna. Só quando seus olhos começaram a divisar formas, viu alguém atrás de uma parede de pedra.

— Olá? — Sua voz era abafada pelo estrondo da cachoeira. Ao perceber que ninguém respondia, ela continuou. — Sei que tem alguém aí.

— Então acho que só me resta sair — disse uma voz atrás da rocha.

Kylie precisou de alguns segundos para reconhecer a voz, e ela de fato reconheceu, só não pôde acreditar em seus olhos quando o viu aparecer diante dela.

Capítulo Dez

— O que você está fazendo aqui? — ela perguntou.

A figura alta e masculina continuou se aproximando de Kylie e ela recuou um pouco. Estava mais surpresa do que assustada. E talvez ainda mais impressionada com tudo o que sentia. A atmosfera de reverência era ainda mais intensa ali.

— Provavelmente a mesma coisa que você — Burnett respondeu. — Curiosidade.

Não era por isso que ela estava ali. Ela viera buscar ajuda, mas não o corrigiu — e não porque não confiasse nele. Ela encontrou seu olhar. Na realidade, ainda se sentia um pouco intimidada por ele, mas seu respeito agora era maior, como acontecia com a maioria das pessoas do acampamento. Ela o respeitava a ponto de desejar que Holiday revisse sua ojeriza por vampiros quando se tratava da sua vida amorosa. Os dois formariam um belo casal. O lado sombrio dele e o lado luminoso dela. A seriedade dele e o jeito espirituoso dela.

Ela sentiu que ele a observava e percebeu que esperava uma resposta.

Mas ela tinha suas próprias perguntas. Respirou fundo.

— Curiosidade com relação a quê? — ela perguntou.

— À coisa toda dos fantasmas. À lenda. — Ele enfiou as mãos nos bolsos do jeans e olhou em volta.

— É estranho... — comentou Kylie.

— O que é estranho? — Ele se virou e olhou a caverna como se verificasse se o lugar era seguro. Por mais estranho que fosse, Kylie não estava preocupada consigo mesma. O sentimento de bem-estar que enchia o seu peito a convencia de que não era preciso se preocupar. Ela estava a salvo ali.

— Você? Curioso pra saber dos fantasmas? Pensei... quer dizer... a maioria dos sobrenaturais prefere não saber nada a respeito.

— É verdade, mas Holiday é tão obcecada por eles... então pensei... — As palavras lhe faltaram.

— Que entender um pouco mais sobre fantasmas o ajudasse a entendê-la? — Kylie perguntou, quase certa de que tinha feito a interpretação correta. Mais uma vez, ela sentiu que Burnett realmente gostava de Holiday.

Ele assentiu com a cabeça, como se admitir em voz alta pudesse ferir seu orgulho masculino.

— Pessoalmente, acho que ela fala tanto disso só pra me assustar.

— Provavelmente esperando assustá-lo para que você se afaste dela — Kylie mordeu o lábio quando percebeu que tinha dito aquilo em voz alta.

Burnett olhou para Kylie.

— Por isso também. — Ele fez uma pausa de alguns segundos e depois perguntou: — Você não estaria disposta a me explicar por que ela continua fazendo isso, estaria? — Aparentemente ele tinha mandado às favas o seu orgulho masculino.

Ok, agora Kylie iria descer as corredeiras, sem remos e com um buraco na canoa. Falar a Burnett sobre o passado de Holiday parecia quase uma traição.

— Eu... humm... eu...

Ele ergueu a mão.

— Não diga nada. Já entendi. — Arrastando os pés, ele olhou em volta novamente e depois voltou a se concentrar nela. — Então você é como Holiday, hein? Sente espíritos e consegue vê-los?

Kylie concordou com a cabeça.

— Você está sentindo os anjos da morte?

Ela começou a negar que sentia uma forte presença ou presenças, mas em consideração a todo o clima de reverência do ambiente, que mais parecia uma igreja, preferiu não mentir.

— Eu sinto algo. Não sei exatamente como descrever. É como se...

— Sério? — ele perguntou.

— Sério. — Ela olhou em volta e se perguntou se aquilo que sentia, o que quer que fosse, lhe daria as respostas de que precisava. — Você sente alguma coisa?

— Se sentisse, não estaria aqui — ele disse, em tom de gozação, mas Kylie podia jurar que havia uma ponta de nervosismo em sua voz. — Segundo a lenda, eles não vêm aqui ao amanhecer? — Ele correu os dedos pelos cabelos escuros, que pareciam ainda mais escuros do que de costume. Seu olhar se voltou novamente para a cachoeira e ela percebeu que seu cabelo estava molhado. Sentiu, então, seu próprio cabelo pingando sobre os ombros e jogou-o para a frente e para trás, sobre as costas.

Ele se aproximou de uma grande laje de pedra. Seus ombros e braços musculosos pareciam quase tão rijos quanto as paredes da gruta. Mais uma vez, Kylie não pôde deixar de admirar o quanto ele era atraente. Não que fizesse a pele dela arrepiar como Derek, mas ela apreciava suas formas bem esculpidas. Holiday de fato devia se deixar apaixonar por esse vampiro.

— Dizem que é possível vê-los nos paredões, dançando ao amanhecer. Mas isso não significa que não estejam aqui em outras ocasiões. — Kylie respondeu com sinceridade, esperando estar certa. Esperando que a presença que ela sentia ali fosse real e pudesse lhe dar respostas.

Ele assentiu e olhou em volta outra vez.

— Por que esse lugar não parecia tão assustador até você aparecer?

Kylie riu.

— Deve ser a minha personalidade magnética.

Ele sorriu.

— Provavelmente. Você e Holiday. — Só o jeito como ele pronunciou o nome de Holiday provocou em Kylie uma emoção profunda.

— Foi outro vampiro... — ela falou sem pensar. — Ele a fez sofrer muito.

Burnett pareceu confuso por um segundo, mas depois a compreensão se revelou em seus olhos.

— Então ela tem preconceito contra todos os vampiros? — Ele parecia ofendido.

— Eu diria que ela tem um pé atrás com eles. E não com todos os vampiros. Ela não parece ter problema com nenhum vampiro além de você.

Ele inclinou a cabeça e olhou para Kylie.

— Você diz isso como se fosse uma coisa boa.

— Pode ser — ela disse. — Deve haver uma razão que leve você a despertar o pior em Holiday tão depressa.

Ele pareceu refletir sobre a analogia.

— Entendo o que quer dizer. — Seu olhar vagou pela cortina d'água outra vez. — Por que não voltamos juntos para o acampamento? Quero ter certeza...

— Na verdade, eu queria ficar aqui mais alguns minutos. Sozinha — ela disse, antes que ele se oferecesse para ficar com ela.

Ele apertou os lábios.

— Não acho que deva ficar sozinha na floresta. Não depois do que aconteceu naquela noite.

— Não estou sozinha. Della e Miranda estão lá fora, esperando por mim.

Ela pensou que ele fosse fazer algum comentário machista, como dizer que ela devia ter trazido um rapaz com ela. Mas, em vez disso, disse:

— Ok. Ótimo.

É. Ótimo, Kylie pensou. Della surtaria se soubesse que ele a considerava menos capaz do que alguém do sexo oposto.

Burnett inclinou a cabeça como se ouvisse alguma coisa.

— Isso é estranho. Eu não consigo ouvi-las. Nem farejá-las. — Franziu a testa. — E só ouvi você chegar quando falou. — Ele olhou em volta mais uma vez. — Talvez este lugar seja mesmo assombrado. — Um sorriso se abriu em seus lábios. — E, falando nisso, acho que vou voltar para o acampamento. — Ele deu dois passos e depois se virou. — Não demore muito. E fiquem sempre juntas.

— Tudo bem — ela disse.

Ele assentiu e mais uma vez inclinou a cabeça e a observou.

— Está tudo bem com você? O seu coração... está batendo bem rápido.

Ela bateu o tênis molhado na pedra.

— Della disse a mesma coisa. Acho que está tudo bem — Kylie disse, sem querer contar sobre o crescimento natural mas definitivamente não humano dos seus seios.

Ele a estudou por mais alguns minutos e Kylie teve a estranha sensação de que ele notou muito mais do que seu coração acelerado, mas foi cauteloso para não deixá-la pouco à vontade. Ela apreciou a atitude dele.

Ele começou a sair da caverna e então se voltou para ela.

— Obrigado por...

— De nada — ela respondeu, sem esperar para ouvir ou pensar em como Holiday ficaria furiosa quando descobrisse que tinha contado a Burnett sobre o seu passado, por menor que fosse a informação. E Holiday descobriria, pois

Kylie tinha a intenção de contar a ela. Manter aquilo em segredo faria com que parecesse ainda mais errado. E, no momento, ali naquele lugar especialmente, ela não queria aumentar sua cota de pecados.

Cinco minutos depois da partida de Burnett, Kylie ainda estava parada no mesmo lugar.

— Tem um fantasma dizendo que alguém que eu amo vai morrer. Ele espera que eu salve essa pessoa, mas não está me dando nenhuma informação que me ajude a descobrir quem é. Estou ficando apavorada. Realmente apavorada.

E deveria me sentir uma completa idiota falando sozinha. No entanto, ela não se sentia. Embora não pudesse ver ninguém ali, ela sentia que estavam ali.

— Será que vocês não podiam, tipo, me ajudar com isso? — Ela esperou. Ouviu com os ouvidos. Ouviu com o coração.

Não ouviu nenhuma resposta, nem na mente, nem nos ouvidos, nem no coração. A menos que considerasse a sensação de calma e confiança que deixou seu peito mais leve, a impressão de que seu problema não era tão urgente e a certeza de que tinha capacidade de lidar com tudo aquilo.

Seria essa a resposta? A certeza de que tudo terminaria bem? Ou isso seria como o toque de Holiday e Derek — um mero paliativo para o tumulto emocional em que ela vivia? A dúvida dissipou a calma que sentia.

Ela se sentou de qualquer jeito no chão irregular, uma mistura de pedra e terra úmida, e descansou as palmas atrás do corpo para servir de apoio. Jogando a cabeça para trás, sentiu o cabelo molhado balançar um pouco e fazer cócegas nas suas costas através do pijama. Ele quase batia na cintura. Mais longo do que nunca antes. Sentando-se novamente, ela estendeu o braço nas costas para alcançar a ponta do cabelo. Seu cabelo, como os seios, também devia ter passado por um surto de crescimento. O que tudo aquilo significava?

Tentando usufruir a suave emoção que aquele lugar provocava nela, Kylie olhou a cortina de água a poucos metros e sentiu as gotículas molhando sua pele. *Não se preocupe, querida. Vai ficar tudo bem. Um passo de cada vez.* Ela ouviu as palavras da avó ecoando na sua cabeça.

— Você está aqui, vovó? Ou eu estou só me lembrando? — perguntou Kylie em voz alta.

A ausência do frio a fez perceber que estava sozinha. Uma minúscula parte dela queria se rebelar, exigir uma resposta, não só para o problema do fantasma, mas para todos os seus problemas. Justo quando ela estava prestes a abrir a boca, um fio de sabedoria pareceu se infiltrar em meio à frustração. "Isso", independentemente do que fosse, estava tornando a cachoeira especial e não estava aberto a exigências ou rebeliões. Além da calma, Kylie sentiu um poder.

Não um poder maléfico, mas firme.

Não indiferente, mas inexorável.

Inexorável a ponto de atear fogo numa garota e marcá-la para sempre? Kylie não sabia essa resposta e, para proteger a própria sanidade, ela achava melhor nem saber.

Então, percebendo que provavelmente estava levando Della e Miranda ao limite da paciência, ela se levantou. Quando fez isso, sentiu o envelope dobrado no bolso. A carta de Lucas. Outra coisa com que teria de lidar em breve. E, embora nenhum dos seus problemas tivesse mudado, ela de algum modo se sentiu mais confiante para lidar com eles. E talvez, pensou, aquela fosse toda a ajuda que iria conseguir.

Sua mente ficou entorpecida a manhã toda. Se por causa da falta de sono ou do surto de crescimento, Kylie não sabia. Ela largou a bandeja do almoço ao lado da de Della e deu uma olhada rápida no refeitório à procura de Derek.

O grupo com quem ele ficava pela manhã muitas vezes saía para fazer caminhadas e não aparecia para o almoço. Enquanto percorria com os olhos o outro lado do refeitório, ela percebeu o quanto queria vê-lo.

E o quanto queria *não* vê-lo.

Deus, ela era doente! Se nem ela própria conseguia lidar direito com suas emoções instáveis, não queria nem imaginar como Derek estaria se sentindo! Ele provavelmente pensava que ela tinha um parafuso a menos. E tinha certa razão, não tinha?

Sem dúvida, a calma e a confiança que tinha ganhado com o passeio matinal à cachoeira estavam começando a se desvanecer. Como não viu Derek em lugar nenhum, desabou na cadeira e se concentrou em Della, sentada ali bebendo seu sangue sem muita animação. Então Kylie notou o lugar vazio ao lado dela.

— Onde está Miranda? — Kylie perguntou.

— Sei lá — murmurou Della, girando o copo na mão.

Kylie tentou não olhar para o sangue com medo de se lembrar do quanto tinha apreciado seu sabor. Em vez disso, pegou seu sanduíche de presunto e deu uma grande mordida.

— Está tudo bem? — disse Kylie, mastigando o pão enquanto falava.

— Está. Só estou pensando na vida.

— Pensando que vai para casa daqui a três semanas?

— Na verdade, não, mas agora que você me lembrou posso acrescentar isso também à minha lista de preocupações, obrigada. — O sarcasmo era evidente na voz dela.

— Desculpe. — Kylie olhou seu sanduíche com desinteresse. — Então por que está preocupada?

— Nada especial.

— Tuuuudo bem... — respondeu Kylie, deixando Della perceber que não estava apreciando muito o seu mau humor. Entendia toda aquela pose de mau dos vampiros, mas de vez em quando...

— Foi mal — desculpou-se Della. — É que aquela conversa toda sobre anjos da morte esta manhã me deixou preocupada com... algumas coisas.

— Está se referindo à época em que se transformou e não se lembra dos detalhes?

— É. — Della pareceu aliviada ao ver que Kylie se lembrava e olhou para amiga como se buscasse ajuda. — E se eu fiz algo realmente terrível?

Terrível em que sentido?, Kylie quase perguntou. Será que Della estava preocupada com a possibilidade de ter machucado alguém? Então ela se lembrou de quem estava falando.

— Em primeiro lugar, não acho que você faria algo realmente terrível. Quer dizer, só o fato de você estar preocupada com a possibilidade de ter feito algo terrível já é sinal de que você não é má pessoa.

Della não parecia convencida.

— Mas quando a gente se transforma, é tudo tão sem noção!

— Mas você não é sem noção — retrucou Kylie. — Você é uma pessoa boa.

Della assentiu e deu a impressão de que ia dizer alguma coisa, mas então seu olhar se perdeu ao longe. Kylie começou a suspeitar de que Della tinha mais preocupações do que supunha. Será que se lembrava de muito mais do que estava contando? Fosse o que fosse, Kylie gostaria de saber como ajudar.

— Eu queria saber por onde anda Miranda — disse Della numa tentativa óbvia de mudar de assunto. — Meu Deus, espero que ela não tenha voltado a choramingar pelo garoto prodígio...

— Ela parecia bem, hoje de manhã. — Kylie olhou para a mesa onde a maioria das bruxas se reunia no almoço para ver se Miranda não estava almoçando com elas. Não estava.

Embora o acampamento se propusesse a promover o relacionamento entre as espécies, e de fato fazia isso, exceto por alguns poucos casais de espécies diferentes e alguns colegas de alojamento, a impressão que se tinha era que, na hora das refeições, as pessoas procuravam seus iguais. Helen e Jonathon revezavam-se, sentando-se um dia com vampiros e o outro com fadas. Até recentemente, Perry muitas vezes almoçava com Miranda na mesa delas. E, algumas semanas atrás, Derek sentava-se com Kylie nas refeições.

Pelo menos uma vez por semana, e nunca nos mesmos dias, até Della e Miranda se sentavam com os membros da sua espécie. Kylie dizia a elas que não tinham que lhe fazer companhia na hora das refeições. Ela entenderia se quisessem se sentar com os amigos da mesma espécie. Mas elas não lhe davam ouvidos.

Se era por lealdade ou porque se sentiam mal por ela, Kylie não sabia. Mas, lá no fundo, apreciava a atitude das amigas. Quem iria querer almoçar sozinha? Isso a faria se lembrar demais da sua antiga escola, quando Sara ficava doente ou faltava na aula.

Pensando em Sara, Kylie pegou o telefone e verificou se a melhor amiga tinha deixado alguma mensagem. Fazia quase uma semana que Kylie tinha enviado várias mensagens, perguntando como iam as coisas e contando que estaria em casa dali a três semanas, para passar o final de semana. Estava chateada por Sara não ter tentado retornar o contato. Será que isso significa que a amiga não queria vê-la?

Claro, Kylie seria a primeira a admitir que elas já não pareciam ter tanto em comum — e o fato de Kylie não ser humana ocupava o primeiro lugar da lista —, mas ela era a melhor amiga de Sara há dez anos. Isso não fazia com que merecesse algumas horas da sua companhia no fim de semana, pelo menos fingindo que ainda se importava com Kylie?

O telefone de Kylie tocou. Achando que seria muito estranho, até mesmo questão de telepatia, caso fosse Sara, ela esperou que o número aparecesse na tela. Não era Sara. Ela fechou o telefone e se sentou à mesa.

— Não me diga: é Trey ou seu padrasto — tentou adivinhar Della.

— Dois pontos por ter acertado — respondeu Kylie, engolindo o sanduíche.

— Qual dos dois?

— Meu pai, quer dizer, padrasto.

Mesmo depois de ter conhecido Daniel e aprendido a amá-lo, ela às vezes se esquecia de que Tom Galen não era seu verdadeiro pai. Kylie enterrou os dentes no pão de fôrma macio, mas não sentiu gosto nenhum.

— Ele ainda está traçando a secretária?

— Sei lá. Não me importo — disse Kylie, engolindo um pedaço de sanduíche.

— Mentirosa — rebateu Della.

— Tudo bem, e se eu disser que... não sei, acho que queria muito não me importar?

— Agora está falando a verdade. — Della estudou a expressão de Kylie e passou seu copo de sangue embaixo do nariz da amiga. — Quer um golinho?

Kylie fez cara feia e afastou o copo para longe.

— Não.

— Está mentindo de novo — disse Della, arqueando uma sobrancelha.

— Tudo bem — respondeu Kylie, com rispidez, e mesmo aos seus ouvidos seu tom de voz pareceu tão mal-humorado quanto o de Della antes. — Eu quero, mas não quero. E não fique aí pensando que é porque acho que tem algo errado com os vampiros. Não tenho nada contra. É só que eu... estou um pouco cansada de tentar descobrir o que eu sou.

— Acredite ou não, eu entendo. — Della continuou estudando a amiga. — Sabe, o seu coração ainda está batendo mais rápido do que o normal.

— Eu sei. — Kylie puxou os cabelos para a frente — E olhe. Meu cabelo cresceu também. — Ela suspirou quando se lembrou de que só tinha *um* sutiã que ainda lhe servia, agora que seus seios estavam maiores.

— Caramba! — Della estendeu o braço e tocou o cabelo de Kylie. — Já falou com Holiday sobre tudo isso? — Ela olhou de relance para os seios da amiga novamente. — Não quero assustar você nem nada, mas isso é meio estranho.

Ah, mas que ótimo! Justo quando ela começava a se convencer de que aquilo não era nada de mais, Della dizia o contrário. Kylie deu um longo suspiro.

— Não, não disse nada ainda. Tenho uma reunião com ela às duas horas.

— Você não parece muito feliz com isso...

— E não estou mesmo.

Della parecia chocada.

— O que aconteceu? Você vive elogiando Holiday. Está chateada com ela?

— Não. Mas ela vai ficar chateada comigo.

— Por quê? Por ter ido à cachoeira?

— Não. Não acho que vá ficar aborrecida porque fui até lá. — Pelo menos Kylie achava que não. — É o que eu fiz enquanto estava lá que ela não vai gostar.

— O que você fez? — Della pareceu confusa enquanto bebericava seu sangue.

— Eu contei a Burnett que Holiday sofreu uma decepção amorosa com outro vampiro.

— Sério? O que aconteceu?

— Ele me perguntou sobre ela e então...

— Não, estou me referindo ao outro vampiro.

— Eu... não sei muito bem. — Kylie percebeu que não devia ter dito nada a Della também.

— Tudo bem, mas qual o problema de dizer isso a Burnett?

Kylie revirou os olhos.

— Não cabia a mim falar. Ou a você. Por isso não diga nada.

— Meus lábios estão selados. — Della estendeu a mão para o prato de Kylie e roubou uma batatinha frita. — Você sabe por que disse isso a ele, não sabe? — Della ficou olhando a batata, que segurava com a ponta dos dedos.

— Porque sou uma idiota — Kylie respondeu.

— Não. Porque está muito claro pra você e pra todo mundo aqui que aqueles dois precisam bater o martelo. — Ela atirou uma batata na boca e fez uma careta. — Eu costumava adorar batata frita e agora... Credo! Tem gosto de sola de sapato.

Kylie ignorou completamente o comentário sobre a batata frita/sola de sapato enquanto tentava entender.

— Precisam o quê?

— Bater o martelo, trocar o óleo, queimar um pouco daqueles hormônios que eles exalam quando estão juntos no mesmo ambiente.

— Bater o martelo? — Kylie ainda não tinha entendido muito bem.

Della deu uma risadinha.

— Ouvi uma comediante falando isso. Ela estava fazendo uma lista de todas as expressões usadas para falar de sexo. Engraçado, né?

— Talvez — Kylie disse, mas não tinha muita certeza. Seu senso de humor tinha tirado um dia de folga, assim como o seu apetite. Ela olhou para o sanduíche mordido. Será que perder o apetite era um sinal? Será que um dia ela ia achar que batata frita tinha gosto de sola de sapato?

— É só falar dos diabinhos que eles aparecem...

Kylie olhou para cima. Holiday e Burnett entravam no refeitório. Ela ia na frente, e ele a observava, atrás. Por um segundo, Kylie teve medo de que Burnett tivesse contado a Holiday sobre o que ela dissera. Imaginou a amiga, furiosa e magoada, lhe passando um sermão, e seu peito se apertou. Ai, meu Deus, por que ela tinha dito aquilo a Burnett? Tinha sido um erro. Um grande erro.

Então Holiday olhou para Kylie — não havia raiva ou mágoa nos olhos verdes da moça, apenas um pouco de preocupação. Provavelmente ela ainda estava preocupada com Kylie e com o modo como ela saíra do escritório naquela manhã. Holiday pronunciou só com os lábios as palavras "duas horas" e apontou o relógio.

Kylie concordou com a cabeça.

Holiday sorriu e então foi para a frente do refeitório e pegou uma bandeja. Burnett continuava atrás dela, com o olhar seguindo cada movimento da moça, como se tentasse memorizar cada centímetro do seu corpo.

— Espere um minuto — disse Kylie. — Se os vampiros podem sentir o cheiro de hormônios, como Burnett parece não saber que Holiday se sente atraída por ele? Quer dizer, quando eu disse que Holiday talvez sentisse algo mais por ele, e não só irritação, ele pareceu totalmente surpreso.

— Muito simples. Não conseguimos sentir o cheiro dos nossos próprios hormônios e, na maioria das vezes, nem dos hormônios da pessoa por quem nos sentimos atraídos. Nunca senti o cheiro dos hormônios do meu namorado. — Um sorriso triste tocou seus lábios, como se uma lembrança tivesse lhe ocorrido. — E eu sei que Lee gostava de ficar comigo.

Kylie percebeu que Della ainda gostava de Lee, mas também tinha a impressão de que a amiga não admitia isso, nem queria falar a respeito.

— É esquisito o jeito como isso funciona — comentou Kylie.

— É. Quando estamos atraídos por alguém, é como se a emoção disparasse o sensor dos nossos hormônios. Mas, se não sentimos nada pela outra pessoa e ela se sente excitada quando está perto de nós, só sentimos um fedor.

Kylie refletiu sobre aquela informação por alguns segundos e então disse:

— Mas, então, como Derek consegue dizer quando estou pensando em... — Kylie não tinha certeza se iria conseguir dizer em voz alta, mas a curiosidade a obrigou a continuar. — Então ele não se sente atraído por mim?

— Não é nada disso — disse Della, rindo. — Ele não é um vampiro. Não está sentindo cheiro de nada. Está lendo emoções. É totalmente diferente.

— Ah — Kylie olhou para o seu prato e se forçou a comer uma batata frita, enquanto a sua mente continuava a dar voltas. Depois de engolir, ela se forçou a fazer a pergunta, numa voz muito baixa, é claro.

— Derek e eu... exalamos muitos hormônios quando estamos juntos? Quer dizer, a atração é tão explícita que chega a ser embaraçosa?

Os olhos de Della se arregalaram, mas ela não respondeu. Isso não era típico da amiga. Ela nunca hesitava em responder qualquer pergunta.

— Ai, Deus, é tão ruim assim? — Kylie perguntou.

Della olhou para cima. Kylie estava prestes a descobrir o que aquele olhar significava quando sentiu um hálito morno sussurrado em seu pescoço:

— O que é tão ruim assim? — Derek perguntou.

Capítulo Onze

— Nada — Kylie respondeu, tentando desesperadamente não produzir nenhum hormônio ou emoção que pudesse se espalhar pelo ar quando seu olhar se encontrasse com o dele. O problema era que ela não sabia como impedir que isso acontecesse. Onde, afinal, era o sensor de hormônios?

Desligue! Desligue! Desligue! Ela tentava desligar o sensor em sua mente.

Derek contornou a cadeira e se sentou ao lado dela. Kylie não queria olhar para ele, com medo de que isso só contribuísse para aumentar a produção de hormônios, mas não olhar para uma pessoa era algo extremamente rude. Ou pelo menos era o que a sua mãe dizia.

— Está tudo bem? — Derek perguntou, provavelmente notando que ela não tinha olhado para ele.

"Não seja rude." Ela quase podia ouvir a mãe dizendo.

— Está — disse ela, olhando para ele. E como tinha evitado fazer isso nos últimos dias, ela praticamente o devorou com os olhos. E perdeu o fôlego. Santo Deus, ele estava uma tentação...

Sem dúvida nenhuma, a culpa era da mãe dela!

Ele estava ligeiramente suado, não de um jeito nojento, mas de um jeito sexy. Sua pele brilhava um pouco e ele exalava o aroma de um dia ensolarado, como se tivesse absorvido na pele todos os aromas agradáveis da caminhada. Ela imaginou que, se pressionasse os lábios contra a pele dele, sentiria um gostinho de raio de sol salgado. Os cabelos castanhos estavam meio encaracolados nas pontas e pareciam despenteados pelo vento. Ele usava uma camiseta verde-musgo que moldava o peito. E o jeans era o favorito dele. Ou pelo menos o que mais usava. Ela sabia porque era o mais gasto nos joelhos e o que dava a impressão de ser mais confortável. E roupas confortáveis caíam *maravilhosamente* bem no corpo dele.

A risadinha de Della desviou a atenção de Kylie. A vampira riu e abanou uma mão na frente do nariz. Percebendo o que isso significava, Kylie sentiu seu rosto ficando vermelho.

Quando ela ousou dar mais uma olhadinha em Derek, viu que o olhar dele tinha se desviado do rosto dela e estava colado em seus seios. O que provavelmente significava que, nesse mesmo instante, ele também estava poluindo o ar com todo tipo de hormônio, enquanto tentava descobrir como os seios dela podiam ter crescido da noite para o dia.

— Eu... eu vou ver se encontro Miranda. — Kylie pulou da cadeira e correu para fora do refeitório como alguém que está de roupa branca e precisa desesperadamente de um absorvente.

— Miranda, você está aqui? — Kylie chamou, enquanto entrava na cabana, cinco minutos depois.

A amiga saiu apressada do quarto de Kylie. O pânico, estampado em seu rosto e os olhos, cheios de lágrimas. Ultimamente, lágrimas eram algo corriqueiro nos olhos lânguidos de Miranda, mas dessa vez alguma coisa parecia diferente. Kylie sentiu isso no mesmo instante. E, sim, tinha um pouco a ver com o fato de ela sair correndo do quarto de *Kylie*, imersa numa nuvem de culpa.

— Eu sinto muito — ela disse, soluçando. — Sinto muito, muito mesmo.

— Sente muito, muito mesmo o quê? — Será que Miranda tinha encontrado as cartas de Lucas e lido? Invadido deliberadamente a sua privacidade?

— Eu não fiz de propósito.

— Não fez de propósito o quê? — Kylie insistiu, sentindo sua paciência chegar ao limite, como um balão de gás prestes a explodir. Aquelas cartas eram assunto particular. Além do mais, ela nem tinha lido a segunda ainda. Quando voltou da cachoeira, tinha enfiado o envelope na gaveta junto com o outro. Disse a si mesma que leria à noite, ou talvez no dia seguinte, ou quem sabe nunca. Ela não tinha certeza se seu coração ia aguentar qualquer coisa que Lucas pudesse dizer, com tudo o que já estava enfrentando na sua vida.

— Eu já fiz isso dezenas de vezes e nunca tive dificuldade nenhuma para desfazer. Até hoje. Por favor, por favor, não me mate.

Kylie de repente teve o pressentimento de que não se tratava da carta de Lucas.

— O que você fez?

O olhar de Miranda desviou-se por um segundo para o quarto de Kylie, mas quando ela deu um passo à frente a amiga impediu sua passagem.

— Eu vou consertar o que fiz. Juro que vou. Vou descobrir um jeito. Não vou dormir nem comer enquanto não desfizer o que fiz.

— Desfizer o quê?

— Por favor, não brigue comigo.

Kylie segurou Miranda pelos ombros e tirou-a do caminho. Depois entrou em seu quarto e descobriu o que Miranda não queria que ela visse e tinha jurado desfazer.

O olhar de Kylie fixou-se primeiro na mesinha de cabeceira, onde ela guardava suas coisas mais particulares. A gaveta estava fechada. Não havia nenhuma carta à mostra. Um movimento sobre a cama capturou o seu olhar. Ela fixou os olhos.

Piscou.

Gritou.

Depois saiu em disparada do quarto.

Correu na direção de Miranda, que a segurou pelos antebraços.

— Desculpe, desculpe.

Kylie prendeu a respiração.

— Por quê...? — ela inspirou o ar. — Por que tem um gambá na minha cama?

Kylie sentiu um roçar conhecido em seus calcanhares. Ela olhou para baixo, esperando ver Socks. Mas, não. Não era Socks.

Kylie gritou outra vez e deu um pulo para o outro lado do cômodo.

O gambá levantou a cabecinha pontuda, miou e foi correndo até ela.

— Eu sinto muito — chorou Miranda.

Kylie olhou para cima, na direção de Miranda, e depois para baixo, na direção do gambá, que corria pelo cômodo na direção dela. O movimento das suas patinhas era muito familiar e tinha o mesmo jeito elegante dos felinos.

Socks?

— Não — Kylie conseguiu falar. — Não me diga que... Ai, merda, você não fez isso!

— Eu vou dar um jeito. Juro — prometeu Miranda.

Kylie saiu da aula de arte com Helen e Jonathon e andou em ritmo acelerado até o escritório de Holiday, com quem tinha hora marcada às duas horas. Como ela iria contar à líder do acampamento que tinha revelado seu romance do passado com um vampiro?

A propósito, você sabia que Burnett não fazia ideia que você costumava sair com um vampiro? Não, aquilo não ia dar certo.

Oi, Burnett e eu estávamos conversando e por acaso mencionei como você sofreu na mão de alguém da espécie dele. Não, aquilo também não ia dar muito certo.

— Kylie? — Derek chamou por ela.

Mais essa!

Ela o viu sair de uma turma de campistas que se preparavam para uma aula de caiaque e não teve outro jeito senão olhar para ele. Mas, antes disso, tomou cuidado para se distanciar ao máximo de todo mundo.

— Oi. — Ele parou em frente a ela e estudou seu rosto atentamente.

— Oi — ela cumprimentou, dando alguns passos para trás para forçá-lo a se afastar mais alguns metros dos outros campistas.

Os olhos dele estavam fixos nos dela, enquanto ela continuava a andar para trás.

— Fiz alguma coisa errada?

— Não — disse ela, balançando a cabeça.

— Então por acaso andou fumando um baseado? Porque você está agindo de um jeito muito estranho.

Ela entendeu perfeitamente o que o levava a pensar que ela estava perdendo o contato com a realidade. No entanto, em sua própria defesa, podia dizer que sua realidade nas últimas seis semanas tinha se tornado completamente diferente daquela em que sempre acreditara.

— Não estou... é que... — Ela olhou em volta para ter certeza de que ninguém com uma superaudição pudesse ouvi-la. — Estou constrangida, ok?

— Constrangida por quê? — O olhar dele baixou para os seios dela. — Por causa disso?

Ela estendeu o braço, colocou um dedo sob o queixo dele e levantou seu rosto para que ele a olhasse nos olhos. Pelo menos ele teve a decência de corar.

— Desculpe... É só que eles...

— Estão maiores. Eu sei.

Ele levantou a mão e pegou numa mecha do cabelo dela.

— E o seu cabelo está mais comprido.

— E estou mais alta também.

Ele a mediu com os olhos e a olhou surpreso.

— O que aconteceu?

— Também gostaria de saber. — Ela tentou não externar sua frustração na voz. Não era culpa dele. — Acordei hoje e tudo no meu corpo estava maior.

Ele sorriu e seu olhar desceu por um milésimo de segundo antes de subir novamente.

— Está bom assim.

— E por que não estou surpresa de saber que pensa assim? — ela perguntou, franzindo a testa.

O sorriso dele diminuiu um pouco e ele simplesmente ficou ali, olhando para ela. Ela se perguntou se ele estava se esforçando para não olhar os seios dela ou tinha outra coisa em mente.

— Olha, se eu não fiz nada, então por que nos últimos dois dias você não faz outra coisa senão fugir de mim?

Ela mexeu os pés, dolorosamente consciente dos dedos espremidos dentro do tênis.

— Eu já disse. Estou constrangida.

— Constrangida... porque está maior?

— Não. Bem, é, isso é constrangedor também. Mas não é por isso que... que...

— Você está me evitando. Pode dizer. Porque é justamente o que você vem fazendo. — Ele agora parecia contrariado ou pelo menos meio chateado. Mas o que ela realmente ouviu em sua voz foi insegurança. E, sinceramente, não podia culpá-lo. Sentiria o mesmo se ele ficasse se esquivando dela como ela fazia.

Kylie mordeu o lábio inferior.

— Desculpe. Não é o que você está pensando.

— Então é o quê? Porque estou perdido. Quer dizer, na maioria das vezes as suas emoções parecem positivas quando estou por perto, na verdade às vezes parecem *muito* positivas quando estou por perto, mas aí você foge...

— E... é justamente por isso que eu fujo.

Ele franziu a testa.

— Ainda não estou entendendo.

Tudo bem, ela ia tentar explicar, então. Seu rosto queimou só de pensar em fazer isso.

— Quando estou perto de você, só consigo pensar em te beijar e te agarrar... — *E ir muito além do que já fui com qualquer outro garoto.*

Ele franziu ainda mais a testa, mas pelo menos a sua nova postura indicava que algumas preocupações tinham saído dos seus ombros.

— Tá legal — ele enfiou uma mão no bolso do jeans. — Agora pode me explicar por que isso é ruim?

— Não é ruim... é só muito íntimo. Não quero que você saiba o que está se passando na minha cabeça. Muito menos todos os vampiros e fadas que andam por aí, pelo acampamento.

Os ombros dele enrijeceram como se as preocupações tivessem voltado.

— Então você fica constrangida porque as outras pessoas sabem que você gosta de mim.

— Não. Quer dizer... gostar de você é uma coisa. Querer... *agarrar* você é outra.

— Você quer me agarrar? — Ele quase sorriu, e então correu os dedos pelo cabelo. — Sabe, não achei que fosse possível me sentir insultado e lisonjeado ao mesmo tempo. Mas você consegue me fazer sentir as duas coisas.

— Eu não insultei você.

— Insultou, sim, dizendo que fica constrangida porque as pessoas sabem que gosta de mim.

— Eu disse que o problema não é gostar de você.

— Tudo bem, você só não quer que pessoas saibam que se sente atraída por mim.

Ela abriu a boca para falar, mas não sabia direito o que dizer.

— É. Acho que sim. Quer dizer, é simplesmente uma coisa particular.

— Particular? — Ele hesitou como se tentando descobrir o que ela queria dizer. — Nunca é tão particular assim.

— Para os humanos, é. E posso não ser cem por cento humana, mas... convenhamos. Eu passei 16 anos vivendo como humana e menos de dois meses tentando lidar com o fato de que sou... Ah, nem sei o que eu sou ainda. — Ela balançou a cabeça, sentindo o nível de frustração aumentar. — Mas, é isso mesmo, eu gosto do jeito como os humanos lidam com isso.

— E como os humanos lidam com isso? — ele perguntou, como se não estivesse conseguindo seguir o raciocínio dela.

Mas quem disse que ela o culpava por isso, visto que nem ela mesma sabia se estava entendendo seu próprio raciocínio?

— Eu gosto do jeito como os humanos mantêm seus sentimentos e pensamentos só pra si.

Ele ficou ali parado, ruminando o que ela tinha dito. Kylie podia ver que seu argumento não fazia sentido para ele.

— Não — ele rebateu. — Você está errada.

— Errada por quê? — Agora era ela que estava confusa.

— Não é particular para os humanos, também. Eles não mantêm tudo para si.

— Só se quiserem contar a alguém.

— Ah, qual é! Olhe ali para Helen e Jonathon. Vai me dizer que você, a sua parte humana, não pode ver que esses dois se sentem atraídos um pelo outro? E o que me diz de Burnett? Você sabia que ele era apaixonado por Holiday antes mesmo que *eu* percebesse. Dá pra ver.

Tudo bem, Derek tinha razão. Mas ela não gostava de vê-lo levando a melhor sobre ela.

— Dá pra ver, é verdade. Mas eu não posso sentir as emoções deles ou farejar os feromônios que exalam porque querem... *bater o martelo*... transar. E saber que outras pessoas podem... fazer isso comigo, bom, isso me assusta um pouco, entende?

Ele balançou a cabeça.

— Tem certeza de que fica assustada porque as outras pessoas sabem? Ou o que a assusta é saber o que sente por mim.

Ela ficou olhando para ele.

— Eu não sei o que está querendo dizer.

— Quero dizer que não tenho certeza se você quer mesmo isto — ele disse, agitando a mão entre eles.

— Isto o quê? — Nesse instante, ela teve um *flashback*. Um *flashback* de uma conversa parecida com Trey. Ah, pelo amor de Deus, de novo não.

— Você e eu. Nós. Você não quer que a gente seja um casal. Toda vez que eu sinto que estamos um pouco mais próximos, você acaba se afastando. Eu já perguntei se quer ser minha namorada pelo menos umas seis vezes e você nunca me respondeu. Qual é o problema?

Definitivamente, era quase a mesma conversa que ela tivera com Trey.

— É tudo uma questão de sexo, né?

— Como é que é?! — Ele pareceu realmente surpreso. — Não. Não é disso que estou falando.

— Então vai me dizer que não quer sexo? — ela perguntou, cada vez mais irritada.

Ele ficou ali, olhando para Kylie, como se ela tivesse duas cabeças e um rabo. E, que Deus a ajudasse porque, considerando tudo o que andava acontecendo ultimamente, ela quase queria ver seu reflexo no espelho para ter certeza de que não tinha mesmo duas cabeças. E o mesmo podia-se dizer do rabo.

— De onde, pelo amor de Deus, você tirou essa ideia? — ele perguntou.

De repente, ela ficou consciente de que o aglomerado de pessoas tinha se aproximado mais deles e várias delas pareciam curiosas para ouvir o que estavam conversando. Ela consultou o relógio e já era mais de duas horas.

— Desculpe. Estou atrasada.

Kylie entrou bufando no escritório de Holiday. Desabou numa cadeira, em frente à escrivaninha, e olhou nos olhos a amiga e líder do acampamento.

— Odeio os homens. Estou pensando seriamente em me tornar lésbica.

A expressão de Holiday era em parte risonha e em parte cansada.

— Se fosse tão fácil, noventa por cento das mulheres do mundo seriam homossexuais. — Ela fez uma careta engraçada e depois perguntou: — Então... problemas com os garotos? — Ela pegou uma lata de soda e tomou um gole.

— Com garotos, gambás e fantasmas.

Holiday quase engasgou com o refrigerante.

— Gambás?

Kylie afundou na cadeira, sentindo-se derrotada e extenuada por causa da briga com Derek.

— Miranda transformou Socks num gambá. E não sabe como desfazer o feitiço. — Tão logo as palavras saíram dos seus lábios Kylie se sentiu um dedo-duro. — Não que eu queira que você diga alguma coisa.

Holiday tentou não sorrir, mas os cantos da sua boca se curvaram para cima.

— Ela provavelmente está praticando para o espetáculo que a mãe vai querer ver quando Miranda chegar em casa.

— Ela explicou por que fez aquilo. E eu não quero que arranje encrenca... mas e se não descobrir como desfazer o feitiço? Vou ficar com um gambá como animal de estimação.

Outro sorriso ameaçou aparecer nos lábios de Holiday.

— Tenho certeza de que ela vai descobrir.

Kylie balançou a cabeça e depois largou as mãos no colo.

— Você tem ideia de como eu queria que a minha vida simplesmente voltasse ao normal? Como a de um ser humano normal? Ninguém tentando ler meus pensamentos, influenciando meus sentimentos ou me incumbindo de salvar a vida de alguém?

Holiday reclinou-se na cadeira e esticou os braços sobre a cabeça, como se estivesse há muito tempo na mesma posição. Ainda com os braços esticados, ela franziu a testa para os papéis sobre sua escrivaninha.

— Não sei se humana, mas normal seria bom às vezes, não é?

Algo na disposição de Holiday fez com que Kylie esquecesse por um instante suas próprias preocupações.

— Está tudo bem?

— Comigo? Ah, está, sim. — Ela baixou os braços e se sentou um pouco mais reta, como que para demonstrar mais coragem. — É com você que estou preocupada, Kylie. Você parecia muito aborrecida esta manhã.

Kylie se lembrou do modo tempestuoso como saiu do escritório.

— Desculpe. É que às vezes... sinto que é muita coisa...

— Sei que se sente assim. Mas tudo vai acabar se resolvendo.

Kylie fez cara feia.

— Você parece a minha mãe falando... Ela sempre diz, "Deus dá o frio conforme o cobertor".

Holiday deu uma risada.

— E nós preferíamos que Ele não soubesse a grossura do nosso cobertor, não é?

— É. — Kylie viu um brilho de preocupação nos olhos de Holiday. — E quanto aos seus problemas? — Ela se mexeu na cadeira, sentindo que Holiday estava aborrecida.

— Eu estou bem... só tenho uma pilha de problemas financeiros para resolver em período integral, aqui no acampamento. E preciso contratar professores. Trocar o aquecedor de algumas cabanas. E não faço ideia de como vou fazer isso.

— Pensei que o governo, quer dizer, a UPF, cobrisse as despesas do acampamento.

— Em parte eles cobrem, mas, quando concordaram que eu transformasse o acampamento numa escola, diminuíram a verba. Ultimamente até os programas do governo estão sendo cortados. — Ela olhou para a escrivaninha outra vez. — Mas provavelmente a situação não é tão ruim assim. É só que... Sky costumava fazer toda a parte financeira e agora eu é que preciso dar conta disso.

— Burnett não é bom nisso? — Kylie perguntou, esperando facilitar o início da conversa sobre Burnett.

— Não sei. Mas ele não deve ficar mais de um mês aqui, então não vejo por que teria de envolvê-lo na administração do acampamento.

Nas entrelinhas, o que Holiday quis dizer é que não confiava em Burnett. Será que era porque ele era um vampiro ou porque tinha confiado em Sky, a última colíder do acampamento, que traíra a confiança dela? Holiday nunca falava muito de Sky, mas Kylie sentia que a traição da amiga a tinha magoado muito mais do que ela queria admitir.

— Eles contrataram um novo colíder para o acampamento? — Kylie perguntou.

Agora a expressão de Holiday era de profundo desgosto.

— Não. Mas prometeram que fariam isso até o final do verão. E eu não vejo a hora.

— É assim tão difícil trabalhar com ele? — Kylie sentiu que toda frustração de Holiday era causada por Burnett, o que a deixou ainda mais preocupada com a maneira como a amiga encararia sua confissão.

— É só porque somos muito diferentes. — Holiday baixou os olhos para o peito de Kylie e se fixou ali por alguns instantes a mais. O que significava que ela tinha notado o surto de crescimento.

Os pensamentos de Kylie se desviaram da sua confissão e voltaram a se concentrar nos próprios problemas.

— Como você explica isso?

— Explica o quê? — Holiday perguntou com um ar de inocência que não convenceu Kylie.

Kylie cobriu os seios com as mãos.

Holiday apertou os olhos.

— Eu tinha esperança de que você só estivesse usando um sutiã novo.

— Receio que não. O meu cabelo também está mais comprido. — Kylie puxou algumas mechas do cabelo para a frente. — Além disso, o meu tênis está apertado e tenho quase certeza de que estou alguns centímetros mais alta.

— Mmm... — Kylie teve a impressão de que Holiday estava tentando manter sua expressão impassível.

— Mmm... o quê? — Kylie se inclinou para a frente, pressionando as mãos contra a escrivaninha.

— Mmm... é estranho — disse Holiday, mas alguma coisa no jeito como a líder do acampamento relanceou os olhos para os papéis sobre a escrivaninha deu a Kylie a impressão de que ela não estava sendo totalmente sincera.

— Por favor, não faça isso comigo — pediu Kylie.

— Isso o quê? — perguntou Holiday, olhando para ela.

— Não me esconda nada. Sou eu que estou passando por isso. Tenho o direito de saber o que está acontecendo.

— Não estou escondendo... — Holiday parou de falar e suspirou. — Não acho que esteja escondendo algo se estou apenas presumindo, fazendo conjecturas. Não acho justo dar a você uma informação sem ter certeza absoluta do que estou dizendo.

— O que não é justo é me deixar totalmente no escuro. Porque, pode acreditar, o que quer que você tenha a me dizer não vai ser, nem de longe, tão ruim quanto o que eu estou imaginando.

Holiday concordou com a cabeça.

— Tudo bem, mas lembre-se apenas... de que é só especulação. Até mesmo Burnett disse que não considera isso uma prova definitiva.

Kylie já suspeitava de que Burnett tinha reparado nos seus seios maiores. A favor dele, ela precisava dizer que ele tinha lidado com o fato muito bem, mas pensar que ele e outras pessoas estavam discutindo sobre o assunto a deixava... envergonhada. Mortificada.

— Vocês dois discutiram sobre os meus peitos?

— Não, quer dizer, sim, mas não... Olhe, ele disse que tinha notado algumas mudanças em você quando se encontraram na cachoeira. Eu insisti para que me dissesse que mudanças eram essas.

A mera menção do encontro com Burnett na cachoeira fez com que Kylie se lembrasse de que precisava ser sincera com a amiga, mas primeiro ela tinha que saber.

— E quanto às suas conjecturas?

— Algumas fêmeas de lobisomem...

— Lobisomem? Ah, não! Lobisomem, não. Qualquer coisa menos isso.

Capítulo Doze

— Ei! — A mão de Holiday pousou no braço de Kylie. — É por isso que eu não queria falar nada a você. Sabia que já ia tirar as suas conclusões.

Kylie piscou.

— O que as fêmeas de lobisomem fazem? Os peitos delas crescem muito?

— Não. Bem, um pouco. — Holiday disfarçou um sorriso. — Quando chegam a um certo nível de maturidade, na idade de se acasalar, eles crescem bem rápido.

O coração de Kylie começou a martelar e ela só conseguia pensar no que Miranda tinha contado sobre quando tinha visto um lobisomem se transformar, o quanto parecia doloroso.

— Mas parece que é exatamente isso que está acontecendo comigo. Então até que ponto isso é só uma conjectura e até que ponto é uma conclusão?

Holiday balançou a cabeça.

— A menos que o lobisomem tenha sido transformado por outro, ele começa a assumir a forma de lobo aos 4 ou 5 anos. É muito raro encontrar lobisomens que só se transformem naturalmente na sua idade. E ainda existe o fato de os lobisomens passarem por algumas oscilações de humor acentuadas alguns dias antes e depois da lua cheia. A dra. Day relatou que viu você durante a lua cheia e não observou nenhum desses sinais. E eu a observei na última lua cheia só para ter certeza de que ela não tinha se enganado. E não notei *nenhuma* mudança no seu comportamento.

— Talvez eu só seja um lobisomem com um desenvolvimento tardio — disse Kylie, embora ela tivesse esperança de que aquilo não fosse verdade. — E eu nunca fui de mostrar muito as minhas emoções. Talvez você só não tenha percebido que eu estava mal-humorada.

— Também tem... o seu gato — Holiday continuou. — Todos os felinos têm aversão a lobos. Mas ele não tem aversão a você.

Kylie se lembrou de como, anos antes, seu gato tinha reagido a Lucas. E de como Socks tinha reagido ao lobisomem no dia em que ele o havia trazido. Mas de repente ela se lembrou de algo que podia ser importante.

— Ai, droga. O lobo.

— Que... lobo?

— Uma noite dessas... quando eu fugi da cerimônia dos vampiros depois de beber sangue, dei de cara com um lobo. Ele ficou me seguindo. Depois apareceu mais tarde, aquela mesma noite, mas...

— Não era lua cheia — lembrou Holiday. — Não poderia ser um lobisomem.

— Foi por isso que não achei que fosse... Quer dizer, só achei que fosse o lobo mestiço de alguém. Ele se agachou na minha frente e tentou rastejar para mais perto, como se quisesse que eu o afagasse ou coisa assim. — Kylie teve que se lembrar de respirar. — Você acha que isso pode significar alguma coisa? Será que é algum tipo de ritual que os lobos fazem com os lobisomens antes que eles se transformem pela primeira vez?

Holiday olhou de volta para Kylie, como se estivesse tentando pensar.

— Nunca ouvi falar de nada desse tipo. Mas... Sky era a encarregada de aconselhar os lobisomens. Por isso não sei tudo sobre eles. Mas vou me informar. Burnett deve saber.

— Ele não é um lobisomem. — Kylie queria que Lucas estivesse ali. Para aconselhá-la. Ajudá-la a encontrar um sentido em tudo aquilo. Mas, não, ele tinha fugido com outra garota. E Kylie ainda não tinha lido a carta dele porque ainda estava muito chateada com o que ele tinha feito.

— Burnett não é um lobisomem, mas seu trabalho na UPF requer ampla pesquisa sobre todos os sobrenaturais. Acredite ou não, ele é tão esperto quanto arrogante. E espero que você não ache... Isto é, quando ele falou comigo sobre o fato de você estar maior, o tom que usou não demonstrou nada além de preocupação com o modo como você estaria reagindo a essas mudanças.

Mesmo perturbada com a ideia de ser um lobisomem, Kylie percebeu que Holiday estava defendendo Burnett. Querendo ou não, ela tinha passado a ter um pouco de respeito pelo vampiro. Não que isso justificasse o fato de ter contado algo sobre a vida particular de Holiday. Mas será que Holiday não via que ela e Burnett deviam dar uma chance a esse romance? Será que ficaria furiosa ao saber que Kylie tinha contado a ele sobre o seu relacionamento do passado com outro vampiro?

— E sobre a cachoeira...

— Eu compreendo — disse Holiday.

— Compreende o quê? — Kylie perguntou, esperando que aquela conversa pudesse ser mais fácil. Que Burnett tivesse contado a Holiday sobre o segredo revelado por Kylie e ela não estivesse aborrecida.

— Eu compreendo por que você foi até lá — Holiday continuou, organizando os papéis sobre a escrivaninha. — Eu mesma vou pelo menos uma vez por semana. É o melhor lugar para... pensar, tentar refletir sobre as coisas. Você conseguiu alguma resposta sobre o fantasma essa manhã?

Kylie negou com a cabeça.

— Só um sentimento de confiança.

— Então você precisa acreditar que está fazendo tudo o que pode.

Kylie de repente se lembrou.

— Você me disse que nunca tinha visto um anjo da morte.

— Nunca vi mesmo.

— Mas disse que nem tinha certeza de que eram reais.

— Não acho que a lenda em que todo mundo acredita seja real.

— Então, o que faz da cachoeira um lugar tão... especial?

Holiday hesitou um pouco, como se tentasse encontrar as palavras certas.

— Acho que é um local sagrado. Acho que o Cara lá em cima, no céu, criou esse lugar para nós, que temos que lidar com espíritos. É um lugar em que podemos encontrar paz. E às vezes até respostas.

— Como uma igreja? — Kylie perguntou, lembrando-se do sentimento de reverência que brotou dentro dela quando esteve lá.

— É, como uma igreja. A gente sente muito poder espiritual ali. Você sentiu, não sentiu? — Holiday pousou a mão sobre a de Kylie.

Kylie afastou delicadamente a mão.

— É... Mas... por que você não me contou? Perguntei sobre a cachoeira e você não me contou nada. Quer dizer, eu poderia ter ido lá antes. Talvez eu conseguisse descobrir mais sobre o que o fantasma está tentando me dizer agora.

Holiday colocou as mãos sobre a escrivaninha e Kylie viu os olhos verdes da amiga se encherem de compreensão.

— A gente não fala sobre a cachoeira com outras pessoas, Kylie. A cachoeira precisa atrair você até lá. E estou supondo que ela tenha atraído você ou não teria ido.

Kylie não podia negar que tinha se sentido impelida a ir. No entanto, ainda se ressentia do fato de ter precisado descobrir tudo sozinha. O que haveria de errado em receber uma orientação, pelos menos uma mãozinha?

— Fiquei um tanto chocada ao saber que Burnett tinha ido lá — falou Holiday. — Os únicos sobrenaturais que se sentem compelidos a ir à cachoeira são os que têm o dom de ver espíritos. Os outros acham que aquele lugar estimula demais as emoções... ou melhor, se sentem meio intimidados.

Kylie se lembrou de como Della e Miranda tinham reagido. É, a segunda alternativa parecia mais provável.

— Nem mesmo Sky ia até lá. — Holiday olhou para Kylie. — Burnett esteve mesmo atrás da queda d'água?

— Ele estava lá quando entrei. — Ela hesitou. — Foi até lá por causa de você — disse Kylie, tentando introduzir o assunto. Se ela não falasse agora, talvez não conseguisse mais. Teria ainda menos coragem.

— Por minha causa?

— Ele queria te entender melhor. E acho que pensou que se fosse lá... conseguiria entender toda essa coisa de fantasmas.

— Ele disse isso? — Holiday arregalou os olhos de surpresa.

— Disse. — Kylie hesitou um pouco e depois despejou: — Eu disse a ele que um outro vampiro tinha decepcionado você. Era por isso que você... não queria se envolver com ele.

Holiday franziu a testa na mesma hora e apertou os olhos. Não era um olhar que Kylie visse com muita frequência no rosto da amiga.

— Você disse o quê?

— Sei que não devia. Mas... ele perguntou e de início eu não disse nada, mas...

— Por que ele... Não, por que você contou a ele?

— Ele realmente gosta de você, Holiday.

— O que ele sente não interessa. Eu não contei aquilo a você para que contasse a outra pessoa. — Ela parou de falar, mas a frustração cintilava em seus olhos.

— Sinto muito. De verdade. Eu sei que foi um erro, mas achei que... quer dizer, é como se estivesse deixando o que aconteceu com o seu noivo impedir você de ver as possibilidades com Burnett. Você o está castigando por algo que ele não fez.

A expressão de Holiday não se suavizou. Ela respirou fundo.

— Kylie, o que acontece entre mim e Burnett não é... — Ela fechou a boca e os músculos da sua mandíbula ficaram rígidos. — Por que não colocamos um ponto final nesta conversa agora e falamos disso mais tarde? Eu preciso de um tempo.

Kylie sentiu um grande vazio no peito.

— Por favor, não fique com raiva de mim.

Holiday ergueu a mão.

— Não estou com raiva. Estou... desapontada.

— Isso é até pior — murmurou Kylie, com o peito cada vez mais apertado. — Eu sinto muito mesmo.

Holiday se levantou e fez um gesto mostrando a porta.

— Vejo você amanhã.

Os olhos de Kylie começaram a arder e, mais do que nunca, ela quis argumentar, pedir para que Holiday a perdoasse. Implorar para que seu deslize não mudasse o relacionamento entre elas. Mas algo dentro dela dizia que poderia ser tarde demais.

Eram quase nove da noite e Kylie estava deitada na cama, olhando para o teto, com um gambá fedorento dividindo seu travesseiro. Ela preferiu não aparecer no refeitório nem participar da pizza e do jogo de basquete noturno. Burnett tinha instalado uma tabela de basquete nova e todos os garotos tinham formado times. Como tinha dormido muito pouco nos últimos dias, achou que logo ela ia apagar. Estava enganada.

Olhou de relance para a gaveta onde estava a carta de Lucas e, por um segundo, desviou os pensamentos dos seus problemas com Holiday e passou a pensar nos seus problemas com Lucas, e depois nos seus problemas com Derek. Em seguida sua mente se rebelou contra a ideia de ser um lobisomem. Ah, mas que droga!

Quando sua mente deu uma guinada e passou a pensar que havia alguém que ela amava em perigo, ela instantaneamente se lembrou do sentimento que tivera na cachoeira: a certeza de que pelo menos esse problema ia acabar bem.

Pena que nem todos os seus problemas pareciam de tão fácil solução.

Ao ouvir o toque do telefone um gemido escapou dos seus lábios — não que ela não precisasse parar um pouco de pensar no caos que estava a sua vida. E talvez ela tivesse sorte e fosse Sara, finalmente ligando para ela. Claro que elas não eram mais tão próximas quanto tinham sido um dia, mas ela ainda se preocupava com a amiga e andava pensando muito nela ultimamente. Mas será que estava preparada para falar com sua ex-melhor amiga?

— Não quero assustar você — ela disse para Socks, que podia ou não ser capaz de exalar fedor. — Mas preciso alcançar o telefone.

O animal abriu seu olho pequeno e redondo, olhou para ela e achou que não valia a pena miar.

Miranda tinha passado o dia todo tentando transformar Socks no seu velho eu felino. Até Kylie por fim sugerir que ela descansasse um pouco. Até disse para ela não ser tão severa consigo mesma, pois se tratava apenas de um deslize. Um imenso e apavorante deslize, mas Kylie não disse isso a ela.

O telefone parou de tocar e Kylie não sentiu nem vontade de ver quem estava ligando. Olhou para Socks novamente.

— Um imenso e apavorante deslize — murmurou. Mas considerando que ela esperava que Holiday a perdoasse, decidiu que talvez fosse melhor praticar o que ela esperava obter da amiga, ou ao menos pelo que imploraria... seu perdão. E então Kylie rezou. A lembrança de como Holiday tinha se sentido traída fez com que uma onda de dor inundasse o seu coração.

Por que contar a Burnett sobre Holiday lhe pareceu tão certo naquele momento? E, agora, por que parecia tão errado? Mas, sim, contar a Burnett a verdade lhe pareceu o mais correto a fazer. Ela tinha sentido um impulso irresistível, como se sua intuição a obrigasse a fazer aquilo. E agora estava naquela confusão por ter ouvido sua intuição!

O telefone tocou novamente. Pegou o celular, sem saber direito se queria falar com alguém, e olhou o número no visor... Sentiu na mesma hora um bolo na garganta.

Capítulo Treze

Era a mãe dela. A constatação calou fundo em seu peito. Calou fundo e doeu. Ela nunca pensou que sentiria aquilo, mas sentia falta da mãe. Queria que ela estivesse ali para... apenas para ficar ao lado dela. E não era só porque o relacionamento entre as duas estava melhor. Kylie sentia saudade até de como era antes.

Por mais que dissesse que a mãe nunca a amara, quanto mais tempo Kylie passava longe dela, mais começava a ver as coisas de modo diferente. É claro que a mãe era uma pessoa emocionalmente distante, e é claro que Kylie era *muito* diferente dela. Mas, por alguma razão, agora ela via todas as outras maneiras pelas quais a mãe expressava o seu amor. As panquecas todo sábado de manhã. O depósito em sua conta bancária cada vez que ela dizia precisar de alguma coisa. Até os insuportáveis panfletos sobre sexo demonstravam o carinho maternal — apesar de Kylie preferir que ela deixasse de colocá-los sobre a sua cama...

Ao atender ao telefone, ela lutava contra a onda de nostalgia.

— Oi, Mãe. — Kylie prometeu a si mesma que não iria chorar e, com esforço, conseguiu impedir a voz de tremer.

— Querida? — A preocupação instantânea que transpareceu na voz da mãe aumentou o nó na garganta de Kylie e a emoção fez suas narinas arderem. — Está tudo bem?

Como a mãe podia pressentir que havia alguma coisa errada se Kylie só tinha pronunciado duas palavras? Será que a mãe era paranormal? *Não, ela era só humana.* Devia ser apenas instinto maternal. E isso nunca faltou à mãe.

— Está. — Kylie mordiscou o interior da bochecha para evitar o choro.

— O que está acontecendo, meu bem?

As lágrimas afloraram nos olhos de Kylie.

— Não é nada. — Ela observou Socks mudar de posição sobre o travesseiro e rezou para que ele não estivesse prestes a borrifar um jato de fedor sobre ela. Ficar toda fedorenta graças ao seu gato-gambá seria a última gota. — Foi um dia difícil, só isso.

— Difícil por quê? Você quer vir para casa? Só precisa me dizer e eu dirijo até aí hoje à noite e pego você.

— Não, mãe. Eu adoro este lugar. — Kylie se lembrou de que a mãe ainda não tinha concordado totalmente com a ideia de matriculá-la para o ano letivo. O que significava que, por enquanto, Kylie não podia mencionar nada de negativo com relação a Shadow Falls. Ela realmente tinha que fazer a mãe concordar — especialmente se... se Kylie fosse de fato um lobisomem. Como, pelo amor de Deus, uma pessoa conseguiria explicar isso à sua mãe humana? — Eu só... cometi um erro hoje e alguém de quem gosto muito ficou chateada comigo.

— Bem, todo mundo comete erros — confortou-a a mãe. — Você só precisa se desculpar.

— Já fiz isso.

— E não foi perdoada? Essa pessoa ainda está com raiva de você?

— Não está com raiva. Só desapontada. — O remorso oprimiu seu peito quando ela se lembrou de Holiday lhe dizendo essas palavras. Kylie sabia o quanto doía ser decepcionada e magoada por alguém em quem confiava. Era muito pior do que ficar com raiva. Como acontecia com seu pai. Tudo bem, do pai ela sentia raiva e decepção ao mesmo tempo, mas era a "mágoa" que doía mais. Enquanto a raiva quase lhe causava uma sensação agradável, a mágoa não causava nenhum sentimento bom. Nenhum.

— Você não quer me contar o que aconteceu? — a mãe perguntou, sem querer pressioná-la, mas ao mesmo tempo sentindo que era sua obrigação como mãe dizer isso. Surpreendentemente, Kylie queria contar. Ela não iria, nem poderia, contar tudo à mãe, mas poderia revelar alguma coisa.

— Uma pessoa me contou algo em confiança. E eu... contei seu segredo a outra pessoa. Na hora, realmente achei que isso poderia ajudá-la... a resolver o problema. Mas...

— Mas não ajudou? — a mãe perguntou.

— Não. Quer dizer, não que eu saiba.

— Kylie, pelo que parece você estava tentando fazer a coisa certa. Não seja tão dura consigo mesma. Foi só um pequeno deslize, garota.

Kylie quase riu das palavras da mãe. Não foi justamente isso que ela falou a Miranda? Talvez Kylie fosse mais parecida com a mãe do que pensava. Ela sentia um aperto no peito.

— Amo você, mãe — Kylie disse, sem pensar.

— Ah, querida — suspirou a mãe, como se agora ela é quem fosse chorar. — Amo você, também. Posso fazer alguma coisa pra ajudar? Posso ir até aí e chutar o traseiro de alguém se precisar.

Uma lágrima rolou pelo rosto de Kylie.

— Você chutaria o traseiro de alguém por mim?

— Sem pensar duas vezes.

Kylie riu e fungou ao mesmo tempo.

— Posso mudar de assunto um minutinho? Pra contar uma coisa engraçada? — a mãe perguntou, parecendo animada. — É o motivo de eu ter ligado.

— Pode. — Kylie enxugou os olhos. Ela bem que precisava de boas notícias.

— Você nunca vai adivinhar o que eu programei para sexta-feira à noite, quando você estiver em casa.

— O que é? — Kylie perguntou, constatando que não estava tão mortificada diante da ideia de ir para casa. Seria bom passar algum tempo com a mãe e se afastar um pouco dos problemas que a afligiam no acampamento.

— Foi pensando em você que fiz isso.

— Fez o quê, mãe? — Kylie perguntou, sentindo a empolgação da mãe.

— Uma noite caça-fantasmas. Lembra? Você mencionou que a cachoeira do acampamento podia ser mal-assombrada.

— Uma noite caça-fantasmas? — Kylie mal podia acreditar no que ouvira.

— É um jantar num hotel mal-assombrado e depois eles nos levam para conhecer todo o hotel. Não é absolutamente eletrizante?

Kylie desabou sobre o travesseiro e agora estava mesmo com vontade de chorar.

— É. Absolutamente — *nada* — eletrizante...

Trinta minutos depois de desligar o telefone, ela ainda continuava contando carneirinhos, na tentativa de conseguir cair no sono. Enquanto as centenas de carneirinhos saltavam sobre a sua cama, a mente de Kylie repassava a discussão com Holiday.

"*O que ele sente não interessa. Eu não contei aquilo a você para que contasse a outra pessoa*", Holiday disse.

"*Sinto muito. De verdade. Eu sei que foi um erro, mas achei que... quer dizer, é como se estivesse deixando o que aconteceu com o seu noivo impedir você de ver as possibilidades com Burnett. Você o está castigando por algo que ele não fez.*"

Você o está castigando por algo que ele não fez.

Você o está castigando por algo que ele não fez.

Então a mente de Kylie deu um giro e se desviou para a discussão que ela havia tido com Derek.

"*É tudo uma questão de sexo, né?*", ela disse.

"*Não. Não é disso que estou falando*", discordou ele.

Kylie reviveu toda a raiva que fervilhou dentro dela naquele momento. Uma raiva acumulada, reprimida. A raiva que ela tinha sentido de... Trey.

Você o está castigando por algo que ele não fez.

— Ah, merda! — Ela se sentou na cama. Será que tinha feito a mesma coisa que acusava Holiday de estar fazendo? Quanto mais pensava nisso, mais constatava que Derek nunca, nem uma vez, a tinha pressionado a fazer sexo com ele. A queixa de que ela o estava evitando tinha mais a ver com o fato de ela se esquivar dele, não de não querer transar.

Então um trecho da conversa com a mãe lhe ocorreu. "*Todo mundo comete erros. Você só precisa se desculpar.*"

A mãe dela estava certa. E isso, Kylie percebeu, era outra coisa que nunca pensou que um dia pensaria sobre a mãe. Mas, dane-se, a mãe estava certa. Kylie precisava se desculpar. Levantando-se, tirou a camisola e enfiou novamente a calça jeans curta, o sutiã apertado, o tênis um número menor e uma camiseta, e foi procurar Derek.

No momento em que pôs o pé do lado de fora da cabana, o clima quente e úmido a atingiu em cheio. Ela seguiu na direção do refeitório, mas depois parou. Derek às vezes saía um pouco mais cedo do jantar para telefonar para a mãe. Não que confessasse isso a todo mundo. Mas tinha contado a ela.

Uma sensação de calor se avolumou no seu peito. Ela gostou que ele tivesse confiado nela. Ai, Deus, ela gostava muito dele mesmo e, do fundo do coração, esperava que aceitasse suas desculpas. Como não queria que ninguém dotado de superaudição ouvisse o que ela tinha a dizer, resolveu procurá-lo na cabana. Andava num ritmo lento, o que algumas semanas atrás seria incrivelmente rápido para ela. Enquanto avançava, sentia a copa das árvores pairando sobre sua cabeça. Sentia o vento agitando seus cabelos. Teve um vislumbre das estrelas cintilantes, mas não prestou muita atenção no cenário. Em vez disso se concentrou no que diria a Derek quando o visse.

A meio caminho da cabana, uma sensação a envolveu. Como se alguém a observasse. Ela diminuiu o passo e ficou atenta, tentando ouvir alguma coisa. A noite estava repleta do zumbido de insetos, não havia nenhum silêncio sepulcral ou pouco natural, mas mesmo assim ela sentiu. Olhando à sua volta, para a borda da floresta, ela checou para ver se não havia nenhum lobo atrás dela. Não havia olhos dourados perscrutando-a por trás dos arbustos. Tentou se convencer de que não havia nada, mas acelerou o ritmo, ansiosa para encontrar Derek — ansiosa para ter sua constituição mais alta e sólida ao seu lado.

Seus braços em volta dela.

A cabeça em seu ombro.

Talvez os lábios dele se fundindo com os dela.

Ah, com certeza, pensar em Derek afugentava os seus temores.

Ela fez a última curva da trilha e viu luzes acesas na cabana de Derek. Havia alguém lá.

— Por favor, meu Deus, que seja ele.

Ela venceu os últimos metros que faltavam, quando notou que a porta da frente estava entreaberta. Aquilo era meio estranho. Quando subiu os degraus da varanda, percebeu um cheiro familiar. O cheiro de frutas silvestres maduras. Ainda não tinha definido bem o cheiro quando sentiu o tênis pisar numa mancha escorregadia, que a fez escorregar e cair.

Sentada no chão, ela se segurou no alpendre para se levantar. Mas a sensação de algo molhado e espesso sob a palma fez com que parasse.

Foi então que reconheceu o cheiro doce de frutas silvestres maduras.

Sangue.

Seu olhar se desviou para a varanda.

Muito sangue.

O retângulo de luz que se projetava da porta chamou sua atenção e Kylie viu. Pingos vermelho-escuros formavam uma trilha para dentro da cabana, como migalhas de pão na floresta.

Seu coração gelou.

— Meu Deus, Derek! — ela gritou, sem receber nenhuma resposta.

Ela ficou de pé e correu para dentro da cabana, gritando o nome dele várias vezes.

Capítulo Catorze

— Derek?! — Seu coração batia na boca. Ela seguiu a trilha de sangue através da sala, até o corredor. Ela levava a uma porta fechada. Kylie agarrou a maçaneta. Trancada.

De repente ouviu um barulho do outro lado da porta.

— Derek?! — gritou. Mais uma vez, nenhuma resposta.

Sem pensar, impulsionada unicamente pelo pânico, deu alguns passos para trás e arremeteu contra a porta. Uma parte foi arrancada das dobradiças e a outra se partiu em dois ou três pedaços, caindo contra o chão do banheiro. Ela se estatelou em cima delas. De cara no chão.

Só nesse momento percebeu que o barulho atrás da porta fechada era o chuveiro. E só então viu Derek, totalmente nu e molhado, puxar a cortina do boxe, quase arrancando-a do varão.

O corpo dele era firme; os músculos, bem definidos. Uma atitude de defesa brilhava em seus olhos e em sua postura. Parecia preparado para enfrentar o intruso.

Que, no caso, era ela.

Ele olhou para Kylie, caída sobre um pedaço da porta do banheiro. Ela olhou para ele... nu em pelo, segurando ainda a cortina do boxe.

— Eu... eu vi sangue e pensei... — *O que ela tinha pensado?* Vampiros sanguinários, um assassino com um machado, um *serial killer* à solta. Ela não tinha incluído um vilão em seus pensamentos. Sua única preocupação tinha sido a vida de Derek.

— Você derrubou a porta... — Ele falou com naturalidade, mas o tom de descrença era evidente.

— Eu sei — ela respondeu, incapaz de dizer mais alguma coisa. Incapaz de despregar os olhos do corpo dele.

— Mas é madeira maciça.

— Eu sei. — Ela sentiu a madeira maciça embaixo dela e também ficou um pouquinho chocada ao constatar o fato de tê-la derrubado. Se aquilo fazia alguma diferença, ela sentia o ombro meio dolorido. E foi a leve dor que a trouxe de volta à realidade do momento.

— Você está sem roupa... — Ai, meu Deus, ela tinha dito mesmo aquilo?

— Eu sei. Costumo tomar banho assim.

O rosto dela começou a arder.

Como ele não parecia nem um pouco preocupado com a falta de roupas, Kylie achou que talvez fosse dever dela se preocupar. Afinal de contas, ela é que tinha invadido o banheiro e derrubado a porta enquanto ele tomava banho.

Ela virou as costas para ele. Um movimento totalmente inútil e sem sentido, pois não a impedia de ver sua nudez. O espelho pendurado sobre a pia baixa, que agora ela encarava, lhe oferecia a mesma visão.

Uma visão realmente incrível, devia dizer. Ela já tinha visto homens nus em filmes. Bem, quase nus. E já tinha visto estátuas nuas também. Estátuas belas e detalhadamente esculpidas na pedra, que não deixavam nada para a imaginação. Mas ao vivo era definitivamente melhor. Ai, Jesus, ele estava muito sexy com a pele molhada e sem nada sobre ela.

Então ela percebeu que, enquanto admirava a vista, ele observava a admiração dela. Os olhos dele, através do espelho, estavam fixos nos dela. O rubor voltou às suas faces. Ela desviou o olhar do reflexo dele no espelho e se voltou para o próprio tênis justamente quando ele estendeu o braço para pegar a toalha.

Nesse momento ela achou melhor explicar novamente.

— Eu... eu vi o sangue e entrei em pânico.

— É — ele começou a explicar. — Chris me deu uma cotovelada no nariz quando estávamos jogando basquete.

Ela olhou no espelho para verificar o rosto dele.

— Machucou muito?

— Só sangrou muito. — Com a toalha presa em volta da cintura, ele pegou o jeans no chão e depois a fitou através do espelho.

— Vou colocar o jeans. Então, talvez queira olhar pra baixo outra vez...

Ela fez exatamente isso, e enrubesceu novamente. Só quando ouviu o zíper subindo que olhou para cima. Ele estava mais perto dela agora, quase sobre ela, na verdade, com a mão estendida para ajudá-la a se levantar. Ela aceitou.

— Está tudo bem com você? — ele perguntou tão logo ela conseguiu ficar de pé.

Ela massageou o ombro.

— Só um pouco dolorida.

— Imagino.

Ela o viu olhar para a porta outra vez.

— Vou dizer a Holiday que a culpa foi minha — ela disse.

— Não se preocupe. — Ele pegou um pedaço de madeira e tentou curvá-la. Quando viu que a madeira não cedeu nem um milímetro, olhou para ela outra vez. Depois estendeu a mão e tocou no braço dela, e sua mão deslizou lentamente até o cotovelo.

Seu toque era quente e úmido, muito semelhante ao ar no banheiro. Um formigamento subiu pelo braço dela e percorreu seu corpo. Seu olhar acariciou os ombros largos dele, e ela teve vontade de beijá-lo ali, no lugar onde tantas vezes descansava a cabeça.

— Você ainda está quente — ele disse. — Normalmente os vampiros só ganham força depois que se transformam.

A decepção quebrou um pouco o clima. Ele só a tocara para checar a temperatura, não porque... tivesse sentido vontade de tocá-la, do mesmo jeito que ela sentia.

— Acho que o problema é esse — ela disse. — Eu não sou normal. — Ela mordeu o lábio inferior e então decidiu falar de uma vez. — Holiday disse... ela disse que algumas fêmeas de lobisomem têm... — ela olhou para os próprios seios — um surto de crescimento por volta desta idade.

— Então ela acha que você é um lobisomem?

— Pra dizer a verdade, não. Ela disse que... não há mais nenhum indício de que se trata mesmo disso. Portanto, voltamos à estaca zero.

— Lamento — ele disse. — Sei o quanto você quer descobrir o que é. — Ele acariciou seu braço novamente e desta vez ela sabia que ele não estava simplesmente checando sua temperatura. O formigamento e o clima voltaram.

Deixando escapar um longo suspiro, ela encontrou os belos olhos verdes dele.

— Foi por isso que vim aqui.

— Por que você veio aqui? — ele perguntou, saindo do banheiro e entrando na primeira porta à direita. Ela o seguiu e estancou quando percebeu que era o quarto dele. Ela o observou tirando uma camisa do armário. Segurou-a em frente ao estômago chato, mas não a vestiu. Ela teve um pensamento maluco de que ele não se vestia porque sabia o quanto ela gostava de admirar seu corpo. Ele parou mais perto dela.

— Por que você veio aqui?

Concentre-se. Concentre-se. Pare de pensar no corpo dele.

— Para me desculpar. Por ter sido tão idiota hoje à tarde. Eu estava... confusa. Quer dizer, Trey... Ele me enganou e, quando você disse aquilo, eu simplesmente me lembrei do que ele tinha dito. O que ele fez me magoou muito e eu acho que simplesmente projetei tudo em você.

Sem aviso, ele a puxou para si e pressionou os lábios contra os dela. O beijo foi ardente, passional e ela não queria que terminasse. E, quando terminou, foi ele quem se afastou, não ela. Ela ficou feliz, no entanto, ao ver que ele estava tão ofegante quanto ela.

— A resposta é sim. — Os lábios de Derek estavam úmidos e ainda tão próximos que ela o sentiu sussurrar as palavras contra sua pele.

— Eu... eu não tenho muita certeza de qual foi a pergunta — Kylie conseguiu responder, achando que tinha perdido uma parte da conversa, tão inebriada estava com o beijo dele.

— A última coisa que você perguntou esta tarde foi se eu queria sexo. Quero deixar bem claro. Eu quero você. Quero tanto que às vezes não consigo pensar em outra coisa. Algumas noites eu acordo e estou tão... — ele deixou a frase incompleta e respirou fundo outra vez. — O que estou tentando dizer é que, embora eu te queira tanto, a última coisa que eu faria é pressionar você a fazer algo para o qual não se sente pronta.

— Estou pronta... — Ela pousou a mão no peito dele. E, ai Deus..., era tão bom tocar seu peito nu... A tentação de pedir que ele fosse em frente, que a levasse para a cama e lhe ensinasse tudo sobre sexo era quase irresistível. No entanto, alguma coisa ainda a detinha. — ...ou quase pronta. — Ela tirou a mão do peito dele. — Acho que antes só preciso descobrir o que sou. — Ela fitou o peito dele, com receio de que, se o olhasse nos olhos, ela ficasse outra vez mais corada que uma maçã do amor. Infelizmente, ele ergueu a mão e inclinou a cabeça dela para trás, forçando-a a olhar para ele.

— Eu sei o que você é, Kylie. Você é amorosa, divertida e linda. É generosa com todos, todo mundo gosta de você. E é muito corajosa. E eu admiro quem tem coragem.

— Quis dizer *o que* sou — ela corrigiu, sentindo os dedos dele roçando no pescoço dela.

— *O que* você é não é importante. Porque o que você é não vai mudar *quem* você é. — Ele tirou a mão do queixo dela. — E não estou dizendo isso só para convencê-la a fazer sexo. Só quero que... Gostaria que você pudesse se ver através dos meus olhos. Que pudesse ver o quanto é especial. E não me importo com o que você vai ser depois de se transformar.

As lágrimas arderam nos olhos de Kylie e ela passou os braços ao redor dele e pressionou o rosto contra seu peito quente, que exalava um aroma de limpeza, sabonete e umidade.

— Você é que é especial — ela sussurrou.

— Nada disso — ele respondeu e riu. — Se eu fosse especial não estaria aqui pensando em como fazê-la mudar de ideia e transar comigo agora mesmo. Então vamos sair deste quarto antes que eu decida te arrastar pra minha cama.

Ela riu e olhou bem no fundo dos olhos dele.

Ele sorriu e deslizou a mão por baixo da camiseta dela, pelas costas nuas, e enlaçou-a pela cintura.

— Essa coisa toda de derrubar a porta foi bem excitante...

— E não o fato de você estar nu? — Ela tinha mesmo dito aquilo? Na mesma hora quis que o chão se abrisse e a engolisse.

— Não, definitivamente foi a cena da porta. Agora, se você estivesse nua... — Ele expirou com força. — Ok, é melhor a gente parar de falar nisso. — Ele se afastou dela, pegou a sua mão e puxou-a para fora do quarto.

Ela deixou que ele a levasse pela mão até a sala. Ele olhou o sofá e então de volta para ela. Seus olhos pareciam pesados, sonolentos e brilhantes de excitação.

— Quase tão arriscado quanto a cama...

Ela riu e ele a puxou para a varanda da frente. Vestiu a camisa, depois se sentou no chão e encostou as costas na parede de madeira, num lugar onde não havia sangue. Depois de se acomodar, ele olhou para cima e bateu com a mão no chão, ao lado dele. Ela se abaixou e sentou-se no chão bem perto, ajeitando-se para que seu braço encostasse no dele. Depois deitou a cabeça em seu ombro e disse:

— Obrigada.

Ele levantou o braço e passou-o pelos ombros dela, estreitando-a num abraço.

— De nada.

Nenhum deles disse nada por alguns minutos. Ela ficou simplesmente sentada ali, bem perto dele, absorvendo a sensação de tê-lo ao seu lado. As perguntas giravam na sua cabeça como um par de tênis dentro da secadora. Mas o constrangimento a impedia de formulá-las em voz alta.

— Vá em frente e pergunte — ele disse, quase como se lesse os pensamentos dela.

Ela levantou a cabeça do ombro dele.

— Perguntar o quê?

— Seja o que for que a deixa constrangida e curiosa ao mesmo tempo. Posso ler suas emoções, esqueceu?

Ela fez cara feia.

— E eu detesto isso também. Não quero que você me leia.

— Mas não tenho outra escolha. Não sei como *não* ler você. — Ele riu e olhou para ela. E como em todas as outras vezes em que estavam juntos, a noite parecia saída de um conto de fadas. As estrelas brilhavam como diamantes no céu. As árvores pareciam mais frondosas. A lua, quase cheia, deixava a noite tão clara que ela quase podia ver o rosto dele.

— Acho que seu nariz vai ficar um pouco inchado. — Ela tocou a lateral do nariz dele.

Ele envolveu a mão dela nas suas e beijou a palma.

— Então, o que está deixando você curiosa e constrangida?

— Eu só... — Se ela não dissesse a ele naquele instante, ele provavelmente iria pensar o pior. E, mais uma vez, o que a deixava curiosa de fato podia ser o pior.

— Pode perguntar. — Ele a cutucou com o ombro.

Ela hesitou e depois simplesmente despejou:

— Estou curiosa pra saber quantas garotas você já teve. Eu sei que tem quase 18 anos e... — As palavras lhe faltaram. Kylie tinha certeza de que ele não era virgem, e não só porque dissera algo que a fizera chegar a essa conclusão, mas também pelo modo como... ele beijava.

Ele franziu a testa e ela sentiu que ele preferia não ter insistido para que ela perguntasse.

— Bem...

— Bem...? — ela repetiu. E agora mais do que nunca queria uma resposta. — Você me fez perguntar, agora tem que responder.

Ele hesitou.

— Poucas.

— Isso é bem vago. — Ela tirou a mão de entre as dele.

Ele respirou fundo e depois expeliu o ar dos pulmões.

— Tudo bem... quatro.

— Não são tão poucas assim.

— Tem razão. — Ele não negou que não tinha falado bem a verdade. — É só que é meio estranho falar com você sobre isso.

— É, eu sei — ela disse, percebendo que preferia não ter perguntado. Não gostava de pensar nele com outra garota. — Desculpe por ter perguntado.

— Não precisa se desculpar. — Ele se reclinou contra a parede da cabana e voltou a ouvir a noite. — Agora eu posso fazer uma pergunta?

— Claro. — Uma ponta de nervosismo agitou o seu estômago. Mas, considerando o quanto a sua pergunta tinha sido pessoal, ela não poderia lhe negar uma resposta.

— Se Lucas estivesse no acampamento, você ainda estaria sentada aqui comigo?

Capítulo Quinze

A pergunta dele deixou todos os nervos dela à flor da pele.

— Que tipo de pergunta é essa?

— Obviamente uma bem difícil. — Ele dobrou os joelhos e olhou para os próprios pés.

Algo lhe dizia que ele estava sondando suas emoções naquele exato momento — tentando entendê-las. Mas como ele podia fazer isso se nem ela mesma conseguia entendê-las?

— Mas ele não está aqui — conseguiu dizer.

Ele olhou para ela de cima.

— Há boatos de que está pra voltar.

Ela sentiu o ar preso na garganta.

— Não importa — ela se forçou a dizer. — Ele está com Fredericka.

— Ele a trocaria por você assim — Derek estalou os dedos. — Não é cego nem burro.

Ela balançou a cabeça.

— Bem, talvez eu não queira ninguém que tenha fugido com outra pessoa.

Ele arqueou uma sobrancelha.

— O "talvez" na sua resposta me preocupa mais do que a confusão nos seus sentimentos neste instante.

Ele franziu a testa ao olhar para ela.

— Por favor, não me decepcione, Kylie.

O coração dela quase se partiu naquele momento.

— É a última coisa que eu quero fazer.

Ele a beijou suavemente e então se recostou novamente na parede.

— É melhor eu te levar de volta para a sua cabana antes que todo mundo volte pra cá.

Ela concordou com a cabeça e aceitou a mão que ele lhe oferecia para se levantar. Começaram a descer os degraus da varanda quando ele parou.

— Ah, eu me esqueci. Tenho uma coisa pra você.

Ele correu de volta para dentro e voltou em alguns segundos com um pedaço de papel.

— O que é isso? — ela perguntou quando ele o passou para ela.

— É o telefone de um investigador particular.

Como ele não disse mais nada, ela perguntou:

— E pra quê?

— Você disse que estava tentando encontrar seus avós verdadeiros. Esse cara é bom em achar pessoas. Se alguém pode encontrá-los, é ele.

Kylie ergueu os olhos do papel e olhou para Derek.

— Você acha mesmo que ele pode localizá-los depois de tanto tempo? Quer dizer, eu andei tentando encontrar os pais adotivos de Daniel e nem eles eu consegui.

— Ele é muito bom — insistiu Derek.

O coração dela se apertou.

— E provavelmente cobra caro. Não tenho como pagar. — Ela começou a devolver o papel, mas ele deteve a mão dela.

— Ele não vai cobrar de você, Kylie. Pode ligar.

— Por que não vai cobrar de mim? Você disse que ele era investigador particular.

— Porque é meu amigo. Além disso, eu costumava fazer uns trabalhos pra ele.

— Você trabalhou para um investigador?

— É, eu fui vê-lo algumas vezes... pra ver se conseguia localizar meu pai.

Aquela informação a surpreendeu. Ela não achava que Derek quisesse notícias do pai.

— E ele o encontrou?

— Encontrou... — ele confirmou. — Sabe, você perdeu uma ótima pizza hoje à noite — acrescentou, deixando claro que não queria falar a respeito do pai.

Mas Kylie não conseguiu parar de perguntar.

— E você o viu?

— Não. Só queria saber onde estava o cretino.

Kylie sentiu a dor que Derek guardava no peito.

— Então como você acabou trabalhando pra esse investigador?

— Ele achava que a minha habilidade de ler emoções podia ser muito útil.

Querendo ainda suavizar a dor nos olhos de Derek, ela ficou na ponta dos pés e deu um beijo nos lábios dele. Um beijo profundo. Ela o puxou para mais perto, tão perto, que sentiu os seios pressionados contra o peito dele. As mãos de Derek desceram pelas costas dela e envolveram sua cintura. Uma das palmas deslizou por dentro da camiseta dela e foi subindo lentamente. Ele acariciou suas costas, parando logo abaixo do sutiã, como se não quisesse ir além do limite. Um limite que ela quase queria que ele ultrapassasse.

Quando ela se afastou um pouco, sua respiração estava entrecortada.

— Obrigada por isto — ela disse, mostrando o papel.

— Uau! — ele exclamou, sorrindo, e tocou os lábios dela. — E se ele conseguir encontrá-los, o que eu ganho?

Ela lhe deu uma cotovelada de leve nas costelas. Ele riu e passou o braço pelos ombros de Kylie, enquanto iam para a cabana dela.

Exatamente às oito horas da manhã, Kylie já tinha uma colega de alojamento fora da cabana — Della tinha um ritual de vampiros — e estava tentando se livrar da outra. Disse a Miranda para ir tomar o café da manhã sem ela. Kylie a encontraria mais tarde. Miranda já tinha saído pela porta da frente, mas estava ali há uns cinco minutos realizando algum tipo de encantamento. Kylie por fim colocou a cabeça para fora da porta e perguntou:

— O que está fazendo aí?

— Eu já disse. Só estou tentando manter nossa cabana protegida.

Kylie lembrou-se da amiga insistindo em dizer que sentia uma presença indesejável espreitando por ali, embora Kylie não tivesse sentido nada. Exceto nos momentos em que andava sozinha pelos bosques ou pelas trilhas.

— Protegida do quê... exatamente?

Miranda espalhou algum tipo de erva no ar. Elas crepitaram e estalaram enquanto caíam numa espiral descendente, dando a Kylie a certeza de que não eram ervas comuns.

— Não sei... exatamente.

— Você já não tinha feito um feitiço para se livrar desse espião?

— Tinha, mas o *bad boy* ainda está por aqui. Simplesmente não foi embora ainda.

Kylie não queria perguntar, mas achou que tinha esse dever.

— Poderia ser um fantasma? — porque, se fosse, Kylie não tinha certeza se Miranda deveria tentar mantê-lo afastado. Gostando ou não, lidar com fantasmas era função de Kylie. Não que os rituais de Miranda tivessem evitado a visita de fantasmas. No entanto, se as ervas dela estavam, de algum modo, mantendo Daniel afastado, Kylie tinha de fazer alguma coisa. Ela precisava realmente falar com Daniel.

— Não, não é um dos seus fantasmas — respondeu Miranda.

— Então o que é? — Kylie ficou um pouco apreensiva ao se lembrar da visita indesejável do vampiro ao acampamento algumas noites antes. — Quer dizer, Della não saberia se fosse alguém mal-intencionado?

— Sim, mas isso não é... normal. Envolve mágica. Não usei meu dedinho ainda, mas já estou cuidando disso.

Cuidando disso assim como estava cuidando da transformação de Socks em sua antiga forma felina? Kylie não disse nada, porque magoaria Miranda, mas não pôde deixar de pensar.

— Você já falou com Holiday? — Kylie perguntou.

— Ainda não. Quero tentar resolver isso sozinha primeiro.

Kylie assentiu, mas não tinha certeza se essa era mesmo a melhor opção.

— Já está pronta pra ir? — Miranda perguntou, depois de espalhar mais um pouquinho de ervas.

— Não. — Kylie tirou algumas pequenas ervas crepitantes do cabelo. — Tenho que dar alguns telefonemas.

— Tudo bem, mas não chegue muito tarde. Depois da Hora do Encontro, vamos cozinhar juntas, e hoje combinamos de fazer brownies e é você quem vai fazer a cobertura. E não vão nos deixar comê-los antes que você acabe a sua parte. E eu adoro, adoro brownies. E não quero ter que esperar.

— Não vou me atrasar. — Kylie de fato estava gostando da ideia de ter aulas de culinária na última semana. Quem sabe ela não pegasse gosto por decoração de bolos e coisas assim? Lidar com lápis e papel nunca tinha sido seu forte, mas trabalhar com glacê parecia divertido. Ela sempre gostou de assistir a programas de decoração de bolos na televisão.

Miranda começou a se afastar, mas então se virou.

— Pra quem vai ligar?

Com o número do detetive particular na mão, ela quase contou à Miranda a verdade, mas achou que não estava pronta para dividir aquilo com alguém.

— Explico depois.

— Trey? — perguntou Miranda.

— Que nada! — Kylie respondeu.

— Sara? — apostou Miranda.

— Explico depois. — Kylie franziu a testa, lembrando-se que Sara ainda não tinha retornado sua ligação.

— Um admirador secreto? — Miranda continuou, como se aquilo fosse um jogo. — Um cara muito gato que beija como ninguém e sobre o qual você ainda não nos contou? Ah, eu quero conhecê-lo!

Kylie suspirou.

— Eu não tenho nenhum cara muito gato.

— Sério? Do jeito que você ficou vermelha quando contou sobre Derek nu, pensei que ele fosse o seu gato.

— Vá tomar o seu café. — Kylie acenou para ela.

— Tuuudo bem — disse Miranda, se afastando.

Kylie fechou a porta e olhou para o papel que tinha na mão. Ela finalmente tinha a sensação de que estava perto de conseguir algumas respostas. Não tinha tido a sorte de encontrar os pais adotivos de Daniel nem sabia se estavam vivos; e não tinha nem ideia de como começar a procurar os verdadeiros. Mas se Derek estivesse certo... se esse detetive era tão bom assim, então talvez pudesse encontrá-los. E como eles eram sobrenaturais, ou pelo menos um deles devia ser, e considerando que tivessem uma expectativa de vida maior, então havia uma boa chance de que estivessem vivos.

Se ela os encontrasse, teria algumas respostas. Finalmente descobriria o que era. Deus, ela realmente esperava que o cara fosse tão bom quanto Derek acreditava.

Só a menção do nome de Derek, ou talvez tenha sido aquela história de Miranda, sobre o cara muito gato, fez Kylie relembrar algumas cenas da noite anterior. Toda aquela cena do chuveiro e os beijos excitantes que tinham trocado.

Uau! E se ele conseguir encontrá-los, o que eu ganho?

A pergunta de Derek ficou dando voltas na sua cabeça. Ela sabia que ele estava brincando, não esperava nenhum tipo de pagamento por ajudá-la.

E talvez também fosse por isso que ela queria recompensá-lo. Ou não exatamente recompensá-lo. Ela só queria...

Pode parar, ela disse para si mesma. Era muito cedo para começar a pensar nesse tipo de coisa. Pense em decoração de bolos. Ou pense em fazer a ligação.

Com o fone do balcão da cozinha na mão, sentou-se na cadeira do computador. Respirou fundo e discou o número do investigador.

— Agência Brit Smith — ele respondeu.

— Oi. — Ela não sabia muito bem por onde começar. — Meu nome é Kylie Galen.

— A garota do Derek? — o homem perguntou.

Kylie sentiu uma contração no estômago ao ser chamada de "garota do Derek". De fato soou muito bem, embora não fosse oficialmente namorada dele. Então, mais uma vez lembrou-se dele nu... *Pare com isso!*

— Derek disse que você poderia me ajudar a encontrar uma pessoa.

— Eu me lembro, algo sobre o seu pai ter sido adotado. Me dê um minuto para me sentar na frente do computador; quero fazer algumas anotações.

— Claro. — Enquanto Kylie esperava, ela olhou a tela do computador e resolveu verificar seus e-mails. Moveu o mouse para reativar o computador.

Depois de alguns segundos, um artigo do jornal *Springville Times* apareceu na tela. Quando Kylie começou a ler, viu que não era um artigo qualquer. Eram os obituários do jornal. Springville? Della não era de Springville, no Texas? Mas por que ela tinha...

— Pronto — disse o detetive. — Qual é o nome do seu pai?

Kylie desviou os olhos do computador.

— Daniel Brighten.

— Nomes dos pais dele?

— Não sei o primeiro nome deles — Kylie explicou.

— Tudo bem. Em que estado ele nasceu?

— Eu... não sei.

— Mas era do Texas, não?

Kylie começou a ter cada vez menos esperança de que aquilo fosse levar a algum lugar.

— Não tenho certeza.

— Tudo bem — ele disse, mas desta vez parecia um pouco mais desanimado. — Talvez seja melhor começar me dizendo o que você sabe.

A mente de Kylie começou a reunir informações.

— Os pais dele moravam em Dallas quando minha mãe o conheceu... Eu estou... ligando para todos os Brightens da região de Dallas. Até agora não encontrei ninguém que dissesse conhecer meu pai. — Ela continuou contando que Daniel tinha morrido na Guerra do Golfo. E contou até um pouquinho do primeiro encontro entre Daniel e sua mãe. Não havia muito em que ele pudesse se basear, e ela sabia disso.

— Isso não é muita coisa — disse o sr. Smith, confirmando o que ela pensava e deixando-a ainda mais desanimada. — Mas eu vou ver o que consigo desenterrar. Estou trabalhando num grande caso agora e pode ser que demore um tempinho para eu começar a sua investigação, mas quando tiver alguma informação aviso você. Enquanto isso você continua fazendo as suas perguntas.

— Fazendo minhas perguntas pra quem? — Kylie perguntou.

— Pra sua mãe, é claro.

— Acho que ela já disse tudo que sabia.

— Talvez. Mas os pais são meio relutantes quando se trata de falar sobre seus relacionamentos e coisas do tipo.

Kylie mordeu o lábio e se perguntou se ele estaria certo. Com certeza a mãe dela não era uma pessoa muito aberta.

— Acho que tem razão.

— E mesmo que ela não esteja escondendo nada de você de propósito, pode não ter reparado em algo importante. Ela sabe que você está procurando pela família dele, não sabe?

— Humm, na verdade, não.

O investigador ficou em silêncio e ela presumiu que ele estava se perguntando se arranjaria alguma encrenca investigando o caso para uma menor de idade.

— Tenho a intenção de contar pra ela — Kylie esclareceu. — Só não tive chance ainda. — *Ou não decidi como contar.*

— Ótimo. Acredite quando eu digo que esse tipo de coisa funciona melhor quando a gente encara de frente.

— Eu sei — Kylie concordou, tentando imaginar como falaria sobre o assunto com a mãe. Como iria explicar que queria encontrar os pais verdadeiros de Daniel, não os pais adotivos, porque precisava saber que espécie de sobrenatural ela era?

Depois de desligar o telefone, Kylie continuou sentada ali, sem muito ânimo. O investigador não parecia mais a solução de que ela precisava. E se aquilo também não funcionasse? O que ela faria? Se pelo menos conseguisse obter mais informações acerca de Daniel. Ela olhou para o teto.

— Será que você não poderia vir me visitar?

O ar frio espiritual não invadiu o cômodo. Kylie estava prestes a se levantar quando seu olhar se desviou novamente para a tela do computador e os obituários. Ela notou que as datas das mortes eram de oito meses antes.

Um pensamento terrível a atingiu como um raio. Será que Della estava pesquisando os obituários porque achava que podia ter matado alguém durante os dias de que não tinha nenhuma lembrança, logo após a transformação?

O olhar de Kylie se voltou para a tela, agora para os rostos das pessoas que tinham morrido. Só alguns obituários citavam a causa da morte e nenhum deles dizia "exangue". Embora, no fundo, ela soubesse que deveria estar se sentindo mal por todas aquelas pessoas mortas, não conseguia parar de pensar em Della. Devia ser muito ruim viver com a suspeita de que se matou alguém.

Alguns dias se passaram sem que nada diferente acontecesse. Kylie tinha tentado falar com Della a respeito do que descobrira no computador, mas a amiga se recusara a falar sobre o assunto. Ela tentou iniciar uma conversa sobre Daniel com a mãe, mas não conseguiu nenhuma informação importante.

Embora toda manhã Kylie acordasse ao raiar do dia com uma lufada de ar frio em seu quarto, o espírito partia sem fazer nenhum contato verbal ou visual. Nada de Daniel também. Kylie tinha a impressão de que todos os seres do mundo espiritual estavam fazendo greve.

Ela não tinha certeza do que isso significava. Entendia a ausência de Daniel. Ele tinha falado que seu tempo na Terra agora era muito limitado, mas e quanto ao espírito da mulher, que insistia em dizer que alguém que Kylie amava estava prestes a morrer?

Segundo Holiday, Kylie não devia se preocupar, pois, quando os espíritos precisavam dizer alguma coisa, eles sem dúvida apareciam. Ela até tentou garantir a Kylie que provavelmente a ausência do fantasma era um bom sinal. Ou o espírito tinha percebido que o perigo não era tão iminente ou a situação tinha se resolvido por si mesma. Kylie tinha esperança de que se tratasse da segunda opção. Mas sua intuição lhe dizia para não ter muitas esperanças.

Embora Holiday e Kylie tivessem se encontrado duas vezes depois que ela confessara o seu erro à amiga, Holiday manteve uma postura muito prática, quase distante. Kylie tinha tentado se desculpar novamente, mas Holiday não tinha deixado que ela continuasse e disse que já tinha esquecido o caso.

Esquecido talvez, mas não perdoado. Kylie sentiu isso quando olhou nos olhos da líder do acampamento. E a dor de saber que seu erro tinha afetado o relacionamento entre as duas deixou um vazio no peito de Kylie. Para deixar as coisas ainda piores, a tensão entre Holiday e Burnett parecia ainda maior. Obviamente, a interferência de Kylie não só não ajudara em nada, como tinha aumentado a distância entre eles.

— Está pronta? — Kylie ouviu Miranda chamar da sala. Socks levantou sua carinha de gambá do colchão e sibilou. Não havia dúvida de que o gatinho/gambá estava cansado de ver Miranda andando atrás dele e tentando desfazer a confusão que criara. Kylie não se surpreenderia se ele acabasse soltando um jato de fedor sobre ela. Isto é, se ele pudesse fazer isso.

— Não. Eu nem penteei o cabelo — Kylie gritou de volta, olhando em volta à procura da escova de cabelos. — Por que não vai tomar o café com Della e nos encontramos daqui a pouco?

— Tudo bem — gritou Miranda. — Mas vá logo. Não vejo a hora de ir. Parece que faz anos que não faço compras. E, quando sair, abra a porta antes de sair, em vez de derrubá-la.

Kylie fez cara feia; preferia não ter contado a Miranda e a Della sobre toda a cena do chuveiro, na cabana de Derek. Mas, mesmo se tornando alvo de gozação das duas, não tinha achado certo não contar.

— Holiday disse se teríamos hora pra voltar? — Miranda gritou mais uma vez.

— Não — Kylie respondeu.

Holiday, apesar de parecer emocionalmente distante, tinha concordado em deixar Kylie, Della e Miranda irem à cidade comprar roupas com um dos veículos da escola. Ou ela concordava em deixar ou Kylie teria que emprestar sapatos e sutiãs de alguém. Graças a Deus, o surto de crescimento parecia ter parado. Mas quem disse que isso tinha feito Kylie parar de se preocupar? O que aquilo tudo significava? E quando ela saberia com certeza o que aconteceria depois? A lua cheia começaria na segunda-feira seguinte. Os lobisomens do grupo tinham planejado uma demonstração didática aquela noite, para que todos pudessem assistir a um deles se transformando.

Sempre que Kylie deixava a sua mente vagar, ela se preocupava com a possibilidade de ser um dos lobisomens a participar da demonstração. Se as mudanças no seu corpo deviam-se ao fato de ela ser um lobisomem, aquilo não significava que ela estava se transformando também, mesmo que num grau menor? Seu coração acelerou diante daquele pensamento. Ela saberia o que fazer? Se lembraria de quem era antes?

Kylie ouviu a porta da cabana se fechar e pegou o celular para ter certeza de que não tinha perdido nenhuma ligação do sr. Smith. Ao olhar o visor, viu que tinha algumas mensagens de voz. Teve esperança de que fossem boas notícias.

Mas não. Nenhuma ligação do investigador. Duas mensagens do padrasto e uma de Trey. Ótimo. Que maravilha! Ela deletou as três mensagens sem ouvir nenhuma delas.

Quando enfiou a mão na gaveta para procurar a escova, seus olhos encontraram a carta de Lucas. A curiosidade aguçava a sua vontade de abri-la, mas outra emoção — que Kylie identificava como culpa — fez com que mantivesse a carta fechada e intacta.

Por favor, não me decepcione, Kylie.

As palavras de Derek cruzaram sua mente. Ela não tinha nenhuma intenção de decepcionar Derek. Não tinha nenhuma intenção de se envolver com Lucas. Então alguém podia explicar por que ela sentia culpa ao pensar em ler a carta?

Talvez porque continuasse sonhando com ele. Quer dizer, quase sonhava com ele. Por mais estranho que fosse, os sonhos sempre acabavam antes de realmente começarem. No entanto, Kylie tinha a sensação de que era melhor assim. Ela de algum modo sentia que eles seriam parecidos com o sonho que tivera antes, em que se beijavam e se tocavam e as roupas eram consideradas opcionais...

Por que ela continuava quase sonhando com ele?

Porque você tem sentimentos não resolvidos em relação a ele, dizia uma voz interior.

Uma voz que Kylie gostaria de não ouvir. Ela não queria ter nenhum sentimento por Lucas. Ele tinha fugido com Fredericka. E Kylie agora estava com Derek... ou quase. Eles não tinham se beijado desde a noite em que ela o vira nu. Uma lembrança que nunca se afastava muito dos seus pensamentos. No entanto, desde aquela noite, ele parecia manter uma certa distância dela. Kylie não sabia se era porque ele sentia que ela ainda ficava constrangida ao pensar que todos percebiam seus desejos incontroláveis por ele, ou se era outra coisa.

Talvez esse fosse o jeito dele de mostrar como uma pessoa se sentia quando outra a evitava. Embora Derek não fosse do tipo que fazia esse tipo de joguinho.

Talvez fosse simplesmente porque ela ainda não tinha assumido um compromisso verbal com ele, para que se tornassem um casal, namorados, enfim. Não que isso tivesse algo a ver com a carta de Lucas. Não tinha nada a ver. Nada mesmo. Lucas era passado. Mesmo que ele voltasse. Ele já tinha feito a sua escolha ao fugir com Fredericka.

Não que ela tivesse a intenção de ser rude com ele caso voltasse. Eles poderiam até ser... amigos. Se sua femeazinha de lobisomem deixasse.

A lembrança de Fredericka levou Kylie de volta à noite em que tinha ficado encurralada em seu quarto com o leão. A Confraria de Sangue, a gangue de vampiros perversos, tinha começado a aterrorizar e exterminar a vida selvagem na reserva animal vizinha, esperando que a UPF pusesse a culpa em alguém do acampamento e fechasse as portas. No entanto, Kylie não conseguia deixar de lado a suspeita de que alguém tinha feito o leão entrar em seu quarto. Alguém que podia ter sido Fredericka. Ela estava errada de suspeitar da garota? Kylie achava que não.

Ah, droga, ela não devia ter trazido à tona todas aquelas lembranças. Nem pensado no fato de não ter aberto a carta de Lucas. Ela agarrou o envelope, abriu o lacre e estava prestes a pegar a carta quando o telefone tocou.

Ela largou a carta sobre a cama, verificou o visor do celular e atendeu.

— Oi, mãe.

— Oi, querida — a mãe disse, com um suspiro. — Sinto trazer más notícias.

— O que foi? — No mesmo instante, a temperatura no quarto caiu. Kylie sentiu o estômago se contrair num nó apertado. Será que alguém que ela amava estava em perigo, como o fantasma tinha avisado?

— Está tudo bem com você, mamãe? — perguntou Kylie, sentindo o pânico crescer dentro dela.

— Comigo está tudo bem.

Ai, Deus! A temperatura do quarto tinha caído mais uns dez graus.

— O que foi? Alguma coisa errada?

— Acabei de receber um e-mail da empresa em que eu trabalho, insistindo para que eu vá para Nova York hoje mesmo. É um ótimo cliente... então não vou poder ver você no dia dos pais. Pesquisei para ver se achava um voo noturno de volta para cá, mas está tudo lotado.

O calafrio continuou, embora o pânico de Kylie diminuísse.

— Tudo bem — Kylie olhou em volta para ver se o fantasma havia se materializado. Não viu nada. Kylie estendeu o braço e acariciou Socks, que olhava em volta, nervoso, com seus olhinhos brilhantes de gambá. Socks sempre sabia quando um fantasma estava presente.

— Quero ver você. Sinto como se não a visse há meses — disse a mãe.

— Não faz meses — Kylie respondeu. — Só duas semanas. — Mas lá no fundo, Kylie percebeu que sentia falta da mãe também. — De qualquer maneira, estarei em casa em algumas semanas para passar o final de semana. Teremos muito tempo pra ficar juntas.

— E iremos ao jantar no hotel mal-assombrado — a mãe acrescentou, com a voz cheia de entusiasmo.

— É, isso também — disse Kylie, tentando não deixar transparecer o seu pavor.

Elas conversaram durante alguns minutos sobre os horários da mãe e sobre a prima dela, que queria lhe fazer uma visita. Kylie quase mencionou Daniel outra vez, mas não conseguiu pensar numa maneira de introduzi-lo na conversa.

Enquanto conversavam, Kylie puxou o cobertor mais para cima. O frio do espírito continuou e ficou até mais intenso, mas ele ainda não tinha se materializado.

— Ah, adivinha quem eu encontrei no supermercado — a mãe contou.

— Quem? — Deus, está ficando cada vez mais frio!

— Sara.

Kylie sentiu um sobressalto de emoção.

— Como ela está?

— Na verdade, não estava com uma aparência muito boa.

— O que ela fez? Tingiu o cabelo ou colocou uma argola no nariz? — Kylie perguntou, conhecendo a opinião da mãe sobre essas coisas. O relacionamento entre elas podia ter melhorado, mas isso não tornava a mãe perfeita nem mudava o criticismo dela.

— Nada disso — a mãe explicou. — Sara não é esse tipo de menina.

A mãe se surpreenderia se soubesse de alguns detalhes sobre a vida de Sara, com relação a bebidas e garotos — não que isso fizesse dela má pessoa. Ela estava apenas... passando por uma fase.

— Ela só não parecia bem — a mãe continuou. — Está mais magra do que deveria. Não gosto nada de ver vocês, meninas, achando que precisam vestir manequim número 36 para parecerem bem. Espero que você não esteja perdendo peso.

— Não, acho que estou até maior. — Franzindo a testa, Kylie olhou para baixo e fitou os próprios seios, pensando em que a mãe diria quando a visse.

— Ah, isso me fez lembrar: você já foi fazer compras? — a mãe perguntou. — A líder do acampamento me telefonou perguntando se vocês poderiam ir de carro até a cidade. Eu disse que já tinha dado permissão.

— Na verdade, estamos indo hoje. — Kylie estremeceu novamente com o frio fantasmagórico.

— Bem, então divirtam-se. E tenha juízo. — O tom maternal encheu sua voz.

— Terei — Kylie prometeu. — Menos de cem dólares. Me lembro do que você disse.

— Tudo bem, até cento e cinquenta. Mas não mais do que isso.

— Mãe, não estou pedindo...

— Eu sei. — A mãe riu. — Mas eu estou oferecendo. — Ela ficou em silêncio por um segundo. — Ah..., meu bebê está crescendo. — A mãe deu um suspiro longo e sincero. — Ah, me esqueci de mencionar que contei a Sara que você viria para casa. Ela disse que você já tinha mandado uma mensagem, avisando, e ela tinha recebido. Provavelmente vai entrar em contato com você nos próximos dias.

Sara tinha recebido em torno de quatro mensagens, sem falar nos telefonemas e nos e-mails, Kylie pensou.

Ela e a mãe bateram papo por mais alguns minutos. Falaram principalmente da venda da casa — outro assunto sobre o qual Kylie tinha que morder a língua para não falar o que pensava.

— Ainda vou ver se consigo ver você no sábado. Talvez eu consiga pegar o primeiro voo da manhã. Se eu embarcar até as dez, talvez consiga vê-la. Mesmo que chegue um pouquinho atrasada.

— Mãe, tudo bem. Não se preocupe. E eles são bem severos com o horário de visitas aqui. — *E se você vier fora do horário talvez eles a confundam com um vampiro.* — Então, por favor, não se preocupe, ok?

— É que sinto saudade — a mãe choramingou.

— Eu também sinto.

Quando Kylie desligou, o ar ainda estava gélido. Kylie teve a bizarra sensação de que o espírito da mulher estava ali, ouvindo a conversa. Mas por quê?

— Tem alguma coisa a dizer? — perguntou Kylie ao fantasma. — Algo a me mostrar? — murmurou com menos entusiasmo. Kylie na verdade não gostava nada de visões ou sonhos aterrorizantes, mas estava disposta a enfrentá-los, caso fossem a solução para proteger alguém que ela amava.

Nenhuma resposta surgiu em meio ao ar frio e, passados alguns segundos, o calafrio passou. Ela consultou o relógio na mesinha de cabeceira e gemeu. Estava atrasada, o que significava que Della e Miranda provavelmente já estavam impacientes.

Ela agarrou a escova de cabelo, o celular e a bolsa e dirigiu-se para a porta. Só quando estava prestes a fechá-la é que olhou para trás e viu a carta de Lucas sobre a cama.

— Agora não dá mais tempo — murmurou para si mesma e fechou a porta, mas quando pegou a trilha quase pôde ouvir Holiday dizendo: *a fuga não é um método muito bom para se lidar com as coisas.*

É, eu sei, pensou Kylie. Mas uma coisa de cada vez.

— Ei! — gritou Miranda, de dentro do provador, três horas depois. — Vocês duas ainda estão aí?

Kylie e Della, ambas vendo alguns sutiãs numa arara ali perto, voltaram-se para o local dos provadores.

— Estamos aqui — Kylie respondeu.

Elas estavam há duas horas fazendo compras e até o momento estavam se divertindo. A única contrariedade tinha sido ver a calçada onde Kylie vira o pai passeando de mãos dadas com a secretária piranha.

Miranda saiu do vestiário vestindo uma calça jeans que moldava os seus quadris.

— Tudo bem, digam a verdade. Esse jeans deixa o meu bumbum empinado?

— Vire-se — falou Kylie.

— Você disse empinado ou avantajado? — Della perguntou, com uma risadinha.

Kylie admitia que as poucas lojas no centro da cidade não ofereciam a mesma variedade que o shopping perto de sua casa, mas isso não as impedia de se divertir. Kylie até achava que a cidadezinha tinha um certo charme. Obviamente, ela precisava de um tempo longe do acampamento.

— Está me zoando porque eu não tenho um bumbum muito grande? — perguntou Miranda, olhando por sobre o ombro para ver o traseiro.

— Esse jeans está ótimo! — exclamou Kylie.

— Ei — Della interrompeu. — Considerando que não tenho muito peito — disse, olhando para os próprios seios —, não fico olhando partes do corpo de ninguém... a não ser que sejam realmente apetitosas e cheias de sangue...

— Psiu! — Kylie disse, percebendo alguns adolescentes espreitando ali por perto.

Della, que não gostava de ser repreendida, fechou a cara. A carranca foi só um complemento ao ar intimidador de "não mexa comigo" que ela mantinha o dia todo. Não que ela fizesse isso intencionalmente com Kylie e Miranda. De jeito nenhum. Mas corriam boatos de que os adolescentes da região e os frequentadores de outros acampamentos da região achavam que todos os campistas de Shadow Falls tinham a mesma postura. Kylie não tinha reparado nisso nas poucas vezes em que fora à cidade, mas Holiday tinha comentado a respeito numa das últimas reuniões do acampamento e por isso Kylie sabia que essas histórias tinham um fundo de verdade.

— Por que me mandou calar a boca? — Della perguntou.

Kylie desviou os olhos para as duas garotas. Della franziu um pouco mais a testa e ficou ainda mais carrancuda.

Kylie se perguntou se Della adotara seu visual preto total de propósito, como se uma roupa intimidadora fosse o suficiente para evitar encrencas. Na verdade, Kylie achava que seu jeito de se vestir talvez piorasse as coisas em vez de ajudar, mas discutir com Della sobre isso era inútil, por isso Kylie não disse nada.

Uma das garotas começou a se aproximar e Kylie fez uma pequena prece pedindo que isso não estragasse o dia das três.

— Oi, meu nome é Amber Logan — disse a ruiva bonita, olhando para Kylie. — Você é nova na cidade ou está num dos... acampamentos?

O jeito como ela disse "acampamento" fez Kylie pressentir que aquilo não ia acabar bem.

— Num acampamento — disse Kylie carregando a voz de simpatia, para evitar criar problema.

— Qual deles? — a loira alta atrás de Amber perguntou, lançando um olhar frio para Della.

Não, aquilo não ia acabar bem.

— Shadow Falls — respondeu Della com atitude, seus olhos escuros ficando um pouquinho mais dourados. Kylie só esperava que as garotas não tivessem notado.

— Os Ossos Duros de Roer... — a loira cochichou no ouvido da outra.

— O que você disse? — perguntou Della, pondo os ombros para trás, enquanto dava um passo à frente, numa postura defensiva.

A loira deu uma risadinha.

— O acampamento costumava se chamar Riacho dos Ossos. Por isso chamam vocês de Ossos Duros de Roer. Nada pessoal...

— Parece pessoal, sim — rosnou Della.

Tanto Amber quanto a Loira deram um passo para trás.

Kylie viu Miranda esticando seu dedinho cor-de-rosa, como se estivesse pronta para lançar um feitiço. Kylie lhe lançou um olhar de advertência, mas não era com Miranda que Kylie estava preocupada.

— Foi bom conhecê-las — disse Kylie às garotas, segurando Della pelo cotovelo e esperando que o toque a ajudasse a voltar à razão. Ela não podia bancar a vampira briguenta com essas meninas. Não podia nem ameaçar matá-las sem colocar todo mundo numa grande encrenca.

— Até mais — Kylie acrescentou, acenando para elas com a mão livre.

Amber lançou para Della outro olhar inquiridor. Pelo brilho de medo em seus olhos, Kylie percebeu que a garota não era nem um pouco idiota. Ela se virou, fez um gesto chamando a amiga loira e as duas se afastaram.

— É melhor que coloquem o rabinho entre as pernas e deem o fora daqui — Della resmungou, empurrando Kylie.

— Eu poderia provocar nessas duas o pior caso de acne que elas já viram — Miranda ameaçou.

— Eu podia ter feito algo muito pior — rosnou Della.

— Mas não fez — disse Kylie, pegando as duas amigas pelo braço só para o caso de mudarem de ideia. — Vocês duas demonstraram uma capacidade incrível de autocontrole. Estou muito orgulhosa de vocês.

Della olhou para Kylie com uma cara feia. — Você nunca perde o controle? Nunca tem vontade de arrancar o coração de uma pessoa e depois bater com ele na cabeça dela?

— Eu perco as estribeiras, sim — disse Kylie, rindo. — Não sei se já tive vontade de espancar alguém com o seu próprio coração, mas já tive meus momentos.

— E o que você faz quando está realmente fula da vida? Faz cara feia pra pessoa? — perguntou Della, dando risada.

— É — atiçou Miranda. — Mas você já viu Kylie de cara feia? É bem eficaz.

As três caíram na risada.

Uma hora depois, após comprarem sapatos e experimentarem mais algumas calças jeans, elas foram para a seção de lingeries. Como já estava quase na casa dos cem dólares, Kylie foi direto para a arara de liquidação. Todas puseram suas sacolas no chão para olhar as peças íntimas.

— Qual de vocês duas usa tanga? — perguntou Miranda, segurando uma calcinha fio dental vermelha.

— Eu não — disse Kylie. — Gosto dos biquínis normais.

— Para mim, usar tanga é como passar fio dental na bunda — disse Della, fazendo todas as três explodirem numa gargalhada.

Quando as risadas acabaram, passaram para a seção de sutiãs.

A atendente da loja veio ajudá-las.

— Vocês querem que eu meça seus seios ou já sabem de que tamanho são? — ela perguntou a Kylie.

Kylie olhou para a vendedora e depois para os quatro sutiãs que tinha nas mãos.

— Humm, não... obrigada. Acho que posso me virar sozinha.

— Tudo bem, mas é importante usar o tamanho certo.

— Tudo bem — disse Kylie, concordando com a cabeça.

— Só vai levar um minuto — continuou a atendente, um pouco mais insistente dessa vez.

— Eu sei... mas não precisa. Obrigada — Kylie acrescentou.

A expressão da mulher dava a entender que Kylie estava cometendo um erro, mas ela se afastou.

— Eu, hein? Nunca deixaria uma estranha medir meus peitos... — sussurrou Miranda. — Eles são virgens! — disse, rindo.

— Acho que a coroa só queria ver seus peitos — Della grunhiu às costas da vendedora.

Kylie deu uma cotovelada de leve em Della e tentou não rir.

— Ela só está fazendo o trabalho dela.

— Que nada, ficou encarando seus peitos, enquanto eu estava aqui, segurando um sutiã na mão. Nem perguntou se eu queria que ela me medisse.

— Pode haver uma razão para isso... — disse Miranda com um sorriso malicioso nos lábios.

— Que maliciosa! — exclamou Della com um sorriso.

Kylie relaxou aliviada quando viu o sorriso de Della. A última coisa que ela queria agora era ver Della e Miranda começarem a se agredir verbalmente.

Della segurou nas mãos seus seios de tamanho médio.

— Pelo menos estas gracinhas não são virgens. E, acredite, Lee não reclamou.

Miranda riu.

— Estou surpresa por você não ter me dito que eu não tenho bunda.

— Estava guardando esse insulto para a próxima — respondeu Della.

— Vou provar este — disse Kylie, contemplando um sutiã. — Pode segurar estas sacolas para mim? — Kylie passou para Miranda suas sacolas contendo duas calças jeans e dois pares de tênis.

— Aqui, prove este também — disse Della, estendendo para Kylie outro sutiã.

— Não gosto de sutiã preto — respondeu Kylie.

— É, mas aposto que Derek gosta. — Ela sorriu, arqueando as sobrancelhas.

Kylie revirou os olhos. Mas pegou o sutiã que Della lhe estendia e foi procurar um provador vazio. Atrás dela, ouviu Della e Miranda rindo.

Enquanto provava os sutiãs, lembrou-se da história de Cachinhos Dourados. Um estava muito grande. Um estava um pouco folgado e o preto estava um pouco... sexy demais.

Agora tinha que decidir qual dos três iria levar. Kylie relanceou os olhos para a pilha de sutiãs e estava prestes a colocar a alça do seu sutiã velho sobre o ombro quando ouviu:

— Eu gosto mais do preto.

A voz grave de homem, vinda de trás, fez seu coração bater na garganta. Seus olhos encararam o espelho.

Antes de ver seu rosto, ela viu o sangue.

Ele estava bem atrás dela. Havia grandes manchas vermelhas na frente da sua camisa. Até o cabelo ruivo estava empapado de sangue.

Os olhos tinham um brilho vermelho. Ele encarava Kylie com um sorriso cruel e seus longos caninos eram visíveis nos cantos da boca. Ela o reconheceu no mesmo instante — A Confraria do Sangue.

Capítulo Dezesseis

Kylie abriu a boca para gritar, mas nem ar nem palavras saíram de sua boca. O pânico contraiu sua garganta e bloqueou todo oxigênio e comunicação verbal. Ela se virou, sem saber direito se devia lutar ou correr.

Ele não estava mais lá. O olhar de Kylie se voltou para o espelho, como se só o reflexo dele fosse real. Ele não estava mais ali também.

Seu olhar se voltou para a porta aberta do provador, que antes estava fechada. Ele realmente estivera ali.

Ela bateu a porta com força. Sorveu um pouco de ar, tentou gritar novamente, mas parou quando a porta do provador se escancarou de repente, batendo contra a parede.

Todos os músculos do seu corpo se contraíram. *Lute.* A ordem de uma só palavra ecoou dentro dela. Então Della apareceu atrás da porta, que agora pendia parcialmente, arrancada das dobradiças.

— Tinha alguém aqui? — Della perguntou. Seus olhos tinham um brilho cor de âmbar. Os caninos, afiados e ameaçadores, estavam à mostra sob o lábio superior arreganhado.

Ainda incapaz de falar, Kylie assentiu com a cabeça.

Della se inclinou para a frente quando Miranda chocou-se contra as costas dela.

— O que aconteceu? — Miranda olhou por sobre o ombro de Della.

— Por que você entrou aqui assim?

As lágrimas ardiam nos olhos de Kylie. Ela às vezes chorava quando estava assustada, e nesse momento estava muito assustada — mortificada, na verdade —, mas essas não eram lágrimas de medo. Eram lágrimas de raiva. Não, de fúria. Fúria por se sentir desrespeitada. *Eu gosto mais do preto.*

As palavras ecoavam nos seus ouvidos. Quanto tempo aquele delinquente estava ali espiando, enquanto ela experimentava os sutiãs?

— Tem alguém aqui? — perguntou Miranda. — Fantasmas? Não fantasmas?

— Vampiro — Della respondeu com rispidez para Miranda e olhou de volta para Kylie.

— Está tudo bem com você?

Kylie assentiu novamente.

— Ele foi embora?

— Por hora. — Della pegou a bolsa de Kylie e os sutiãs e passou-os para Miranda. — Vai pagar isso enquanto ela se veste.

Miranda foi para o caixa. Della olhou de volta para Kylie.

— Você está bem mesmo?

— Acho que estou com raiva suficiente para arrancar o coração de alguém e espancá-lo com ele. — Ela mordeu o lábio para não chorar. — Quanto tempo ele ficou aqui me espiando?

— Só alguns segundos. — Della de repente ficou pálida. — Não era Chan, era? Quer dizer, não senti o cheiro dele, mas... só consegui farejar o sangue.

— Não. — Kylie pegou a camiseta e vestiu-a. Ainda tinha na cabeça a imagem do sangue pingando do cabelo do vampiro.

— Então você viu quem era?

Kylie enfiou a cabeça pela gola da camiseta e olhou Della nos olhos.

— Era... era aquele merdinha que lutou comigo na reserva. Aquele que me agarrou.

Della farejou o ar.

— Ah, droga!

— Ele está voltando?

— Alguém está. — Ela agarrou Kylie pelo braço e as duas saíram correndo.

Quando saíram da seção dos provadores, Miranda estava pegando uma sacola da mão da moça do caixa. Della fez sinal para que ela as seguisse e Miranda não fez nenhuma pergunta. Obviamente, pôde ver o pânico nos olhos das duas.

— O que está acontecendo? — Miranda perguntou.

— Temos que voltar para o acampamento — explicou Della.

— Ele está aqui outra vez?

— Vamos sair daqui — disse simplesmente.

No momento em que puseram o pé na calçada, viram uma van preta dar uma brecada violenta e parar na frente da loja. Della grunhiu e então empurrou Kylie e Miranda para trás do corpo dela.

A janela desceu e Burnett olhou para fora. Seus olhos tinham um brilho dourado feroz.

— Entrem.

— E o carro em que viemos? — perguntou Kylie, embora ela não conseguisse nem coordenar os pensamentos, quanto mais dirigir de modo responsável com o pânico revirando suas entranhas.

— Entrem! — O tom de Burnett exigia obediência.

Elas obedeceram.

— O que está acontecendo? — Della perguntou a Burnett depois que se acomodaram no banco de trás.

O vampiro não respondeu. Estava concentrado na direção. A van disparou antes que Kylie percebesse que havia alguém sentado no banco da frente com Burnett. Era uma mulher de cabelos pretos, mais ou menos da idade de Burnett. Ela parecia familiar e Kylie se lembrou de tê-la visto entre os membros da UPF na noite em que tinham lutado contra a gangue na reserva.

— Passe a elas os jalecos — Burnett disse à mulher.

Três sacolas de plástico com o que pareciam jalecos de médico foram atirados para o banco de trás.

— Pra que isso? — Kylie perguntou.

— Tirem as roupas — Burnett mandou. — Coloquem todas as suas roupas na sacola. Sapatos, meias, roupa de baixo. Tudo. Depois vistam os jalecos.

— Tirar o quê? — Kylie perguntou.

— Vocês me ouviram — ele disse rispidamente.

— Por quê? — Kylie e Della perguntaram ao mesmo tempo.

— Façam o que ele está mandando — a mulher ordenou.

Della e Miranda começaram a se despir, mas Kylie segurou as mãos delas e as deteve.

— Não. Não vamos tirar as roupas até que você explique por quê. E é melhor que tenha uma razão muito boa, porque não vou tirar a roupa só porque alguém está me mandando tirar. Pergunte para o meu ex-namorado!

A mulher se virou no banco e olhou para ela. Suas sobrancelhas se arquearam, como se ela tentasse ler Kylie. Pena que não ia funcionar.

Mas quem disse que a mulher ia desistir com facilidade? Ela continuou a encarar Kylie. Seus olhos cor de âmbar ficaram um pouco mais brilhantes e, por algum motivo, Kylie suspeitou que ela fosse um lobisomem. Um lobisomem muito zangado.

— Comece a tirar — a mulher insistiu.

— Não. — Surpreendentemente, Kylie não se sentia intimidada. Sustentou o olhar da mulher. Ela até franziu as sobrancelhas também e tentou ler o padrão mental da lobisomem. Não funcionou, mas a outra não sabia disso.

— Faça o que ele está falando! Ou eu farei por você — ela ordenou.

Burnett deteve a mulher, segurando-a pelo ombro.

— Selynn, deixe comigo. — Ele olhou pelo retrovisor e Kylie encarou o reflexo dourado dos olhos dele.

— Kylie, por favor...

— Não! — Kylie sinceramente não sabia de onde vinha tanta ousadia, mas estava achando bom. Pelo menos lhe dava a sensação de estar um pouco mais no controle. Ela realmente precisava se sentir no controle para combater o sentimento de que era a vítima ali.

— Você percebe o que está pedindo? — Kylie continuou segurando as mãos de Della e Miranda. — Para que a gente tire a roupa dentro de um carro com um homem no banco da frente, com um espelho retrovisor. E não vai explicar por quê?

Burnett levantou o braço e arrancou o espelho, jogando-o pela janela do carro.

— Caramba! — exclamou Miranda.

— Duas garotas foram mortas na cidade — disse Burnett.

— Merda! — exclamou Della.

— Deus do Céu! — exclamou Miranda.

A única coisa que saiu pelos lábios de Kylie foi um suspiro de surpresa.

Burnett continuou.

— Preciso das roupas de vocês três para provar que não estavam envolvidas nos assassinatos. O FBI e a UPF vão exigir essas provas. Então, por gentileza, façam o que eu digo.

Kylie soltou as mãos das amigas e começou a se despir. Em poucos minutos, todas estavam vestindo jalecos verdes, como se fossem cirurgiãs. Ninguém disse uma palavra durante o processo.

Miranda pegou as três sacolas e passou-as para Selynn.

— Tome.

— Você acha mesmo que alguém vai pensar que temos alguma coisa a ver com esse crime? — Kylie perguntou, lembrando-se do sangue no cabelo e na camisa do vampiro.

— Não — disse Della. — Mas eles vão pensar que fui eu. — Sua voz expressava preocupação. — Foi um vampiro que matou as garotas, não foi?

— Foi — confirmou Burnett. — Mas eu não acredito que tenha sido você. Só estou tomando precauções até descobrirmos quem foi.

— Já sabemos quem foi — revelou Della. — Kylie viu.

— Viu quem? — perguntaram Burnett e Selynn ao mesmo tempo, virando-se para trás.

— Foi um vampiro da gangue — disse Kylie. — Aquele que me atacou na reserva.

— Maldito! — Depois de quase sair da estrada, Burnett brecou o carro e parou no acostamento. Ele se virou para trás novamente e fitou os olhos de Kylie.

— Você não está machucada, está? — perguntou, relanceando os olhos para o pescoço de Kylie como se...

— Não, não estou. — Uma grande vontade de chorar encheu seu peito.

— Ele não disse nada? — Burnett perguntou.

Eu gosto mais do preto.

— Não — ela respondeu.

Seu olhar sobre Kylie ficou mais profundo.

— Agora não é hora de mentir.

Kylie engoliu em seco.

— Ele não disse nada que ajudasse.

— Que tal deixar que a gente decida o que ajuda ou não? — disse a srta. Lobisomem Espertinha, sentada no banco da frente.

Kylie fez cara feia.

— Ele disse que gostava mais do sutiã preto. Eu estava no provador. — O sentimento de ter sido desrespeitada voltou com força total e a raiva que ele despertou brotou novamente em seu peito.

A expressão de Burnett mudou de autoritária para compreensiva numa fração de segundo.

— E você está mesmo bem? Ele não...

— Eu estou bem — ela conseguiu dizer, mas as lágrimas encheram seus olhos e ela desviou o rosto da expressão preocupada de Burnett.

— Ele apareceu e desapareceu tão rápido que, quando senti, já tinha ido embora — Della explicou.

A lembrança do seu reflexo no espelho voltou à mente de Kylie.

— Ele tinha sangue... nele todo. Na camisa. No cabelo.

Miranda pegou a mão de Kylie e a apertou gentilmente, oferecendo apoio moral.

A expressão preocupada de Burnett acentuou-se um pouco mais e ele se voltou para a frente e ligou o carro.

— Ligue e diga a eles que é Código Vermelho — disse ele, olhando para Selynn.

— Tem certeza de que quer tentar isso? — ela perguntou.

— O que é Código Vermelho? — Della perguntou antes de Kylie abrir a boca para fazer a mesma pergunta.

Burnett respondeu um pouco hesitante.

— Até o momento só a UPF sabe sobre essas mortes. Código Vermelho significa que vamos camuflar as coisas, simulando um acidente de carro.

— Vocês vão deixar ele se safar? — perguntou Kylie.

— Não. Mas não podemos deixar isso vazar. Qualquer boato vai causar um pandemônio e eles fecharão a escola.

Selynn ergueu a mão como que pedindo silêncio. Então começou a falar ao telefone:

— É Código Vermelho. — Ela fez uma pausa. — Eu sei — disse, olhando de relance para Burnett. — Ele deu a ordem, só estou comunicando.

Burnett franziu a testa e Kylie teve a impressão de que o que quer que ele estivesse fazendo era pela escola e talvez até por Holiday. Mas ela ficou imaginando que bem isso faria para o povo da cidade — os seres humanos que nunca saberiam do crime e das duas vidas sacrificadas.

Quando entraram no escritório de Holiday trinta minutos depois, ela praticamente pulou da cadeira e correu até eles.

— Graças a Deus! — ela gritou, envolvendo o grupo todo num abraço coletivo.

— Estamos bem — disse Della, que foi a primeira a se afastar.

Fale por si mesma, pensou Kylie. Ela poderia ter aproveitado o abraço mais alguns segundos. Desde toda a história com Burnett, não sentia Holiday tão próxima.

— Olhem! — Della apontou a tela da TV, sobre um suporte preso à parede.

Kylie olhou para a tela e prendeu a respiração. O noticiário mostrava um carro destruído e a foto de duas garotas. *Não pode ser.* De repente se sentiu enjoada.

Holiday pegou o controle da TV e aumentou o volume.

"Duas adolescentes morreram hoje num acidente automobilístico. Ao que parece..." — continuou o repórter.

— Nós encontramos essas meninas na cidade! — exclamou Kylie, sentindo um aperto no peito. — Conversamos com elas. — Por alguma estranha razão, aquele breve encontro tinha tornado as mortes ainda mais pessoais. — A ruiva se chamava Amber. Não sei o nome da loira.

— Elas não foram muito simpáticas — disse Della, com tensão. — Mas não mereciam morrer.

— Não mesmo — concordou Miranda, pondo as mãos na boca, com os olhos fixos na tela.

Kylie teria concordado, mas não conseguiu dizer nada. Ela se lembrou nitidamente do sangue na camisa do vampiro e a emoção a impediu de falar. Era o sangue das adolescentes que ela tinha visto. Quando percebeu que ia começar a chorar, ela se sentiu como um bebê chorão, mas então notou que Della e Miranda também tinham lágrimas nos olhos.

— Eu sinto... — Kylie se forçou a falar. — Sinto como se fosse culpa minha.

Holiday pegou novamente o controle remoto e desligou a TV.

— Foi terrível! Mas se existe um responsável é o vampiro que as matou. — Então ela olhou para cada uma delas, como se precisasse memorizar o rosto de todas. — Quando ouvi sobre as adolescentes encontradas... pensei... — Os olhos de Holiday se encheram de lágrimas. E isso bastou para que o choro fosse geral. Nem mesmo Della conseguiu ficar de fora.

Nesse exato momento, Burnett entrou no escritório. Seu olhar passou de uma a uma. Kylie quase podia ouvi-lo rosnando interiormente ao vê-las chorando.

— Eu... eu vou... esperar aqui fora. — Obviamente nem um vampiro durão, treinado pela UPF, era capaz de lidar com quatro mulheres se debulhando em lágrimas.

Quinze minutos depois, Burnett colocou a cabeça para dentro do escritório e entrou ao ver que mais ninguém estava com lágrimas nos olhos. Em seus calcanhares, entrou Selynn, que parou ao lado dele, perto o bastante para que seus braços se tocassem. Burnett deu um passo para o lado, afastando-se um pouco da lobisomem, e começou a explicar que precisava interrogar a todas separadamente. Abriu a porta do escritório e pediu que Kylie e Miranda esperassem do lado de fora.

Quando as duas saíram, Selynn olhou para Holiday.

— Você precisa sair também. — A voz de Selynn tinha um tom condescendente que fez Kylie perceber, no mesmo instante, que ela realmente não gostava da investigadora. Nem um pouquinho.

Holiday lançou sobre a mulher um olhar que Kylie só podia descrever como ferozmente protetor.

— Desculpe, mas não recebo ordens de ninguém quando o assunto envolve o meu acampamento. Ou o senhor Burnett não a informou sobre isso?

— Ela pode ficar — intercedeu Burnett.

— Não acho que seja aconselhável — contestou Selynn, pousando a mão no braço de Burnett.

— As meninas vão se sentir mais à vontade com ela aqui — respondeu ele, afastando-se de modo quase imperceptível do seu toque. Mas Kylie notou o olhar de Holiday diante da familiaridade com que a mulher tratava Burnett.

O ciúme faiscou nos olhos de Holiday. Uma faísca que não durou mais do que um segundo. Num piscar de olhos, já tinha desaparecido. E provavelmente por uma única razão. Selynn olhou para Holiday como se esperasse uma reação. O que levou Kylie a deduzir que Selynn sentia alguma coisa por Burnett, embora ele não aparentasse corresponder a esses sentimentos.

Nada garantia, porém, que ele não estivesse simplesmente escondendo muito bem o que sentia. Será que essa era uma das razões que fazia Holiday se recusar a se aproximar de Burnett? Porque ela sabia que ele já estava envolvido com outra pessoa? Uma súbita desconfiança agitou-se dentro de Kylie.

Burnett fez um gesto na direção da porta, pedindo que Kylie e Miranda saíssem. Kylie não se moveu até que Holiday confirmasse a ordem.

— Quem elas acham que está no comando? — perguntou Selynn, contrariada com a demonstração de Kylie com respeito à autoridade de Holiday.

— Será que podemos simplesmente começar? — perguntou Burnett.

Kylie e Miranda saíram e aguardaram na antessala do escritório.

— Ele quer ter certeza de que não estamos mentindo. É por isso que quer falar com a gente separadamente — disse Miranda à meia voz.

— Não acho que ele pense que somos culpadas — respondeu Kylie, em defesa de Burnett, embora não pudesse dizer o mesmo de Selynn. Isso fez Kylie pensar novamente no relacionamento entre Burnett e a rude lobisomem.

— Deus, que coisa horrível! — A emoção imprimia à voz de Miranda um tom estridente. — Mal posso acreditar que conhecemos as garotas que foram assassinadas.

— Nem eu — concordou Kylie, mas, na verdade, ela não queria pensar naquilo agora. Ainda tinha uma forte sensação de que ela era culpada de tudo. Desabou sobre uma das cadeiras das escrivaninhas que atulhavam a sala de espera e olhou para as próprias mãos. Será que era disso que os fantasmas estavam falando? Não, o espírito da mulher tinha insistido em dizer que se tratava de alguém que Kylie amava. Esse pensamento fez com que uma onda de tristeza a percorresse. Ela não amava essas duas garotas, mas alguém amava. Elas tinham mãe, pai... Cerrando as pálpebras, Kylie tentou entrar em contato com a mesma calma que tinha sentido na cachoeira. Mas como ela conseguiria conservar a calma se não paravam de acontecer coisas ruins?

— Poderia ter sido a gente... — disse Miranda, puxando uma linha presa ao jaleco verde que ainda vestia.

— Eu sei — concordou Kylie, torcendo as mãos.

Haviam-se passado poucos minutos quando Selynn e Della saíram do escritório. Kylie se levantou. Selynn fez um sinal para que Miranda a acompanhasse. Então se virou para Kylie e Della.

— Preferimos que vocês não conversem. E não se esqueçam de que Burnett vai ouvi-las se falarem — avisou-as Selynn, com o ensaio de um sorriso nos lábios, antes de entrar atrás de Miranda.

Della mostrou os dentes às costas da lobisomem.

— Piranha... — xingou baixinho.

Mas, quando a mulher fechou a porta atrás dela, Della repetiu em voz alta:

— Piranha! Não estou nem aí que você possa me ouvir, Burnett — disse Della, olhando para a porta do escritório. — Ela é uma piranha. E você sabe disso. Eu sei. E Holiday sabe.

Passos soaram na varanda da cabana. Kylie olhou na direção da porta justo quando ela se abriu e Derek irrompeu na sala.

— Graças a Deus! — Ele parou e ficou ali, olhando para ela, como se nem tivesse reparado nos jalecos de hospital. Logo atrás dele vinha Perry, com o mesmo olhar preocupado.

— Onde está Miranda? — Perry perguntou, olhando ao redor da sala. Medo e outras emoções profundas eram visíveis nos seus olhos, agora cor de cobre.

Kylie não teve chance de responder, porque Derek a puxou de encontro ao seu peito, num abraço apertado. Ela deixou que ele a envolvesse nos braços e encostou a cabeça em seu peito, suspirando ao sentir o quanto era bom ficar tão próximo a ele.

— Por que você quer saber? — Della perguntou com rispidez. — Não gosta dela, lembra?

— Está tudo bem com ela? — Perry perguntou com urgência, a voz carregada de emoção.

Kylie não se deu ao trabalho de se afastar para ver, mas imaginou os olhos de Perry mudando de cor enquanto falava. Ela já tinha percebido que a cor dos olhos do metamorfo mudava com suas emoções.

— Ei, não vem dar uma de Tiranossauro.rex pra cima de mim. — A voz de Della tinha perdido o tom de cinismo. Se era por medo de Perry ou por ter sentido a emoção na voz dele, Kylie não sabia.

— Você está bem? — Derek perguntou no ouvido de Kylie.

— Estou. — *Droga, Não!* Kylie se afastou um pouco para olhar nos olhos dele e viu o mesmo brilho de preocupação que havia nos olhos de Perry. Uma torrente de calma fluiu de Derek para ela. Mas ela não contestou desta vez. Realmente precisava daquilo.

A porta do escritório de Holiday se abriu e Miranda apareceu. Perry encontrou seus olhos, depois desviou o olhar e saiu da cabana. Miranda ficou observando-o se afastar.

— O que ele queria? — perguntou.

— Ter certeza de que você estava bem — respondeu Derek, passando o braço pela cintura de Kylie. — Encontrei com ele logo depois de saber o que tinha acontecido e contei de vocês. Ele estava preocupado com você.

— Mas não o suficiente para falar comigo, né? — O olhar no rosto de Miranda era uma mistura de raiva e tristeza. — Sua vez — disse, voltando-se para Kylie e apontando a porta. — Cuidado, a lobisomem morde.

Kylie apertou levemente a mão de Derek e entrou na sala, para enfrentar Burnett e a colega de trabalho. Já não se sentia mais intimidada por Burnett como se sentira da primeira vez em que ele a interrogara; mesmo assim, persistia uma ponta de nervosismo.

Capítulo Dezessete

Burnett fez Kylie repassar várias vezes tudo o que tinha acontecido. Depois fez perguntas específicas:

— Você disse que o vampiro estava sujo de sangue. Parecia sangue fresco? Quanto tempo se passou entre o encontro de vocês com as adolescentes e o momento em que o vampiro apareceu?

Em seguida Burnett fez as mesmas perguntas de um modo ligeiramente diferente. A princípio Kylie pensou que ele estava tentando pegá-la numa mentira, mas depois suspeitou que ele só queria ter certeza de que ela não estava se esquecendo de nada; por isso fazia perguntas com diferenças sutis para ajudá-la a se lembrar de detalhes que poderiam ser úteis. O problema era que Kylie não queria se lembrar. Ela ansiava por esquecer, apagar aquilo da memória para sempre. E, francamente, o que mais ela poderia contar que ajudasse em alguma coisa?

— Você pode descrever o sangue pra mim? — perguntou Burnett, sentado com as pernas afastadas em frente a Kylie, numa cadeira de espaldar reto que a fazia se lembrar do seu primeiro interrogatório. Só que dessa vez ela estava sentada no sofá, com Holiday ao seu lado.

— Eu já descrevi — ela tinha a sensação de que sua paciência estava sendo testada com um elástico esticado ao máximo.

— Mais uma vez. — Seu tom exigia obediência.

Foi esse tom que fez Kylie finalmente estourar.

— Você sabe quem fez isso. Sabe quem são as vítimas. Então tudo isso é *mesmo* necessário? — Ela rangeu os dentes para não começar a chorar outra vez.

— Nós decidimos o que é necessário — interferiu Selynn em seu tom arrogante, aproximando-se, atrás de Burnett.

Kylie olhou para cima, na direção da lobisomem, sem tentar esconder sua contrariedade. O tom de Selynn incomodava mais Kylie do que o jeito autoritário de Burnett. Pelo menos no caso de Burnett, ela percebia que a preocupação era real. Com Selynn, parecia ser apenas uma questão de ver quem tinha mais poder. A mulher gostava de ter poder e de usá-lo.

— Você acha que a gente fez aquilo, não acha? — Kylie perguntou a Selynn.

— Quer saber o que eu acho?...

— Parem vocês duas! — falou Burnett, fazendo cara feia para Selynn e depois voltando o olhar para Kylie. — Kylie, eu sei que não são as responsáveis. Sei que isso não é fácil. No entanto, a descrição detalhada do sangue pode revelar se ele estava matando por esporte ou para se alimentar.

A declaração de Burnett causou uma contração no estômago de Kylie.

— E que diferença faz? Aquelas garotas estão mortas, não interessa mais as razões que ele tinha pra matar.

— Acho que já chega de perguntas. — Holiday pousou a mão sobre o pulso de Kylie, oferecendo apoio moral e um forte fluxo de calma. A torrente de energia calmante desacelerou o coração de Kylie e diminuiu o aperto no peito. Mas não a deixou inteiramente calma. Kylie achava que nada poderia devolver sua paz de espírito naquele momento.

Burnett olhou para Holiday e em seguida para Kylie.

— Isso não mudará o que aconteceu. Mas por hora precisamos de todas as informações possíveis desse delinquente para poder apanhá-lo. Detê-lo antes que aja novamente.

As palavras de Burnett giraram na cabeça de Kylie e despertaram a sua consciência. Duas adolescentes tinham morrido. Violentamente. Então, seria demais suportar mais alguns minutos de perguntas? Não, não seria. Respirando fundo, ela se sentou mais ereta.

Holiday enrijeceu.

— Para um vampiro, você não ouve muito bem. Eu disse que já chega — disse ela.

— Tudo bem. — Kylie pegou a mão de Holiday e apertou-a delicadamente. — Se isso ajudar a deter esse cara, eu aguento. — Mas não largou a mão de Holiday.

Dez minutos depois, aparentemente quando Burnett se deu por satisfeito, extraindo de Kylie cada detalhe do incidente, ele se levantou e olhou para ela.

— Obrigada, Kylie. Sei que não foi fácil.

Ela assentiu e, depois de respirar fundo algumas vezes, decidiu que era hora de fazer as perguntas dela.

— Você acha que a intenção dele era fazer parecer que nós matamos essas garotas? Assim como ele tentou fazer com que acusassem alguém do acampamento por matar os animais?

Burnett balançou a cabeça, discordando.

— Não. Não há nada que nos leve a essa conclusão.

— Você acha que... acha que ele nos seguiu até a cidade?

Ele pensou na pergunta por um segundo.

— Não. Não acho. Acho que encontrou vocês por coincidência.

Holiday apertou a mão de Kylie.

— Eu já disse, isso não foi culpa sua.

— Não, não foi — concordou Burnett. — Isso não tem nada a ver com você, Kylie.

— Então, como parece algo tão... pessoal? — ela perguntou. — Quer dizer, esse vampiro vive aparecendo. No parque e na última sexta-feira. Eu não o vi de fato, mas estou presumindo que seja ele. E mesmo depois daquele dia... senti como se tivesse alguém me seguindo.

— Quando você sentiu isso? — perguntou Burnett.

— Ontem de manhã, quando vim ao escritório antes do café. De início achei que era o lobo, mas...

— Lobo? — Burnett e Selynn perguntaram ao mesmo tempo. Embora ele parecesse preocupado, Sellynn imediatamente começou a arquear as sobrancelhas, tentando ler Kylie novamente. Faltou pouco para Kylie pôr a mão na cabeça e cobrir a testa. Talvez até mostrar o dedo médio para ela.

— Quando foi isso? — perguntou Burnett.

— Alguns dias atrás — Holiday respondeu. — Não era um lobisomem. Kylie disse que parecia manso. Não parecia ameaçador.

— Não era um metamorfo? — perguntou Burnett?

— Não... não tenho certeza. Mas sei que não era Perry. — Kylie hesitou e então se lembrou de qual era o verdadeiro assunto da conversa. — Mas o lobo não é importante. Duas garotas foram mortas e eu... sinto como se fosse culpa minha. Acho que ele estava atrás de mim, não delas.

Burnett voltou a se sentar na cadeira, olhando para ela.

— Não sei por que você se sente assim. Mas se ele estava tentando machucar você, podia ter feito isso aquela noite, na floresta. Não acho que seja algo pessoal. Não contra você. Talvez seja algo contra o acampamento...

— Então por que ele vive aparecendo no meu caminho? Não parece coincidência.

Burnett franziu a testa.

— Não é coincidência. Você se colocou em situações que deram a ele mais oportunidade e com um risco mínimo. E da primeira vez, ele não foi até você. Você é quem foi à reserva onde a Confraria estava. E se ele estava aqui aquela outra noite, e nós não temos certeza se era ele, provavelmente viu você correndo pela floresta e achou que seria uma boa oportunidade. E, hoje, ele provavelmente... estava caçando quando sentiu outros sobrenaturais na cidade. Mais uma vez, você estava sozinha no provador. Ele tirou vantagem disso.

E encheu os olhos... pensou Kylie.

— Mas você até comentou que, se ele quisesse me matar aquela noite, teria feito isso, mas nem sequer tentou. Então o que queria comigo?

Burnett hesitou.

— Acho que ele queria mandar um recado para o acampamento. Fazer com que soubéssemos que a gangue não foi embora. Tenho certeza de que a prisão de vários membros da gangue foi um golpe pra eles. Se fossem embora agora, ia parecer falta de coragem. Se ficarem rondando por aqui, pelo menos não perdem sua dignidade. Tenho certeza de que ele achou que matar você traria muitos problemas para a gangue.

Kylie tentou compreender exatamente o que ele dizia.

— Mas ele matou aquelas meninas. Você está dizendo que isso não vai causar problema pra gangue? Isso não faz sentido.

Burnett olhou para Holiday como se pedisse ajuda.

Holiday apertou a mão de Kylie.

— Quando um sobrenatural mata outro sobrenatural, é mais fácil lidar com a ofensa. Temos nossa própria justiça.

— E quando mata humanos? O que acontece? — *Não deixe que eles digam "Nada"*, pensou Kylie. *Por favor, meu Deus, não deixe que eles digam "Nada"*. Ela podia ser em parte sobrenatural, mas ainda era humana também.

— Isso é trabalho da UPF — explicou Burnett. — Mas como dá pra imaginar, pode ser uma situação delicada para a nossa justiça.

Kylie sentiu seus ombros ainda mais tensos.

— Está me dizendo que ele vai se safar dessa?

— Não — disse Burnett num tom mais profundo. — Você tem a minha palavra, Kylie, de que vou fazer tudo o que estiver ao meu alcance para que esse sujeito pague pelo que fez.

Exatamente *como* Burnett pretendia fazer isso não estava claro ainda. Nem a própria Kylie sabia se queria saber. Mas algo no jeito como ele disse aquelas palavras convenceu-a de que pretendia cumprir a promessa. E por isso ela estava agradecida.

Nessa noite, os líderes do acampamento marcaram uma reunião com todos os campistas no refeitório, onde serviram pizza e distribuíram sábios conselhos. Burnett falou para que tivessem muito cuidado.

— Mantenham-se nos caminhos e trilhas principais e não atravessem os bosques sozinhos — ele explicou. — Dependendo da quantidade de árvores ou da direção do vento, o cheiro do intruso pode não ser detectado.

Della sorriu para Kylie e depois se virou para Burnett.

— Talvez fosse melhor cancelar o final de semana com os pais — ela sugeriu.

— Ainda faltam duas semanas — disse Burnett, olhando para Della. — Espero que até lá o problema já esteja resolvido.

— Ei, não culpe uma garota por tentar! — resmungou Della.

— Tenho uma reunião com o Conselho Supremo na semana que vem — Burnett continuou. — Espero conseguir alguma ajuda para lidar com o que aconteceu hoje.

Kylie inclinou-se, chegando mais perto de Della.

— O que faz o Conselho Supremo? — perguntou à amiga.

— É uma espécie de Senado composto de anciões de diferentes espécies. — Della sorriu. — Acabei de aprender isso esta tarde. Chris deu uma palestra sobre o assunto no nosso encontro de vampiros.

— Um Senado? Não pensei que todas as espécies se davam bem... — Kylie comentou.

— E não se dão. Mas políticos de partidos diferentes também não se dão bem e mesmo assim se reúnem.

— Tem razão — respondeu Kylie, mas logo outra pergunta lhe ocorreu. — Que tipo de ajuda eles podem nos dar?

— Depende. Chris disse que o Conselho tem que votar até mesmo para saber se o caso vai ser investigado.

— Votar? Duas adolescentes foram assassinadas, como podem dizer não?

Della deu de ombros.

— Você precisa se lembrar de que nem todos os anciões concordam com o jeito de pensar do governo.

— Você quer dizer que alguns deles estão contra a lei?

Della assentiu.

— De acordo com o que disse Chris, a maioria dos anciãos respeita o governo, mas não quer ser controlado por ele. Por isso eles obedecem a algumas regras, mas nem todas — disse Della, arqueando uma sobrancelha.

Kylie balançou a cabeça. Ela já tinha dificuldade para entender a política humana, agora tinha que entender a sobrenatural também?

— Se assumirem o caso, então o que acontece?

— Ou eles deixam que o conselho da espécie acusada puna os responsáveis e tome as providências ou entregam o cara para a UPF. E eu nem quero pensar no que acontece com ele depois.

— Nem eu — admitiu Kylie.

Della relanceou os olhos para a porta e seu humor pareceu mudar.

— Vou voltar pra cabana. Tem algumas coisas que quero fazer.

— Que tipo de coisas? — Kylie se lembrou dos obituários que vira no computador.

— Nada importante — disse Della, desconversando.

Kylie se inclinou na direção da amiga.

— Você nunca seria capaz de matar alguém.

Della fitou os olhos de Kylie.

— Vejo você depois.

— Não quer que eu vá com você? — Kylie perguntou, lembrando-se do aviso de Burnett para que andassem juntos sempre que possível.

— Está de brincadeira? — Della perguntou. — Se alguma coisa nos atacar, eu vou ter que acabar protegendo nós duas.

— Ei... Não sou mais tão indefesa assim! — Depois de pensar no que aquelas duas garotas tinham passado, Kylie não estava encarando tão mal o fato de estar mais forte.

— Só porque derrubou uma porta e não fica mais pra trás quando andamos pelo bosque, não pense que isso significa alguma coisa. — Ela riu, mostrando a Kylie que estava só brincando. — Eu estou bem. Vejo você mais tarde.

Della saiu do refeitório e Kylie observou-a se afastar. Seu coração estava apertado por ela. Então viu a amiga vampira se virar e mostrar o dedo médio para dois garotos. Não havia dúvida de que tinham falado algo rude ou desagradável.

— Ei — Holiday parou ao lado de Kylie. — Está tudo bem com Della?

— Espero que sim. — Kylie percebeu que a distância que havia entre as duas desde a questão com Burnett tinha acabado. Se tinham conseguido vencer o abismo que se formou entre elas, será que Kylie conseguiria impedir que ele voltasse?

— Está tudo bem com você? — Holiday perguntou.

— Já estive melhor — Kylie disse com franqueza. — Só não consigo parar de pensar naquelas meninas.

— Talvez domingo a gente possa fazer um passeio até a cachoeira — respondeu Holiday.

— Ia ser muito bom. — A ideia de ir até a cachoeira com alguém que sentia o mesmo que ela lhe agradava muito.

Nesse exato momento, Burnett olhou para as duas e Kylie percebeu que Holiday tinha reparado também. Ela se encolheu um pouco, preocupada com a possibilidade de Holiday se lembrar de que estava furiosa com ela.

— Eu preciso me desculpar. — Holiday obviamente tinha lido as emoções de Kylie mais uma vez. — Eu exagerei com relação àquela coisa toda com Burnett.

Surpresa, Kylie encarou a amiga.

— Não, não exagerou, não. Eu estava errada em dizer aquilo a ele.

— Talvez, mas o seu coração estava certo. Quando gostamos de alguém, às vezes ultrapassamos os limites. Eu mais do que ninguém deveria saber disso. Vivo agindo assim! — A voz de Holiday ficou mais tensa. — Hoje, quando Burnett foi me contar que duas adolescentes tinham sido mortas e eu pensei que fossem vocês... Bem, digamos que aquela história toda pareceu uma bobagem. — Holiday passou o braço pelos ombros de Kylie e lhe deu um doce abraço de irmã.

— Obrigada. — Kylie lutou contra o nó de emoção na garganta. — Mas assim você vai me fazer chorar...

Holiday olhou na direção de Burnett.

— Ei, se você chorar, talvez ele saia correndo outra vez. Se eu soubesse que bastavam algumas lágrimas pra fazer Burnett sumir daqui, teria passado as últimas sete semanas chorando.

Kylie sorriu e, quando olhou para o vampiro, ela viu Selynn se aproximando dele e dizendo alguma coisa.

— O que ela ainda está fazendo aqui?

— Não sei ao certo — respondeu Holiday à meia voz. Tenho certeza de que ela quer alguma coisa. E aposto que começa com B, é alto, moreno e bonitão.

Burnett ouviu o que Selynn veio lhe dizer e depois caminhou para a porta junto com ela.

— E talvez tenha acabado de conseguir... — comentou Holiday, com um sentimento de rejeição evidente na voz.

Kylie hesitou um pouco antes de perguntar, mas não se conteve:

— Aqueles dois estão... você sabe...

— Revirando os lençóis? — perguntou Holiday.

— É. — Kylie acrescentou mentalmente a expressão à lista de Della das maneiras de dizer "transar".

— Esta tarde ele veio ao meu escritório e anunciou: "Sei o que parece, mas entre mim e a Selynn, as coisas não são o que parecem. Ou pelo menos não são mais".

— Então eles estavam juntos e não estão mais? — Kylie perguntou.

— Disse que romperam há dois meses. Que nunca foi nada sério.

Kylie arqueou uma sobrancelha.

— E há quanto tempo vocês se conheceram?

— Dois meses.

— Humm...

— Humm o quê? — Holiday perguntou.

— Nada, não — mentiu Kylie. — E você disse o que a ele?

— Disse que não sabia por que ele se achava na obrigação de me dizer alguma coisa sobre Selynn.

— Ele não sabe quando você está mentindo?

— Sabe — disse Holiday com uma risada. Então ficaram um minuto só olhando o movimento no refeitório. — Alguma notícia do fantasma ultimamente?

— Não. Me assusta que... eu talvez esteja entendendo tudo errado.

— Não acho que isso vá acontecer. Ela provavelmente está tentando descobrir um jeito de transmitir o que precisa.

— Espero que sim.

Um barulho de briga explodiu do outro lado do refeitório.

— Do que você me chamou?! — alguém perguntou em voz alta.

Kylie e Holiday olharam para o local de onde veio o barulho e viram dois lobisomens se encarando, prestes a trocar socos.

— Meu trabalho nunca tem fim... — disse Holiday, num suspiro, saindo para apartar a briga.

Kylie observou-a enquanto se afastava e acalmava os ânimos dos dois garotos alterados. Depois de alguns minutos, sentindo-se um pouco solitária, ela viu Miranda conversando com suas colegas bruxas. Sabia que Miranda não se importaria se ela se juntasse ao seu grupo, mas Kylie preferiu não fazer isso. Helen e Jonathon estavam sentados numa mesa, jogando xadrez. Ela podia assistir a Helen arrasando com Jonathon outra vez, graças ao seu talento natural para o xadrez, mas por alguma razão lhe pareceu que os dois estavam felizes a sós.

Ela passou os olhos pelo refeitório e encontrou Derek. Ele estava encostado a uma parede, com os braços cruzados, olhando para ela. Um lento sorriso apareceu em seus lábios. E algo nesse sorriso fez Kylie pensar que ele apreciaria sua companhia.

Ela olhou em volta mais uma vez para ver quantas pessoas poderiam farejar os seus hormônios ou ler suas emoções. Havia gente por todo lugar. O que fazer? O que fazer?!

Olhou de volta para Derek, lembrando-se de como tinha sido bom ficar abraçada a ele aqueles poucos minutos no escritório e pensou... *Que se dane!* Então começou a andar na direção dele.

— Que tal uma pizza à luz da lua? — Derek soprou no ouvido dela quando ela parou na sua frente.

Kylie estava tão perto que conseguia sentir o cheiro da sua pele, recém-saída do banho. Uma visão encheu sua mente: ele dentro do boxe, sobre a pele apenas algumas gotinhas de água. Piscou e a visão desapareceu.

— Isso é como dançar à luz da lua? Então deve ser tentador... — Ela sorriu e então mordeu a língua. Por que sempre que chegava perto dele, só conseguia pensar... nele?

Ele sorriu.

— Pode ser. Com a pessoa certa. E a pizza certa... — Ele riu. — Ei, estou morrendo de fome.

Pegaram dois pedaços de pizza cada um e refrigerante e saíram do refeitório.

— Sei de um lugar perfeito — ele disse, quando deixaram para trás o burburinho e o ar-condicionado do refeitório. A noite estava quente e tranquila. Ele apontou para duas grandes cadeiras de balanço brancas que havia na frente do escritório do acampamento. Ela o seguiu. Estava prestes a se sentar quando o telefone tocou em seu bolso.

Colocando o copo de refrigerante no chão, ela equilibrou o prato numa mão e checou com a outra o número no visor do celular. Franziu a testa quando viu o número do pai e apertou o botão desligar.

— Quem era? — Derek moveu a outra cadeira, deixando-a virada de frente para a dela.

— Meu pai... quer dizer, meu padrasto — ela se corrigiu.

— Você ainda não está falando com ele? — Derek se sentou e pegou um pedaço de pizza de calabresa, mordendo um grande pedaço.

— Não. — Ela enfiou o telefone de volta no bolso e deixou-se cair na cadeira. Seus joelhos tocavam os dele e ela gostou disso.

— Por que não? — ele perguntou, entre duas mordidas na pizza.

Kylie olhou para ele.

— Por que eu ia querer falar com ele? — disse, colocando o prato no colo.

Ele acabou de mastigar e engoliu.

— Porque você gosta dele. Porque enquanto o casamento dos seus pais ia bem, ele foi um bom pai. — Ele apontou o dedo para Kylie. — Foi você quem me disse isso.

— É verdade, mas eu não te contei isso pra que usasse contra mim. — Ela pegou um pedaço de pizza e olhou para o queijo derretido. Sua boca se encheu de água e seu estômago roncou. Graças a Deus ela finalmente estava com fome. Por um tempo achou que o sangue tinha arruinado sua vontade de comer comida normal.

— Não estou usando isso contra você. — Ele deu um gole em sua bebida. — Estou só... tentando ajudar. Porque, quando você viu o número dele no visor, suas emoções foram só tristeza e solidão. Eu senti lá no fundo. Talvez se você falar com ele, não precise mais se sentir assim.

— Ele traiu a minha mãe. — Ela lutou contra o leve aborrecimento que sentiu com as palavras de Derek e deu uma pequena mordida na pizza. O sabor picante combinado com o queijo derretido aguçou seu apetite.

— Por isso mesmo — disse ele, mordendo outro pedaço da pizza. — Ele traiu a sua mãe. Não você.

Kylie engoliu a pizza e fez cara feia.

— Por que todo mundo vive me dizendo que a infidelidade dele não me afeta? Isso acabou com o casamento deles. Nada mais será igual na minha vida.

Derek estudou o rosto dela por cima da borda do copo e começou a balançar a cadeira.

— Talvez se você falar com ele, um pouco volte a ser como antes. O relacionamento entre vocês dois pode voltar a ser como antes.

Ela devolveu a pizza ao prato, deixando que a frustração acabasse com o seu primeiro sinal de fome depois de vários dias.

— Sabe, para um cara que nem pensa em falar com o próprio pai, você está falando demais. Quero dizer, você colocou um detetive atrás do seu pai e nem assim entrou em contato com ele.

Ela o viu contrair a mandíbula.

— E daí?

Ela estreitou os olhos e sustentou o olhar dele.

— E daí que é melhor você ficar longe disso, ok?...

Derek apoiou os pés na cerca da varanda, deu um empurrão na cadeira de balanço, fazendo-a deslizar para trás, e olhou para ela.

— Até quando você quer que eu "fique longe"? Já tenho até receio de falar com você em público. Já não fiquei longe o suficiente?

A frustração na voz dele era evidente, mas foi a dor em seus olhos que a fez voltar à razão.

Por que ela estava agindo como uma idiota com ele?

— Me desculpe — disse por fim. — Não devia ter sido grossa com você. E não quis dizer que não quero que fale mais comigo em público. É só que... eu me sinto... me sinto tão mal-humorada. — Kylie lembrou-se do que Holiday dissera sobre as oscilações de humor que os lobisomens têm antes da lua cheia. Seria por isso que ela estava agindo daquele jeito? Ela olhou para o céu azul-marinho acima deles e fitou a lua, que estava praticamente cheia. Na segunda-feira ela saberia.

Quando olhou de volta para Derek, ele tinha recomeçado a comer. Mas ainda não parecia muito feliz. Nem sequer olhava para ela. Os pensamentos dela desviaram-se do que poderia acontecer na segunda-feira e se concentraram na raiva que tinham acabado de sentir um do outro.

— Ei — ela disse, para chamar a atenção dele.

Quando ele olhou para ela, sua expressão denunciava seu descontentamento.

— Sinto muito mesmo — ela repetiu.

Ele largou o que restava da pizza no prato e tomou um gole do refrigerante.

— Não precisa — murmurou, usando a mão para secar a boca. Seus olhos se fecharam por um segundo. — Você tem razão. Eu também não ia querer ouvir você me dizendo que preciso ligar para o meu pai. É só que...

— É só que...? — ela perguntou.

— Eu sinto tudo o que você sente e isso às vezes é um pouco demais pra mim.

— Ruim demais, você quer dizer?

— Não digo ruim... — ele disse, desviando os olhos.

— Então está tudo bem entre nós? Estou perdoada por ser uma megera? — ela perguntou numa voz suave, quase suplicante.

— Não acho que você tenha atingido a marca de megera ainda. — Ele sorriu. — Mas, sim, está perdoada por ser rabugenta.

Ele colocou o prato sobre a cerca da varanda e se levantou. Apoiando as mãos nos braços da cadeira, inclinou-se sobre ela e a beijou. O beijo não foi ardente, mas a maneira suave como roçou os lábios nos dela fez o coração de Kylie vibrar de emoção. Uma emoção tão deliciosa quanto a pizza que ela tinha abandonado no prato.

— Mmmm — murmurou, ao voltar a se sentar. — Eu não sei se é você ou se é a pizza, mas tem um gosto muito bom...

Ela tocou o rosto dele.

— Você ainda vai gostar de mim se eu for um lobisomem?

— O que você acha? — Os lábios dele encontraram os dela novamente. E desta vez o beijo veio com um toque da língua e fez a pulsação dela ficar ainda mais rápida do que já estava ultimamente.

Mas quando ele se afastou, não estava mais sorrindo. Nem parecia feliz.

— O que foi? — ela perguntou.

— Nada. — Ele se recostou novamente na cadeira de balanço.

Ela fitou a expressão no rosto dele à luz da lua.

— Detesto quando as pessoas fazem isso.

— Fazem o quê?

— Não dizem nada quando é tão óbvio que alguma coisa está incomodando.

Ele deu um suspiro.

— Tudo bem, se quer mesmo saber... Só acabou de me ocorrer que talvez eu não esteja tão ansioso assim para ver você virar um lobisomem.

— Porque vou ficar cheia de pelos? — ela perguntou.

— Não. — A expressão dele ficou mais sombria. — Porque... Lucas é um lobisomem.

Capítulo Dezoito

Mais tarde, depois de Derek levá-la à cabana sob um silêncio desconfortável, Kylie decidiu ir para a cama cedo. Fazia poucas horas que estava dormindo quando começou a ter um sonho. Ela soube que era um sonho assim que se deu conta da sensação de flutuar. Rolou na cama e tentou de toda forma acordar, mas então ela viu...

Ele.

Outra vez.

Lucas.

Ele olhou para ela e sorriu. Seus olhos azuis brilhantes estavam pesados, sonolentos. Ela percebeu que não estava mais acima dele, mas em pé ao seu lado. Ele usava jeans e uma camisa azul-clara desabotoada. Seu olhar desceu pelo peito dele e depois subiu outra vez. Todo o trajeto, sem reparar na camisa. Seu cabelo preto estava despenteado, como se ele também tivesse acabado de sair da cama, e os fios pareciam um pouco mais longos.

— Você veio... — ele disse.

— Veio onde? — ela perguntou, sentindo-se pouco à vontade.

Ele não respondeu, em vez disso falou:

— Vem, vamos dar uma volta. — Ele estendeu a mão, esperando que ela a pegasse.

Ela hesitou. A ideia de tocá-lo a tentava, mas ela se lembrou de que estava furiosa com ele, embora não soubesse bem por quê.

— Eu não mordo. — Ele sorriu novamente.

Era só um sonho, ela disse para si mesma, e pegou a mão dele, deixando de lado a ponta de raiva que ainda sentia. A palma da mão dele era tão quente contra a dela que a deixou tonta.

— Senti sua falta — ele disse.

Ela não sabia o que dizer, por isso não disse nada. Ou pelo menos não disse que sentia falta dele. Mas ela sentia, sabia que sentia.

— Onde estamos indo? — ela perguntou quando ele começou a andar.

Ele parou.

— Onde você gostaria de ir?

De repente, Kylie percebeu que eles estavam em meio a um bosque; grandes árvores com flores de aroma adocicado pendiam sobre a cabeça dos dois.

— Paris? Um shopping? — Ele olhou em volta como se só agora notasse o cenário. — Ou gostaria de voltar ao lago, como no último sonho? — A voz dele ficou mais grave e rouca. — É para lá que estamos indo?

O sangue afluiu para o rosto dela. *Como ele sabia sobre o outro sonho?* Então ela se lembrou de que estava apenas sonhando. Nada tinha que fazer sentido. Certo? No entanto, esse sonho parecia ainda mais estranho, diferente.

Ele entrelaçou os dedos nos dela.

— Podemos ir a qualquer lugar, contanto que eu esteja com você. — As íris dos olhos dele pareceram escurecer e suas pálpebras ficaram pesadas.

Ela reconheceu a emoção. Desejo. Fome. Paixão. Ela tinha visto essa mesma emoção quando se beijaram no riacho, perto das pegadas de dinossauro. Mas aquela não tinha sido a primeira vez em que ela vira aquele olhar. Ela tinha visto primeiro no sonho. O sonho em que os dois nadavam — em que ele a tocava.

— Podemos fazer qualquer coisa... porque... — ele se aproximou um pouco mais — porque isto é só um sonho. Não é real. Como da primeira vez. Mas a escolha é sua. Você é quem está no comando.

Ele baixou um pouco a cabeça e seu rosto roçou levemente no dela. Então seus lábios deslizaram pela bochecha de Kylie até encontrar sua boca. Ela deixou que ele a beijasse. De início, ela não correspondeu. Pelo menos não até a língua dele se esgueirar entre seus lábios.

Incapaz de pensar em mais nada, ela se rendeu e começou a corresponder ao beijo. Foi ardente. Foi maravilhoso. Foi só um sonho. As mãos dele acariciavam suas costas e depois a frente do corpo dela. Seus seios ficaram rijos quando ele roçou a palma entre eles.

Então... ela se lembrou de Derek. Forte, gentil, lindo. E se lembrou de Fredericka. Sim, era por isso que ela estava com muita raiva de Lucas.

Kylie se afastou abruptamente. Ela respirava com dificuldade. Ele respirava com dificuldade.

Ela começou a flutuar para longe.

— Não vá embora, Kylie — ele pediu. — Volte, por favor.

Kylie de repente se sentiu totalmente desperta. Sentou-se na cama automaticamente. Seu coração estava acelerado como se ela tivesse corrido uma maratona. As palmas das mãos, suadas. A parte da frente do seu corpo formigava. Todo o seu corpo formigava muito.

Socks, ainda no corpo de gambá, miou aos pés da cama.

— Sonho mais estranho... — ela disse em voz alta e se sentiu bem ao ouvir a própria voz. — Muito estranho mesmo...

Então ela se lembrou da carta de Lucas. A primeira carta.

Sonhe comigo, ele tinha escrito.

Seria coincidência?

Possibilidades malucas começaram a se formar na sua cabeça. E se...? E se os lobisomens tivessem o poder de invadir os sonhos das outras pessoas? E se aqueles não fossem apenas sonhos, mas algo mais? Será que aquele tipo de poder existia?

Quanto mais ela pensava naquilo, mais começava a acreditar e com mais raiva ficava. Como ele ousava simplesmente entrar nos sonhos dela e... beijá-la? Tocá-la? Fredericka não era suficiente para ele? A fêmea de lobisomem sabia que Lucas dava suas escapulidas para visitar Kylie em seus sonhos?

Tantas perguntas e nenhuma resposta. Só havia um lugar onde ela poderia encontrar as respostas.

Acendendo a luz, ela abriu a gaveta com um solavanco e tirou dali a carta. Já tinha aberto o envelope, por isso tirou-a dali facilmente. Piscou para ajustar os olhos à luz.

Oi, Kylie,

Outra carta minha. Pelo que sei, sou a última pessoa do mundo que você quer ver. Mas isso não me impede de escrever para você. Ou de pensar em você. Mas, minha nossa!, eu penso em você o tempo todo – querendo saber se descobriu o que você é e quantos dons tem. Falei com Burnett e, quando perguntei de você, ele só disse que você estava bem. Acho que ele sabia que eu queria detalhes, mas, por alguma razão, não estava a fim de me dar. Isso me fez imaginar o que você anda fazendo que Burnett não quis me contar. Não quero pensar muito nisso, porque estou começando a ficar preocupado.

Talvez você ache que eu sou muito possessivo. Não digo que estou certo, mas fui eu que a encontrei primeiro.

Você se lembra quando nos conhecemos? Você estava no jardim em frente à sua casa, deitada na grama, olhando o céu. Quando cheguei, você nem me cumprimentou. Olhou para mim com os olhos arregalados e cheios de curiosidade e perguntou se eu tinha visto o elefante. No início, pensei que você fosse louca, mas depois você apontou para as nuvens.

Kylie parou de ler quando um fiapo de memória começou a flutuar na sua cabeça. Ela de fato... se lembrava. Respirando fundo, ela continuou a ler.

Eu me lembro de ter dito que não tinha visto nenhum elefante nas nuvens. Mas eu tinha. Não sei por que menti, provavelmente você me deixava nervoso. Eu vi que não era humana, mas não consegui identificar o que você era e isso me pareceu estranho. Não de um jeito ruim. Você era apenas um enigma que eu queria decifrar. Há! Isso já faz dez anos e aqui estou eu tentando te decifrar. Parte de mim se pergunta se não é porque é uma fêmea, as garotas são sempre um mistério, ou se é porque você é mesmo um grande enigma.

De qualquer maneira, espero que goste da notícia, pois talvez eu esteja voltando para o acampamento. Falei com Burnett a respeito e ele disse que ainda precisava da autorização de algumas pessoas; se derem carta branca, eu posso voltar. Se tudo der certo, poderei explicar melhor depois.

Espero ver você em breve, mas até lá... sonhe comigo.

Seu admirador e amigo para sempre.

Lucas

Kylie largou a carta e só ficou olhando aquelas palavras.

Sonhe comigo.

O que significava exatamente "sonhe comigo"?

Será que significava alguma coisa? Mas o quê? Kylie dobrou a carta e enfiou-a na gaveta. Sentia um turbilhão de emoções. Então lhe ocorreu um outro lugar onde podia encontrar respostas. O lugar aonde ela sempre ia quando precisava de respostas. Holiday.

Kylie consultou os números vermelhos e brilhantes do relógio. Ainda era muito cedo. Não eram nem... cinco horas.

Mas o que será que tinha acontecido com o ar gelado que sempre a envolvia ao amanhecer?

Ela olhou pela janela e viu os primeiros sinais do nascer do Sol. Por algum motivo, seus pensamentos se desviaram dos fantasmas e passaram para as duas meninas que tinham morrido no dia anterior. Elas nunca mais veriam o Sol nascer. Nunca mais veriam um novo dia. Ou teriam outro sonho. Ela agarrou o cobertor com as duas mãos e lutou contra a emoção que a consumia.

Mal sua respiração tinha voltado ao normal quando o ar frio invadiu seu quarto como um mau presságio.

— Ok — disse ela, procurando ter a paciência que tanto lhe faltava ultimamente. — Que tal termos uma conversinha? O que você pode me dizer que ainda não sei? Me dê algo em que me basear. Você precisa me dizer algo que me faça descobrir quem precisa de ajuda.

— *Você pode salvá-la.* — As palavras do fantasma encheram o cômodo gelado e o espírito apareceu. Seus longos cabelos negros se espalhavam sobre os ombros. Ela não parecia tão magra ou doente desta vez. E havia algo nela que parecia vagamente familiar. Kylie se perguntou se aquilo significaria algo.

— *Você pode salvá-la. Você não sabe que pode, mas tem essa capacidade.* — disse o fantasma.

— Como eu vou salvá-la? — Kylie perguntou, esperando que isso pudesse ajudá-la a descobrir a identidade da pessoa. Ela precisava de alguma informação, droga, algo que a ajudasse a decifrar a mensagem do fantasma. — Quem eu preciso salvar?

— *Ela está apavorada. Precisa de você.*

— Quem? — insistiu Kylie entredentes. — Só me diga quem e eu prometo que farei tudo para salvá-la. Será que você não entende que eu não posso salvar ninguém enquanto não souber... — O fantasma se desvaneceu no ar.

— Droga! — Kylie se deixou cair na cama novamente. Ela inspirava e expirava o ar tentando não pensar no quanto se sentia frustrada com o fantasma. Tentando não pensar no quanto estava frustrada com Lucas e com o suposto sonho. Tentando não pensar nas meninas que tinham perdido a vida no dia anterior.

Entre tantas limitações sobre o que pensar, ela finalmente encontrou algo em que podia concentrar sua atenção. O dia da visita dos pais.

Aquele pensamento provocou uma nova onda de frustração que se abateu sobre ela. A mãe não viria. O pai... estava "batendo martelo" com uma garota praticamente da idade de Kylie e ela seria provavelmente a única campista que não receberia a visita dos pais.

Aquilo não fazia dela alguém especial?

— Daniel? — ela chamou em voz alta. — Será que você podia aparecer um minutinho? *Para me dar um apoio moral. Talvez responder a algumas perguntas sobre pais?* Por favor. — Nenhuma resposta. Ela contou até dez. Rezou. E esperou mais um minuto antes de perder a paciência.

Socou o colchão. Era uma coisa infantil e estúpida, mas no estado de espírito em que estava ajudava muito. Tanto, que continuou socando o colchão por vários minutos.

Socks soltou um miado assustado e Kylie o viu ser catapultado da cama. Ela podia ter até lamentado por isso, se não estivesse tão mal-humorada. E foi então que ela se lembrou do que toda aquela oscilação de humor podia significar. Ela, Kylie Galen, podia estar se transformando num lobo dali a dois dias. Será que a vida dela podia ficar mais insana do que isso?

Capítulo Dezenove

Depois de fazer do seu colchão um saco de pancadas, ela se vestiu, desculpou-se com Socks por agir como uma idiota e saiu da cabana à procura de Holiday.

O ar da manhã estava ficando cada vez mais quente e abafado. Dando as boas-vindas ao verão do Texas, Kylie pensava nas perguntas que faria enquanto percorria a trilha até o escritório do acampamento. A frustração que fazia seu estômago se contrair a impelia a correr, mas por mais ansiosa que estivesse para encontrar respostas sobre seus sonhos, também estava relutante em fazer as perguntas. Holiday, com seu dom de ler emoções, provavelmente saberia de que tipo de sonhos Kylie estava falando.

Porém, sua necessidade de respostas obviamente era maior do que a de evitar constrangimentos, por isso ela continuou andando.

No momento em que Kylie parou em frente à cabana do escritório, ouviu vozes alteradas vindo de dentro. Ela parou perto das cadeiras de balanço brancas onde ela e Derek tinham comido pizza na noite anterior e ouviu. Não para se intrometer em conversa alheia, mas para ter certeza de que Holiday estava bem.

— *O que há de errado, afinal, com o meu dinheiro?* — bramia uma voz masculina, e Kylie imediatamente percebeu que era Burnett.

— *Não há nada de errado com ele* — Holiday respondeu. — *Eu não disse que não ia aceitá-lo. Só pedi algumas semanas pra pensar.*

— *Algumas semanas para tentar encontrar outro investidor, você quer dizer. Me diga que não é isso o que vai fazer.*

— *É isso aí* — ela rebateu. — *É exatamente isso o que eu vou fazer, mas...*

— *Você me odeia e odeia tanto os vampiros que arriscaria até a ver Shadow Falls fechar as portas?*

Kylie recuou quando percebeu que não estava mais só preocupada com Holiday... estava tentando ouvir às escondidas. Sem querer invadir a privacidade de Holiday mais do que já tinha feito, ela desceu os degraus da varanda e afastou-se alguns metros da cabana, até não conseguir mais ouvir a conversa.

— *Não vou deixar Shadow Falls fechar as portas!* — A voz de Holiday ainda chegou aos ouvidos de Kylie. Estremecendo, ela se afastou mais alguns passos.

— *Mas você não pode negar que me odeia, não é?* — perguntou Burnett com rispidez.

— *"Odiar" é um pouco de exagero.*

Kylie olhou para a cabana do escritório a distância, estranhou ainda estar ouvindo e se afastou mais dez passos.

— *Droga!* — xingou Burnett, a voz alta e clara, ainda chegando aos ouvidos de Kylie. Era como se... era como se ela estivesse bem ao lado da porta.

— Isso não é nada bom... — Kylie murmurou, percebendo que não devia mais conseguir ouvir a conversa dos dois. Eles estavam dentro da cabana. Ela estava do lado de fora. E, calculava, a uns bons cinquenta metros de distância.

Ai, Jesus... As coisas deviam estar mudando... de novo. Kylie espiou seus seios para ter certeza de que não tinham crescido mais um pouco. Graças a Deus, pareciam do mesmo tamanho.

— *Eu só quero ajudar* — continuou Burnett, e o mesmo fez Kylie. Continuou a se afastar. Cada vez mais. E mais. O bastante para que a conversa não chegasse aos seus ouvidos.

— *Então me ajude tentando entender* — contra-atacou Holiday.

— *Mas o que, pelo amor de Deus, eu deveria entender? Que você fará qualquer coisa pra se livrar de mim? É por isso que está fazendo isso, não é?*

— *Eu não...* — A voz dela esmoreceu.

— *Porque você tem medo de que, se aceitar o meu dinheiro, terá que me engolir. Se sente tão atraída por mim que é difícil me ver por perto, não é? Droga! Vamos fazer sexo de uma vez e matar a vontade. Talvez assim você consiga conviver comigo.*

— *Você é tão arrogante!* — disse Holiday, com rispidez. — *Fazer sexo com você é a última coisa que quero.*

— *Ah! Finalmente! Agora eu sei que está mentindo* — disse ele. — *Sente atração por mim.*

— Lá, lá, lá, lá — Kylie começou a cantar e cobrir os ouvidos. Ela não queria mais ouvir. Ouvir coisa alguma. Nem um pouquinho. Começou a dar meia-volta e voltar pela trilha que levava à sua cabana.

Passados alguns segundos, ouviu uma porta se fechar com estrondo. Sentiu uma lufada de ar. Ela piscou e quando abriu os olhos Burnett estava ali, ao lado dela, passando a mão pelos cabelos.

— Essa é a ruiva mais difícil, mais teimosa que eu já tive o desprazer de conhecer.

Ele então disparou como um raio, deixando atrás de si apenas um rastro de poeira.

— E você está apaixonado por ela — Kylie sussurrou. Ela não sabia como sabia, mas sabia. E de algum modo percebeu que sentira o mesmo na cachoeira. O sentimento verdadeiro que tinha ouvido na voz de Burnett e visto em seus olhos tinha levado Kylie a lhe dizer a verdade sobre o passado de Holiday. Não que isso anulasse o fato de que não cabia a ela contar o segredo da amiga. Mesmo assim...

Kylie olhou de volta para o escritório e se lembrou das perguntas que tinha sobre os sonhos e da sua recém-descoberta superaudição também. Esse seria um dom dos lobisomens? Ela se lembrou de ter perguntado a Lucas se ele podia ouvir as batidas do coração dela e ele tinha respondido que a audição dos lobos não era exatamente para esse tipo de coisa, mas para perceber a aproximação de inimigos. Que tipo de capacidade auditiva Kylie teria? Seria a capacidade de um lobisomem ou de um vampiro?

Ao virar a cabeça para o lado, ela tentou ouvir alguma coisa para ver o que mais conseguia escutar. Nada. Claro, ela ouvia os ruídos normais, mas nada parecia alto demais ou fora do normal. Della dissera que ela podia ouvir os animais na reserva de vida selvagem. Kylie não conseguia ouvi-los. Então por que ela tinha conseguido ouvir a briga entre Holiday e Burnett? O que aquilo significava?

Fitando o céu saturado com as cores pálidas do início da manhã, ela tentou aceitar todas as coisas que estavam mudando nela. O problema era que, para entendê-las totalmente, ela precisava saber o que elas eram, poxa vida! Com o peito carregado de emoção, ela começou a voltar para a cabana do escritório, rezando para que Holiday pudesse lhe dar algumas respostas.

— Holiday, sou eu — Kylie chamou, ao entrar no escritório, dez segundos depois.

— Estou na minha sala — Holiday respondeu.

Quando Kylie parou na porta, Holiday estava secando as lágrimas com as mãos. Ela estava chorando.

Seus olhos ainda estavam úmidos das lágrimas de tristeza e seu rosto, corado. Angústia e aflição apertaram o peito de Kylie.

— Você está bem?

— Não é nada — disse Holiday, fazendo um gesto com a mão. — Burnett e eu acabamos de... ter uma briga.

— Eu sei — disse Kylie, decidindo que seria melhor dizer a verdade. — Eu ouvi.

Os lábios de Holiday se apertaram e Kylie não teve certeza se era porque ela achava que Kylie tinha se intrometido onde não era chamada, ou se a expressão era provocada pela frustração que sentia com Burnett.

— Não tive intenção de ficar ouvindo atrás da porta — Kylie falou rapidamente. — Quando cheguei na varanda e ouvi a briga, eu quis ter certeza de que você estava bem, mas depois me afastei, mas mesmo assim... pude ouvir. Então eu me afastei mais ainda. E ainda continuei ouvindo. — Um ligeiro pânico se insinuou na voz de Kylie.

Holiday franziu ainda mais a testa.

— Estávamos falando tão alto assim?

— Não. E isso é que é mais estranho. Eu não deveria ser capaz de ouvir vocês. Eu fui me afastando cada vez mais e mesmo assim...

Holiday arregalou os olhos.

— E mesmo assim podia nos ouvir? Tem certeza de que não estávamos simplesmente falando alto demais?

— Absoluta — garantiu Kylie. — Eu já estava no início da trilha.

— Uau! — exclamou Holiday.

— Uau mesmo! — Kylie deixou-se cair na cadeira. Seus olhos se desviaram para as contas espalhadas pela escrivaninha. A emoção e frustração de Holiday ainda eram palpáveis na sala. Kylie olhou para a amiga. — Está com problemas financeiros?

Holiday fitou o amontoado de contas.

— Alguns. Mas vai dar tudo certo.

— Você vai aceitar o dinheiro do Burnett?

Os olhos de Holiday se estreitaram de preocupação.

— Vou aceitar antes que Shadow Falls seja prejudicado. Mas esse problema não é importante agora. Você é importante. Você está bem com... isso? — ela estudou o rosto de Kylie. — Quero dizer, a audição mais sensível.

— Tenho outra escolha? — Kylie rebateu de mau humor. — Se eu disser que não estou aceitando isso muito bem, vou simplesmente parar de ouvir?

Holiday lançou seu sorriso de compreensão.

— Posso imaginar como tudo isso está sendo difícil pra você. Eu cresci sabendo que certas coisas aconteceriam e esperando passar por algumas surpresas, mas garanto pra você que é sempre um choque. Nessas últimas semanas você tem descoberto muita coisa, hein?

— Nem queira saber... — respondeu Kylie, cobrindo os olhos com as mãos. Quando ela olhou para cima, Holiday a observava. — Eu só queria saber o que sou. Se eu soubesse isso, então... acho que eu tiraria de letra. Estou tão cansada de ficar pensando que sou isso, sou aquilo... — Ela entrelaçou as mãos. — Eu ando... num mau humor ultimamente... estou uma verdadeira megera. Meus peitos cresceram, meus pés estão um número maior e fiquei mais alta da noite para o dia. Agora estou ouvindo coisas que eu não ouvia antes. Você acha que isso significa que sou um lobisomem?

Holiday mordiscou o lábio inferior como se refletisse.

— A superaudição é uma característica dos lobisomens, mas também dos vampiros — embora, como já lhe expliquei, sejam tipos diferentes de audição.

Kylie ouviu com cuidado cada palavra de Holiday, esperando que ela dissesse algo que ainda não sabia. Mas a maior parte ela já tinha ouvido antes.

— Como eu disse — Holiday continuou —, quando há uma mistura de humanos e sobrenaturais, ou de espécies variadas, às vezes os descendentes nascem com diferentes habilidades, mas sempre herdam o DNA e os dons principais do pai dominante. E se encaixam no padrão de uma espécie. Tenho certeza de que o seu padrão logo surgirá. Com todas essas mudanças acontecendo tão rápido, a qualquer momento ele ficará evidente.

Kylie se esforçou para entender.

— Mas você também disse que, se eu fosse um lobisomem ou um vampiro, já deveria ter passado por algumas transições básicas.

— Eu de fato disse isso — admitiu Holiday. — Mas também disse que nunca tinha visto um caso como o seu.

— Sou simplesmente uma aberração.

— Não. Você é única.

— Eu não quero ser única. — Kylie suspirou. — As fadas têm superaudição?

Um sorriso se insinuou nos lábios de Holiday.

— Não é algo comum. — Ela continuou estudando Kylie, como se lesse sua decepção. — Você gostaria de ser uma fada?

— Gostaria. Quer dizer, se eu tivesse escolha, preferia ser fada ou bruxa. Alguma coisa que... você sabe... não mudasse o meu corpo ou a temperatura dele. — Kylie pensou em Della e em como ela se sentiria se soubesse que Kylie pensava assim. — É muito feio querer isso? Eu amo Della e não quero ferir os sentimentos dela, mas é que... eu preferia ser bruxa ou fada. Porque a maioria dos dons que elas têm não são tão complicados nem é tão difícil conviver com eles.

Holiday deu uma risadinha.

— Está se esquecendo dos fantasmas? Grande parte das fadas e elfos os vê. E, pode acreditar, a maioria dos sobrenaturais prefere morrer a ver espíritos.

— É verdade. — Kylie piscou. — Eu tinha me esquecido disso. E de fato é um pé no saco. No início, eu ficava apavorada, mas agora que já estou lidando com isso faz um tempo... — Ela fez uma pausa e se lembrou da breve visita do fantasma aquela manhã e do pesadelo de alguns dias antes. — Tudo bem, às vezes ainda fico apavorada e frustrada. Mas pelo menos agora estou quase me acostumando.

Holiday apoiou os cotovelos na escrivaninha.

— Seja de que espécie você for, seja quais forem os dons que acabe desenvolvendo, você vai perceber que, com o tempo, essas mudanças ficam menos assustadoras. O que quer que aconteça na segunda-feira, sei que...

— Segunda-feira? Por causa da lua cheia? Agora você acha que sou um lobisomem?

Holiday segurou a mão de Kylie.

— Eu não sei. A única coisa que sei é que você é uma mocinha encantadora e, não importa o que aconteça, tudo vai acabar bem.

Kylie descansou a cabeça no encosto da cadeira, olhou para Holiday e gemeu.

— Eu odeio isso. Realmente odeio. — Então se lembrou do motivo que a levou a procurar a amiga aquela manhã. Ela se endireitou na cadeira outra vez e respirou fundo.

Então mordeu o lábio, tentando se lembrar de como ela pretendia abordar o assunto. Será que não existiria um jeito menos embaraçoso de falar dos sonhos?

— Mais uma coisinha...

Holiday ficou sentada ali, esperando pacientemente.

— Sonhos...? — Kylie só conseguiu articular essa palavra.

— O que têm eles? — A expressão de Holiday era intrigada. — O fantasma vem provocando mais sonhos?

— Não.

— Terrores noturnos?

— Não. — Por mais estranho que fosse, Kylie não tinha terrores noturnos há muito tempo. Quer dizer, se não considerasse as visões do fantasma em sonhos como terrores noturnos.

— Você anda tendo crises de sonambulismo? — Holiday perguntou.

Tudo bem, a coisa ia ficar mais bizarra se ela não começasse a falar.

— Eu tenho tido sonhos estranhos. No sonho, sei que estou sonhando. E no sonho as pessoas que estão no sonho também sabem que é só um sonho. Eu quase sinto como se... como se ele invadisse meus sonhos.

— Ele?

— Lucas. — Kylie sentiu o rosto arder. — É possível que alguém, que Lucas, de fato entre nos meus sonhos? De fato... me visite? Porque é tão real! E se for real, eu quero que ele pare de fazer isso. Quer dizer, nas duas cartas ele menciona os sonhos. E, se for real, ele precisa parar.

Os olhos de Holiday se arregalaram, mas ela não disse nada.

— O que foi?

— Eu... — Holiday hesitou como se tentasse decidir o que dizer.

— Não minta pra mim nem esconda nada, mesmo que seja só um palpite. Só me diga o que você acha que está acontecendo. — Kylie estendeu a mão e colocou-a sobre a de Holiday. — Por favor.

Holiday franziu ainda mais a testa.

— Tudo bem, mas você provavelmente não vai gostar disso.

Ah, mas que ótimo! Não era bem isso que ela queria ouvir.

Capítulo Vinte

— Ele está fazendo mesmo isso, não está? Invadindo os meus sonhos. — O coração de Kylie se encheu de ressentimento.

Holiday balançou a cabeça lentamente.

— Não acho... quer dizer, é só um palpite, mas provavelmente não é ele.

— Ah, é ele, sim. Eu o vi. Ele fica perto assim de mim — disse Kylie, colocando a mão um palmo à frente do nariz. *E mais perto ainda.* Ela se lembrou de como ele a beijou.

— Não, eu não quis dizer que não seja ele no sonho. Quis dizer que não é ele quem invade os seus sonhos.

Kylie tentou decifrar o que Holiday estava dizendo. Ela continuou.

— O que está me contando é o que costumamos chamar de sonho lúcido, e eu nunca ouvi falar de nenhum lobisomem que tenha essa capacidade.

— Bem, então você agora conhece um, Lucas. — Kylie sentia sua raiva crescer, ao se lembrar do sonho em que eles nadavam. — E o que ele está fazendo... não deveria fazer.

Holiday ergueu a mão.

— ...no entanto, esse é um dom muito comum entre nós que temos capacidade para ver espíritos.

Kylie ficou paralisada ali, olhando para Holiday, sem querer acreditar no que ouvia.

— Você está dizendo... que eu... eu estou fazendo isso?

Tudo bem, Kylie já tinha metido os pés pelas mãos anteriormente, mas nunca tinha chegado a esse nível de insanidade.

Holiday se inclinou em direção a Kylie, com uma expressão de quem quase pede desculpas.

— É, é exatamente isso que eu estou dizendo, Kylie.

Kylie quase engasgou com a golfada de ar que inspirou.

— E a pessoa com que eu estou sonhando, ela..., quer dizer, ela pode se lembrar do sonho? — Seu coração parou quando ela se lembrou do sonho, primeiro aquele em que nadavam, em que praticamente mostrou os seios para ele. Ok, ela tinha de fato mostrado os seios.

— Algumas se lembram, sim — respondeu Holiday. — Outras não.

Obrigaaada, Jesuuuus! Ela, definitivamente, preferia pensar que não!

Holiday continuou.

— Porém, os sobrenaturais se lembram.

Tudo bem, retiro o agradecimento.

Kylie queria realmente morrer agora. Então se lembrou de Lucas dizendo, "*Você é quem está no comando*".

— Então... seja o que for que aconteça nesses sonhos... Sou eu que controlo? Sou eu a responsável pelo que acontece no sonho?

Pela expressão de Holiday, ela tinha acabado de perceber a que Kylie estava se referindo.

— As nossas emoções muitas vezes guiam nossos sonhos lúcidos assim como fazem com os sonhos comuns...

— As nossas?... Você... tem sonhos lúcidos também? É, como se diz por aí, sofrimento detesta solidão...

Holiday ergueu a mão direita, juntando o polegar e indicador.

— Tenho pouco talento nessa área, mas, sim, já tive algumas experiências. — Ela esperou alguns segundos antes de continuar. — Você é quem está sempre no comando... se estiver no comando das suas emoções.

Bem, agora é que Kylie estava perdida mesmo. Quantas vezes ela não tinha admitido que não conseguia se controlar quando o assunto eram garotos, beijos, momentos a sós...

Holiday continuou.

— O responsável pelo sonho lúcido é quem arma o cenário para o sonho. Você oferece o roteiro para a pessoa com quem está sonhando, dependendo da sua habilidade, e essa pessoa ou pode recusar o roteiro ou tentar alterá-lo.

A cabeça de Kylie começou a latejar. Sem dúvida, de tensão.

— Mas parece tão real...

— É real, mas ao mesmo tempo não é. — Holiday esticou o braço e pegou novamente na mão de Kylie. Grande parte da tensão se desvaneceu. — Pense nisso como se fosse um filme. Se vai ao cinema com alguém, vocês dois passam pela mesma experiência. Vocês vivem as emoções, mas nada acontece de verdade.

Holiday soltou a mão de Kylie e se recostou na cadeira.

— Estou impressionada com essa sua nova capacidade, Kylie. Realmente impressionada. A capacidade de ter sonhos lúcidos é considerada um dom muito poderoso. Você pode aprender muito com ele e até ensinar outras pessoas por meio desse tipo de sonho. E muito poucos de nós têm a sorte de tê-lo.

— Que sortuda eu sou, então — disse Kylie, sem um pingo de entusiasmo. — Esse dom não é um daqueles que a gente pode devolver, é? — perguntou, sentindo-se sufocada.

— Não, não tem devolução. Receio que já não haja mais tempo para recusar os seus dons. Quando aceitou se comunicar com os espíritos, você aceitou todos eles. — Holiday sorriu. — Mas, pode acreditar, com o tempo vai aprender a controlá-los melhor. Estou falando sério, Kylie, esse é um dom muito especial.

Kylie cruzou os braços sobre os seus seios de tamanho extragrande e tentou absorver aquilo tudo. As palavras de Holiday martelavam na sua cabeça: *Nunca ouvi falar de um lobisomem que tivesse esse dom.*

— Então... se tenho esse dom, não vou me transformar num lobisomem segunda-feira?

Holiday não disse nada, mas Kylie já tinha visto aquele olhar no rosto da líder do acampamento. E ele era sinal de que ela estava tentando decidir se devia ou não dizer algo e como dizer de um jeito que não fosse tão chocante.

— Fala de uma vez! — insistiu Kylie. A essa altura ela já não se surpreenderia com nada.

Holiday franziu as sobrancelhas.

— Você consegue captar muito bem o que estou sentindo — ela disse. — Muito bem mesmo — reforçou ela, como se aquilo significasse alguma coisa também.

Mas Kylie estava preocupada demais com aquela questão de ser ou não ser lobisomem para prestar atenção no que Holiday poderia estar pensando.

— O que está querendo me dizer agora?

Holiday balançou a cabeça.

— Falo sobre isso com você mais tarde. Mas já vou avisando que são apenas suposições. — Ela fez uma pausa.

— Tudo bem... — Kylie fez sinal com a mão para que Holiday se apressasse.

— Depois da nossa conversa de ontem, quando mencionou o lobo... Bem, Selynn e Burnett me disseram que... existe uma antiga lenda sobre lobos atraídos por lobisomens que supostamente estão numa posição mais alta na hierarquia.

— Então, eu sou algum tipo de lobisomem importante? — Droga, ela não queria nem ser um lobisomem comum, quanto mais um importante.

— Eu disse que estávamos apenas fazendo suposições. Porque, francamente, Kylie, todo o resto, o fato de você nunca ter se transformado, de ter outros dons que não são comuns entre lobisomens, não bate. Especialmente quando se leva em conta que quase todos os lobisomens com uma posição elevada na hierarquia são puros-sangues. Não têm sangue humano. Portanto, como pode ver, eu não quero que você comece a pensar que isso realmente significa alguma coisa. Porque, honestamente, não tenho certeza de nada.

— Ou pode ser que signifique algo muito importante — contestou Kylie, imaginando se um dia ia conseguir decifrar aquele enigma. Ou se estava fadada a passar a vida inteira sem saber o que realmente era.

Antes que Kylie deixasse o escritório, Holiday pediu a ela que a ajudasse a receber os visitantes, distribuindo água e café, e mantendo a ordem no refeitório durante o dia dos pais. Ela teve a impressão de que Holiday estava pedindo ajuda não porque precisasse de fato dela, mas porque tinha receio de que Kylie voltasse à sua cabana, caísse na cama e se entregasse a uma depressão profunda. Como Holiday podia de fato ler as emoções de Kylie, essa era uma grande possibilidade.

Agora, já preparada para o seu papel de anfitriã, Kylie viu a porta do refeitório se abrindo e vários pais entrando, ansiosos, à procura dos filhos.

Kylie reparou que o plano antidepressão de Holiday tinha uma falha. Ver pais ansiosos entrando no acampamento e abraçando os filhos não era exatamente uma cena animadora. Lembrar-se do telefonema da mãe e de quanto ela tinha ficado chateada por não poder estar presente ajudou-a a afugentar parte da melancolia. Mas aí seus pensamentos saltaram para o padrasto e as razões por que ele não tinha aparecido. Estava ocupado demais "batendo o martelo" com aquela namoradinha desengonçada!

Kylie virou-se de costas para o refeitório e começou a encher os copos de água gelada.

Dez minutos depois, o barulho ao redor aumentou, à medida que mais pais chegavam. Kylie olhou em volta e seus pensamentos se desviaram para sua mãe outra vez. Mas não se detiveram nela por muito tempo. Não. Ela tinha coisas melhores em que pensar no campo de batalha em que se transformara sua mente. Como a descoberta de que tinha se esgueirado pelos sonhos de Lucas e dado a ele um roteiro onde se lia: tirar a roupa, ir nadar e dar uns amassos.

Não que ela estivesse reclamando.

Mas a pior parte, de acordo com Holiday, era saber que Lucas poderia se lembrar desses sonhos também. E, quando ele voltasse para o acampamento — se é que voltaria —, ela teria que encará-lo.

Não. Definitivamente ela não queria pensar nisso.

Agarrou outra bandeja e começou a alinhar os copos para enchê-los com água.

— Você é Kylie, não é? — perguntou uma suave voz feminina, ao lado dela.

Kylie desviou os olhos da bandeja e olhou para cima. A mulher parecia ter cinquenta e poucos anos. Seus cabelos castanhos tinham um corte chanel e seus olhos verdes observavam Kylie com um sorriso.

— Sim, sou Kylie. — Ela se esforçou para corresponder ao sorriso e ficou satisfeita de ter conseguido. Levou mais um segundo para reparar na cor dos olhos e reconhecer a mulher. — Como vai, senhora Lakes?

Kylie olhou ao redor para ver se localizava Derek, achando que a mãe obviamente procurava por ele.

— Eu não o vi ainda, mas tenho certeza de que...

— Ah, ele está ali — disse a senhora, apontando para o lado oposto a que Kylie olhava. Kylie ficou tentada a se voltar para vê-lo, mas algo a impediu. Ela reconheceu a emoção no ato. Culpa. Culpa pelos sonhos.

Por favor, não me decepcione, Kylie. As palavras de Derek ecoaram na sua cabeça e ela percebeu que ficaria arrasada se ela mesma soubesse que Derek estava nadando nu em seus sonhos com outra garota.

Voltando a fixar o olhar nos copos de plástico alinhados como peças de dominó na bandeja, ela torceu para que Derek não estivesse suficientemente perto para ler suas emoções.

A mãe de Derek colocou a mão sobre o braço de Kylie e se inclinou para mais perto dela.

— Eu disse a ele que vinha buscar um copo d'água.

— Ah, aqui está. — Kylie pegou um copo e estendeu-o para ela.

— Obrigada, querida — disse, dando uma piscadinha. — Na verdade, eu só queria te conhecer e dizer... — ela se inclinou outra vez — que ele só fala em você.

O sentimento de culpa que Kylie sentia duplicou, mas dessa vez ela não conseguiu deixar de olhar para Derek por sobre o ombro da sua mãe. Ele fez uma cara de quem estava preocupado com o que a mãe poderia estar dizendo.

— Acho que meu filho tem um carinho especial por você — ela disse.

Kylie voltou a olhar para a senhora Lakes, mas não soube o que dizer.

— Eu...

A mulher sorriu.

— Estou muito feliz que ele tenha feito bons amigos aqui. — Ela olhou para o copo d'água. — Não vou mais constranger você. Obrigada pela água.

Enquanto Kylie observava a mulher se afastar, murmurou para si mesma, *"Eu também tenho um carinho especial por ele..."* E tinha mesmo. Como não gostar de Derek? Ela gostava dele pelo seu jeito espontâneo e descontraído, gostava de ver como ele era agradável com todo mundo e não se achava melhor do que ninguém. E gostava dele por outros motivos também. A imagem de Derek nu no chuveiro passou pela sua cabeça. Ela *realmente* gostava dele...

Mas, então, por que ela não invadia os sonhos *dele*? Por que não era Derek que seu subconsciente buscava para realizar algumas das suas fantasias mais indecentes? Sentindo o rosto queimar de vergonha só de pensar nisso em público, ela olhou para baixo e se concentrou nos copos de água gelada.

— Oi, Fofinha.

Os pensamentos sobre suas fantasias imediatamente se dissiparam. *Oi, Fofinha. Oi, Fofinha.* Percebendo quem estava parado bem atrás, ela congelou. Mesmo que não reconhecesse a voz, só uma pessoa a chamava de fofinha.

Ela se virou e levantou os olhos para o seu pai... padrasto.

— O que está fazendo aqui? — ela despejou, com vontade de se jogar no chão, se encolher como uma bola e começar a chorar.

— O que acha que estou fazendo? Vim ver a minha garota. — Ele sorriu e olhou para ela do jeito que sempre fazia quando ela fazia algo engraçadinho ou quando mostrava o boletim cheio de boas notas.

Ela só tinha vontade de chorar. O aperto na garganta deixava isso muito claro.

— Você não me avisou que vinha. — Aquela era razão suficiente para brigar com ele? — Você devia ter me falado.

O olhar paterno amoroso rapidamente se transformou num olhar paterno infeliz.

— Eu teria falado se você tivesse atendido aos meus telefonemas — ele disse numa voz descontente. Não era um tom de voz que ele usasse muito, porque geralmente quem reclamava de tudo era a mãe.

— Estava ocupada — ela respondeu.

Os olhos dele se apertaram.

— Nós dois sabemos que eu mandei sete mensagens de voz, dois torpedos e vários e-mails. E eu não acho que você estivesse tão ocupada a ponto de não poder retornar pelo menos um deles. Até liguei para a líder do acampamento!

As lágrimas que ela queria reprimir começaram a se acumular assim como a raiva em seu peito. Mas a raiva era bem-vinda, porque encobria a dor. Kylie olhou nos olhos dele. Ele não tinha direito nenhum de ficar zangado com ela. Direito nenhum de lhe dizer que o que ela tinha feito era errado quando os erros deles tinham arruinado totalmente a vida dela. Arruinado a vida da mãe também.

— Você quer mesmo falar sobre certo e errado? — ela perguntou.

Para crédito dele, a expressão do pai foi do desagrado à vergonha em um milésimo de segundo.

— Acho que a sua mãe andou conversando com você. Droga! Ela realmente não devia lhe contar sobre os nossos problemas.

— O quê?! Você deve estar brincando. Você veio mesmo aqui para pôr a culpa na mamãe?

Ele piscou.

— Eu só... não acho que ela deveria falar sobre...

— Pode parar. — Kylie apertou as mãos para impedir que elas tremessem... ou que ela desse um soco no nariz dele. No momento, não sabia bem o que era mais provável. — A mamãe não me contou nada. — As lágrimas escorriam pelo rosto dela. — Ela não precisou me contar nada. *Você* me contou. Não, espere. Me expressei mal. Você não me *contou* nada. Você me mostrou.

— Do que você está falando, Kylie? — Ele se inclinou para mais perto dela e baixou a voz, como se sugerisse que ela fizesse o mesmo.

Mas ela estava com muita raiva, muito magoada para se importar com quem ouviria a briga entre eles. Ele a tinha abandonado. Tinha abandonado a ela e a mãe por uma vagabunda qualquer. A visão dele e da piranha aos beijos e abraços em frente ao hotel, no centro da cidade, apareceu diante dos olhos dela.

— Bem, primeiro você ficou paquerando a Holiday quando veio me visitar. Aquilo já foi bastante embaraçoso, mas então eu vi você na cidade aquele dia. E não estava sozinho. Vi você e a sua estagiária no centro de Fallen. Você quer saber por que me lembro disso tão bem, papai?

Ele abriu a boca como se fosse dizer alguma coisa, mas nada lhe ocorreu. Então ela continuou:

— Porque você estava enfiando a língua na boca daquela piranha enquanto ela metia a mão no bolso traseiro da sua calça. — Kylie piscou e sentiu mais lágrimas escorrendo pelo seu rosto. — Uma cena encantadora! — ela disse com sarcasmo. — É tão tocante ver o próprio pai praticamente passando a mão na bunda de outra mulher no meio da rua!

Instantaneamente, ela percebeu que todo o refeitório tinha ficado em silêncio. Droga! Será que tinha gritado aquilo no meio de todos os campistas e dos seus pais?

Ela olhou ao redor. Todos olhavam para eles. E pela cara de todo mundo não havia dúvida de que tinham escutado.

Tudo bem, agora ela *realmente* queria ter ouvido a sugestão dele de baixar a voz. Então deu meia-volta, sem olhar para o pai, sem olhar para ninguém, e saiu do refeitório, esperando que conseguisse cruzar a porta antes de começar a chorar de fato.

Ela teria corrido, mas exibir sua aptidão sobrenatural para velocista numa hora daquelas chamaria ainda mais a atenção de todo mundo. Então ela foi saindo devagar, fingindo que não tinha percebido as lágrimas umedecendo seu rosto.

Fingindo que seu coração não estava em pedaços.

Fingindo que não havia uns cem olhos fixos nela.

Mas ela não conseguiria fingir por muito tempo.

Aquilo tinha sido muito real... e a feria muito!

Capítulo Vinte e Um

Kylie ouviu batidas na porta do seu quarto menos de três minutos depois de desabar na cama, puxar as cobertas sobre o rosto e se entregar às lágrimas.

— Vá embora! — ela gritou.

A porta se abriu. Ela descobriu o rosto com raiva, esperando ver Holiday. Mas, não. Derek estava parado ali com um olhar preocupado.

Vê-lo só serviu para que ela chorasse mais ainda. Ela chorava pelo seu pai e chorava porque se sentia muito mal por sonhar com Lucas. Derek aproximou-se da cama e puxou-a de encontro ao seu peito. Se percebeu o sentimento de culpa dela, não disse nada. Só ficou ali, aninhando-a em seus braços. E ela o amou mais ainda por fazer isso também.

Ela enterrou a cabeça no ombro dele e continuou a soluçar. Não se importava de estar molhando toda a camisa dele com suas lágrimas. Era tão bom sentir os braços dele em volta dela e, embora ele não dissesse nada, o jeito como a abraçava lhe dava a certeza de que ele não se importava em manchar a camisa. Isso era bom, porque quando ela começava a chorar, não parava mais.

— Ei? — Outra voz soou na porta do quarto.

Kylie se afastou de Derek e viu Della e Miranda paradas ali.

— Eu posso transformá-lo num sapo se você quiser — disse Miranda, agitando seu dedinho cor-de-rosa. — Ou talvez num gambá. Já tenho prática.

Socks, que estava dormindo nos pés da cama, levantou a cabeça, miou alto como se concordasse e depois se escondeu debaixo da cama.

Della rosnou.

— E eu poderia arrastá-lo para cima de uma árvore e deixá-lo cair de cabeça algumas vezes até ele desmaiar.

Kylie chorou mais ainda e, então, por algum motivo, começou a rir. Secando as lágrimas, olhou para as três pessoas mais lindas do mundo.

— Eu disse mesmo tudo aquilo na frente de todos os pais?

— Disse. Acho que meu pai teve um infarto — Della comentou, com um sorriso de orelha a orelha. — Mas foi bem na hora certa. Porque ele estava me atormentando por causa das drogas outra vez.

— Minha mãe quase desmaiou — disse Derek, achando graça.

Então todos começaram a rir. Kylie jogou-se contra Derek novamente. Quando ela se afastou, passou as mãos no rosto e olhou para cima.

E foi então que aconteceu. O mundo todo pareceu se abrir para Kylie como nunca tinha acontecido antes.

Ela piscou. A princípio, achou que devia haver alguma coisa errada com seus olhos. Mas estava enganada. Não havia nada de errado. Ela simplesmente conseguia ver dentro da mente de todos eles. Podia ver do mesmo jeito que vira o interior da mente de Daniel também. Ela, Kylie Galen, podia finalmente ver padrões sobrenaturais.

— Eu estou conseguindo ver, gente! Finalmente! — Ela pulava sentada na cama. — Caramba! Estou conseguindo!

— Conseguindo o quê? — perguntou uma voz conhecida perto da porta.

Ele não a chamou de "fofinha" dessa vez, mas ela reconheceu a voz do pai. Ele estava parado ao lado de Holiday, que fitava Kylie com um olhar de quem pedia mil desculpas. Obviamente, o pai a tinha obrigado a levá-lo até sua cabana.

— Posso ter uma palavrinha com a minha filha a sós? — perguntou o padrasto, entrando no quarto.

— Só se ela quiser — respondeu Derek, num tom de voz firme que o fazia parecer mais velho.

Kylie pousou a mão sobre o braço dele.

— Tudo bem.

Derek se levantou da cama, mas não tirou os olhos do pai dela nem por um instante. Para crédito do pai, ele só ficou parado ali e aceitou o olhar zangado de Derek como se soubesse que o merecia. Della chegou a rosnar e Miranda fez um gesto brusco com o dedo mínimo, como se se preparasse para lançar um feitiço sobre ele.

Kylie esperava se lembrar de dar em cada um deles um grande abraço de agradecimento mais tarde.

— Vamos lá, pessoal — disse Holiday, acenando para que saíssem do quarto. Depois que todos tinham saído, Holiday estendeu o braço para a maçaneta da porta, ao mesmo tempo que fitou Kylie nos olhos com um ar preocupado.

Kylie dobrou os joelhos junto ao peito e abraçou os tornozelos. O coração devia estar acelerado, porque ela o sentia bater na garganta. Olhou então para os próprios joelhos cobertos pelo jeans e não para o pai, porque isso só lhe causaria mais dor.

Além disso, se olhasse para ele, poderia começar a chorar de novo e ela não queria fazer isso.

Ele se sentou ao lado dela, na cama de solteiro. Pelo canto do olho ela o viu entrelaçar as mãos sobre o colo. Ouviu-o respirando fundo. Ela respirou fundo também.

E fechou os olhos.

Cedo ou tarde, um deles tinha que falar. Mas pela primeira vez ela decidiu não ser a pessoa mais adulta ali. Deixou que ele se encarregasse de tudo.

— Estraguei tudo — ele finalmente disse. — Nunca pensei que eu pudesse estragar tudo desse jeito.

Abrindo os olhos, ela se obrigou a olhar para ele. A primeira coisa que notou era que ele parecia seu pai de novo. Não estava usando jeans apertado. Seu cabelo estava penteado para trás, em vez de espetado com gel. E ele ainda tinha luzes no cabelo, mas agora não pareciam tão ruins.

— Não culpo você por estar furiosa comigo, mas eu te amo de verdade, Fofinha. — Ele pousou a mão no joelho dela e seu toque enviou pequenas alfinetadas de dor ao seu coração. Seus olhos se encheram de lágrimas.

Ela piscou, mas não confiou na firmeza da própria voz a ponto de dizer alguma coisa. E, mesmo que confiasse, não estava certa do que dizer.

— Eu nunca quis magoar você — ele continuou. — Nunca pensei que você estaria na cidade aquele dia. — Ele balançou a cabeça, fechou os olhos e, quando os abriu, ela viu algo que nunca tinha visto antes. Seu pai estava chorando. Lágrimas de verdade. A dor em seu peito duplicou.

— Não sei o que deu em mim, Kylie. Perdi a cabeça. Fiz 40 anos e então sua avó ficou doente e morreu. — Ele inspirou o ar. — Tudo o que eu pensava era que estava ficando velho. Então Amy, a garota do escritório, começou a flertar comigo e me fez esquecer tudo por um tempo. — Soltou uma golfada de ar. — Fez com que eu esquecesse que as pessoas mais importantes do mundo para mim são você e a sua mãe.

Kylie sabia que era a vez dela de falar, mas ainda não sabia o que dizer. Não podia dizer que o perdoava, porque não era verdade. Então um pensamento lhe ocorreu.

— E a sua namorada terminou com você? É só por isso que você está aqui agora?

— Terminou. — Ele parecia envergonhado. Kylie se surpreendeu ao ver que ele nem tentara negar. — Mas não é por isso... Eu já tinha percebido o quanto confundi as coisas antes de terminarmos.

Ela se lembrou da mãe lhe dizendo que o pai merecia alguém que o amasse tanto quanto ele a amara todos aqueles anos. Foi nesse momento que ela sentiu uma pequena parte dela se rendendo. Ela não podia ficar com raiva dele para sempre. Simplesmente não podia. Talvez *estivesse* pronta para perdoar.

Ele estendeu o braço e afagou o cabelo dela, como sempre fizera durante toda a sua vida.

— Amo você, Kylie. Você é minha filha.

Não, não sou. Ela se lembrou de que ele tinha feito a mãe prometer que não contaria a ela sobre o seu pai verdadeiro e a raiva voltou.

Ela esfregou as bochechas para secar as lágrimas. Depois ofereceu a ele a única coisa que tinha dentro dela.

— Estou magoada e com muita raiva de você agora. Quando parar de doer tanto, talvez eu consiga te perdoar. Mas não agora.

Ele concordou com a cabeça. E ela viu uma lágrima cair dos olhos dele. Ele a limpou e depois se inclinou e pressionou os lábios suavemente na testa dela.

— Amo você, Fofinha. Só não se esqueça disso.

Quando Kylie o viu se levantar para ir embora, ela percebeu que não conseguir perdoar uma pessoa não significava deixar de amá-la. Ela deu um pulo da cama e enlaçou o pescoço do pai. Ele a abraçou de volta. Um abraço apertado. E foi tão bom chorar no ombro dele... Lágrimas grossas. Lágrimas de dinossauro, como ele dizia quando ela era pequena.

Ela sabia que em poucos segundos ela teria que deixá-lo partir, e que ainda não tinha dito que o perdoava, porque não tinha. Mas durante alguns segundos ela queria sentir que o pai a amava. E, embora ainda não estivesse pronta para dizer coisa alguma, ela esperava que ele entendesse que ela ainda o amava.

Alguns minutos depois de o pai ir embora, Kylie ainda estava estirada na cama quando Holiday bateu na porta.

— Você está bem? — A cabeça de Holiday apareceu na porta.

— Estou tentando ficar.

Kylie ainda não tinha parado de chorar. Mas algo no abraço do pai tinha aliviado um pouco da dor.

— Se importa se eu lhe fizer companhia ou prefere ficar sozinha?

— Uma companhia seria bom. — Ela olhou para Holiday. — Está todo mundo aí fora ainda?

— Não, só eu — disse Holiday, entrando no quarto. — Eu os fiz voltar e passar mais um tempo com os pais.

— Ótimo — disse Kylie. Depois ela se lembrou da cena que tinha feito no refeitório. — Me desculpe por tudo. Eu simplesmente surtei.

— Não se preocupe... — Holiday sentou-se na cama, ao lado de Kylie. — Precisamos de um pouco de ação por aqui também. Como sempre digo, se algo fora do comum não acontecer a cada quinze minutos, é porque tem algo errado aqui — ela riu.

Kylie sorriu e depois se lembrou; o entusiasmo encheu seu peito.

— Eu consegui. Eu... — Ela arqueou as sobrancelhas e olhou para Holiday. — Estou conseguindo agora. Posso ver o seu padrão. Você tem algumas linhas horizontais e... figuras triangulares do lado esquerdo.

— Isso é maravilhoso! — exclamou Holiday, abraçando-a. — Eu sabia que uma hora ia acontecer. Parabéns!

— Mas isso significa que também estou me abrindo para as outras pessoas? Elas podem me ler agora e não vou parecer mais uma fresca esnobe? E posso... ai, Deus. — Ela começou a ter esperança. — Você pode ver o que eu sou? Olhe pra mim e me diga!

Holiday olhou para a testa de Kylie. A expressão dela respondeu à pergunta de Kylie antes que ela pudesse abrir a boca.

— Desculpe, mas você ainda é uma fresca esnobe. — Holiday riu. — Mas agora acontecerá a qualquer momento. Essa abertura requer mais prática. Você ainda está fazendo seus exercícios de visualização?

— Não com tanta frequência quanto deveria — ela admitiu. — Mas prometo que vou me esforçar mais.

— Você continua com a audição supersensível?

— Não. Por quê? Isso significa alguma coisa? — Será que Holiday sabia de algo que não estava dizendo? Será que ela voltara a achar que Kylie era um lobisomem?

— Não. Estou só curiosa. — Holiday estendeu a mão e arrumou uma mecha do cabelo de Kylie atrás da orelha. — Você está bem mesmo? Passou por maus momentos nos últimos dias.

— Nem me diga. — Kylie voltou a pensar nas garotas que tinham morrido. Ela olhou para Holiday. — E se... O que eu faço se aquelas garotas da cidade, os espíritos delas, quero dizer, quiserem pedir a minha ajuda.

— Isso não vai acontecer — garantiu Holiday, pegando nas mãos de Kylie.

— Como pode ter tanta certeza? Se os espíritos delas ainda estão aqui...

— Não vai acontecer — disse Holiday com mais certeza ainda.

E foi então que Kylie compreendeu.

— Elas te procuraram?

Holiday assentiu.

— Eu estou ajudando as duas a fazerem a passagem. — Então a líder do acampamento deu um grande abraço em Kylie. Seu efeito calmante era surpreendente.

— Agora, vamos falar de você outra vez — disse Holiday. — Está tudo bem?

— Não totalmente — respondeu Kylie, e depois revelou mais um fragmento de verdade que Holiday tinha o direito de saber. — Você estava certa. Eu me sinto um pouco melhor agora que vi meu pai. Mas ainda não o perdoei. Ainda estou furiosa, mas... sei que ele me ama. E eu o amo. E mais cedo ou mais tarde tenho certeza de que o nosso relacionamento vai voltar quase ao normal.

Holiday se inclinou para mais perto de Kylie.

— Também é normal surtar de vez em quando.

— Estou começando a me perguntar se algum dia vou saber o que é normal outra vez. — Kylie levou o dedo à boca e roeu o canto da unha.

— Bem, se você um dia soube, agora não gosta mais disso — brincou Holiday.

— Eu só quero descobrir todo esse mistério com o fantasma, se alguém realmente precisa da minha ajuda ou não. Esses fantasmas fazem ideia do que nos fazem passar?

— Acho que não. — Holiday tocou o braço da amiga. — Mas eu realmente acredito que tudo vai ficar bem.

Por alguns minutos, as duas ficaram em silêncio. Kylie olhou para Holiday recostada na cama.

— Posso perguntar uma coisa?

Holiday arqueou uma sobrancelha para ela.

— Não envolve Burnett, não é?

— Não. Mas envolve garotos.

— Tudo bem, manda. — Holiday se endireitou na cama.

— É... normal a gente realmente gostar de uma pessoa e mesmo assim se apaixonar por outra?

— Está se referindo a Derek e Lucas, não é?

— É — disse Kylie, franzindo a testa. — Mas eu gosto mais quando não menciono o nome deles.

— Tudo bem. Sem nomes, então. Dois garotos. — Ela levantou o dedo indicador. — Primeiro, nem sempre podemos controlar a atração que sentimos por outras pessoas. Veja minha tia Stella, por exemplo. Ela é casada com o meu tio há 50 anos, mas é louca pelo ator Tom Selleck. Compra todos os DVDs dele e todas as séries de TV em que atua, passa horas todas as semanas diante da sua TV de 50 polegadas. — Holiday olhou para Kylie, como se percebesse que a história toda do Tom Selleck não estava adiantando muito. — Acho que eu já disse isso antes. Você é muito jovem para se preocupar com essas coisas.

— Você está errada — disse Kylie. — Por que eu não deveria me preocupar? Só porque sou jovem, isso não significa que não seja importante ser leal a uma pessoa. E mesmo sendo jovem dói quando alguém não é leal com você. Doeu muito quando Trey me trocou por outra garota. Doeu em Perry quando Miranda beijou outro cara e eles nem estavam juntos ainda. Tudo bem, admito que nesta idade as consequências não são tão desastrosas... como meu pai traindo minha mãe, mas ainda assim magoa. Então eu tenho que me preocupar, porque não quero magoar ninguém.

— Minha nossa! — Holiday franziu a testa e se levantou. — Falando assim, vejo que você tem razão. A errada sou eu. Me desculpe.

Kylie ficou olhando para a líder do acampamento por um momento.

— Eu acho muito legal você admitir que está errada. — *Os adultos nem sempre fazem isso.*

— Tudo bem se eu tentar dar mais um conselho? — Holiday perguntou.

Kylie concordou e Holiday refletiu por um instante.

— Posso apostar que isso tem a ver com o sonho que teve com Lucas.

— Pode apostar. Mas não vou confirmar nem negar.

Holiday sorriu.

— Kylie, você não fez isso de propósito. Nem sabia que podia entrar no sonho dele. Então, na verdade não tem culpa. E o fato de você se sentir atraída por mais de um rapaz é completamente normal. Eu conheci três caras que, bastava eu começar a pensar, e já começava a sentir um calor...

Kylie pensou com seriedade nas palavras de Holiday.

— Mas você sente isso mesmo quando realmente gosta de uma pessoa?

— Sinto. Mesmo quando eu estava noiva, ainda gostava de admirar um cara boa-pinta. — Ela fez uma pausa. — Só porque tem um compromisso com uma pessoa ou é fiel a ela, isso não significa que não possa se sentir atraída por outra. Significa que você não pode controlar esse sentimento de atração. — Ela sorriu. — Minha tia Stella, ela costumava dizer ao meu tio que era melhor ele rezar para Tom Selleck não aparecer na casa deles, convidando-a para sair. Mas a verdade é que sei que ela recusaria o convite. Ela ama meu tio Harry.

Holiday fez uma careta.

— Mas não me pergunte por quê. Ele é careca, barrigudo e ronca. — Ela deu uma risada. — Mesmo assim, tenho certeza de que essa mulher tinha fantasias realmente quentes com Tom.

Kylie riu e, então, ambas reclinaram-se na cama.

A parte mais larga da cama oferecia espaço suficiente para que as duas se esticassem no colchão, com os ombros se tocando. Por um segundo não falaram. Kylie olhou para o teto e finalmente formulou outra pergunta.

— Burnett é um dos caras que te dão esse calor?

— Sem perguntas sobre Burnett, lembra?

— Tudo bem — disse Kylie. — Mas seu eu fosse mais velha, ele me daria calor.

Holiday achou graça.

— Daria em você e em quase todas as mulheres. Incluindo Selynn. — Sua voz tinha perdido o tom bem-humorado.

O silêncio reinou novamente. Talvez tenha sido a menção a Selynn e Burnett que levou Kylie à segunda pergunta.

— Lucas me disse nas cartas que estava tentando conseguir permissão para voltar ao acampamento. Você acha que ele vai voltar?

Holiday hesitou.

— Ele vai estar aqui amanhã ou terça.

— Fredericka vem com ele?

— Vem.

— Que ótimo! — Kylie murmurou. Então, se ela de fato se transformasse num lobisomem, Fredericka, que também estaria na forma de lobo, provavelmente a perseguiria e fatiaria seu traseiro. Seu dia estava ficando cada vez melhor...

Capítulo Vinte e Dois

Naquela tarde, Kylie decidiu não aparecer no piquenique que os campistas fariam às margens do riacho, num trecho onde era possível nadar. Primeiro, ela não tinha uma roupa de banho que ainda lhe servisse; segundo, queria fazer alguns telefonemas para ver se conseguia localizar os Brightens, que talvez soubessem alguma coisa sobre o seu verdadeiro pai. E, terceiro, bem... ela esperava que o fantasma aparecesse outra vez. Algo na maneira como o espírito da mulher apareceu quando ela falava com a mãe lhe pareceu muito esquisito.

Kylie sabia que não devia ficar obcecada com a ideia de tentar adivinhar quem estava em perigo. Mas, lá no fundo, ela já estava obcecada. Será que o fantasma estava falando da mãe dela? Será que sua mãe estava em perigo?

Preocupada com essa possibilidade, Kylie tinha telefonado para a mãe. Duas vezes. Mas o celular dela estava desligado. Provavelmente porque estava no avião. Kylie se sentou diante do computador, tentando se convencer de que estava tudo bem, e pegou a lista de telefones que imprimira. Seu celular tocou. Com esperança de que fosse a mãe, ela pegou o telefone sem checar o identificador de chamadas.

— Mãe?

— Não é a sua mãe. É Sara.

— Ah, oi! — respondeu Kylie, tentando decidir qual das muitas emoções com relação a Sara ela devia deixar que dominasse a conversa. Havia a tristeza porque Sara, que ela considerava sua melhor amiga há anos, não retornava os seus telefonemas há quase um mês. Havia a preocupação de que a amiga estivesse passando por alguma situação difícil. E havia também a melancolia que sentia porque sabia que a amizade entre as duas nunca mais seria a mesma.

Quando o silêncio começou a pesar, Kylie resolveu abrir a boca.

— Minha mãe disse que viu você no supermercado outro dia.

— É, foi mesmo. Ela parecia muito bem. Gosto do novo visual dela e do corte de cabelo. Ela me disse que você sugeriu uma mudança no visual.

— E ela fez isso? Não tinha me contado.

— Ah, espero não ter estragado a surpresa dela.

— Não, foi melhor você ter me avisado. Ficou bom? Ou ficou ridículo?

— Ficou bom. Ela parece... mais jovem, acho. Sabe, como se estivesse pronta para começar a ter encontros.

— Encontros? — Kylie sabia que essa era uma possibilidade, ela até chegara a sugerir isso à mãe, mas por alguma razão agora a ideia lhe dava um frio na barriga.

— Ela *disse* isso ou você está só imaginando?

— Não, ela não disse nada. Só parecia, sabe, como uma mulher que quer ser notada por um homem. Jeans e uma blusa justa que destacava os seios. Eu quase não a reconheci.

Sara estava dizendo que a mãe dela estava se vestindo como uma piranha? Não era esse tipo de mudança no visual que Kylie sugerira. Percebendo que a conversa tinha minguado novamente, Kylie tratou de falar para quebrar o silêncio.

— Minha mãe disse que você parecia... — Kylie quase mentiu e disse "bem", mas no último minuto decidiu falar a verdade. — ...mais magra. Está fazendo regime de novo?

Sara era a primeira a tentar qualquer dieta nova de Hollywood: baixas calorias, nada de carboidratos, só frutas às terças-feiras, só arroz integral às quartas, quanto mais maluca melhor. Mas isso não queria dizer que ela se dedicasse a qualquer delas por muito tempo.

— Na verdade, não — respondeu Sara. — Acho que são os anticoncepcionais. Ouvi dizer que eles engordam, mas em mim parecem surtir o efeito contrário.

Sara estava tomando pílulas? Kylie mais uma vez se deu conta de quanto as coisas tinham mudado entre elas. A sua velha amiga Sara certamente não teria deixado de contar a Kylie algo tão importante quanto começar a tomar pílulas.

Mas Kylie também não andava com disposição para contar nada a Sara ultimamente. Claro, tentar explicar a uma pessoa normal como se sentia por ainda não ter identificado seus dons paranormais era um pouco, ou melhor, muito mais difícil do que falar sobre anticoncepcionais.

— Sua mãe concordou que você começasse a tomar? — Kylie perguntou, sabendo que a mãe de Sara era uma religiosa fanática e estava sempre pregando contra o sexo antes do casamento.

— Está brincando?! Ela morreria se descobrisse. Eu fui ao médico e falsifiquei a assinatura dela.

Kylie já tinha ouvido falar de algumas meninas que faziam o mesmo para burlar a lei texana que exigia a assinatura de um dos pais para que uma adolescente tomasse pílulas anticoncepcionais.

Uma outra longa pausa se seguiu.

— Então, com quem você anda saindo? — Kylie perguntou.

— Uns carinhas por aí. — Sara parecia propositalmente evasiva. Kylie não pôde deixar de se perguntar se Sara também não estaria fazendo sexo com os tais carinhas. Se a amizade entre elas fosse como antes, ela teria perguntado.

— Então — disse Sara — você está voltando pra casa daqui a algumas semanas? A droga do acampamento está chegando ao fim? Chega de ser um osso duro de roer, hein?

O comentário não a agradou muito. Obviamente, Trey tinha contado a Sara sobre o apelido que os campistas tinham, pois Kylie não se lembrava de ter mencionado nada a respeito.

— Na verdade, só vou para casa passar o final de semana. E eu realmente gosto daqui. — Kylie não disse nada sobre a possibilidade de o acampamento se tornar uma escola, simplesmente porque não estava a fim de entrar no assunto. Mas fez uma prece silenciosa para que a mãe concordasse. A ideia de voltar para a sua antiga escola e não ter a antiga Sara ao seu lado era quase insuportável.

— Quer dizer que gosta mesmo daí? Você no começo detestava! Não dizia que estava cercada de aberrações? — Sara parecia chocada.

Isso foi antes de eu descobrir que sou uma aberração também. Bem, não uma aberração, mas não sou humana também.

— É, as coisas mudam. — Kylie se referia também ao relacionamento com sua ex-melhor amiga, não só ao que sentia pelo acampamento.

— É, estou vendo. — Outra pausa. — Bem, me mande um torpedo quando tiver chegado e vamos ver se nos encontramos.

Sara não tinha nem mesmo dado certeza de que iriam se encontrar. Aquilo doeu. Mas tentando não dar atenção ao sentimento, ela respondeu:

— Certo. Eu mando. — Embora não tivesse certeza de que mandaria. Um encontro com Sara podia ter um clima tão estranho quanto o telefonema.

— A minha mãe está me chamando para ajudar com os pratos — disse Sara.

Kylie não tinha ouvido ninguém chamar ao fundo. Não que ela não estivesse louca para desligar também. Tinha sido um telefonema difícil. Realmente difícil.

— Tudo bem, até mais — respondeu Kylie. *Seja feliz. Foi um prazer conhecê-la.*

Tão logo Kylie desligou, o telefone tocou novamente. Desta vez, ela verificou quem estava ligando.

Derek?

Ele normalmente não ligava para ela.

— Oi, o que aconteceu? — ela perguntou com uma ponta de preocupação.

Um frio fantasmagórico invadiu o quarto enquanto ela esperava Derek falar. Sentiu uma onda de vertigem tão grande que teve que se agarrar à mesa do computador. Ela já tinha passado por isso vezes suficientes para saber que teria uma visão de algo que estava prestes a acontecer.

Ou que estava acontecendo, ela se corrigiu ao ver um caixão no lugar onde segundos antes estava a mesa da cozinha. A mulher no caixão era o fantasma. Ao redor dele, havia pessoas chorando.

— Kylie? — soou a voz de Derek, do outro lado da linha.

— Oi. — Ela olhava para o caixão e as pessoas, tentando adivinhar o que o fantasma estava querendo lhe mostrar com aquela cena. Porque era essa a intenção dele, não era? O fantasma estava tentando lhe dizer alguma coisa. Mas o quê?

"Estou com medo, mamãe." Atrás do caixão, Kylie viu uma garotinha estender o braço e tocar a mão da mãe.

"É só a vovó." As duas se aproximaram do caixão.

— Kylie, você está aí? — Derek parecia aborrecido... ou algo assim.

Ela se lembrou de ter estranhado a ligação de Derek. Não era típico dele ligar para ela.

— Sou eu. Está tudo bem? — Kylie perguntou, e sua concentração em Derek fez a visão ir se apagando como uma velha fotografia. Ela foi perdendo as cores e ficando monocromática, como se a cena tivesse acontecido muito tempo atrás. Então a visão foi ficando mais fraca, quase transparente. — Não vá embora! — Kylie pediu.

— Ir embora pra onde? — perguntou Derek.

— Não você — ela disse, mas já era tarde demais, só um vago contorno da cena persistia. A mulher segurando a mão da garotinha virou-se de costas. Kylie viu seu rosto de relance, mas algo em sua aparência parecia familiar.

Balançando a cabeça, e se lembrando de que Derek ainda estava na linha, ela perguntou:

— Está tudo bem?

— Não — ele respondeu. — Não está tudo bem.

— Por que não?

— Você não está aqui.

Ela revirou os olhos.

— Pensei que estava falando sério.

— E estou. Andei procurando você a tarde toda, achando que estaria aqui.

— Mas eu queria...

— Por favor — ele pediu. — Eu... — Sua voz ficou mais baixa. — Nunca vi você de biquíni.

— E nem vai ver. A parte de cima de nenhum biquíni me serve mais, lembra?

— Nem me lembre... — ele disse, fazendo graça.

— Você é terrível! — ela o repreendeu, sem falar sério. Ela gostava de saber que ele se sentia atraído por ela.

— Então coloque um short e uma camiseta e venha.

Kylie mordiscou o lábio. Olhou para a tela do computador, que mostrava a lista dos Brightens de Dallas para quem ela não tinha telefonado ainda. Della e Miranda estavam ajudando, mas ainda faltavam muitos.

— Por favor?! — ele choramingou.

O tom de súplica ecoou na voz dele e ela sentiu que se rendia. Além de querer deixar Derek feliz, ela se lembrou de que agora podia ler os padrões cerebrais e achou que ver todo mundo seria divertido. Podia comparar os padrões.

— Você teve um dia difícil — continuou Derek. — Merece se divertir e tomar um pouco de sol.

Tive alguns "meses" difíceis...

— Daqui a uns minutinhos estou aí.

— Sério? — ele perguntou, quase como se estivesse surpreso ao ver que ela tinha concordado. Será que não sabia o quanto ele significava para ela?

— Sério — ela disse, sorrindo. O sorriso a aqueceu tanto por dentro quanto por fora. A memória de como ele a defendera do pai veio à tona em sua mente. E nesse instante ela soube que, da próxima vez que ele a pedisse em namoro, ela diria sim.

Foram necessários uns quinze minutos para ela decidir que shorts e camiseta vestir. Ela queria parecer bonita. Muito bonita. Talvez ela e Derek pudessem dar uma escapadinha juntos e... e, com sorte, ele perguntaria de novo se ela queria ser sua namorada. Ah, quem sabe até ela mesma podia perguntar isso a ele.

Quando percebeu quanto tempo tinha se passado, disparou para a porta. O caminho mais curto para o riacho era pelo bosque, então optou por ele. A rapidez com que andava surpreendia até a ela mesma. A coordenação entre pés e olhos a cada passo que dava e cada vez que contornava uma árvore era assustadora.

Embora rapidez e agilidade não fossem qualidades que um dia ela sonhara ter, não podia deixar de sentir um certo orgulho dos seus novos talentos. Tudo o que ela queria era saber a que espécie aqueles novos talentos pertenciam.

Ela estava a meio caminho do riacho quando sentiu. A mesma sensação de estar sendo seguida. Os pelos da sua nuca se eriçaram. Lembrou-se do aviso de Burnett para que só andassem nas trilhas e ficassem longe dos bosques.

Tentando ouvir, e esperando ouvir qualquer coisa que não fossem passos sobre o chão de terra, ela se sentiu melhor quando os sons normais da floresta encheram seus ouvidos. Quem quer que estivesse por perto não parecia um presságio tão ruim a ponto de silenciar os passarinhos e os insetos.

Não que ela estivesse disposta a pautar a sua vida na sabedoria dos passarinhos e dos insetos. O sentimento era forte demais... havia alguém ali. Como ela deveria agir?

A lógica dizia para ela continuar seguindo em frente; voltar só iria servir para distanciá-la ainda mais de quem pudesse ajudá-la, caso estivesse mesmo em apuros. Seus pensamentos voaram para as garotas que tinham perdido a vida na cidade e, por mais incrível que pareça, ela começou a correr ainda mais rápido.

Em menos de um minuto estava em meio a uma clareira. O brilho do sol ofuscou seus olhos e ela pôde ouvir os outros campistas rindo e mergulhando na água. Ao ver que ninguém a atacava, que nenhuma presença maligna aparecia, usando uma camisa ensanguentada e tentando arrastá-la para a floresta, ela se perguntou se a sensação de ser observada não seria coisa da sua cabeça. Será que estava paranoica?

Ela parou na clareira, ao lado de uma árvore, para recuperar o fôlego, sentindo-se totalmente extenuada com a corrida. A respiração tinha quase voltado ao normal quando viu Derek se aproximando. Ele usava apenas uma sunga. O peito, nu e molhado como na outra noite em que ela o vira no chuveiro. A sunga era de um modelo comum, um pouco folgada para ele, até um pouco larga na cintura, mas estava tão molhada que se moldava perfeitamente às suas formas. Como ela sabia como ele ficava sem ela, Kylie quase perdeu o fôlego outra vez.

— Ei — ele a saudou e, quando seu olhar pousou na boca de Kylie, ela soube que ele queria beijá-la. Ele olhou em volta e viu que tinham uma plateia. Então, em vez de beijá-la, ele estendeu o braço e pegou a mão dela.

— Vem, a água está ótima!

E estava mesmo. Durante toda a hora seguinte, Kylie jogou voleibol na água, mergulhou no riacho, observou o padrão mental de todo mundo e se esqueceu completamente dos problemas que pesavam sobre os seus ombros. A única coisa que a desanimou um pouco foi ver Perry observando Miranda de longe. Ela de fato estava muito bem no seu biquíni e Kylie não era a única que tinha reparado. Todos os garotos lhe roubavam olhares, até mesmo Derek, enquanto Perry olhava feio para eles. Seus olhos ficavam negros, lembrando a Kylie os olhos de uma serpente.

E entre as brincadeiras na água e as risadas, Kylie não se lembrava da última vez — se é que existira de fato uma vez — em que tinha se divertido tanto.

Mas, então, todo o divertimento chegou ao fim quando ela viu Holiday vir correndo do bosque, em pânico, na direção deles.

A expressão dela ficava cada vez mais preocupada à medida que se aproximava. O que será que havia de errado? O olhar de Holiday encontrou o de Kylie e na mesma hora ela soube que o que quer que estivesse errado tinha a ver com ela.

Kylie começou a sair da água, mas seus dedos afundaram na lama do fundo do riacho quando ela se aproximou da margem. Todas as preocupações que tinha temporariamente esquecido se alinharam como peças de dominó na sua cabeça, e ela se perguntou que novo problema a esperava.

Selynn apareceu atrás de Holiday e seu olhar cruzou com o de Kylie também. Isso não era boa coisa.

Kylie encontrou Holiday na margem do riacho e ignorou Selynn de propósito.

— Alguma coisa errada?

— Temos um problema. — O olhar de Holiday se desviou para o riacho e ela acenou para chamar alguém. Kylie se virou e viu Derek nadando para se juntar a elas.

— O que foi? — voltou a perguntar, ainda ignorando Selynn, que tinha se aproximado.

— Você, vem conosco — disse a lobisomem, com autoridade, agarrando Kylie pelo pulso. — Agora.

Capítulo Vinte e Três

Kylie franziu a testa e sacudiu o braço para soltá-lo.

— Eu não vou a lugar nenhum antes que me digam o que está acontecendo. — O olhar de Kylie se voltou para Holiday, que observava Derek sair da água. — Pode alguém, por favor, me dizer o que há de errado?

Holiday olhou outra vez para Kylie. A linha de preocupação na testa da líder era sinal de que a situação era grave. — É a sua mãe.

— Minha mãe? — Kylie respirou fundo. Fragmentos da conversa das duas voltaram à sua memória. Então o aviso do fantasma ecoou como um presságio agourento na cabeça dela. "*Você tem que impedir isso. Do contrário, alguém que você ama morrerá.*"

Ai, Deus, não!

— O que há de errado com a minha mãe? — As palavras mal saíram dos seus lábios. Ela se lembrou de que a mãe ia voltar para casa de avião naquele dia. Kylie sentiu um aperto no coração ao imaginar um desastre aéreo. Ai, Deus, e se a mãe dela...?

— Ela deve ter vindo ver você — Holiday continuou. — Um pouco mais tarde. Por alguma razão, o alarme de segurança do portão não funcionou. E ela entrou sem ninguém perceber.

— Ela está aqui? — Mais do que ar para encher os pulmões, ela queria saber que a mãe estava viva e bem. Que o avião não tinha sofrido nenhum acidente. Que algum maluco não a tinha sequestrado nem a estava torturando, como os seus sonhos pareciam insinuar.

— Sim, ela está aqui — Selynn disse com arrogância. — Contra a política da escola. O horário de visitas já acabou há várias horas.

O olhar de Kylie se voltou para Selynn. O que aquela lobisomem estava dizendo? Sua mãe estava bem ou não? Ela voltou a fitar Holiday.

— O que aconteceu? — Kylie repetiu. — Ela está bem?

— Ela está... contrariada. — Holiday pareceu ainda mais séria. — Estava tentando encontrar a sua cabana e, enquanto andava por aí, ela... viu algumas coisas que não devia.

— O quê? — Kylie se lembrou de como ela mesma tinha ficado chocada ao ver Perry se transformar pela primeira vez em unicórnio. — O que ela viu?

— A memória dela precisa ser apagada — disse Selynn, interrompendo. — E rápido.

— Apagada? O que... o que quer dizer com isso?

A lobisomem agarrou Kylie pelo braço e começou a puxá-la para a floresta.

Kylie estancou.

— O que você quer dizer com "apagar a memória dela"? — perguntou de novo, longe de entender, mas mais longe ainda de apreciar o tom com que foi dito. Ela soltou o braço de Selynn e então aproximou-se um passo dela, ficando tão perto que podia contar seus cílios.

— É melhor não encostar um dedo na minha mãe! — grunhiu Kylie, e o som da sua voz pareceu pouco natural aos seus ouvidos. Era mais grave. Mais áspero.

— Kylie, me ouça. — A mão de Holiday pousou nas costas de Kylie, enviando uma onda de calma sobre seus ombros tensos. Kylie poderia ter ouvido, poderia ter aceitado a sensação de calma vinda de Holiday se Selynn não estivesse ali.

— Não temos tempo para isso — rosnou a lobisomem, agarrando Kylie pelos dois braços, com os dedos enterrados na sua pele a ponto de deixar marcas. Quando Kylie tentou se soltar, Selynn segurou-a com mais firmeza ainda.

— Ela é humana — disse Selynn. — Precisa esquecer o que viu. Agora.

— Esquecer? — Fúria, raiva e medo pela segurança da mãe fizeram com que Kylie se sentisse à beira do desespero. — Droga! Onde está a minha mãe? — A voz de Kylie parecia mais grave do que antes.

— Pare, Selynn! — gritou Holiday. — Você só está piorando as coisas. Ela não sabe o que está se passando.

— É, pare com isso! — disse Derek.

Kylie sentiu o toque de Holiday em seu ombro novamente, numa tentativa de acalmá-la e aplacar sua fúria, mas rejeitou o fluxo que vinha da amiga.

— A sua mãe vai ficar bem — disse Holiday, cuja voz parecia vir de outro lugar. — Ela está na cabana de Helen agora. Ela...

Ao saber do paradeiro da mãe, Kylie tentou novamente se livrar das garras de Selynn. Mas a lobisomem apertou ainda mais seus braços, afundando as unhas em sua pele. Kylie reconheceu a sensação de dor, mas era como se pertencesse a outra pessoa.

— Me solta! — sibilou no rosto de Selynn.

Quando viu que a outra não a largava, Kylie, agindo por algum instinto que nem ela mesma conhecia, agarrou a lobisomem pela blusa e tirou-a do seu caminho com um empurrão.

Várias pessoas à sua volta ofegaram ao mesmo tempo. Uma delas podia ter sido a própria Kylie ao ver Selynn voar pelos ares como uma boneca de pano e aterrissar ruidosamente na água. A lobisomem levantou-se da água coberta de lama e cuspindo palavrões. Rosnando, começou a nadar de volta para a margem. Ao chegar, encarou Kylie nos olhos, jogou a cabeça para trás, rosnou e investiu contra ela.

Mas antes de atingi-la, Holiday se colocou na frente de Kylie e segurou a mão da lobisomem.

— Dê um passo a mais e eu vou invocar a ira dos anjos da morte. E se pensa que estou blefando, você não me conhece.

Mas Selynn não parou. Continuou avançando.

Então Derek e Della se atracaram com a lobisomem, derrubando-a e fazendo-a estatelar no chão com um grunhido.

Kylie não se deteve para ver ou ouvir o que aconteceu em seguida. Disparou para a floresta, o sangue pulsando nas veias, enquanto corria a toda velocidade para ir ao encontro da mãe.

Quando voltou a andar em velocidade humana, sentiu um golpe de ar passar por ela e vislumbrou um borrão em movimento. O súbito silêncio do bosque revelou que se tratava de um vampiro. Mas quem disse que ela se importava?

Tudo o que queria era encontrar a mãe antes que alguém tocasse nela. Se alguém ousasse tocar num fio de cabelo dela...

Kylie ouviu os gritos da mãe um pouco antes de sair do bosque, perto da trilha que levava à cabana de Helen. O pânico apertou com suas garras o peito de Kylie, como um animal selvagem tentando se libertar. Ela passou pelas últimas três árvores, voou pela trilha e chegou à varanda de Helen.

Burnett, com Holiday ao seu lado como que trazida pelo vento, estava lá, bloqueando a porta. E Kylie sabia que Burnett tinha trazido a líder até ali.

— Me deixa sair daqui! — os gritos da mãe chegaram aos ouvidos de Kylie.

O cheiro pungente que agora ela reconhecia como sangue encheu suas narinas. Ela encarou Burnett.

— Saia!

— Kylie — Holiday saltou na frente de Burnett. — Me ouça, ok? Sua mãe está bem. Ela está fora de si e vamos ter que acalmá-la.

— Ela está ferida — Kylie lutava para respirar e lutava contra a vontade de tirar Burnett do seu caminho e irromper pela porta, para chegar à mãe.

— Ela não está ferida — Burnett insistiu.

— Eu sinto cheiro de sangue — ela disse, transtornada.

— Não é o sangue dela — respondeu Burnett, com os olhos cor de brasas.

— Eu juro — disse Holiday, tentando tocar Kylie. Mas Kylie recusou o toque e Holiday baixou a mão. — Sua mãe não está ferida, Kylie, eu juro pra você. Por favor, se acalme. Vamos dar um jeito nisso. Mas precisamos da sua ajuda.

— Confie neles, Kylie — disse uma voz ao mesmo tempo que um ar frio e familiar lhe invadiu os pulmões.

Kylie se virou e viu Daniel parado diante dela.

— Confie neles — ele repetiu.

Os olhos de Kylie se encheram de lágrimas quando Daniel a enlaçou num abraço gelado.

— Está tudo bem. — Seu hálito frio chegou aos ouvidos dela, enquanto um calor reconfortante invadia o seu peito.

Uma sensação incrível de paz fluiu através do corpo de Kylie. A mesma paz que ela tinha sentido na cachoeira. E que lhe deu a certeza de que as coisas não eram tão graves quanto pareciam. Que ela devia ter fé.

Ela levantou a cabeça para olhar Daniel, mas ele já tinha partido. Sentindo-se sob uma avalanche de emoções, suas pernas tremiam tanto que ela caiu de joelhos no chão da varanda.

Holiday agachou-se ao lado dela.

— Ela vai ficar bem, Kylie. Eu prometo.

Kylie olhou para Holiday.

— O que foi... o que foi que ela viu? Perry...?

— Não. — Holiday tirou uma mecha de cabelo do rosto de Kylie. — Dei permissão a Helen para doar um pouco de sangue a Jonathon. Ele estava tirando o sangue dela e, contra minhas regras, ele estava... — Holiday fez uma pausa e então acrescentou com a voz mais firme: — Ele estava bebendo direto do tubo quando sua mãe entrou. Tenho certeza de que a cena pareceu bem chocante para ela. Ela entrou em pânico.

Kylie cobriu o rosto com as mãos.

— Minha nossa! — Como iria explicar aquilo à mãe?

— Jonathan tomou um susto — Holiday continuou. — Agarrou-a e prendeu-a no banheiro de Helen. Depois bloqueou a porta com a cômoda e mandou Helen me chamar. Eu trouxe Burnett aqui tão rápido quanto pude.

— Eu não machuquei sua mãe — garantiu Jonathon, entrando na varanda. — Devo ter sido meio violento, mas não a machuquei. Lamento que isso tenha acontecido.

Kylie olhou para Jonathon. Sua camisa tinha manchas de sangue, o sangue de Helen, ela disse a si mesma, não o sangue de sua mãe. Atrás dele vinha Derek.

— Eis o que vamos fazer — explicou Burnett. — Vamos apagar a memória dela.

— Não — discordou Kylie, lembrando-se instantaneamente das emoções que sentiu e da sua luta com Selynn.

— Não é tão ruim assim — esclareceu Holiday. — Só a lembrança do que aconteceu vai ser removida da sua mente. Não vai causar nenhum dano a ela. Mas quanto mais calma ela estiver, mais fácil e eficaz será. E no momento ela está tudo menos calma. Acho que, se você falar com ela, talvez ajude a acalmá-la.

— Falar com ela? Ela viu alguém bebendo sangue de um tubo de transfusão. O que acha que posso falar que vá acalmá-la? — perguntou Kylie. — "Ah, mãe, não se preocupe, eles são só vampiros..."

Holiday olhou para Kylie bem nos olhos.

— Ela está agora mais preocupada com você do que assustada — garantiu Holiday. — Só lhe garanta que você está bem e então Derek entra e...

— Derek? — Kylie se virou para olhar Derek. — Por que Derek? — Algo que parecia culpa toldou os olhos dele.

— Descobrimos recentemente que Derek tem a capacidade de apagar memórias — explicou Holiday.

Derek confirmou com a cabeça e, por uma fração de segundo, Kylie se perguntou por que Derek não tinha contado a ela sobre o seu novo dom. Ela achava que eles contavam tudo um para o outro. Então seus pensamentos voltaram para a sua mãe.

— Mas se ele ainda não tem muita experiência nisso... alguma coisa não pode dar errado?

— Nada vai dar errado — intrometeu-se Burnett. — Ele praticou em mim inúmeras vezes.

Kylie olhou outra vez para Derek. Ela não sabia como ele podia apagar a memória de alguém, mas a ideia a apavorava.

— Vocês não têm ninguém aqui com mais experiência?

Para o crédito de Derek, ele não pareceu ofendido.

— Temos, mas essa pessoa está em outro caso agora — respondeu Burnett. — E quanto mais rápido cuidarmos disso, melhor. Se demorar muito, ele vai precisar remover mais informações da mente dela. O que pode exigir que apague lembranças de várias horas. Obviamente, quanto menos tempo de memória tenha de ser apagado, melhor.

— Isso tudo é perigoso? — Kylie olhou para Holiday em busca de uma resposta.

Holiday sacudiu a cabeça.

— Quando é feito logo, o maior efeito colateral é uma dor de cabeça e um pouco de desorientação por causa do lapso de tempo apagado.

Kylie olhou novamente para Derek.

— Promete que não vai fazer nada errado?

— Prometo — ele disse. Mas, ela tinha sentido uma ponta de dúvida na voz dele?

— O que você vai ter que fazer? — Kylie perguntou.

— Só tocá-la — ele respondeu.

Kylie assentiu. Ela se lembrou do conselho de Daniel para que confiasse neles e se levantou.

— Tudo bem. Acho. — Então ela ouviu a mãe gritando outra vez. Olhou para Burnett. — É melhor que nada dê errado.

— Mãe! — Kylie chamou a mãe, cinco minutos depois, de detrás da enorme cômoda com que Jonathon tinha bloqueado a porta.

— Kylie?! — a mãe gritou. — Ah, querida, você está bem? Me diga que não está ferida nem nada. Me diga que essa gente louca não...

— Eu estou bem. Vou tirar você daí, está bem?

— Rápido — suplicou a mãe. A rouquidão em sua voz revelava que ela estava gritando e chorando há um bom tempo. — Temos que sair logo daqui. Há pessoas muito ruins neste lugar.

— Está tudo bem, mãe.

— Se apresse, meu bem. Antes que eles voltem.

Burnett fez sinal de que planejava retirar a cômoda e sair da cabana. Derek assentiu. Então Burnett puxou o pesado móvel com uma mão e, num segundo, não estava mais ali.

A mãe de Kylie escancarou a porta e voou para fora do banheiro, envolvendo Kylie num abraço protetor.

— Temos que sair daqui! — Ao ver Derek, ela puxou Kylie para detrás do corpo dela. — Fique longe! — a mãe gritou.

Derek olhou para Kylie como se não soubesse ao certo como proceder.

— Está tudo bem, mãe. — O coração de Kylie se compadeceu quando viu o rosto choroso da mãe. — Este é Derek. Ele é meu amigo.

— Não confio nele — disse a mãe. — Não podemos confiar em ninguém aqui. Só quero ir embora deste lugar. Agora. — Apertando o braço de Kylie, ela começou a andar na direção da porta, mantendo-se entre Derek e Kylie, como que para protegê-la.

Sem saber direito o que fazer, Kylie estancou. Ela não podia deixar que a mãe saísse. Se ela já estava apavorada com Derek, perderia realmente o juízo se visse Jonathon e Burnett.

— Mãe, Derek é um cara legal. Vai nos ajudar a sair daqui — ela mentiu. — Não vai, Derek? — Kylie olhou para ele.

— Claro... sra. Galen. Vou ajudar a senhora e Kylie a saírem daqui.

A mãe olhou para Derek e de volta para Kylie. O pânico brilhou em seus olhos, mas ela não recuou quando Derek chegou mais perto.

— Deixe-me abrir a porta — ele pediu. Quando se aproximou, estendeu a mão e tocou o braço da mãe de Kylie.

Kylie não sabia o que acontecia quando a memória de uma pessoa era apagada, mas, quando os olhos da mãe rolaram nas órbitas e ela desabou no chão sem sentidos, Kylie gritou.

Tremendo e sem fôlego, ela se abaixou ao lado da mãe para ter certeza de que estava respirando.

— Está tudo bem — disse Derek, ajoelhando-se ao lado de Kylie e tocando seu cotovelo. — Ela só está inconsciente. Eu prometo, Kylie, vai ficar tudo bem — assegurou-lhe como se percebesse o medo dela.

Burnett apareceu na porta e pegou a mãe de Kylie nos braços.

— Vou colocá-la no carro. Você vem comigo — ele disse a Kylie. — Precisamos que você esteja lá quando ela acordar.

Burnett desapareceu. E Kylie disparou atrás dele. Ela não era tão rápida quanto ele, mas com sorte e considerando que ele carregava sua mãe, ela não ficaria muito atrás.

— Mãe, você está bem? — Kylie bateu na janela do carro cinco minutos depois.

Quando viu que a mãe não acordava imediatamente, Kylie precisou se segurar para não arrancar a porta do carro e ver se ela precisava de uma respiração boca a boca. Mas ela se lembrava muito bem da lista de proibições de Burnett.

- Não entrar em pânico, porque a mãe podia perceber e ficar ainda mais nervosa.
- Não tentar explicar muita coisa; deixar que a mãe chegasse às suas próprias conclusões acerca do que tinha acontecido.
- Não chorar por motivo algum.

E, quando ele explicou essa regra, apontou para as lágrimas de Kylie.

Por causa dessa regra número três, sobre não chorar por motivo algum, Kylie teria brigado caso não estivesse tão preocupada com a mãe.

Kylie deu outra batidinha no vidro.

— Mãe? — disse, esforçando-se para manter a voz calma.

Na opinião de Kylie, ela merecia poder chorar baldes de lágrimas por no mínimo umas duas semanas. O trauma emocional por que tinha passado na última meia hora tinha sido um dos piores de toda a sua vida. Nem mesmo a luta na reserva selvagem a tinha deixado tão transtornada.

Ela olhou para os próprios braços, esperando ver manchas roxas e marcas de unhas onde Selynn a agarrara. Por mais estranho que fosse, sua pele estava lisa e sem nenhuma marca. Estranho. Será que ela tinha adquirido um novo dom de cura também?

Os olhos da mãe se entreabriram e Kylie concentrou-se na situação diante dela. A mãe endireitou-se no banco e olhou em volta, obviamente sobressaltada. O primeiro pensamento de Kylie foi pensar que sua memória não tinha sido apagada.

Mas então ela virou a cabeça e seus olhos confusos encontraram os de Kylie.

Kylie afivelou um sorriso amarelo nos lábios, como se tudo no mundo estivesse indo às mil maravilhas.

— Quando você chegou aqui, mãe?

A mãe arqueou uma sobrancelha, levantou o pulso, para consultar o relógio, e abriu a porta do carro. Virou o corpo, para colocar os pés para fora, mas não saiu do lugar.

— Eu... — Ela piscou. — Vim correndo pra cá, do aeroporto. — Ela passou a mão pelos cabelos escuros, que agora tinham reflexos vermelhos.

— Você deve ter caído no sono depois de chegar aqui. — Kylie mordeu o lábio, percebendo que tinha violado uma das regras de Burnett.

— É. — A mãe pressionou a têmpora com a mão, um sinal claro de que a dor de cabeça tinha começado. — Fiquei a noite toda no aeroporto tentando conseguir um voo.

— Você devia estar mesmo cansada.

— É. Minha nossa! — Ela consultou mais uma vez o relógio e então saiu do carro. — Nem me lembro de ter chegado aqui. Devo ter estacionado e caído no sono. É uma boa lição para nós duas. Nunca dirija quando está exausta. — A mãe se aproximou e abraçou Kylie. — É tão bom ver você!

Kylie sentiu que estava prestes a violar outra regra. Seus olhos se encheram de lágrimas e ela deu um abraço apertado na mãe. Mas as lágrimas não eram só por causa dos últimos trinta minutos. Eram pelos seus últimos dezesseis anos da vida e pelos raríssimos abraços que recebera da mãe. E pela lembrança do abraço que ela tinha dado no pai... no padrasto, antes de ele ir embora, algumas horas antes.

Quando a mãe se afastou, ela olhou para Kylie.

— Você está bem?

— Estou — disse Kylie, lutando para reprimir as lágrimas. — É só que... você não me abraça há um tempão.

— E isso é algo que precisamos melhorar, não é? — disse a mãe, tocando a têmpora novamente.

— É, precisamos melhorar. Mas acho que já é um bom começo. — E de fato era. Kylie podia sentir.

A mãe consultou o relógio outra vez.

— Devo ter dormido por uma hora.

— Você provavelmente estava precisando — disse Kylie, começando a andar em direção aos portões novamente.

— Tem razão. Eu ia ligar para a líder do acampamento avisando que ia chegar um pouquinho atrasada. Sei como eles fazem questão que a gente respeite o horário de visita, mas a bateria do meu celular acabou. Está totalmente descarregada.

— A sorte é que eu estava dando um passeio e vi seu carro e disse a Holiday que você estava aqui. Mas eles são realmente muito rígidos com relação ao horário de visita.

Por favor, meu Deus, não permita que eu tenha que passar por isso outra vez.

— O que eu acho uma bobagem — completou a mãe. — Parece até que estão tentando esconder alguma coisa.

— Que nada! — mentiu Kylie entredentes e quase se sentindo mal por isso. — Não estão tentando esconder nada! — Exceto coisas como: pessoas bebendo sangue, transformando-se em criaturas inimagináveis como ursos gigantes, unicórnios ou lobos. Ou garotas que acidentalmente transformam gatinhos em gambás. Em outras palavras, as coisas normais que costumam acontecer em Shadow Falls.

— Mas mesmo assim são rigorosos — repetiu Kylie. — Dizem que é pra nossa segurança. Além disso, você sabe, como você costuma me dizer, regras são regras.

— Eu sei e vou tentar segui-las daqui em diante.

Obrigada, Jesus!

— Você quer ir se sentar no refeitório?

— Ou na sua cabana.

— Claro! — E então Kylie se lembrou de Socks, seu gambazinho.

— Ah, esqueci... Della e Miranda convidaram algumas garotas para dar uma passada lá. Acho que o refeitório seria melhor.

— Tudo bem — concordou a mãe. — Talvez eu consiga um copo d'água para tomar uma aspirina. Minha cabeça está latejando como se eu fosse ter um aneurisma.

Um frio sepulcral de repente tomou conta de Kylie. Por um momento, ela pensou que o fantasma estava de volta.

Olhou para a mãe.

— Não diga isso...

— Não diga o quê? — ela perguntou.

— Essa besteira de aneurisma. — Essa tinha sido uma das muitas possibilidades em que Kylie tinha pensado quando soube que Derek ia invadir a cabeça da mãe e apagar suas memórias; e esse pensamento a deixara apavorada.

A mãe sorriu.

— Só estou sendo melodramática. Estou bem.

— Ótimo! — disse Kylie. E quando ela olhou para a mãe, lembrou-se de como ficou assustada ao pensar que poderia nunca mais voltar a vê-la. Outra onda de emoção inundou seu peito. Kylie quase estendeu os braços para buscar outro abraço. Mas não fez isso. Não só porque podia levantar suspeitas na mãe, mas também porque, pelo que Kylie conhecia da mãe, suspeitava que ela poderia já ter dado sua cota mensal de abraços.

Por mais surpreendente que fosse, depois de trinta minutos juntas, elas ainda tinham o que conversar. Evidentemente, durante uns bons quinze minutos tinham falado sobre o novo visual da mãe, que Kylie admitia ter gostado. Claro, ela ainda ficava um pouco hesitante ao pensar na mãe saindo com outra pessoa, mas decidiu só pensar no assunto se isso realmente acontecesse.

Então a mãe notou o "surto de crescimento" de Kylie.

— Estes sutiãs de bojo deixam você com os seios maiores.

— Acho que não — disse Kylie. — Estou crescendo ainda.

A conversa levou a mãe a perguntar como tinham sido as compras na cidade. Mas Kylie não queria falar sobre compras nem em nada que tivesse acontecido durante sua recente ida à cidade. Então contou à mãe sobre a visita do padrasto. Conversaram uns bons cinco minutos sobre ele. Kylie não deu detalhes sobre a cena constrangedora que ela tinha causado. Nunca contara à mãe que vira o pai na cidade.

Ela também optou por não contar que o pai tinha terminado com sua namoradinha. Por alguma razão, ela não queria que a mãe se lembrasse disso agora.

— Estou contente que tenham conversado — disse a mãe. — Não interessa os erros que cometeu recentemente; ele é um bom pai.

— É, sim — Kylie concordou.

Então Kylie passou mais cinco minutos falando sobre o quanto ela adorava o acampamento e seu interesse pelas aulas de decoração de bolos, tudo ensaiado para convencer a mãe a matriculá-la no outono. Não que ela pensasse em pedir isso naquele dia. Era preciso admitir, lembrasse a mãe ou não, que ela já tinha tido um dia bem difícil.

— Sério? Você gosta mesmo de decorar bolos? — perguntou a mãe. — Eu também gosto. Você se lembra de que fiz esse curso quando você era menor e fiz pra você um bolo de Cinderela?

— Lembro. Eu adorei. — Outra mentira deslavada. Ela já tinha 14 anos e morreu de vergonha quando a mãe serviu o bolo de contos de fadas. Mas qual o problema em contar mais uma mentirinha comparada a tantas outras que já tinha contado naquele dia?

Mentiras à parte, aquela guinada no relacionamento entre as duas estava lhe fazendo muito bem. Por isso, Kylie resolveu arriscar e pedir mais informações sobre o seu verdadeiro pai.

Pegando seu refrigerante, Kylie girou a latinha na mão.

— Mãe, pode me contar mais um pouco sobre Daniel?

A mãe arregalou os olhos.

— Claro. Mas acho que já contei tudo da última vez que perguntou.

— Você não me contou quase nada. Por exemplo... de onde eram os pais dele?

Ela sorriu.

— Lembro-me de que ele me disse que eram da Irlanda.

— Eram irlandeses? — Kylie perguntou, sem saber se aquela informação ajudaria em alguma coisa. — Quando eles vieram para cá?

— Não sei.

— Daniel nasceu aqui?

— Acho que sim. Ele não tinha nenhum sotaque.

— Mas você não tem certeza, né? — Ela começou a perder a esperança. Se ele tinha sido adotado na Irlanda, não seria quase impossível achar seus pais verdadeiros?

— Acho que ele teria me dito se tivesse nascido em outro país.

Kylie concordou.

— Você disse que os pais dele eram de Dallas, não é?

— Perto de Dallas. Alguma cidade um pouco mais pra cima.

— Onde? — Kylie mal pode acreditar que ela tinha passado as últimas duas semanas ligando para números de Dallas só para saber agora que eles não moravam lá.

— Não me lembro. — A mãe estudou Kylie. — Você não está pensando em encontrá-los, está?

Ok, hora da decisão. Kylie tinha dito ao investigador particular que diria à mãe sobre a sua busca. Talvez fosse a hora.

— Você ficaria aborrecida se eu tentasse? — ela perguntou, sem querer estressá-la ainda mais.

Ela franziu a testa.

— Eu... eu só acho que... Nem sabemos se eles estão vivos ainda.

— Podem estar — disse Kylie, sem ter coragem de dizer que seu real interesse era localizá-los para saber onde estariam seus pais verdadeiros. Logo sua mãe poderia saber, mas uma coisa por vez. Além disso, não fazia ideia de como dizer que ela sabia que Daniel era adotado. Pelo menos não sem contar também sobre o espírito de Daniel, uma conversa que ela não tinha nenhuma intenção de ter com a mãe.

— Sério, você se importa se eu tentar encontrá-los?

A mãe deu um longo suspiro.

— Não me importo, Kylie. Só tenho receio de que fiquem muito zangados comigo se você fizer isso. Muitas vezes me senti culpada por não ter contado a eles sobre você. — Alguma coisa na voz da mãe chamou a sua atenção.

Ela de repente percebeu que, se a mãe se sentia culpada por não contar a eles, ela devia saber como encontrá-los.

— Você sabe onde eles moram, mãe? Sabe onde encontrá-los?

Capítulo Vinte e Quatro

A mãe olhou para baixo.

— Eu...

— Por favor, mãe — suplicou Kylie. — Se você sabe alguma coisa, me conte.

A mãe franziu a testa para o refrigerante, como se estivesse fascinada com a condensação na lata.

— Não tive coragem de jogar fora o obituário dele — ela disse finalmente. — Coloquei-o atrás da moldura da sua foto de bebê pendurada na parede. Ali tem o nome deles e o nome da cidade em que moravam.

A esperança voltou renovada no peito de Kylie.

— Quando chegar em casa, pode escanear pra mim e me mandar por e-mail? Por favor?

A mãe concordou.

— Se ainda estiverem vivos, vão me odiar.

— Acho que não, mãe. Eles provavelmente vão ficar felizes de me conhecer.

A mãe tocou o rosto de Kylie.

— Desculpe, meu bem. Fiz o que achava melhor na época, mas agora... parece que não tomei a decisão mais correta.

— Você agiu bem — disse Kylie. E sem pensar, deu outro abraço na mãe avessa a abraços.

Uma hora depois, Kylie observou o carro da mãe pegando a estrada, até se transformar num pontinho azul que finalmente desapareceu de vista. Tanto Burnett quanto Holiday estavam esperando por ela no portão quando voltou.

— Acho que minha mãe vai ficar bem — ela disse a eles, presumindo que era por isso que estavam ali.

Então ela se deu conta de que Burnett provavelmente tinha ouvido toda a conversa. Então não era só por causa da mãe dela que estavam ali.

— Estou em apuros por ter brigado com Selynn? — ela perguntou. O pensamento tinha lhe ocorrido durante a conversa com a mãe. Gostasse ou não, Selynn era da UPF.

Holiday balançou a cabeça.

— Não. Selynn teve o que mereceu. Ela lidou com a situação da maneira errada. Totalmente errada. — Holiday olhou de relance para Burnett, como se estivesse dizendo isso não só para Kylie, mas para ele também. — Se alguém disser alguma coisa sobre o que aconteceu no riacho, eu vou ser a primeira a mostrar com quantos paus se faz uma canoa.

Quando Kylie estava prestes a perguntar a Holiday o que ela queria dizer com aquilo, Burnett deu de ombros.

— Acho que ninguém vai dizer nada — disse ele, com humor nos olhos. — Nunca entendi bem esse ditado. Como é possível meter medo em alguém mostrando com quantos paus se faz uma canoa...?

— Não faço ideia — disse Holiday, voltando a fitar Kylie. O olhar de Burnett seguiu o dela e ambos voltaram a fitá-la de um jeito estranho. E Kylie voltou a se perguntar o que, afinal, estava acontecendo.

— Se não é por causa de Selynn, então por que estão aqui?

Burnett enfiou as mãos nos bolsos dos jeans.

— Acho que só queríamos ter certeza de que você estava bem.

Ela começou a responder, mas percebeu que ambos a encaravam novamente.

— Se é só por isso, por que vocês dois estão aí, me olhando desse jeito, como se tivesse crescido um rabo em mim?

— Você acha que poderia crescer um rabo em você? — A voz dele parecia preocupada.

Ah, merda! Ele estava falando sério.

Kylie passou a mão pelo traseiro só para ter certeza de que nada tinha aparecido ali. Quando não achou nada, ela olhou para eles com uma cara feia.

— O que vocês não estão querendo me dizer?

— Você demonstrou alguns talentos hoje — disse Burnett.

— Você está querendo dizer que corri rápido?

— E jogou Selynn pelos ares — completou Holiday. — Um lobisomem perto da lua cheia... é algo bem difícil de se jogar pelos ares...

— Então vocês voltaram a achar que eu sou um lobisomem?

Holiday olhou para Burnett e ambos voltaram a encarar Kylie.

— Ainda não temos certeza. — Ele começou a estudar Kylie novamente.

— O que foi? — Kylie perguntou.

— É o seu padrão mental — Holiday disse, parecendo confusa.

— O que tem ele? — Ela tocou a própria testa. — Estou mais aberta? Vocês podem me dizer o que eu sou?

— Não — respondeu Holiday. — É só que... seu padrão está sofrendo alterações.

— Sofrendo alterações? Quer dizer, então, que ele está mudando?

Burnett e Holiday concordaram com a cabeça.

— O que isso significa?

A expressão de Holiday passou da curiosidade à solidariedade num segundo.

— É que...

— São só conjecturas, eu sei... Pode me dizer — pediu Kylie, fazendo um gesto com as mãos para que Holiday falasse logo.

— O único padrão mental que sofre alterações e muda o tempo todo é o dos metamorfos — esclareceu Holiday.

— Então agora você está me dizendo que sou uma metamorfa? — Kylie tentava absorver a ideia de ser uma metamorfa. Transformar-se em leões gigantescos e coisa e tal...

— Você não está mudando como um metamorfo — corrigiu Burnett. — O metamorfo só sofre mudanças quando está trocando de forma.

Kylie olhou para o próprio peito e mais para baixo, quase para ter certeza de que nada tinha mudado e de que ainda usava o mesmo número de sutiã. Então passou a mão outra vez pelo traseiro, rezando para não encontrar nenhum rabo ali.

— Eu não estou mudando.

— Nós sabemos disso — disse Burnett.

Então, como se sentisse que Kylie já tinha chegado ao seu limite por aquele dia, Holiday interveio e pegou no braço dela.

— Ei, por que não vamos dar um passeio até a cachoeira?

Kylie concordou. Ela estava pensando em voltar para a cabana e cair no choro, mas um passeio até a cachoeira parecia uma opção bem melhor.

— Vou com vocês — disse Burnett.

— Preferimos ir só nós duas — contestou Holiday.

— Não acho que vocês duas devam se embrenhar na floresta sozinhas — ele explicou. — Ainda não sabemos por que o portão de segurança não funcionou.

— Não acho que estejamos tão vulneráveis assim — disse Holiday, acenando com a cabeça para Kylie.

— Eu prefiro ir com vocês. — Ele franziu a testa. — Nem vão perceber que estou ali. Ficarei a distância.

Holiday revirou os olhos, como se fosse obrigada a concordar, então pegou Kylie pelo braço e elas tomaram a trilha que levava à cachoeira.

— Só ficaria satisfeita se ele ficasse a uns 80 quilômetros...

— Quando vai se lembrar de que posso ouvir você? — gritou Burnett, que tinha ficado para trás.

— Quando vai perceber que não me esqueci? — resmungou Holiday, em voz baixa.

Na segunda-feira de manhã, Kylie acordou com o calafrio fantasmagórico. Ela abriu os olhos, mas o espírito não tinha se materializado ainda.

— Você sabe que não vai adiantar nada vir aqui e simplesmente me acordar, não sabe? Você precisa me dar alguma informação. Encontrar um jeito de me mostrar quem eu preciso ajudar.

Como não ouviu nenhuma resposta, Kylie puxou as cobertas até o queixo e ficou simplesmente observando sua respiração provocar nuvenzinhas de fumaça acima do nariz. A visita à cachoeira com Holiday tinha sido surpreendente e ao mesmo tempo desanimadora. Ela e Holiday mal conversaram; só ficaram ali, lado a lado, observando a parede de água à sua frente. A atmosfera espiritual que Kylie tinha sentido da última vez parecia ainda mais forte nessa visita. Essa foi a parte impressionante.

E a parte desanimadora? A mensagem que lhe ficara da visita não foi algo como: tudo vai ficar bem. Nada disso. Foi mais como: mantenha a fé e a concentração.

E, se Kylie achasse que podia discutir com a presença na cachoeira, ela teria olhado para o teto de pedra e grunhido, "Não diga! Isso é tudo o que tem pra me dizer?!"

Sinceramente, como ela poderia ter concentração se não sabia em que se concentrar? Era meio difícil se concentrar em fantasmas quando eles nem mesmo apareciam, não é?

A temperatura baixou mais alguns graus.

— É, isso mesmo, estou falando de você — rugiu Kylie para o espírito.

Manter a fé também era impossível. Ter fé seria acreditar que nada de ruim ia acontecer. Duas meninas assassinadas por um vampiro delinquente por acaso não era algo ruim? E ter a memória da mãe apagada, por acaso era boa coisa? Sem falar do seu padrão cerebral mutante, que só fazia todo mundo encará-la como se ela fosse uma aberração — e não se pode esquecer do seu desejo incontrolável de entrar no sonho de outras pessoas — e sua fé talvez precisasse de um frasco de anabolizantes para conseguir se fortalecer novamente.

Kylie deixou escapar um longo suspiro de frustração quando o frio causado pelo espírito começou a diminuir. Ótimo! Só outro dia acordando inutilmente ao amanhecer, com o coração na boca... Rolando na cama, ela socou o travesseiro e sentiu seu humor ficando mais sombrio a cada segundo.

Mas não se tratava apenas da melancolia típica das segundas-feiras. Não, era muito mais do que isso. Era noite de lua cheia. Quem sabia o que ia acontecer? Mas o fato de ela ter acordado com tanto mau humor era um sinal de que poderia ser um lobisomem.

E quem disse que se transformar num lobisomem era a única coisa que provocava seu mau humor? Afinal, depois de finalmente decidir namorar com Derek, ela não tinha tido chance de vê-lo a sós e lhe dizer isso. Também havia um tal lobisomem voltando para o acampamento naquele mesmo dia ou no dia seguinte. Aliás, dois lobisomens. E ela não estava exatamente ansiosa para rever Fredericka. E como iria encarar Lucas depois daquele sonho absurdo? Ai, Deus, não ia ser muito divertido...

Kylie soltou um gemido, socou o travesseiro e cobriu a cabeça com o cobertor.

Cinco minutos depois, ela já estava de pé e, dois minutos depois de verificar e constatar que a mãe ainda não tinha enviado o obituário de Daniel por e-mail, ela já tinha conseguido tirar Della e Miranda do sério. Depois que as duas tinham conseguido tirá-la do sério. Então Kylie decidiu: ia tirar um dia de folga. Um dia longe de todo mundo. E isso incluía as variantes sobrenaturais também.

Esse seria um dia só dela e do seu gambá.

Depois de pegar uma garrafa de refrigerante na geladeira, pegou Socks no colo, pediu às colegas de alojamento para avisar Holiday que ela ia tirar um dia de folga e voltou para o seu quarto, batendo a porta só pelo prazer de bater.

Às nove horas da manhã, Holiday bateu na porta do seu quarto.

— Só vim checar se está tudo bem.

— Só quero ficar sozinha — respondeu Kylie, ouvindo a porta se abrir, mas sem sair da posição de bruços em que tinha aterrissado na cama uma hora antes.

— Mau humor? — O tom de voz com que Holiday fez a pergunta tinha implicações nas quais Kylie não queria nem pensar.

— É, muito mau humor — respondeu Kylie, deitando-se de costas.

— Tudo bem. — Holiday mordeu o lábio inferior. — Só se lembre de que estou aqui se precisar. — Então agora você está me

— Eu sei.

Às dez horas da manhã, outra batida na porta. Desta vez, na porta da frente da cabana.

— Vai embora! — ela gritou.

Um minuto depois, Derek entrou no quarto dela sem ser convidado. Isso a deixou mais mal-humorada ainda. Então ela se lembrou de outra coisa que a tinha aborrecido e da qual não falara com ele ainda.

— Por que você não me contou sobre aquela história toda de poder apagar a memória das pessoas? — perguntou com rispidez.

Ele se sentou na cama dela.

— Burnett disse que eu não devia contar pra todo mundo.

— Eu, por acaso, sou todo mundo? — ela perguntou, sentando-se com os joelhos junto ao peito.

Se foi o tom com que ela fez a pergunta, a pergunta em si ou seu mau humor talvez contagioso, ela não sabia; o fato é que ela sabia muito bem quando uma pessoa estava contrariada. E Derek estava.

— Talvez se você fosse mais acessível, em vez de ficar se preocupando que alguém possa desconfiar de que gosta de mim, pudéssemos passar mais tempo conversando.

— Pelo que me lembro, eu já me desculpei por isso — ela disse, afagando o queixo. — Não que você pareça ter me desculpado... — completou com um toque de sarcasmo.

Ele balançou a cabeça.

— Tudo bem, talvez eu não tenha o direito de me zangar com *isso*.

A inflexão que ele deu à palavra "isso" levou-a à próxima pergunta:

— Mas está zangado com alguma coisa, não está?

Ele franziu a testa.

— Não deveria... — Então ele correu os dedos pelo cabelo e olhou para ela. A dor profunda que Kylie viu nos olhos dele dissipou todo o seu mau humor e ela começou a se preocupar com ele.

— Com o que você não deveria ficar zangado?

Ele se levantou da cama e começou a andar pelo quarto.

— Você nunca mente pra mim. Não mesmo. E eu posso ver que ainda sente alguma coisa por ele. Você se sente culpada e eu sei que provavelmente está pensando nele. Eu sei, porque sinto. E, como um idiota, eu ainda fico atrás de você, mesmo quando se recusa a ser minha namorada.

Ela balançou a cabeça.

— O que você está dizendo não faz sentido.

Ele parou de andar e deixou escapar um longo suspiro. Então seus olhos, lindos, calorosos e ainda cheios de mágoa, olharam para ela outra vez.

— Eu só posso ficar com raiva de mim mesmo.

— Pelo quê? — ela perguntou novamente, sentindo o mau humor tentando voltar novamente.

— Porque não consigo entender por que você não me diz.

— Não digo o quê? — Ela se sentia confusa e ao mesmo tempo... entendia. Ela sabia que ele estava falando de Lucas. Não que isso importasse, porque Lucas era passado. Ela já tinha tomado sua decisão.

Sim, ainda havia os sonhos. E só de pensar neles lá vinha a culpa outra vez.

Ele fez um gesto com a mão na direção dela.

— Taí. É assim que você fica quase sempre que está comigo. Se sentindo culpada. — Ele balançou a cabeça. — Me diga que não é verdade. Me diga que não ficou recebendo cartas dele esse tempo todo.

A pergunta dele ficou dando voltas na cabeça dela.

— Eu... eu nunca escrevi de volta. — Ela queria que ele acreditasse que ela não tinha feito nada errado. Mas a verdade a atingiu em cheio e ficou ali pendurada, como um osso da boca de um cachorro feroz e possessivo. Se ele tivesse recebido cartas de alguma garota que ele beijara, ela também ficaria com ciúme. Não teria gostado nada. E muito menos se ele tivesse sonhos eróticos com ela também.

— Derek — ela disse com suavidade. — Eu juro por Deus que eu não queria...

— Me magoar — ele terminou a sentença. — Eu acredito em você. Sei que não fez isso para me magoar. Você não é cruel nem sacana. Não tem nenhuma maldade dentro de você. Só está... confusa.

Ela se levantou, andou até Derek e tentou pegar sua mão, mas ele se retraiu. A reação dele doeu. Fitando seus olhos, ela tentou encontrar uma maneira de explicar.

— Você tem razão. Estou confusa com relação a um monte de coisas. Mas não estou confusa sobre o que eu sinto por você. Eu gosto de você. Muito. Quando estamos juntos, eu me sinto segura e, quando você me beija, é maravilhoso. Tudo parece lindo e... eu nem ligo mais se é você que está fazendo isso ou não. Eu só quero sentir, entendeu? Quero ser sua namorada.

— Se você queria mesmo, devia ter dito antes.

— Eu queria, só estava... confusa. Eu já disse.

— Por causa de Lucas?

— Não. — Ela deu a ele a mesma justificativa que dava a si mesma. — Porque ainda estou tentando descobrir de que espécie eu sou.

— Mas eu disse que isso não era importante.

— Mas é para mim. — Lá no fundo, bem mais no fundo do que ela queria ver, ela sabia que o que ele dizia era verdade. Não saber o que ela era fazia só parte do motivo que a impedira de concordar em namorar com ele antes. A outra parte era Lucas.

Mas isso não mudava o que ela sentia por Derek, insistia em dizer a si mesma. Era como a tia Stella, de Holiday. Ela podia sentir atração por Lucas, mas isso não mudava nada. Ela tentou pegar a mão dele outra vez, mas ele não deixou.

— Você tem que decidir, Kylie, porque eu não consigo conviver com essa indefinição. Já vivi indefinição demais na minha vida, por causa do meu pai, e simplesmente não consigo mais lidar com isso.

— Eu já decidi — ela insistiu. — É você. Eu ia te dizer isso ontem, mas aí... aconteceu tudo aquilo.

Ele deu um passo na direção dela e seu coração suspirou de alívio. Ela inclinou a cabeça para beijá-lo. Ela queria tanto que ele a beijasse! Queria que ele soubesse o quanto ele significava para ela.

Ele tocou sua face.

— Até que você tenha certeza do que sente por ele, não pode ter certeza do que sente por mim.

— Não é verdade. — Ela tentou beijá-lo, mas ele colocou o dedo sob os lábios dela, detendo-a.

— Não. Não mais. Até que tenha decidido, somos apenas amigos. Só amigos. — Dor e mágoa ecoaram na voz dele e voaram até ela, atingindo seu coração.

Ela não queria que fossem só amigos. Ela queria mais.

— Por favor, não faz isso, Derek. Eu não quis...

Ele colocou o dedo sobre os lábios dela de novo.

— Sei que não quer me ferir, Kylie. Mas me fere. Eu sinto... tudo. É isso o que torna tudo tão difícil. — Ele deu um passo para trás. — É melhor eu ir embora.

A dor a envolveu. Lágrimas se acumularam em seus olhos. Ela ia perdê-lo. Sabia disso com tanta certeza quanto sabia o próprio nome.

Ele abriu a porta do quarto e se virou para ela.

— E, como seu amigo, quero te avisar uma coisa. Fredericka está de volta. E ela quer ferir você. E não acho que ela vá parar só porque me contou sobre as cartas. Tenha cuidado. Especialmente depois desta noite. Os lobisomens ficam hiperagressivos antes da transformação.

Kylie sentiu seu próprio instinto de agressividade fervendo dentro dela e secou as lágrimas que escorriam pelo rosto. Até ele mencionar, ela não tinha parado para pensar em como ele sabia das cartas de Lucas. E agora que sabia, não tinha gostado nem um pouco. Fredericka tinha contado a Derek sobre as cartas.

E, ao fazer isso, não tinha só ferido Kylie, tinha ferido Derek também.

Kylie fechou os punhos.

— Não se preocupe. Não sou tão inofensiva quanto costumava ser.

— Inofensiva, talvez não seja — ele disse. — Mas em maldade ela ganha longe de você. É melhor não se meter com ela.

Uma hora depois, com o coração em pedaços, Kylie checou seus e-mails e descobriu que a mãe tinha finalmente enviado o obituário de Daniel. Ela achou que já estivesse emocionalmente preparada para lidar com aquilo, depois do dia horrível que vinha tendo, mas quando leu sobre a morte do pai, pousou a cabeça na escrivaninha e chorou. Chorou por Derek e por Daniel.

Ela se lembrou do sonho/visão que teve sobre a morte dele. Ele tinha deixado um vilarejo arrasado pela guerra, mas voltara para salvar uma mulher de alguns desertores. Ele não só tinha dado a vida pelo seu país, mas também para salvar uma estranha.

— Amo você, Daniel. — Ela queria muito que ele aparecesse para uma visita. Reparou no nome dos pais dele e que moravam num lugar chamado Gladlock, no Texas. Uma busca na Internet revelou que se tratava de uma cidadezinha a 120 quilômetros de Dallas. Com o coração ainda doendo, fez uma pesquisa e encontrou o telefone de Kent B. Brighten. O computador não tinha completado a pesquisa quando a porta da cabana se escancarou.

Kylie relanceou os olhos para a porta, esperando ver Miranda e Della. Mas estava enganada. Fredericka tinha vindo fazer uma visitinha. E não tinha se importado em seguir uma regra básica de etiqueta: bater antes de entrar.

Capítulo Vinte e Cinco

— Ora, ora, se não é a garota fantasma... — O tom mordaz de Fredericka pegou Kylie desprevenida.

Mas em maldade ela ganha longe de você. É melhor não se meter com ela. As palavras de Derek soaram na cabeça de Kylie.

Tudo bem, então Derek estava certo. De fato era melhor não se meter com Fredericka. Kylie só não sabia se tinha essa opção agora, considerando que a lobisomem estava a menos de três metros dela. Ela não tinha escapatória. Era tarde demais para correr e se esconder debaixo da cama.

Então ficou parada ali, encarando os olhos escuros da garota e esperando que a lobisomem não percebesse a insegurança que sentia.

Com Selynn, no dia anterior, Kylie não tinha sentido medo. Medo nenhum. Tinha agido por instinto, para proteger a mãe. Agora a única pessoa que precisava de proteção era ela mesma; e o instinto de atacar parecia ter tirado férias.

— Puxa, não ouvi você bater. — Kylie tentou imitar o tom curto e grosso de Fredericka e a postura defensiva, esperando intimidá-la.

A sombra de um sorriso brilhava nos lábios da outra, como se o blefe de Kylie não tivesse surtido efeito.

— Achei melhor pôr um fim nessa conversinha. — Fredericka olhou em volta da cabana como se admirasse a mobília. Não que fosse muito diferente da que havia nas outras cabanas. O sofá marrom de estofamento fofo fazia par com a cadeira dourada de estofamento fofo, e quase combinavam. A mãe de Kylie tinha trazido algumas almofadas que acrescentavam um pouco de cor ao ambiente. As mesinhas de cabeceira tinham abajures de cúpula branca e Miranda tinha acrescentado alguns cristais pelo quarto todo.

Atrás de Fredericka, Kylie viu Socks ficar paralisado de pânico diante da estranha, mas logo recuperou os movimentos e se enfiou embaixo de uma almofada vermelha e dourada do sofá.

Kylie não o culpava por isso.

— A que conversa está se referindo? — Kylie perguntou. — Uma que explica que é falta de educação entrar na casa dos outros sem bater? — Seu comentário irritado podia ter enfurecido Fredericka, mas Kylie sentiu que aquilo era um teste e mostrar medo era mais perigoso do que provocar a outra.

Fredericka soltou um grunhido baixo e seus olhos brilharam. Quando Kylie percebeu o olhar da lobisomem medindo-a de alto a baixo, precisou de toda a sua coragem para não se enfiar embaixo de uma almofada como Socks.

Fredericka arqueou as sobrancelhas. Kylie, orgulhosa do seu novo talento, arqueou as suas também. O padrão da outra se parecia muito com o dos outros lobisomens que ela tinha observado no riacho, mas as bordas mais escuras pareciam um mau presságio. Será que significavam alguma coisa? Kylie realmente precisava ler urgentemente um manual básico de padrões mentais.

— Ouvi dizer que você pode ser uma de nós. — Os olhos de Fredericka se estreitaram.

A ideia de compartilhar a mesma herança sanguínea daquela praticante de *bullying* deixou Kylie enojada. Seu olhar se voltou para a almofada tremulante sobre o sofá. Ela se lembrou de que Holiday lhe dissera sobre ela não ser um lobisomem porque os felinos tinham aversão a eles. Kylie esperava que Holiday estivesse certa. Até mesmo tomar sangue pelo resto da vida lhe parecia uma opção melhor do que ser um lobo.

Kylie assumiu uma postura defensiva.

— Se eu fosse você, não acreditaria em tudo o que ouço.

— E, se eu fosse você, não me esqueceria de que, se você se transformar, provavelmente vamos nos encontrar. E na lua cheia as emoções estão geralmente fora de controle, o que eleva muito o número de acidentes.

— Então tenho certeza de que você vai ficar atenta — respondeu Kylie, blefando de verdade agora.

Fredericka fez cara feia.

— Principalmente quando uma fêmea sente que outra está dando em cima do seu macho.

— Então você ainda está tendo trabalho para segurar o seu? — disse Kylie, tentando afugentar o medo.

Os olhos de Fredericka cintilaram.

— Que cheiro é esse? — perguntou ela, tampando o nariz.

Kylie não ousou olhar para a almofada onde Socks estava escondido.

— Não sei dizer, mas se incomoda, a porta está bem atrás de você.

— Tem cheiro de... sei lá, leão, talvez? — ela perguntou, arqueando uma sobrancelha.

Kylie não piscou.

— Eu sabia que tinha sido você.

— Eu o quê? — O sorriso de Fredericka virou uma risadinha maliciosa. Então ela recuou alguns passos e desabou sobre o sofá com um baque exagerado, como se planejasse descansar ali por um tempo.

O som do sofá soltando o ar do estofamento foi logo substituído por algo entre um silvo e um miado. A almofada caiu no chão e um rabo branco e preto borrifou algo no ar. Fredericka se virou justo no momento em que Socks expelia uma secreção malcheirosa diretamente em seu rosto.

A alguns metros de distância, Kylie teve que cobrir o nariz para suportar o mau cheiro, mas não pôde deixar de sorrir.

A lobisomem gritou e mergulhou sobre o animal. Embora Socks estivesse em contato com seu lado gambá, ele obviamente não tinha perdido suas raízes felinas. Voou do sofá, como qualquer gato aterrorizado, e aterrissou sobre o abajur da mesinha, que se estatelou no chão.

Esfregando os olhos com as palmas e urrando, Fredericka se levantou do sofá e avançou na direção de Socks. Este, agora empoleirado sobre a poltrona estofada, reagiu de acordo e voou novamente, quicando nas paredes enquanto tentava correr para salvar a sua vida.

Pensar no que a lobisomem ia fazer com seu gatinho fez Kylie sair da letargia e se juntar à perseguição. Cadeiras de madeira estatelaram-se no chão, o micro-ondas voou do balcão, a mesa do computador quase tombou e alguns pratos caíram e se espatifaram ao lado das cadeiras. Tudo rodava em círculos, enquanto um gato transformado em gambá, uma lobisomem e uma sobrenatural não identificada perseguiam um ao outro em torno da sala/cozinha, cada um com seus próprios interesses em mente.

Socks para salvar sua pele.

Fredericka para matar.

Kylie para proteger.

Infelizmente, Socks não era páreo para a fúria da lobisomem e, em segundos, estava encurralado embaixo da geladeira. Um rugido alto encheu a cabana. Um surto de adrenalina percorreu o corpo de Kylie quando ela viu Fredericka investir contra o pobre animal.

Justo quando a lobisomem ia alcançar as patas de Socks, Kylie alcançou os braços da garota. Levantando-a no ar, carregou a lobisomem esperneando pela porta da frente e atirou-a para fora.

Fredericka aterrissou com um baque surdo a uns bons dois metros da varanda. Seus olhos, agora chispando com um brilho dourado, fitavam Kylie com terror. Ela se ergueu do chão e ficou de quatro, com os joelhos dobrados e o corpo oscilando para a frente e para trás, como se estivesse recuperando as forças para atacar novamente.

Kylie não vacilou.

Inspirou o ar.

Depois expirou.

E se preparou para um novo assalto.

— Sua cadela! — Fredericka rugiu e jogou a cabeça para trás.

— Machuque o meu gato e você vai ver que grande cadela eu sou!

A voz de Kylie soou como a de um animal feroz, tal como a da lobisomem. Então, de repente assustada, não com Fredericka, mas com o que faria se a garota investisse novamente, ela deu um passo para trás e bateu a porta da frente. Toda a cabana estremeceu com o impacto. E nesse exato instante uma presença fantasmagórica preencheu o espaço.

Ela tinha companhia.

Que ótimo! A cabana fedia a gambá, havia uma lobisomem espumando de raiva do lado de fora e *agora* o espírito queria lhe fazer uma visita.

Cinco minutos depois, Kylie ainda estava de costas para a geladeira, respirando pela boca para não engasgar com o fedor e tentando se acalmar e acalmar também um apavorado gato-gambá. Socks, segundos depois de Kylie ter entrado, tinha escalado sua perna, se enrodilhado nos seus braços e enterrado o focinho pontudo debaixo do seu braço. Kylie se perguntava se o focinho em sua axila não seria mais para escapar do mau cheiro do que para se esconder.

O fantasma entrou na minúscula sala de estar como se estivesse tentando pensar. Kylie observou o espírito da mulher andando em círculos antes de notar as roupas que ela vestia.

— Por que está usando uma camisola de hospital? — Kylie perguntou, mas o espírito não respondeu. E, quando os seus contornos começaram a ficar indefinidos, Kylie suspirou aliviada. Fechou os olhos e tentou se lembrar da sensação de calma que a invadira na cachoeira, aliviando a aflição que sentia diante da ameaça de que "alguém que ela amava ia morrer".

Então a porta da cabana se escancarou. Achando que podia ser Fredericka novamente, Kylie tencionou os músculos, para em seguida relaxar novamente ao ver Holiday e Miranda.

— Está tudo bem? — Holiday perguntou.

Kylie assentiu e Socks, percebendo a nova movimentação, enfiou-se ainda mais sob a axila de Kylie. Miranda e Holiday tamparam o nariz com a mão e contemplaram a cabana revirada com os olhos arregalados.

— O que aconteceu? — perguntou Holiday.

Fredericka aconteceu, Kylie quase respondeu, mas então engoliu as palavras. Ela nunca tinha sido fofoqueira e não era agora que ia começar a ser.

— Socks entrou em pânico. — E isso não era totalmente mentira.

Holiday, com a mão sobre o nariz, soltou um sorrisinho para Kylie.

— Eu sei que Fredericka esteve aqui. — Sua voz veio abafada por trás da palma da mão.

— Ela te contou? — perguntou Kylie.

— Não precisou — disse Miranda, metendo-se na conversa. — Nós sentimos o fedor que ela exalava quando passou na frente do escritório.

— Mas o que aconteceu? — Holiday repetiu por detrás dos dedos.

Miranda se aproximou de Kylie.

— Ela estava cuspindo fogo — interrompeu Miranda novamente, com humor na voz. — Estou falando sério. Socks borrifou esse fedor na cara dela? — A bruxa riu e torceu o nariz para o cheiro novamente, enquanto movia as mãos como se realizasse algum tipo de magia.

Quando Kylie inspirou outra vez, já não havia mais nenhum cheiro de gambá.

— Obrigada — disse a Miranda, surpresa que a amiga tivesse eliminado o cheiro sem provocar nenhum acidente.

— De nada — respondeu Miranda, com ar orgulhoso. — Eliminar odores é fichinha. A gente aprende quando está começando a usar o caldeirão.

Holiday baixou a mão.

— Miranda, posso ficar um minuto sozinha com Kylie?

Miranda revirou os olhos.

— Por que todo mundo está sempre me mandando sair? — Ela saiu pisando duro do quarto, mas lançou um sorriso para Kylie antes de fechar a porta.

Holiday olhou para Kylie.

— Agora me diga. O que aconteceu?

Fredericka simplesmente deu uma passadinha aqui para lembrar que tentou me matar uma vez colocando o leão no meu quarto e isso não foi suficiente para ela.

Ao ver que Kylie não respondia, Holiday estudou seu rosto com suspeita.

— Minha função aqui é mostrar a todos que podemos conviver juntos sem acidentes. — Ela suspirou. — Eu concordei que ela voltasse porque... sei que ela não tem para onde ir. Tenho receio de que entre numa gangue, mas, se ela começar a arranjar encrenca, Kylie, mostro a ela a porta de saída.

Kylie sabia que Holiday estava falando sério e apreciou muito sua lealdade. Embora a tentação de contar a verdade borbulhasse dentro dela, seu sentimento de lealdade levou a melhor. Ela sabia o quanto era importante para Holiday salvar cada um dos campistas do lado negro do mundo sobrenatural. Até mesmo Fredericka.

Kylie não sabia se a lobisomem merecia ser salva ou se era uma completa selvagem. Mas Kylie não queria ser dedo-duro. Além disso, não queria que Holiday tivesse que resolver os seus problemas. Tentou não se esquecer de como arremessara Fredericka pela porta. Talvez, quem sabe, ela fosse capaz de cuidar de si mesma.

— Nada de mais — respondeu Kylie, coçando atrás das orelhas de Socks, que ainda parecia assustado. — Socks não gosta de Fredericka e Fredericka não gosta de Socks. Ninguém saiu ferido. — *Ainda*, soou uma vozinha dentro de Kylie, mas ela ignorou. — Tenho certeza de que podemos resolver isso.

Quando Kylie olhou para cima, viu Della atrás de Holiday, na porta, pronunciando uma palavra sem emitir nenhum som: "Mentirosa".

Holiday olhou para Della e depois para Kylie novamente.

— Tem certeza?

Kylie assentiu. Ela não se sentia assim tão mentirosa.

Holiday deu um abraço em Kylie e então saiu da cabana. Miranda saiu de seu quarto e Kylie colocou Socks no chão e começou a arrumar a bagunça. Miranda e Della fizeram o mesmo.

— Vocês não precisam me ajudar — disse Kylie.

— Ah, para com isso — respondeu Miranda, enquanto continuava a levantar as cadeiras.

Della recolocou o micro-ondas no balcão, ligou-o na tomada e quando viu a luzinha se acender, gritou:

— Funciona como novo!

Quando o cômodo estava todo arrumado, as três se sentaram na mesa da cozinha.

— Ok — começou Miranda. — Agora nos dê os detalhes e não se esqueça das partes boas. E, por partes boas, estou me referindo ao momento em que a Senhorita Lobisomem levou uma borrifada de fedor na cara. Algo me diz que essa vai ser a minha parte favorita. Ei, aposto que você está até gostando de ver Socks transformado num gambá agora, não está?

Kylie se reclinou na cadeira e contou a elas a história toda, incluindo a parte sobre Fredericka ter contado a Derek sobre as cartas de Lucas e sua meia confissão de que tinha colocado o leão no quarto de Kylie.

— Por que você não contou tudo isso a Holiday? — Miranda perguntou.

Como Kylie não respondeu imediatamente, Della se intrometeu.

— Porque ela é boazinha demais.

— Não sou, não — contestou Kylie, mordendo o lábio. — Tudo bem, talvez por isso também, mas é com Holiday que estou preocupada, não com Fredericka. Além do mais, quero resolver isso por mim mesma.

— Bem, essa parte da sua decisão eu até respeito. — Della cruzou os braços sobre o peito. — E também existe aquele ditado sobre manter os amigos por perto e os inimigos mais perto ainda.

Miranda franziu a testa.

— Fredericka é mais venenosa que uma cobra. Tem certeza que pode com ela?

— Se ela não puder, estarei por aqui para chutar o traseiro daquela lobisomem.

Kylie sentiu um nó de emoção na garganta e mal conseguiu engolir.

— Lucas está no acampamento também? — Kylie se lembrou da dor nos olhos de Derek. A emoção em sua garganta redobrou.

— Ainda não — respondeu Della. — Ouvi Fredericka dizer que ele vai chegar amanhã.

Kylie piscou, tentando conter as lágrimas. Então se lembrou dos sonhos e de quanto seria difícil encarar Lucas.

Miranda se inclinou na direção dela.

— Você acha que Derek estava falando sério quando falou em terminarem?

— Ele não terminou com ela — corrigiu Della com rispidez. — Eles nem estavam namorando.

Mas era como se estivessem, pensou Kylie, sentindo as lágrimas umedecerem seu rosto.

— Obrigada, meninas — disse, levantando-se. — Mas eu vou... Só quero...

— Ainda está chateada? — perguntou Della.

— Estou — Kylie respondeu. Seu olhar se desviou para a tela do computador, que mostrava o telefone dos seus avós. Ela estava chateada demais para telefonar agora. Faria isso no dia seguinte. Kylie foi para o quarto, fechou a porta e se atirou na cama, sobre a colcha azul e branca. Tinha acabado de fechar os olhos quando ouviu Miranda suspirando. Um suspiro que Kylie não deveria ser capaz de ouvir através da porta fechada do quarto.

— *Você acha que ela é um lobisomem?* — perguntou Miranda.

Kylie agarrou o travesseiro e cobriu a cabeça, mas isso não impediu que a resposta de Della chegasse aos ouvidos superaguçados de Kylie.

— *Provavelmente* — Della respondeu. — *Mas não vou pensar mal dela por causa disso. Ela vai ser o lobisomem mais adorável da face da Terra.*

— *Também acho* — disse Miranda. — *Nem todos os lobisomens são ruins. Não que eu já tenha me aproximado de algum.*

Ótimo, Kylie pensou. Suas amigas pareciam ter certeza de que ela estava condenada a passar o resto da vida uivando para a lua e sofrendo oscilações de humor. Kylie tentou imaginar como seria se transformar em lobisomem. Então se lembrou de que Fredericka estaria esperando ansiosamente pela chance de cruzar com ela quando — tudo bem, se — ela se transformasse.

E então ela se lembrou de Derek dizendo que não gostaria que ela fosse um lobisomem, porque ela teria isso em comum com Lucas. Será que era por isso que ele tinha se afastado dela? Droga! Por que a vida tinha de ser tão complicada?

Kylie ficou no seu quarto por mais algumas horas. Sentindo um torvelinho emocional dentro dela, tentou pensar em qualquer coisa que a fizesse se sentir melhor. Ela cochilou, na verdade dormiu, mas acordou com a queda da temperatura no quarto. Olhou em volta, mas o espírito não se materializou. Lembrando-se da aparência do fantasma depois que Fredericka tinha ido embora, Kylie perguntou em voz alta:

— Tem algo a me dizer?

Sua pergunta vibrou em meio ao frio que ainda pairava no quarto. Kylie não esperava uma resposta, mas era dever dela perguntar, não era? Olhando para o teto, pulou da cama quando ouviu um baque no quarto. Quando se levantou da cama, viu que o telefone tinha caído da mesinha de cabeceira. Ao pegá-lo do chão, ouviu alguém na linha.

— Alô — Kylie reconheceu a voz de Sara do outro lado da linha.

— Oi! — respondeu Kylie.

— O que foi? — perguntou Sara.

Kylie se agitou debaixo das cobertas tentando espantar o frio.

— Nada. Você me ligou?

— Não. Você que me ligou — Sara respondeu.

— Ah! — Kylie olhou de relance o celular. — Meu telefone caiu da mesinha de cabeceira e deve ter discado pra você por acaso.

— Ah... — A estranheza daquilo tudo soou mais alto que a voz de Sara.

— Onde você está? — Kylie perguntou, só para preencher o desconfortável silêncio que pairava entre elas, pois achou que seria muito rude se desligasse em seguida. Afinal, Kylie não podia simplesmente dizer o que estava pensando, como *Ei, você não vai acreditar. Acabei de atirar uma lobisomem da minha cabana, porque ela estava tentando matar meu gato que agora é um gambá, e hoje à noite eu mesma posso me transformar num lobisomem.* Nesse instante ela percebeu que estava culpando Sara pela distância que agora existia entre elas, acusando Sara de ter mudado. Mas, pelo amor de Deus, quem ali tinha passado por mais mudanças?

— Estou no shopping com Tina — Sara respondeu, a voz estranhamente tensa.

— Tina? — perguntou Kylie, esperando demonstrar interesse pela vida de Sara.

— Tina Dalton. Ela acabou de se mudar pra cá.

— Ela é legal? — Será que Tina era a nova melhor amiga de Sara?

Sara deu uma risadinha.

— Não muito, mas o irmão dela é um gato.

— Ah, entendi... — Kylie murmurou, achando graça. — Ainda bem que eu não tenho um irmão, senão acharia que você só andou comigo todos esses anos por causa dele.

Sara riu e Kylie também. Um pouco da sensação estranha desapareceu.

— Foi estranho você ter ligado — Sara continuou. — Eu estava justamente pensando em você. Lembra-se de quando tínhamos 13 anos e você deu aquele salto para trás e derrubou nós duas do trampolim? As nossas mães nos levaram para o pronto-socorro, porque pensaram que você tinha quebrado o braço e eu tinha feito um galo na cabeça.

— Lembro — disse Kylie. — O que fez você pensar nisso?

— Vai saber... — Sara respondeu com a mesma voz tensa.

Kylie reclinou-se sobre o travesseiro.

— Você achou o médico bonito.

— Ele era bonito. — Sara parecia normal outra vez. — E aí? Muitos caras gostosos no acampamento?

— Pode apostar... — Kylie respirou fundo e, quando expirou, viu o ar se condensando à sua frente. Estranho. Ela achou que o espírito tinha ido embora, mas ela estava se aproximando.

— E está ficando com algum deles? — Sara perguntou.

O coração de Kylie se apertou.

— Mais ou menos, mas... a gente meio que... parou de se ver. — *Ou ele parou de me ver.* Um tremor percorreu sua espinha e ela olhou em volta, à procura do fantasma. Ele ainda não tinha se materializado, mas o ar frio invadiu o quarto.

— Que mal... — comentou Sara, enquanto ao fundo Kylie ouviu alguém chamando por ela. — Só um segundo.

A linha ficou silenciosa como se Sara estivesse cobrindo o telefone com a mão. Mas Kylie ouviu Sara respirando. Se Sara tinha tirado a mão ou se era a superaudição de Kylie, ela não sabia. Ainda não entendia muito bem como aquele dom da superaudição funcionava. Ele aparecia e desaparecia. Assim como a sua força.

— Não, não vou usar meu seguro médico. — A voz de Sara soou na linha. — Estou pagando em dinheiro. Claro que a minha mãe sabe. Ei, o médico vai me atender ou não?

Kylie franziu a testa quando percebeu que Sara tinha mentido ao dizer que estava no shopping. Por que ela mentiria? Será que as pílulas anticoncepcionais tinham acabado? Ou ela achava que estava grávida novamente? Apertando mais o celular, Kylie se lembrou do quanto elas eram diferentes. Era muito triste que não pudessem compartilhar mais nada — nem sobre lobisomens nem sobre sexo.

— Kylie — chamou Sara. — Preciso desligar.

— Tudo bem. Tchau, então — disse Kylie, colocando o fone na mesinha de cabeceira. Quando olhou para cima, o fantasma da mulher estava sentado nos pés da cama, parecendo incrivelmente triste. Kylie começou a falar, mas ele desapareceu.

— Que maravilha! — murmurou Kylie. — A comunicação com os espíritos é quase tão ruim quanto a comunicação com os ex-amigos.

Às onze e meia da noite, Kylie foi com Della e Miranda à clareira onde tinham acendido a fogueira. Seu coração estava oprimido de medo, pelo que ia ou não ia acontecer aquela noite, mas ela se recusava a demonstrar. Evidentemente, Della sabia muito bem o que ela estava sentindo, porque não parava de olhar para Kylie com um olhar de compreensão.

No momento em que as três chegaram na clareira, Kylie viu Derek com um grupo de quatro fadas. Ele olhou para ela. A lua cheia oferecia iluminação suficiente para que ela visse a leve preocupação nos olhos dele.

Não havia dúvida de que ele podia sentir o medo dela. Parando de andar, ela murmurou para que Della e Miranda seguissem em frente, pois queria falar com ele. As duas amigas continuaram em frente.

Kylie esperou que Derek viesse ao encontro dela e oferecesse seu toque reconfortante — bastava um toque para acalmar seu coração e debelar o medo.

Ela precisava de um pouquinho da sua calma nesse instante, para não mencionar seu toque. Os olhos dele encontraram os dela, mas, em vez de se aproximar, ele se voltou para seu círculo de amigos. Foi só então que Kylie sentiu de verdade como seriam as coisas entre eles dali em diante.

Obviamente, serem *apenas* amigos significava que não haveria mais beijos nem toques.

O primeiro impulso de Kylie foi suplicar para que ele parasse com aquela bobagem. O segundo não incluía nenhuma súplica. A raiva expulsou um pouco do seu medo. Mesmo sabendo que Derek tinha certa razão (de fato, no início, foi a sua confusão com relação a Lucas que a impediu de aceitar seu pedido de namoro), será que ele não confiava nela o suficiente para saber que ela não o enganaria? A falta de confiança que ele demonstrava nela a deixou furiosa. Realmente furiosa.

Essa fúria podia, é claro, ser resultado da agressividade incontrolável que acompanhava a transformação em lobisomem, mas para ela dava no mesmo. E, mais uma vez, ficar furiosa parecia melhor do que sofrer e melhor até do que ficar apavorada, por isso ela se agarrou à raiva e esperou que Derek pudesse sentir isso. Até chegou a se aproximar mais dele, para lhe dar uma ampla oportunidade.

Ela descobriu que sua estratégia tinha funcionado quando ele se virou e seus olhos verdes encontraram os dela. Ela não piscou nem tentou desviar os olhos, esperando para ter certeza de que ele sentira cada centímetro da sua raiva. Uma ruga de preocupação surgiu na testa dele e ele se afastou, provavelmente querendo tirá-la do raio de alcance da sua sensibilidade. Embora tentada a segui-lo e mantê-lo emaranhado na teia da sua raiva, ela não fez isso.

Vá embora, então. O peito dela se apertou quando a amargura se sobrepôs à raiva. *Lembre apenas que não fui eu que desisti.*

Respirando fundo, ela olhou em volta até localizar outra alma solitária que parecia quase tão infeliz quanto ela. Perry estava sozinho, encostado numa árvore, observando Miranda conversar animadamente com um grupo de garotos — entre eles Kevin. Sabendo que a tristeza diminui quando dividida, Kylie se juntou a Perry.

— Que é? — falou Perry com cinismo, quando Kylie se aproximou. — Vai me dizer de novo o quanto ela gosta de mim?

— Não — respondeu Kylie. — Cheguei à conclusão de que qualquer coisa relacionada ao sexo oposto deve ser banida ou considerada ilegal.

Perry sondou o rosto dela com seus olhos castanhos.

— Problemas?

— É.

Ele suspirou.

— Talvez a gente deva se unir e dar uma liçãozinha em certas pessoas...

— Só em seus sonhos... — disse Kylie.

— Nem mesmo lá... — disse ele, franzindo a testa. — A única garota que aparece nos meus sonhos ultimamente é a que está ocupada demais flertando com todo mundo para vir falar comigo.

Kylie olhou para Perry boquiaberta.

— Não acredito. Como ele ainda podia pensar que Miranda deveria falar com ele se ele é quem tinha desistido dela? Como Derek também desistira.

Antes que ela expressasse a sua opinião, Luis, o lobisomem no comando aquela noite, solicitou a atenção de todos. A raiva de Perry e por Derek se dissipou e ela sentiu o medo envolvê-la outra vez.

Seu coração batia forte. Ela sentia os raios da lua sobre ela como se fossem raios de sol. Sua pele começou de fato a arder e ela precisou fazer um grande esforço para não parar e fitar a grande orbe no céu e gritar para que ela parasse com aquilo.

— Não é tão aterrorizante quanto você pensa — disse Perry.

Kylie encontrou o seu olhar.

— Será que todo mundo aqui sabe o que se passa dentro de mim?

— É, é isso aí. — Seus olhos, agora de um azul brilhante, a estudavam. — Não é ruim.

Eles se aproximaram do local onde seria a cerimônia e ela fitou Perry, reconhecendo a sincera preocupação que ele sentia por ela.

— Não acho que metamorfos e lobisomens sejam parecidos.

— Não somos — ele respondeu. — Mas ambos nos transformamos e eu já conversei muito sobre isso com outras pessoas. Todas dizem a mesma coisa: "Não é grande coisa. É como uma câimbra."

Ela mordeu o interior da bochecha e se lembrou de Lucas descrevendo a transformação de modo parecido. Infelizmente, ela nunca tinha sofrido uma câimbra para saber. Milhares de perguntas começaram a pipocar na sua cabeça.

Por que ela não tinha recebido mais respostas? Ela sentiu seu coração parar, recomeçar a bater e depois voar como uma borboleta presa numa armadilha.

Engolindo o medo, correu os olhos pelos arredores em busca de Fredericka.

— Será que vou descobrir o que sou? — ela perguntou a Perry. Seus pulmões pareciam oprimidos demais para deixar o ar entrar, embora não tivesse localizado a lobisomem.

— Claro que vai. — O olhar dele desviou-se para algo acima do ombro dela. Kylie temeu que ele tivesse visto Fredericka atrás dela.

— Está tudo bem? — A voz reconfortante de Holiday soou em seus ouvidos.

Kylie se virou a tempo de ver Holiday fazendo um movimento com a mão, pedindo que Perry se afastasse.

Kylie se inclinou para perto da amiga e falou como se fizesse uma confissão:

— Estou morta de medo. Não estou pronta pra isso. — Os olhos dela arderam com uma vontade renovada de chorar.

— Vai ficar tudo bem. Nem acho que... — Holiday não chegou a terminar a sentença. Em vez disso, colocou a mão no ombro de Kylie e o pânico que ela sentia quase desapareceu por completo.

— Ei, vou estar aqui com você.

Elas se aproximaram das outras pessoas e formaram um círculo, como na cerimônia dos vampiros. Luis ficou em pé no centro do círculo, segurando nas mãos um crânio. Não um crânio humano, mas um crânio que parecia de um lobo. Ele ergueu o crânio na direção da lua e o objeto pareceu atrair um raio de luar e cintilar. Ele então começou a recontar a história do primeiro lobisomem e depois a falar sobre os muitos dons da sua espécie, mas Kylie não conseguiu ouvir. Nada parecia certo. Seu olhar fitou a lua e ela podia jurar que viu um homem piscando para ela dentro do círculo prateado.

Então notou que muitos campistas estavam se afastando do círculo. Os lobisomens. Kylie olhou para Holiday com uma interrogação nos olhos.

— A maioria prefere não se transformar na frente de todo mundo — a líder do acampamento explicou.

Kylie não os culpava. Ela também não ia querer. Será que estraçalhavam as roupas? Veriam os pelos crescendo sobre a pele?

Seu único pensamento era correr dali, mas Luis parou de falar e o som que saiu da sua boca foi de puro terror. Ao fundo, Kylie pôde ouvir o que pareciam ser os gritos dos outros, enquanto se transformavam. O ar ficou preso na garganta de Kylie. Seus pés se plantaram no chão. Ela não queria ouvir aquilo, não queria ver aquilo, mas, como um acidente de carro na estrada, ela não pôde deixar de olhar.

Luis caiu de quatro no chão, suas costas se arquearam e os sons, meio uivos, meio grunhidos, continuaram. Era como algo saído de um filme de terror. Kylie observou seu corpo se contorcer de um modo que seria impossível para qualquer corpo humano. O lobisomem jogou o pescoço tão para trás que ele parecia prestes a se descolar do resto do corpo. Suas mandíbulas cresceram, suas bochechas se alongaram e onde havia a face de um jovem apareceu o focinho de um lobo. Em seguida vieram os pelos.

O coração de Kylie quase saiu pela boca. Sua pele começou a ficar arrepiada. O estômago revirou.

Ai, Deus! Algo estava acontecendo com ela.

Capítulo Vinte e Seis

Sentindo como se tivesse um líquido efervescente nas veias, Kylie viu Luis, agora totalmente transformado em lobo, correr para a floresta. Então todo mundo se virou para olhar para ela.

Observando.

Esperando.

Ela olhou para Holiday.

— Eu preciso... ficar sozinha... — Ela se afastou para longe. Não correu, pois não queria chamar ainda mais atenção, mas andou rápido, assustada com os sons guturais que a qualquer minuto começariam a fluir da sua garganta.

Embrenhou-se no bosque antes que a vontade irreprimível de correr a dominasse. Deslocou-se a passos rápidos, contornando árvores, pulando troncos e se desviando de galhos. O quanto ela correu, não fazia ideia. Mas, sem fôlego, sem energia, finalmente desabou no chão, reduzida a um feixe de músculos trêmulos.

Ainda ofegante, começou a olhar para as mãos. Tocou o rosto para ter certeza de que não tinha começado a mudar.

Nada. Mudança nenhuma. Ela fechou os olhos e tentou deter a sensação de formigamento na pele. E foi nesse momento que ouviu.

Um rosnado alto e agourento.

Abrindo os olhos, ela viu um lobo avançando na direção dela. Quase todo branco com manchas cinza e marrom, os olhos de um dourado cintilante. Seus beiços se arreganharam e ela viu seus dentes afiados. Esse não era um lobo comum. Era um lobisomem.

Kylie tentou ficar de pé, mas os músculos das pernas tremiam tanto que se recusaram a obedecer. O lobo pareceu perceber sua fraqueza. Sua postura ficou mais agressiva. O pelo grosso das costas se arrepiou e, quando Kylie olhou nos olhos dele, ela soube. Soube com toda a certeza que era Fredericka. O rosnado da lobisomem ficou mais grave e então ela atacou.

Kylie encontrou forças para ficar de pé num salto e estava prestes a correr quando outro lobo, ainda maior, apareceu entre as árvores. Fredericka estancou. A princípio, Kylie chegou a acreditar que seria atacada por duas feras em vez de uma. Mas o segundo lobo, de pelo acinzentado e olhos de um dourado mais claro, virou-se para o outro e rosnou.

Kylie ouviu os dois rosnando, medindo forças e se preparando para se atracarem. Ouviu o som de dentes entrechocando-se e, depois, reconhecendo uma chance de escapar, disparou em meio às árvores. Correu, não tão rápido quanto antes, pois já estava exausta, mas forçou-se a seguir em frente e não parou até chegar à sua cabana.

Prostrando-se nos degraus da varanda, forçou o ar a entrar nos pulmões. Quando olhou para a floresta, viu um par de suaves olhos dourados fixos nela. A segunda golfada de ar lhe trouxe o reconhecimento. Ela não sabia bem como sabia, mas a revelação veio com tamanha clareza que ela não questionou.

Lucas estava de volta.

Na manhã seguinte, Kylie acordou como sempre: com a queda na temperatura do quarto. Ela grunhiu, mal-humorada, rolou na cama e olhou de relance o relógio, sem querer acreditar que já estava amanhecendo. Mas não havia como negar. Já eram 4:59 da manhã. O espírito tinha chegado pontualmente.

Não era justo, e não só porque não queria encarar Lucas ainda. Ela tinha acabado de deitar a cabeça no travesseiro! Nunca três horas tinham se passado tão rápido. Já eram 2 da manhã quando ela desabou na cama.

Na noite anterior, quando Kylie correu para dentro ao ver Lucas, Holiday estava esperando por ela para se certificar de que estava tudo bem. Della e Miranda estavam esperando com a líder do acampamento na mesa da cozinha, todas as três com um olhar sombrio. Suas duas colegas de alojamento pareciam chocadas quando Kylie finalmente chegou. Não havia dúvida de que tinham pensado seriamente que ela se transformara em lobisomem. Mas Holiday não parecia tão surpresa.

Depois de pensar a respeito, Kylie começou a levantar suspeitas. Será que Holiday sabia algo que não queria falar? Kylie amava a líder do acampamento, mas a crença que tinha naquela bobagem de que Kylie devia descobrir tudo sozinha, a ideia de que a pessoa precisava encontrar suas próprias respostas, já estava deixando Kylie com os nervos à flor da pele.

O frio invadiu o quarto, trazendo Kylie de volta ao presente.

"Você tem que salvá-la."

E falando em nervos à flor da pele...

Kylie gemeu e se sentou. O fantasma estava em pé aos pés da cama. O cheiro doce de sangue invadiu as narinas de Kylie antes que ela visse o espírito vestindo a camisola de hospital ensanguentada. O fantasma encontrou os olhos de Kylie e apertou o abdômen como se estivesse passando mal.

— Se vai vomitar — disse Kylie —, se incomoda em se afastar um pouco da cama?

O som frio e indiferente da sua própria voz atingiu Kylie como um tapa.

— Desculpe — ela sussurrou. — Eu só quero... descobrir o que está acontecendo e é frustrante ver que não consigo...

O fantasma pousou a mão no pé de Kylie. Mesmo por baixo do cobertor, ela sentiu o toque gélido.

"Você é capaz de deter isso. Por favor, detenha."

— Deter o quê? Já começou? — Kylie perguntou, sentindo a tensão na mandíbula. Alguém que ela amava já estava sofrendo? Sequestrada e torturada pela Confraria do Sangue ou coisa pior?

— Droga, me responda! — Kylie gritou. — Ou pelo menos me ajude a ter uma visão que eu possa entender. Não me importo se for algo horroroso, só me faça ver!

A visão do velório ainda não fazia sentido.

Os contornos do fantasma foram esmorecendo e o mesmo aconteceu com a sensação fria do seu toque. Mas então Kylie sentiu um formigamento quente nos tendões dos pés, que subiu pelo peito do pé até chegar ao calcanhar. Kylie pressionou o pé com a mão. Ela nunca tinha sentido isso com Daniel. Será que significava alguma coisa?

A frustração se avolumou dentro dela, mas o som de uma cascata encheu sua cabeça. Será que os anjos da morte estavam lhe dizendo que tudo ficaria bem?

O telefone de Kylie emitiu um bipe, anunciando a chegada de novas mensagens. Havia três: uma do investigador particular, outra de Sara e outra de sua mãe.

Com medo de que a pessoa amada já estivesse em perigo, e sem se importar com a hora, Kylie ligou para a mãe.

Mais tarde, às oito horas da manhã, Kylie depositou sua bandeja de café da manhã sobre a mesa do refeitório e se sentou ao lado de Della e Miranda, procurando não olhar em volta para não correr o risco de vê-lo. Ou vê-los. Ela não estava tão ansiosa para ver Derek agora como também não estava para ver Lucas. O esforço que ele fizera, na noite anterior, para evitá-la ainda doía. Tudo bem, ela sabia que tinha feito o mesmo com ele algumas semanas atrás, mas agora era diferente. Ela não o tinha evitado porque não queria estar com ele; pelo contrário, tinha evitado porque queria *demais* estar com ele.

Encarando seus ovos mexidos, que pareciam tão apetitosos quanto um bicho atropelado, Kylie se lembrou da conversa que tinha travado com a mãe. Francamente, ela não sabia se a mãe tinha acreditado em toda aquela história de "acordei de um pesadelo e não percebi que horas eram". Mas, quando a mãe confessou que andava tendo terríveis pesadelos também, Kylie não pôde deixar de pensar se aquilo não era resultado das lembranças que Derek apagara. Estariam os pesadelos da mãe relacionados ao que ela vira em Shadow Falls?

De repente, Kylie sentiu os pelos da nuca se arrepiarem. Sem nem precisar olhar para trás, sentiu que alguém tinha os olhos fixos nela. Incapaz de resistir, olhou por cima do ombro. Ela deveria saber.

Fredericka.

Voltando a se virar para a frente, passou os olhos pelo refeitório e deu de cara com Derek. Os olhos dele expressavam preocupação, carinho, mas não a ponto de levá-lo a se aproximar. Será que ele não sentia o quanto ela precisava dele? Ela desviou os olhos, mas só para ser enfeitiçada por um par de olhos azuis. Lindos olhos azuis que a levaram de volta à infância e à tentativa de ver elefantes em meio às nuvens.

Lucas relanceou os olhos para a porta e fez um sinal com a cabeça, como se pedisse para ela encontrá-lo lá fora.

Kylie teve que reunir toda a sua coragem para o que fez em seguida.

Ela pegou o garfo e começou a engolir a comida em grandes bocados, como se estivesse com fome demais para parar. Sim, ela preferia comer ovos mexidos frios com gosto de bicho morto do que falar com Lucas. Pura e simplesmente, não estava preparada para encará-lo ou aos seus sonhos. Ela também tinha certeza de que sair do refeitório para encontrar Lucas iria sem dúvida magoar Derek. Ela não queria fazer isso. Mesmo que ele não parecesse se importar em magoá-la.

Foi só depois da aula de artes que Kylie voltou à cabana para fazer dois telefonemas. Sentada à mesa do computador, pegou o mouse e localizou o telefone dos avós novamente. Tinha demorado para decidir para quem ligaria primeiro. Se para o investigador ou para os avós. Então tinha optado pelos avós. Embora não tivesse a mínima ideia do que ia dizer. Como contar a eles que ela era sua neta há muito perdida, mas que não era de fato neta deles, porque ela sabia que o pai tinha sido adotado?

Ah, não, aquilo não ia ser nada fácil...

Quando a tela do computador se acendeu, mostrou uma lista de acidentes de carro na área de Springville, a cidade de Della. Kylie ficou apreensiva ao perceber que Della ainda suspeitava do que poderia ter feito durante a fase de transformação.

Kylie olhou para a porta fechada do quarto de Della. Ela muitas vezes voltava à cabana e tirava um cochilo depois do almoço.

Abrindo outra tela, Kylie procurou o telefone de Kent B. Brighten, em Gladlock, Texas. Insegura quanto ao que dizer, pegou o telefone antes de perder a coragem.

O telefone tocou uma vez.

Duas.

Três vezes.

Uma secretária eletrônica atendeu.

"Olá, você ligou para Kent e Becky Brighten. Não estamos em casa agora, mas se quiser deixar..." A voz continuava.

Eles ainda estavam vivos.

O coração de Kylie estremeceu. Ela ouviu o bipe da secretária.

Hora da decisão. Deixava uma mensagem? Ou não deixava?

Apertou o botão de desligar.

Dez inspirações e, trinta segundos depois, ela ligou para o investigador. Outra secretária eletrônica. Mas ela deixou uma mensagem, dizendo que tinha conseguido o nome e o número dos pais adotivos de Daniel.

Tentando se agarrar à possibilidade de realmente encontrar os Brightens, ela percebeu que queria conhecê-los por outros motivos que não eram simplesmente encontrar os pais biológicos de Daniel. Seria bom saber mais sobre o pai. Ela fechou a janela e outra apareceu na tela do computador. Era uma janela dupla de dois artigos de jornal sobre dois acidentes de carro diferentes, ambos com vítimas.

Kylie começou a ler. Um era sobre um homem de quase 50 anos e o outro era... o coração de Kylie gelou. Uma mulher e sua filhinha de 6 meses de idade.

Como Della podia achar que seria capaz de fazer algo como aquilo?

Kylie ouviu uma batida na porta da cabana e o pânico invadiu seu peito. Seria Lucas? Ou Fredericka outra vez? Ela percorreu o quarto com os olhos, esperando que Socks estivesse escondido. A batida soou mais alta.

— Kylie? — A voz grave de Burnett trovejou do outro lado da porta.

— Pode entrar — disse ela em voz baixa, sabendo que ele podia ouvi-la.

Ele abriu a porta e foi até a mesa da cozinha. No mesmo instante ela começou a ficar preocupada com a razão de ele estar ali. Claro que não tinha voltado para arrancar dela mais informações sobre Holiday. Se fosse esse o caso, ele sairia dali desapontado.

Ele apontou para uma cadeira.

— Se importa se eu me sentar?

— Não. — Então, incapaz de se controlar, ela deixou escapar. — Se é sobre Holiday, eu...

Ele ergueu a mão.

— Não é sobre Holiday. — Ele franziu a testa. — Embora eu tenha que admitir que ainda não consigo saber o que ela tem na cabeça.

— Talvez se Selynn não estivesse por perto, ela... — Kylie tampou a boca, percebendo que estava sendo indiscreta outra vez.

— Selynn está aqui por ordem da UPF, por isso não posso mandá-la embora. Mas depois de hoje com certeza está de partida.

Embora Kylie não tivesse visto a lobisomem desde o episódio às margens do riacho, tinha ouvido falar que ela ainda estava em Shadow Falls. Alguém lhe contara que ela estava ali por causa do incidente com o vampiro. Mas, se estava indo embora, será que isso significava que ele tinha sido pego...?

— Aconteceu alguma coisa? Vocês o pegaram? — Ela se lembrou das duas garotas mortas e a visão enviou agulhadas de dor ao seu coração.

Burnett se recostou na cadeira.

— Foi isso que vim contar a você. Acabei de saber que a Confraria do Sangue está com o sujeito. Eles vão... cuidar da situação.

— O que quer dizer com... cuidar da situação? — ela perguntou.

— Exatamente isso. Vão cuidar de tudo.

— Vai haver um julgamento... ou coisa assim? — Será que Kylie teria que testemunhar?

Burnett olhou bem para ela, como se se lembrasse da sua promessa de que o vampiro não sairia impune.

— Não vai ser bem um julgamento. A Confraria do Sangue basicamente decide o destino dele, mas... me garantiram que não veem com bons olhos a matança de normais.

Ela nem queria pensar no destino que dariam a ele. Esse pensamento diminuiu um pouco o alívio que sentiu ao pensar que nunca mais teria que se deparar com o vampiro novamente. Mas como ela podia se sentir aliviada? Será que o incidente estava ligado ao aviso do fantasma? Será que alguém que ela amava ainda estava em perigo?

Ela olhou para as próprias mãos, tentando digerir a informação e formular suas perguntas. Quando olhou para Burnett, os olhos dele estavam presos na tela do computador.

— O que é isso? — perguntou num tom sombrio.

Sem querer que ele suspeitasse que Della tinha cometido aquele crime horrível, ela agarrou o mouse e apertou o botão de fechar.

— Nada.

Era tarde para lembrar que ele sabia quando ela estava mentindo. E, mesmo que não soubesse, sua tentativa desajeitada de esconder a tela tinha revelado a verdade.

Os olhos dele se fixaram nos dela.

— Kylie, não faça isso.

— Não fazer o quê? — ela perguntou, insegura sobre o que ele pensava que ela estava fazendo.

— Não me diga que você está investigando acidentes de carro do Código Vermelho.

Código Vermelho. Kylie se lembrou de que esse era o nome que a UPF dava aos acidentes de carro forjados para mascarar a morte causada por um sobrenatural. Ela olhou de volta para a tela em branco.

— Então... um daqueles acidentes é um caso de Código Vermelho? — Talvez para encobrir mortes provocadas por um vampiro? Assim como Della temia que tivesse acontecido quando ela se transformou?

Burnett virou a cabeça e estudou o semblante dela, sondando suas emoções.

— Se não é você quem está investigando esses acidentes, então quem é?

Ah, merda, Kylie pensou. *O que vou dizer? O que vou dizer? Não posso mentir, ou ele vai descobrir.*

— Della? — ele perguntou.

— Não — ela mentiu novamente, sem pensar.

Ele fechou os olhos.

— Por favor — pediu Kylie, sem nem mesmo saber o que estava pedindo.

Os olhos escuros dele se abriram e ele olhou para ela.

— Ela não pode ter feito isso — disse Kylie. — É uma boa pessoa.

Burnett relanceou os olhos para o quarto de Della. Colocou a mão sobre o ombro de Kylie, apertando levemente, e depois saiu da cabana sem dizer uma palavra.

Dois segundos depois, Della saiu do quarto. Kylie viu lágrimas de culpa nos olhos dela.

— Está tudo bem — ela disse, embora parecesse assustada. — Eu ia contar pra ele de qualquer jeito. — Então ela abriu a porta da cabana, como se fosse atrás de Burnett.

— Você não pode ter feito isso — disse Kylie.

Della olhou por cima do ombro. Lágrimas brilhavam em seus olhos.

— Espero que esteja certa.

Kylie ficou sentada ali durante uns trinta minutos, entorpecida pela culpa. Se não estivesse lendo a tela quando Burnett entrou, isso não teria acontecido. Então resolveu que não podia ficar simplesmente sentada ali. Tinha que fazer alguma coisa. Disparou para fora da cabana e saiu a toda para o escritório, onde esperava que Burnett estivesse com Della.

Como todo mundo estava na aula ou em alguma reunião, a trilha estava vazia. Não tinha andado muito quando teve a sensação de ser observada, mas seu coração e sua mente estavam concentrados demais em Della para se importar.

Kylie chegou ao final da trilha e viu o carro de Burnett saindo do estacionamento, com Della dentro dele.

— Não! — ela gritou.

— Está tudo bem — Holiday tranquilizou-a, atrás dela.

Kylie olhou para trás e, ao ver a mesma preocupação crispando o rosto de Holiday, soube que a amiga também estava a par do que tinha acontecido.

— É culpa minha. — A culpa enchia seus pulmões, tornando mais difícil respirar.

Holiday conduziu-a até o escritório, onde deu um abraço em Kylie.

— Está tudo bem — ela repetiu, enviando um fluxo de calma para ela.

— Onde ele a está levando? — Kylie sentia o bolo de emoção na garganta.

— Para o escritório da UPF, fazer alguns testes. DNA e marcas de mordida.

— Então um dos acidentes de carro era um Código Vermelho? — Kylie perguntou.

— Os dois — Holiday admitiu.

O coração de Kylie ficou apertado.

— Está tudo bem? — Uma voz masculina soou na porta de entrada.

Lucas estava apoiado no batente. Os olhos cheios de preocupação.

— Está — disse Holiday, acenando para que ele saísse.

Ele não se mexeu.

— Você está bem? — ele perguntou a Kylie, como se precisasse ouvir isso dela.

Ela ainda não tinha falado com Lucas desde que ele voltara e, por alguma razão, a sua voz se recusava a sair. Tudo o que ela conseguiu foi assentir com a cabeça. Ele saiu da cabana com um olhar de autêntica preocupação.

Holiday levou Kylie até o sofá e elas se sentaram.

— Você vai ver, tudo vai acabar bem. — Ela pousou a mão nas costas de Kylie e uma onda de conforto percorreu todo o seu corpo.

Mas a imagem de Della com os olhos cheios de medo não saía da cabeça de Kylie. Não era típico da amiga vampira sentir medo. Ela era forte e ousada, e amorosa demais para ferir alguém.

— Ela não fez aquilo — disse Kylie. — É uma estupidez fazê-la se submeter àqueles testes.

— Della quis fazê-los. Ela precisa saber.

— Mas ela não seria capaz — repetiu Kylie, percebendo que Holiday não concordara com ela.

— Isso é o que esperamos, Kylie. Mas, se fez, existem circunstâncias atenuantes. Ela estava passando por uma transformação. A UPF vai levar isso em consideração, tenho certeza.

Kylie estremeceu por dentro ao ouvir as palavras de Holiday. Não sabia o que a aborrecia mais — que Holiday pudesse acreditar que Della tinha feito aquilo ou que vampiros recém-criados pudessem matar humanos inocentes e não serem responsabilizados.

Holiday ligou para Kylie três horas depois e disse que Della estava voltando. Deu permissão para Kylie e Miranda tirarem uma tarde de folga e esperarem por ela. E foi justamente o que elas fizeram. Sentaram-se à mesa da cozinha para esperar. Enquanto isso, Kylie girava uma lata de Diet Coke nas mãos. Miranda nem sequer se movia.

— Ela não fez aquilo — Kylie continuava dizendo. — Como podem pensar que fez?

Miranda gemeu como se estivesse cansada de ouvir Kylie repetindo a mesma ladainha.

— Este não é o mesmo mundo onde você costumava viver. Coisas ruins acontecem. Coisas muito ruins. Adolescentes morrem. Gatos viram gambás. Lobisomens entram na sua cabana e tentam matar você. E, quando um vampiro se transforma pela primeira vez, ele pode... fazer coisas que normalmente não faria.

— Você acha que ela fez aquilo!? — acusou-a Kylie.

— Não sei — defendeu-se Miranda. — Mas, se fez, não foi culpa dela e não vou deixar de amá-la por isso. E, droga!, você também não deveria. Ela acha que você pode fazer até milagres. Se virar as costas pra ela, isso vai matá-la.

Lágrimas surgiram nos olhos Kylie à mera sugestão de que Della poderia ter feito algo tão terrível. Mas no fundo ela sabia que, mesmo sendo verdade, não viraria as costas para a amiga.

Dez minutos depois, Della, com os olhos vermelhos, entrou na cabana e desabou numa cadeira.

— As mordidas não eram minhas. Nenhuma das digitais, nada.

Um sorriso apareceu nos lábios de Kylie e seu coração ficou mais leve.

— Eu disse a você.

Lágrimas correram pelos olhos escuros de Della e rolaram pelas bochechas pálidas.

— Acham que são de Chan.

Miranda olhou de Della para Kylie.

— Quem é Chan?

— Meu primo — respondeu Della, sem se importar mais em manter segredo. — Ele me ajudou durante a transformação. Não precisava, mas ajudou.

— Oh... — exclamou Miranda.

— Agora eles querem que eu descubra se foi mesmo ele — Della continuou. — Que eu me aproxime dele furtivamente e consiga uma prova de que é culpado — disse, soluçando. — Mas ele me ajudou quando não havia mais ninguém ao meu lado e agora eu tenho que...

— Diga simplesmente que não vai fazer isso — disse Kylie.

— Ninguém pode dizer não à UPF. Della deu um longo suspiro. — Além disso... eles me mostraram fotos. — Os olhos de Della se encheram de tristeza. — Havia um bebê. Foi horrível. Se ele fez aquilo, tem de ser detido antes que faça novamente. Não sei se conseguiria viver em paz se eu deixasse isso acontecer.

Naquela noite, Kylie teve que participar de uma convocação porque alguém tinha tentado burlar o alarme de segurança novamente. De acordo com Burnett, o alarme tinha sido desligado — o que ele não sabia era se o responsável era alguém de fora ou de dentro do acampamento, mas ele estava determinado a descobrir.

Kylie não pôde deixar de imaginar se a sensação de ser observada tinha ligação com o fato de o alarme ter sido desligado, pois, agora que o alarme estava sob vigilância, ela não sentia nada, exceto segurança.

Depois da reunião, foi direto para a cabana e, quando subia o primeiro degrau da varanda, um barulho a sobressaltou. Adeus sensação de segurança. Seu coração disparou e ela se virou. Achou que veria Fredericka.

— Quanto tempo você acha que vai conseguir evitar falar comigo? — perguntou Lucas, entrando na varanda.

Kylie se aproximou mais um pouco da luminária sobre a porta da frente, onde os insetos zumbiam, e consultou o relógio.

— Obviamente por apenas doze horas — ela disse, notando que eram nove horas em ponto. Mais cedo, no escritório, ela estava preocupada demais com Della para pensar em Lucas e nos seus sonhos. Mas não agora. Ela se afastou da luz, esperando que ele não visse o embaraço corar suas bochechas.

— Então você admite que tem me evitado? — O humor era evidente em sua voz grave.

Um tipo de humor que Kylie não apreciava. Ela encontrou os olhos dele antes de desviá-los.

— Eu negaria, mas você não ia acreditar em mim. — *Além disso, evitar coisas que me deixam pouco à vontade é uma especialidade minha...*

Instantaneamente, ela se lembrou de ter confessado a Holiday que o confronto com o pai tinha feito com que se sentisse melhor. Seria muito esperar que o confronto com Lucas surtisse o mesmo efeito?

Ela deu uma olhadinha na porta da cabana e se deu conta de que não podia mais evitar aquele encontro. Olhou para Lucas e foi direto ao ponto.

— Se não vai negar, então, espero que me explique a razão de estar agindo assim.

Ela olhou para ele novamente e, embora quisesse acreditar que ele nada sabia sobre os sonhos, ela não se atrevia a tanto. Obviamente, ela era muito mais hábil evitando do que negando.

— Tenho minhas razões...

— Qual é a razão? — Ele chegou mais perto e seu cheiro, amadeirado e intenso, invadiu suas narinas.

— É mais de uma.

— Tudo bem. — Ele pegou na ponta de uma mecha loura dela e esfregou-a entre os dedos. — Me diga que razões são essas.

Ela tirou o cabelo da mão dele e deu um passo para trás.

— Dizer a você? E lhe negar a chance de descobrir por si mesmo? — Ela pretendia ser sarcástica, mas pelo visto não conseguiu atingir seu objetivo, porque ele riu.

Ela fez cara feia. E o humor desapareceu do rosto dele.

— Tudo bem, meu primeiro “chute” é que você está começando a perceber que tem alguns dons. Sonhos lúcidos, por exemplo?

Ela enrubesceu, mas não desviou os olhos desta vez.

— Agora que eu entendi o que é isso, não vou ter mais problemas. — Ela rezava para estar certa. Holiday tinha dito que conseguiria ter mais controle sobre os sonhos, não tinha? Com certeza conseguiria bloquear seu dom. Deus do céu, esperava que isso fosse verdade!

Ele estudou o rosto dela.

— Que coisa feia... — O tom de voz dele insinuava um flerte novamente.

Ela relanceou os olhos para a porta novamente. Já tinha dito o que precisava, não tinha?

Quando ela estendeu a mão para pegar na fechadura, ele pegou o braço dela. Seu toque não era rude, pelo contrário. Era terno, dando tempo a ela para pensar. Ela tinha tido um dia infernal e ainda se lembrava de como ele parecia genuinamente preocupado no escritório.

— Me dê mais uns minutinhos, por favor — ele pediu.

Ela continuou a olhar para a porta, consciente de que ele ainda não tinha largado o braço dela. Consciente de que seu toque fazia todo o seu braço formigar de um jeito agradável.

— Então, quais são as outras razões? — ele perguntou. Vendo que ela não respondia, ele continuou: — Por que está com tanta raiva de mim, Kylie? E não adianta negar. Posso não ser capaz de sentir emoções, como... algumas pessoas..., mas vejo nos seus olhos.

Kylie sabia a quem ele se referia ao dizer “algumas pessoas”. Devia ter ouvido sobre ela e Derek. Melhor assim, ela pensou. Mas, fosse qual fosse a história que tinha ouvido, Derek já tinha se incumbido de terminá-la.

Ele apertou um pouco mais o braço dela.

— Me diga por que está tão chateada pra que a gente possa superar isso.

Uma palavra estava na ponta da sua língua. Fredericka. Mas admitir que ela estava chateada por causa de Fredericka significava que ela tinha algum sentimento por ele. Ela não queria admitir isso a Lucas. Não gostava de admitir nem para ela mesma. E nem era realmente verdade. Ela só estava confusa.

— Estou cansada... — Ela se arriscou a olhar para ele.

Seus olhos azuis estavam mais brilhantes sob a iluminação amarelada da varanda. A mão dele ainda estava em volta do pulso dela e seu polegar começou a acariciar sua pele.

— Recebeu minhas cartas, não recebeu?

— Recebi.

— Se são os sonhos que estão te incomodando, saiba que eu não...

— Eu sei. Fui eu, não você. — Ela tirou o braço da mão dele.

Ele arqueou uma sobrancelha, como se a contemplasse.

— Não foi só você — ele disse, como se custasse muito confessar aquilo. — Pelo menos não o primeiro sonho. Quero dizer...

Quando ele hesitou, a mente dela assumiu o comando.

— Então era você? Você entrou no meu sonho?

— Não, não tenho essa capacidade. Mas, quando você entrou no meu, da primeira vez, eu já estava sonhando com você. — Ele deu de ombros, como se para tirar um pouco da culpa dos ombros. — De início, não percebi que você estava realmente ali. Não até o sonho ficar mais vívido e real. E eu não disse nada depois, porque sabia que você não ia entender. Sabia que ia ficar aborrecida. Eu provavelmente devia ter parado com aquilo, mas... era só um sonho. Ah, droga, eu não queria parar.

Embora ela tivesse que admitir que ele fora sincero, ela ainda estava aborrecida. Ele devia ter parado. Ou pelo menos contado a ela, para que ela não voltasse pela segunda vez. Mas ela não sabia como reagiria se ele tivesse contado. Tanta coisa tinha acontecido aquela semana... Agora ela aceitava coisas que na época não teria aceitado.

— Mas o segundo sonho foi mais você... — As sobrancelhas dele se arquearam, como se o pensamento o agradasse.

Pega de guarda baixa pelo azul cintilante dos olhos dele, ela disse a primeira coisa que lhe veio à cabeça.

— Aposto que tia Stella sonhava com Tom Selleck também.

Capítulo Vinte e Sete

A confusão era evidente no rosto dele.

— Quem? Tom Selleck?

O constrangimento tomou conta dela. Ela tinha realmente dito aquilo?

— O que eu estou dizendo é que eu não acho que isso vai acontecer de novo. Então, vamos esquecer, ok?

— Por que não vai acontecer de novo? — O olhar dele ficou mais profundo, e ele baixou um pouco o rosto, chegando um centímetro mais perto. — É óbvio que você sente por mim o mesmo que...

— Você sente por Fredericka? — Ela gostaria de poder capturar a frase no ar antes que ela chegasse aos ouvidos dele.

Lucas arqueou as sobrancelhas e se apoiou nos calcanhares.

— Então é por isso que está com raiva.

Ela não negou. Não porque não quisesse, mas porque não achava que conseguiria.

— Olha, Fredericka e eu...

— Não importa.

— Importa pra mim. Nunca nem mesmo toquei nela enquanto estávamos fora. Nem uma vez.

— Não importa, porque... o que vocês dois são, o que vocês dois fazem só diz respeito a vocês. Porque eu e você... somos só amigos.

— Poderíamos ser mais — ele contestou. — Eu já sinto que somos mais.

— Não. — Ela olhou bem dentro dos olhos dele, esperando que ele entendesse que ela estava falando sério.

Ele colocou uma mecha de cabelo atrás da orelha dela e com o polegar, acariciou seu rosto.

— A última vez em que eu estive nesta varanda, você me convidou pra entrar e eu achei que o convite incluía mais do que... sermos amigos.

Ela se lembrou de ficar ali, quase implorando para ele entrar, querendo... muito mais do que a companhia dele. Mas isso foi naquele dia, antes que ela começasse a gostar de Derek.

Ela pegou a mão de Lucas e tirou-a do seu rosto.

— Mas você disse não. E estava certo.

— Você acredita mesmo nisso? — Ele enlaçou os dedos dela com ternura.

Sim, ela acreditava, porque ele tinha fugido com Fredericka.

— Ela me seguiu, Kylie. Não pedi para que viesse comigo. Eu a teria mandado pra casa, mas acabei precisando dela.

Kylie tentou puxar a mão, mas ele a apertou mais forte.

— Não quis dizer precisar dela no sentido... nesse sentido. Precisei ajudar alguém. — Ele fez uma pausa. — Não contei pra você nas cartas porque, se Holiday soubesse, teria tido um ataque. Eu tenho uma meia-irmã. Ela ia entrar para uma gangue. Eu tinha que tirá-la de lá, Kylie. Ela não merecia aquilo... Eu devia ter ficado ao lado dela antes. Ela me ligou e pediu ajuda uns meses atrás, mas eu não fui, porque teria que encarar meu pai. Foi minha culpa o que aconteceu com ela e eu tinha que ajudar. Então Fredericka me ajudou.

Kylie assentiu com a cabeça.

— Ela te ajudou. Tentou me matar.

Ele balançou a cabeça.

— Ela não ia matar você na noite passada.

Era *ele* quem estava lá. Ela sabia, mas ouvir ele dizendo fez com que ficasse mais real.

— Só queria te assustar — ele continuou. — Ela não gosta de você, porque sabe o que sinto por você.

— Você teve que brigar com ela para que parasse de me atacar.

— Isso não significa nada. É desse jeito que resolvemos as coisas quando estamos transformados. Não ficamos parados no lugar usando psicologia quando estamos no nosso estado natural.

— Mas a noite passada não foi a primeira vez que ela tentou me matar. Ela colocou um leão no meu quarto antes de você partir.

A expressão dele ficou mais sombria.

— Ela fez isso?

— Colocou um leão no meu quarto. Um leão da reserva florestal. Se não fosse Derek, eu podia ter morrido.

A descrença era patente em sua expressão.

— Ela não deve ter feito isso.

Kylie arrancou a mão da dele. Não podia acreditar que ele estava defendendo Fredericka. Mas por que era tão difícil de acreditar? Ele tinha admitido que fizera sexo com ela. E depois fugira com a garota.

Ele passou a mão pelo cabelo.

— Ela não é assim, Kylie. Sei que é um pouco impulsiva, mas... você não a conhece como eu.

— Tem razão. Não a conheço como você. E, como vocês têm tanto em comum, por que não vai procurá-la agora mesmo... e não fica com ela? É lá o seu lugar.

— Não é ela que eu quero. — As palavras dele foram sucintas. — É você. É você desde... desde o minuto em que a vi pela primeira vez.

Kylie fechou os olhos e balançou a cabeça. Estava tudo acontecendo rápido demais. Ela tinha finalmente se acostumado a vê-lo longe do acampamento e agora estava ali sacudindo sua vida outra vez.

— Me diga que não sente isso também — ele sussurrou. — Me diga que não sente a ligação que temos desde a primeira vez em que nos vimos.

Ela sentia, mas isso tinha sido cinco anos atrás. Ela o olhou nos olhos novamente.

— Eu não sei o que você está pensando, Lucas. Está me dizendo que não há nada entre você e Fredericka, mas ela obviamente pensa diferente. Talvez você deva resolver as coisas com ela antes de começar qualquer coisa comigo. — O coração dela se apertou quando percebeu que era basicamente a mesma coisa que Derek havia dito a ela.

— Você fala como se eu já não tivesse tentado.

Ela deu de ombros.

— Minha vida está realmente complicada atualmente. Se você estivesse por aqui nas últimas semanas, saberia. Por hora, podemos ser amigos. É isso aí.

Kylie ouviu vozes na trilha. Quando olhou, viu Derek e alguns amigos passando em frente à cabana. Ele nem se virou para olhar para ela. Ela suspeitava de que era porque já tinha visto. Visto ela e Lucas juntos e pensado o pior.

A culpa se abateu sobre ela, mas ela reprimiu o sentimento, esperando que Derek não estivesse perto o suficiente para senti-lo. Ela não tinha feito nada errado. Com a respiração presa na garganta, observou o grupo sair do seu campo de visão.

Quando olhou para Lucas novamente, ele a observava.

— Ele é o motivo? Vocês dois estão juntos mesmo?

— Isso não importa. Você e eu somos só amigos, Lucas. Só amigos.

Ela se virou e abriu a porta. Um pouco antes de batê-la na cara dele, ela o ouviu dizer:

— Não se eu conseguir fazer você mudar de ideia, Kylie Galen.

Na manhã seguinte, Della tinha um ritual de manhã bem cedo e não iria tomar café da manhã. Miranda anunciou que também não iria aparecer. Kylie pressentiu que a bruxa estava ocupada com alguma coisa. Provavelmente tentando reverter o feitiço que colocara em Socks. Kylie teria perguntado, mas ela tinha lutado contra o sono a maior parte da noite, com medo de invadir os sonhos de Lucas, e não tinha a mínima disposição para uma longa conversa sobre possíveis contrafeitiços.

Ao entrar no refeitório sozinha, Kylie sentiu os olhos de todos sobre ela e soube que estavam arqueando as sobrancelhas como loucos para checar seu padrão cerebral. Depois de abastecer sua bandeja com um bolinho e uma fruta, hesitou nos fundos do salão, à procura de uma mesa. Hoje todos tinham optado por se sentar com sua própria espécie. Como Kylie não tinha sua própria espécie, ou pelo menos não sabia a que espécie pertencia, marchou para uma mesa vazia.

Não sabia muito bem por que era tão difícil se sentar sozinha. Ela devia ter mais autoestima, em vez de deixar que algo tão tolo a fizesse se sentir desconfortável. Mas o fato de saber que se tratava de algo tolo não mudava nada. Ela olhou para o bolinho e tentou não parecer tão digna de pena quanto se sentia.

Ao ouvir um riso familiar, Kylie olhou para cima e viu que a risada vinha da mesa das fadas. Todos ali pareciam satisfeitos com a companhia calorosa do seu círculo de amigos. Todos menos Derek. Ela via nos olhos dele que estava sofrendo, mas o que ela podia fazer? Ela não tinha feito nada. Ele tinha. E ela tinha certeza de que, se ela tentasse se aproximar, ele ia se afastar. Aquilo a feria lá no fundo.

Pegando seu bolinho, ela deu uma mordida. Era o seu preferido, de framboesa e *cream cheese*, mas ela mal sentia o gosto. Engoliu mais um bocado insosso e sentiu como se todo mundo na sala estivesse olhando para ela. Pelo que ela podia ouvir, seu novo padrão mental mutante ainda não tinha deixado de ser o tema da conversa.

De repente, uma bandeja surgiu ao lado dela. Pensando que era Della voltando mais cedo do ritual, Kylie sussurrou um "obrigada" e se virou com um sorriso.

Mas não era Della.

Lucas sorriu.

— Obrigada pelo quê?

— Nada — ela disse e quase pediu para que ele saísse. Mas, que droga, ela não tinha dito que eles eram amigos? E, como amigos, não havia razão para ele não se sentar ao lado dela. Bem, exceto por uma certa loba que gostaria de matá-la por causa disso.

Os olhos azuis brilharam com bom humor.

— Você está suja de geleia. — Ele passou o dedo pelo lábio dela. Depois levou o dedo à boca e lambeu-o.

— É para isso que servem os guardanapos — ela disse, pegando um e limpando a boca.

Ele deu uma risadinha.

Percebendo que Derek podia estar vendo a cena, Kylie olhou de relance para a mesa dele. Ele tinha ido embora. O que significava que tinha visto os dois juntos e saído. Mas que droga! Ela deixou que a culpa a consumisse por alguns segundos e depois se rendeu à raiva. Ela não estaria nessa situação se ele tivesse se aproximado dela e lhe feito companhia à mesa. Não mesmo.

Dando um profundo suspiro, ela pegou seu copo de leite e tomou um longo gole. Depois olhou para Lucas, que a observava.

— Você é linda demais.

Ela revirou os olhos e colocou o copo sobre a mesa.

— Só amigos — ela insistiu.

— Tudo bem, mas mesmo assim é linda. — Seu sorriso ficou mais largo. — Mesmo com um bigode de leite. — Ele passou o guardanapo a ela e continuou rindo. Então sua expressão ficou séria. — Burnett me disse o que aconteceu com Della. Vai ficar tudo bem com ela?

— Acho que sim. — Ela não deu detalhes nem mencionou Chan. Não sabia o quanto Burnett tinha contado ou quanto Della podia falar sobre os acidentes do Código Vermelho.

— Ouvi falar sobre o que aconteceu na cidade e com a sua mãe — ele acrescentou. — Parece que você passou por maus bocados enquanto eu estava fora.

— É, maus bocados.

Ela pegou o bolinho e deu uma mordida sem sentir gosto nenhum, é claro.

— Também ouvi... — os olhos dele brilhavam de bom humor — o que o seu gambá fez com Fredericka. Tenho certeza de que ela mereceu.

— Pode apostar. — Será que era assim que ele pretendia demonstrar sua lealdade a Kylie e não a Fredericka? Não que ele tivesse que escolher entre as duas. Kylie e Lucas eram só amigos. E, se ela apenas conseguisse esquecer como era bom beijá-lo, achava que eles realmente podiam ser só amigos. — As suas últimas semanas parecem ter sido agitadas também. Ficou tudo bem com a sua irmã?

Ele assentiu.

— Acho que sim. Deixei-a com alguns amigos. Vou falar com Holiday sobre matriculá-la aqui na escola. Você vai se matricular, não vai?

Kylie beliscou um pedaço do bolinho.

— Espero que sim. Minha mãe ainda está pensando a respeito.

Só de pensar que a mãe podia dizer não, ela sentia o estômago se contrair. Ela pertencia a este lugar, como os outros ali. Seu olhar passou pelas outras mesas, que pareciam cheias de famílias de sobrenaturais. Tinha esperança de que logo descobriria a que mesa pertencia.

Esse não é o mesmo mundo onde você costumava viver. Kylie ouviu em sua cabeça as palavras de Miranda. Não, ela não vivia no mesmo mundo. Este era sombrio e às vezes muito perigoso, mas era seu mundo agora.

Capítulo Vinte e Oito

— Como faço isso parar? — Kylie, exausta com a falta de sono, fez a pergunta enquanto desabava na cadeira em frente à escrivaninha de Holiday, no início do seu encontro das duas horas. — Eu não quero passar por toda essa droga de entrar no sonho dele outra vez.

Holiday se sentou e apertou os lábios.

— Seu dom é muito especial para se referir a ele assim. E você não pode fazê-lo parar, mas pode controlá-lo com um pouco de prática.

— Tudo bem, então como eu controlo essa droga?

Holiday riu.

— Você se viu entrando no mundo dos sonhos novamente?

— Você quer dizer, como se eu estivesse voando?

— É, como se estivesse voando.

— Sim, mas às vezes eu só acordo quando já estou no sonho.

— Tá legal, você tem que fazer o seguinte. Antes de ir pra cama... — Holiday descreveu uma série de técnicas que a levariam a acordar do sonho. Não era garantia que Kylie conseguiria controlar o sonho, mas Holiday achava que era o primeiro passo.

Elas tinham mudado de assunto e começado a falar do fantasma quando o celular de Holiday tocou. Ela o pegou da escrivaninha e olhou o visor para ver quem estava ligando. Seus olhos se iluminaram.

— Eu... preciso atender essa ligação. Pode me dar uns minutos?

Kylie se levantou para sair, mas Holiday saltou da cadeira antes e começou a se dirigir para a porta.

— Olá, senhor Eastman.

Holiday fechou a porta atrás dela com um clique e Kylie se recostou na cadeira e fechou os olhos.

— *Sim, estou muito empolgada que esteja considerando minha oferta.* — As palavras de Holiday chegaram aos ouvidos de Kylie.

Ela abriu os olhos novamente. Ah, não, não era hora de recuperar a superaudição...

— *Não sabe como Shadow Falls precisa de alguém como o senhor na diretoria.*

Kylie tampou os ouvidos com as mãos, sem querer ouvir a conversa.

— *Sim, cem mil devem cobrir os gastos.*

Kylie franziu a testa quando a voz continuou vazando pelas suas palmas. Então percebeu o que aquilo significava. Holiday tinha encontrado outro investidor para Shadow Falls, o que significava que Burnett seria afastado.

Kylie sentiu seu peito se encher de um mau pressentimento, como se algo estivesse errado. Mas o que ela poderia fazer?

Depois de alguns minutos, ouviu Holiday dizer ao senhor Eastman que ela logo entraria em contato e mandaria os papéis para ele assinar. Ela ouviu a amiga desligar e refletiu se deveria dizer a ela que tinha ouvido sua conversa ao telefone.

Vários minutos se passaram e Kylie chegou à conclusão de que não precisava dizer nada. Ao ver que Holiday não voltava para a cabana, ela foi ao encontro dela.

Holiday estava no outro cômodo, olhando pela janela para a quadra de basquete. Quando Kylie se juntou a ela, notou que Burnett estava jogando com um grupo de garotos. O olhar de Kylie se demorou em Derek, mas ela suspeitou que não era Derek que intrigava Holiday. Não havia dúvida de que a líder do acampamento estava refletindo sobre sua decisão. Com sorte ela pensaria melhor em aceitar a oferta de Burnett.

Justo nesse momento, Derek se virou. Seu olhar encontrou a janela e ela soube que ele a havia sentido. Ele não sorriu nem acenou. Voltou as costas novamente e continuou a jogar, ignorando-a. Foi nesse momento que ela decidiu. Já bastava daquilo. Ela e Derek precisavam conversar.

Na manhã seguinte, Kylie acordou se sentindo revigorada. Quando o ar frio invadiu o quarto, ela já tinha dormido cinco horas inteiras. As dicas de Holiday sobre como acordar antes do sonho tinham começado a funcionar. Ela tinha acordado duas vezes com a sensação de estar flutuando. Uma vez, tinha chegado a ver Lucas, mas foi capaz de retroceder antes que ele a notasse. Ela teve certeza de que ele nem tinha percebido que ela estivera lá. Ou pelo menos era isso o que ela esperava.

Puxando as cobertas até o queixo, ela olhou em volta. Nenhum fantasma apareceu, mas o frio continuou dando a Kylie a certeza de que o fantasma estava presente. Quando o telefone caiu da mesinha de cabeceira — de novo —, ela se lembrou de que tinha acontecido a mesma coisa no outro dia.

— É você que está fazendo isso? — ela perguntou ao espírito. — Quer me dizer alguma coisa?

Nenhuma resposta. Pegando o telefone, para saber se havia alguém na linha desta vez, ficou aliviada ao constatar que não havia ninguém. Então, ao ver a luz das mensagens piscando, ela se lembrou de que não tinha deletado as mensagens antigas.

Kylie tinha falado com o investigador e transmitido a ele as novas informações sobre os avós. Ele disse que ia tentar se comunicar com eles. Mas quem disse que isso a impediria de telefonar também? Ela tinha feito várias tentativas na tarde do dia anterior, mas só a secretária eletrônica atendia.

Kylie decidiu apagar as mensagens antigas quando viu que havia uma nova de Sara. Lembrando-se do misto de emoções que sentira da última vez em que se falaram, ela colocou o telefone na mesinha e deu a si mesma a permissão para só ouvir a mensagem mais tarde. Além disso, precisava ter uma conversinha com Derek para fazê-lo cair em si. Ela esperava que seu plano funcionasse.

Kylie esperou do lado de fora do refeitório antes do café da manhã, para ver se localizava Chris. Ela rezava para que ele não aparecesse com Derek.

Quando localizou Chris andando na direção do refeitório com Jonathon, ela relaxou. Quando ele chegou mais perto, ela fez sinal para que ele fosse ao encontro dela. O vampiro disse algo a Jonathon e se aproximou dela. Kylie viu um brilho de curiosidade em seus olhos, para saber o que ela tinha a lhe dizer.

Não era segredo para ninguém que Chris, um dos líderes dos vampiros, se achava um verdadeiro garanhão. E Kylie tinha que admitir que, com seu cabelo louro e olhos claros, ele tinha a seu favor um visual de garoto de praia. Seu corpo também não era nada mal. Mas, se ele achava que Kylie sentia algo por ele, estava prestes a ficar desapontado.

— E aí? — Ele sorriu.

Kylie não tinha pensado muito em como abordar o assunto, então foi direta.

— Preciso de um favor. — Chris era encarregado da Hora do Encontro dos Campistas, quando os nomes eram sorteados e pares de campistas tinham uma hora para conhecer melhor um ao outro.

— Que tipo de favor? — Ele olhou os seios dela de relance.

Ela quase pediu satisfações, mas, considerando que precisava dele, deixou passar a afronta.

— Ouvi dizer que, se eu quiser ter certeza de que sorteiem uma determinada pessoa para mim, você pode dar um jeito.

— Ah... — Ele parecia desapontado, o que a levou a ter certeza de que ele esperava que ela tivesse outros motivos para chamá-lo. Mas se recuperou logo, porém. — Você também ouviu dizer que isso tem um preço?

— Sangue, não é?

— É isso aí.

— Tudo bem. Vou dizer a Holiday que estou doando. — Ela começou a se afastar, mas ele a pegou pelo braço.

— Ei, você se esqueceu de me dizer quem é. — Ele franziu a sobrancelha. — Deixe que eu adivinho. Lucas?

Kylie franziu a testa.

— Derek.

Derek não estava por perto quando os nomes foram chamados, por isso ela teve que procurar por ele. Estava no refeitório conversando com Steve e Luis. Quando a viu parar ao lado dele, ele franziu a testa. Aquilo doeu. Forçando um sorriso, ela se inclinou para mais perto dele e sussurrou:

— Adivinhe. — Ela balançou o papelzinho com o nome dele no ar.

Ele se despediu dos dois garotos e acenou com a cabeça para que ela o seguisse. Eles saíram do refeitório e se afastaram da movimentação. Ela estava pensando se ele planejava levá-la à pedra, mas ele parou.

Seus olhos verdes a estudaram.

— Você armou isso?

— Armou o quê? — ela perguntou, fingindo inocência.

Ele pegou o braço dela e olhou a dobra do cotovelo. Ela sabia que ele estava procurando um esparadrapo ou uma marca de agulha, mas o toque dele enviou uma corrente elétrica pelo braço dela.

— Você comprou meu nome com sangue? — perguntou, largando o braço de Kylie.

Ela deu de ombros.

— E daí? Você fez o mesmo por mim. Duas vezes.

A emoção toldou os olhos dele de um jeito que a fez perder o fôlego.

— Temos que conversar, Derek. Isso... — ela fez um movimento com a mão entre eles — não está certo.

Ele passou a mão pelos cabelos castanhos.

— O que não está certo é eu gostar de você enquanto você gosta de outra pessoa.

— Muito bem! — Kylie sentiu a raiva crescer e quase perdeu a esperança. — Quer saber se eu gosto de Lucas? Gosto, mas não do mesmo jeito que gosto de você.

Ele balançou a cabeça.

— Você não pode mentir pra mim, Kylie. Eu sei o que você sente e, quando está com ele,... se sente atraída...

— Tudo bem, até admito que me sinto atraída. Mas isso não significa nada.

— Uma ova que não significa! — Ele começou a se afastar.

Kylie agarrou o braço dele.

— Você não é diferente.

— O quê? — Os olhos dele brilharam de raiva e ressentimento.

— Eu vi você olhando para Miranda quando estávamos nadando.

— Eu não olhei...

— Olhou, sim!

— Ah, mas que bobagem... — Ele começou a se afastar dela outra vez.

Kylie quase deixou que ele se fosse, mas se lembrou de que teria de doar seu sangue por isso. Droga! Queria que seu sangue valesse a pena.

Foi atrás dele.

— Perry até notou, porque ele começou a te olhar feio.

Ele continuou a andar e ela fez o mesmo.

— Me diga, eu perdi a compostura por causa disso? Não, não perdi, porque, embora eu saiba que você pode achá-la bonita de biquíni, isso não significa que não gosta de mim.

Ele parou de andar e olhou para ela.

— É diferente.

— Por que é diferente? Se eu pudesse ler suas emoções, como você pode ler as minhas, eu teria lido pura e simplesmente "atração".

— É, mas... mas eu sou homem.

Ela ficou chocada.

— Quer dizer que só os homens podem se sentir atraídos por alguém? Ah, por favor! Em que século você vive?

Os olhos dele se estreitaram.

— Não quis dizer isso.

— Então o que quis dizer?

— Quis dizer... — Ele tensionou a mandíbula. — Ah, Cristo, sei lá, mas é diferente...

— Não é, Derek! Será que não vê? Você está com raiva porque está com ciúme e não tem razão para estar.

— É mais do que isso. Você já disse que gosta dele. Não é só...

— É, eu gosto dele. A gente se conheceu muito tempo atrás. E talvez isso tenha nos ligado de certa forma. E, sim, ele é atraente. Mas... eu quero ficar com você...

Ela pensou que tinha conseguido convencê-lo, mas ele desviou os olhos dela e olhou ao longe.

— Eu não posso, Kylie. Até que você me prove que ele não significa nada pra você, eu não posso. — Ele se afastou.

— Derek? — ela chamou.

Ele se virou.

— O quê?

Ela sentia o peito oprimido.

— Você mentiu pra mim.

— Por quê? — Só havia frustração nos olhos dele.

— Você disse que seríamos amigos. Não é assim que se trata um amigo.

Ele olhou para cima, em direção ao céu, antes de encontrar os olhos dela.

— Tem razão. Desculpe. Acho que não posso ser seu amigo. — E se afastou. Desta vez ela deixou que ele se fosse.

Foi duro enfrentar aquele dia. Kylie queria pedir a Holiday para tirar folga das atividades, mas ela já tinha implorado demais aquele dia. Então foi na aula de arte, fez caminhadas e ocupou seu tempo decorando bolos.

Toda vez que começava a pensar em Derek, ela procurava tirá-lo da cabeça. Ficou tão absorta com a tarefa de decorar bolos que metade da aula já tinha passado quando percebeu que Miranda não estava lá.

Assim que a aula acabou, ela correu para a aula de música e no caminho encontrou Della, que ia para o lago, fazer aulas de caiaque. Della andava calada ultimamente, ainda tentando se recuperar da visita à UPF e dos testes. E ela morria de medo de ter que tentar secretamente ajudar a prender o primo por assassinato. Evidentemente, essa preocupação afastava dos pensamentos dela a preocupação com o final de semana na casa dos pais. Ei, é preciso ver o lado bom das coisas!

— Você viu Miranda? — perguntou Kylie.

— Não, por quê? Algum problema?

— Ela não foi à aula de decoração de bolos. Vou ver se está na cabana.

— Quer que eu vá com você?

— Não — respondeu Kylie, lembrando que Della estava ansiosa pela aula de caiaque. — Se não conseguir achá-la, eu te falo. Não deve ser nada de mais.

Infelizmente, um pouco antes de chegar à cabana, ela teve certeza de que sua conclusão tinha sido precipitada. Por quê? O grito agudo que veio lá de dentro.

Disparando a toda, Kylie chegou à porta da frente antes de perceber que os gritos não eram de Miranda. Mas nem essa constatação fez com que diminuísse o passo. Alguém estava na cabana, gritando feito louca. E Miranda estava desaparecida.

Kylie escancarou a porta e entrou na cabana.

— Miranda?

— Aqui! — gritou Miranda do quarto. Mal dava para ouvir sua voz tão agudos eram os guinchos.

Ao abrir a porta do quarto, Kylie achou que estava preparada para ter uma surpresa. Mas não podia estar mais enganada.

Capítulo Vinte e Nove

Kylie quase perdeu o fôlego ao ver uma menina ruiva gritando no meio do quarto, trancada dentro uma grande gaiola roxa. Então seu olhar se fixou em Miranda, reclinada na cama, pintando as unhas dos pés, como se fosse uma preguiçosa manhã de domingo.

— Me deixa sair, sua piranha! — a garota gritava da gaiola.

Miranda acabou de esmaltar a unha de rosa-choque antes de olhar para a garota.

— O que foi? — perguntou ela, com um sorriso largo para Kylie.

— Sua cadela! — a garota gritou para Miranda e depois olhou para Kylie. — Faça ela me soltar!

— Acho que sou eu quem deve perguntar o que foi... — Kylie disse a Miranda, olhando de volta para a menina.

Pelo que Kylie conseguia farejar, não tinha havido perda de sangue.

Ainda, pelo menos.

— Me solte! — a prisioneira rosnava.

Kylie relanceou os olhos para Miranda e arqueou uma sobrancelha.

— Veja só o que eu capturei — disse Miranda, com uma risadinha. — Lembra que eu disse que tinha alguém espionando a nossa cabana? Pois eu coloquei uma armadilha. E veja se não peguei Tabitha Evans.

— Você conhece ela? — perguntou Kylie.

— Conheço. É uma das bruxas que vão competir comigo daqui a duas semanas.

Tabitha sacudia tanto as barras que a gaiola tremia.

— Eu sou a bruxa que vai pôr um feitiço em você se não me deixar sair!

— Não se preocupe — disse Miranda. — Seus poderes não funcionam enquanto estiver na minha gaiola especial. E coloquei também um silenciador a uns trezentos metros daqui, portanto ninguém vai ouvir seus gritos.

— O que ela está fazendo aqui? — Kylie perguntou, preocupada com a prisioneira.

— Tentando abalar minha autoconfiança, para que eu desista da competição.

— E se eu soubesse que você era tão idiota não teria perdido meu tempo — a garota gritou.

Tudo bem, então Tabitha merecia estar presa.

— Você acha que foi ela quem desarmou o alarme de segurança? — Kylie perguntou.

— Não, isso foi obra de magia. Uma magia patética e injustificada, é claro. — Miranda olhou para a garota na gaiola.

Tabitha sibilou.

— Você é que é patética.

Miranda ergueu uma sobrancelha para a prisioneira.

— E você é que está engaiolada.

A garota voltou a gritar alto. Miranda sorriu orgulhosa.

Sem dúvida nenhuma, capturar Tabitha tinha feito um bem enorme ao ego de Miranda. Kylie odiava ter que cortar o barato de Miranda, mas...

— Por mais engraçadinha que ela fique nesta gaiola, você sabe que não pode deixá-la aí para sempre.

— Nem pretendo. Eu disse que, se ela transformar Socks novamente num gato, ela pode ir.

— E eu já disse que não vou fazer isso! Foi você quem fez a burrada. Você que desfaça.

— Por favor — pediu Miranda. — Há semanas, tudo o que eu tento fazer dá errado.

Miranda tirou os pés da cama e se aproximou da gaiola.

— Transforme o gambá num gato e você pode ir.

— Pela milésima vez, não vou fazer isso!

Miranda olhou para Kylie.

— Quer que eu pinte as suas unhas? — A dúvida pairava nos olhos de Miranda.

— Olhe aqui — rosnou Tabitha. — Se não foi você quem fez aquilo, então pode ter sido aquele velho.

— Tenho uns esmaltes vermelhos bem bonitos — disse Miranda a Kylie, ignorando Tabitha.

Kylie não era tão boa em ignorar as pessoas.

— De que velho você está falando?

— Não acredite em nada que ela diz — disse Miranda.

— Eu não sei quem ele é, mas é um vampiro. E tem outros poderes também, porque estava usando uns feitiços parecidos com os meus. Um velho bem assustador.

— Ah, por favor... — disse Miranda. — Me diga alguma coisa em que eu possa acreditar.

— Estou falando a verdade! — Tabitha jurou.

Miranda revirou os olhos. Então girou seu dedo mínimo cor-de-rosa.

— Espere — pediu Kylie, mas era tarde demais; a gaiola e Tabitha desapareceram.

— Esperar o quê? — perguntou Miranda.

— Pra onde ela foi? — perguntou Kylie.

— Você disse que eu não podia deixá-la aqui pra sempre.

Kylie franziu a testa.

— E se ela estivesse dizendo a verdade sobre o velho esquisito?

— Ah, por favor, ela inventou aquilo tudo. Della teria farejado um vampiro. Tabitha é louca.

Kylie tinha que admitir, Miranda tinha razão. Della podia farejar vampiros a quilômetros de distância.

Miranda desabou na cama.

— Acredita que capturei Tabitha Evans? Essa foi boa!

Socks entrou no quarto andando de leve, cheio de cautela. Sua cauda fofa, preta e branca, estava espetada para cima como se ele estivesse pronto para dar suas borrifadas e fugir se necessário. Kylie olhou para Miranda. Ela podia ser boa em armar armadilhas, mas ainda não tinha conseguido encontrar um contrafeitiço para transformar Socks novamente num gatinho.

Então Kylie se lembrou da conversa com Derek. Ela tentou tirá-lo da cabeça, mas foi impossível. Tudo o que sentia era um buraco no peito, onde antes estava o seu coração.

— Eu vou me deitar. — Antes de ir para o quarto, ela foi ver o que havia na geladeira. Ao abrir a porta do freezer, admirou-se ao ver os litros e litros de sorvete que Miranda tinha comprado para aliviar seus dias de fossa.

Pegando uma colher na gaveta, Kylie se perguntou se haveria sorvete suficiente no universo para fazê-la se sentir melhor.

Ela achava que não.

A semana seguinte passou num instante. Kylie doou seu litro de sangue e tomou pelo menos dez de sorvete. Derek continuou a evitá-la e Lucas, a assediá-la. Mas como ela podia ficar brava com ele? Ele nunca passava dos limites. Era só amigo dela. Com o coração em pedaços, ela precisava mesmo de um amigo.

Claro, eles nunca falavam de Fredericka ou dos seus sonhos — e graças a Deus ela estava conseguindo controlá-los. Lucas tinha perguntado de Derek, no entanto, e Kylie tinha respondido que aquele era um assunto doloroso para ela. A única coisa que Lucas havia dito era que Derek era um idiota. Por alguma razão, ela gostou de ouvir Lucas dizendo aquilo.

Também gostou do fato de Fredericka ficar longe do caminho dela. Kylie não tinha certeza, mas suspeitava que Lucas tinha algo a ver com aquilo.

O fantasma continuava aparecendo todas as manhãs. Às vezes falava, mas nunca oferecia nada que ajudasse Kylie a descobrir quem estava em perigo. Sempre que Kylie começava a se preocupar com os avisos do espírito, Holiday a levava à cachoeira. Já tinham ido lá três vezes. E Kylie continuava saindo dali com a mesma mensagem: continue concentrada e tenha fé.

Holiday não tinha mencionado Burnett durante todo esse tempo. Kylie imaginava se ela tinha contado que encontrara outro investidor ou se estava reconsiderando a oferta dele. Kylie tinha pegado Holiday espiando pela janela, observando Burnett jogar basquete com os campistas pelos menos umas seis vezes. Duas ou três dessas vezes, Kylie tinha ficado ali com ela, só para poder observar Derek. Não que ele não soubesse que ela estava olhando. Ele sempre relanceava os olhos para a janela.

Seus olhos se encontravam. Kylie se lembrava de quanto sentia falta dele, enquanto ele parecia chateado.

— Quer falar a respeito? — Holiday tinha perguntado da última vez.

Kylie tinha concordado em desabafar com ela, mas só diante de uma taça de sorvete. Ela já tinha acabado com o sorvete de Miranda e precisava de mais. Então Kylie e Holiday tiraram a tarde de folga e foram à sorveteria da cidade, onde se empanturraram de sorvete em colheradas cremosas e geladas de puro deleite.

— Por que sorvete faz tão bem quando estamos na fossa? — perguntou Kylie.

— Porque, em grandes quantidades, ele congela o coração e entorpece um pouco a dor... — Holiday respondeu, fazendo as duas rirem.

Daniel não tinha feito nenhuma visita desde o dia em que a mãe dela tinha aparecido no acampamento e tido a memória apagada, mas o padrasto telefonara duas vezes. Kylie tinha atendido da segunda vez. Eles conversaram sobre o trabalho dele, sobre o tempo, e então mencionaram a possibilidade de Kylie estudar na escola Shadow Falls. Ele não tinha dito nem sim nem não, pois achava que a decisão era da mãe dela.

Quando desligaram, ela percebeu que os pais deviam estar conversando, pois não havia outro jeito de ele saber da escola. Kylie não sabia o que sentia a respeito. Será que a mãe estava pronta para perdoar o padrasto? Kylie quase ligou para a mãe e perguntou, mas iria para casa no final de semana e achou que podia esperar e perguntar pessoalmente.

Miranda quase não falava mais de Perry. Não que isso impedisse Perry de observar Miranda. Sempre que ele estava por perto, não tirava os olhos dela. Kylie sabia que Miranda reparava. Ela só preferia ignorar. Mas isso era compreensível, considerando o stress que ela estava sentindo com relação à competição em que a mãe a inscrevera no final de semana dos pais. Quando não estava praticando para a competição, ela ficava tentando resolver o enigma do que fazer com Socks.

Depois de duas semanas, Socks nem parecia se importar em ser um gambá. Ele parecia ter compreendido o poder do seu rabo e o eriçava, com ar ameaçador, à menor provocação. Até Della tinha que andar na linha com ele. Por sorte ele não tinha borrifado seu fedor outra vez.

Della estava aterrorizada com a ideia de ir para casa. E agora estava aterrorizada também com a ideia de cumprir a tarefa que a UPF a incumbira. Ter de descobrir se o primo era responsável pelos assassinatos não era fácil para ela.

Della amuada e Miranda estressada eram garantia de bate-boca. Kylie muitas vezes se perguntava se elas realmente se matariam se ela não interferisse. Mas ela amava demais as duas para arriscar.

O investigador particular finalmente descobriu que Kent e Betty Brighten estavam de férias na Irlanda. Por isso a busca de Kylie para descobrir o que ela era teria que esperar mais um pouco. Não era ótimo?

A única coisa boa que tinha acontecido nos últimos tempos era o fato de Kylie não se sentir mais observada. Será que Tabitha era a causa daquilo? Mas, quando pensava na menina, também se lembrava do que ela falara sobre o velho vampiro que andava à espreita.

Por alguma razão, isso incomodava Kylie. Mas não o suficiente para contar a Holiday, pois essa revelação podia pôr Miranda numa grande encrenca. E, depois do incidente de Burnett com Della, pôr amigos em apuros era a última coisa que Kylie queria fazer.

Na terça de manhã, Kylie acordou sentindo o quarto mais gelado do que normalmente. Ou o fantasma estava tentando enviar uma mensagem ou havia mais de um espírito por perto. Que maravilha! Era tudo de que precisava: outro fantasma.

— O que você quer? — Kylie perguntou, tremendo embaixo das cobertas.

O telefone começou a coaxar. Ou o toque do telefone tinha mudado ou Miranda o tinha transformado num sapo. Kylie agarrou o telefone e ele parou de fazer o estranho som e foi direto para o serviço de mensagens de voz.

Primeiro ela ouviu a mensagem do pai, depois a mensagem que o detetive tinha deixado alguns dias antes. Em seguida, veio uma mensagem que Kylie não tinha ouvido ainda. Era de Trey, seu ex-namorado. Por que será que ela não tinha atendido a essa ligação? Ele pedia para ela retornar, porque era importante.

— Ah, tá legal — ela murmurou. — O que aconteceu, Trey? Ouviu dizer que meus peitos estão maiores e quer conferir? — Ela fechou o telefone, mas não apagou a mensagem.

Mal tinha fechado os olhos para tentar dormir de novo quando o telefone começou a coaxar outra vez.

Agarrando-o, ela olhou para ter certeza de que estava desligado. Estava. Então como podia fazer barulho? Ela apertou o botão novamente. O coaxar continuou.

— É você que está fazendo isso? — perguntou ao espírito. — Se é, então pare. Porque não é engraçado. E você não está me dizendo o que preciso saber.

O telefone silenciou. O fantasma apareceu nos pés da cama.

— *Você tem que fazer alguma coisa rápido. Ela está morrendo.*

Assim como antes, o espírito ofereceu mais uma dica assustadora com o misterioso "ela".

Kylie se vestiu e decidiu visitar Holiday. Ela duvidava de que ouvir Holiday dizendo que tudo ia acabar bem diminuiria o seu medo, mas tinha que tentar.

Ela não tinha chegado à varanda do escritório quando ouviu vozes tinindo nos seus ouvidos.

— *Vai me dizer que isso não é perigoso?* — Holiday perguntava, parecendo furiosa.

— *Não posso negar* — Burnett respondeu. — *Esse trabalho é sempre perigoso.*

— *Então, não. Ele não pode ir.*

— *Mas eu não vim pedir a sua autorização* — continuou Burnett, também irritado. — *Ele conseguiu a permissão da mãe dele. Está indo hoje por volta do meio-dia.*

Kylie se virou e começou a voltar pelo caminho de onde veio. Ela teria que tampar os ouvidos, mas, como sabia que não adiantaria, só continuou andando, esperando que as vozes fossem diminuindo cada vez mais.

— *Não está certo* — insistiu Holiday. — *Primeiro você envolve Lucas e agora Derek. Eu tenho que interferir.*

Kylie parou. *Primeiro Lucas e agora Derek? Mas do que ela estava falando?*

— *Acontece que os dois são garotos excepcionais* — explicou Burnett.

— *E é isso o que estou querendo dizer. São apenas garotos, Burnett.*

— *Eu tinha 16 quando fui trabalhar na UPF. Lucas tem 18. Só faltam alguns meses para Derek fazer também. E ele é capaz de apagar memórias. Você sabia que esse dom é raríssimo?*

— *Não me importa nem um pouco. Eu me preocupo com ele.*

— *Ele só vai ficar fora um mês ou até menos. Volta a tempo de começar a escola no ano que vem.*

— *Supondo-se que não seja morto tentando fazer o serviço do governo.*

— *Sinto muito* — disse Burnett, com arrependimento na voz.

Kylie ouviu a porta batendo. Burnett tinha ido embora, mas ela não saiu do lugar. Ficou parada ali na trilha, digerindo o que tinha acabado de ouvir. Derek estava indo embora. Ele ia trabalhar para a UPF. Não voltaria antes de um mês.

Supondo-se que não seja morto tentando fazer o serviço do governo.

As palavras de Holiday não saíam da sua cabeça. O coração de Kylie gelou. Ela pegou novamente a trilha, a caminho da cabana de Derek.

Capítulo Trinta

Só foi preciso um minuto para que Kylie chegasse à cabana de Derek. No momento em que se aproximava, viu Chris saindo da cabana, vestido para sua corrida matinal, e parou. Teria se escondido no bosque, mas Chris era um vampiro, o que significava que provavelmente já a ouvira chegar. Então ela fingiu que estava correndo e esperou que ele não a parasse para fazer perguntas.

Quando se cruzaram, ela acenou para ele. Ele sorriu e continuou seguindo em frente. Ela continuou pela trilha até sentir que estava fora do seu raio de audição. Então deu meia-volta, correu para a cabana e foi direto para o quarto de Derek.

Ele estava na cama, ainda dormindo. O peito largo estava nu. Os lençóis, enrolados um pouco abaixo da cintura, e Kylie não tinha certeza se algo mais o cobria além do lençol. Ela tinha ouvido falar que a maioria dos garotos dormia sem roupa. Mas ela já o tinha visto nu e isso não a assustava mais.

— Derek?

Ele colocou o braço sobre o rosto.

Ela se aproximou da cama e tocou no ombro dele.

— Derek?

Os olhos dele se abriram e ele se sentou na cama. Ficou olhando para ela, mas não parecia de fato acordado.

— Você está vestida, então isso não é um sonho. — Ele se retraiu, ao perceber que tinha falado aquilo em voz alta, e depois desabou na cama outra vez e ficou olhando o teto.

— Não é um sonho. — Ela se sentou ao lado dele. — Fiquei sabendo o que planeja fazer e não quero que você vá. Por favor, não vá.

Ele ficou olhando para ela com olhos de sono, mas ela não sabia dizer se ele estava mesmo acordado.

— Como você descobriu?

Ele não tinha respondido à pergunta dela, por isso ela não respondeu à dele.

— E você não ia nem se despedir? — ela disse, com lágrimas nos olhos.

Ele se sentou e puxou os lençóis ao redor da cintura.

— Eu ia me despedir.

Ela piscou para diminuir a emoção.

— Você está fazendo isso por minha causa, não está?

— Não. Não só por sua causa. — Ele tocou o braço dela e foi como se ele abrisse as comportas do coração dela, dando vazão às suas emoções.

— Por favor, não vá embora — ela pediu, em meio às lágrimas abundantes.

— Tenho que ir. Tenho que pôr a cabeça no lugar. — Ele piscou. — Você tinha razão. Bom, pelo menos em parte. Ainda acho que você tem umas questões pra resolver com Lucas. Mas... tinha razão também quando disse que eu estava com ciúme. Minha capacidade de ler emoções está ficando mais forte. E eu não sei por que, mas com você é como se eu sentisse tudo o que você sente, mas... com o triplo de intensidade. Não sei se é porque gosto de você demais ou... sei lá. Mas quando sente algo que eu não gosto, atração por outro cara, raiva ou até decepção com alguém... parece que vou enlouquecer. É como se eu tomasse uma injeção de adrenalina na veia. — Ele passou a mão no rosto. — Tenho que aprender a lidar com isso senão...

— Senão o quê? — ela perguntou.

Ele não respondeu, mas Kylie sabia o que ele queria dizer. Ou ele aprendia a lidar com as emoções que ela provocava dentro dele ou teria que se afastar dela. Mas não era exatamente isso que ele estava fazendo? Se afastando dela?

— E você tem que se resolver com Lucas e... — Ele fez uma pausa. — Eu também vou confrontar meu pai. E quando voltar, daqui a um mês, veremos como andam as coisas. Até lá você pode ter se apaixonado por Lucas. E se isso acontecer, vou ter que aceitar.

— Vai aceitar fácil assim?

— Não. Mas não vejo outra escolha.

— Mas você tem outra escolha. Fique. Dê uma chance a nós dois. Vamos superar isso.

Ele balançou a cabeça.

— Não posso, Kylie. Simplesmente não posso.

Ela olhou para ele e, embora fosse difícil aceitar, finalmente aceitou. Derek estava indo embora. Ele tinha feito sua escolha e não era ela.

Com o queixo erguido, certa de que tinha feito tudo o que estava ao seu alcance, ela se virou e foi embora. Ele podia ter despedaçado seu coração, mas não iria despedaçar seu espírito. Ela superaria a dor. Podia apostar que sim.

Uma semana depois, Kylie estendeu um cobertor às margens do rio, onde ela e a mãe tinham se sentado para conversar sobre Daniel. Kylie só queria ficar sozinha para poder pensar, tentar imaginar como ela convenceria a mãe a matriculá-la na escola de Shadow Falls. E, quem sabe houvesse uma possibilidade de Daniel aparecer enquanto ela estivesse ali?

Ela se deitou no cobertor e fitou o céu azul, mas logo ouviu alguém se aproximar.

— Está vendo algum elefante? — uma voz masculina conhecida perguntou.

Ela sorriu para Lucas.

— Não, mas acabei de ver uma girafa.

— Onde? — ele perguntou, olhando para cima.

— Ali — ela disse, apontado para a esquerda. — O pescoço agora está separado do corpo, mas ainda dá pra ver se você olhar bem.

Ele se sentou no chão ao lado dela. Ela achou que ele estava olhando para as nuvens, mas, quando olhou, viu que estava olhando para ela. Ele sorriu.

— Você fica mais bonita a cada dia, Kylie Galen.

Ela revirou os olhos.

— Não comece.

— Tá legal, mas posso dizer que vou sentir a sua falta?

Ela se sentou.

— Vai pra casa da sua avó?

— Vou. Estamos morando em Houston.

Kylie fitou a ponta do tênis e decidiu simplesmente perguntar.

— Lucas, você está trabalhando para a UPF?

— Quem te contou? — ele perguntou, arregalando os olhos.

— Ouvi Burnett e Holiday conversando outro dia.

— Depois que conheci a gangue em que minha irmã estava, pedi a Burnett para me ajudar a pegar uns caras da pesada. Então, de fato, eu meio que trabalhei para eles. E disse que se precisassem de mim para qualquer coisa, eu estava disponível.

— Não é perigoso?

Ele a analisou atentamente.

— Está perguntando isso porque está preocupada comigo ou com Derek?

— Com os dois. — Ela já tinha aceitado que Derek havia partido. Ainda estava triste, mas a tristeza ia passar.

— Não é tão perigoso assim. Se a gente seguir as regras do jogo, geralmente tudo corre bem.

Ele tirou uma mecha de cabelo do rosto dela.

— Você sabe que quero ser mais do que seu amigo, não sabe?

Ela continuou a contemplar a ponta do tênis.

— Não espero que responda agora — ele continuou. — Só quero que saiba antes que outro cara tente se aproximar. — Ele se inclinou na direção dela. — Sou um cara paciente, Kylie. Esperei onze anos por você. Posso esperar um pouco mais, até você estar pronta. — Ele pressionou os lábios contra a bochecha dela. Não foi nada parecido com os outros beijos que tinham trocado, especialmente nos sonhos. Mas a proximidade dele, seu cheiro amadeirado, a sensação dos seus lábios contra a pele fizeram com que centenas de borboletas flutuassem dentro dela.

Quando olhou para cima, ele já tinha ido embora.

E o mesmo tinha acontecido com sua capacidade de julgamento. Porque ela não tinha ideia do que planejava fazer, repreendê-lo por beijá-la... ou beijá-lo também.

E talvez fosse melhor ela não responder à própria pergunta.

Sexta-feira de manhã, Kylie, Miranda e Della, cada uma carregando sua mala, pegaram a trilha para ir ao encontro dos pais. Elas andavam devagar, como prisioneiras condenadas a caminho da execução.

— Vão me obrigar a mijar a toda hora pra fazer a droga do exame *antidoping*... — murmurou Della.

Miranda suspirou.

— Vou me dar mal naquela competição e minha mãe vai me pôr pra adoção...

— Vou fazer um passeio num hotel mal-assombrado — Kylie acrescentou. As duas amigas a encararam. — Não me perguntem mais nada.

Holiday as encontrou no final da trilha, com seu jeito animado de sempre.

— Sorriam, garotas! São só alguns dias.

Elas todas se viraram e se entreolharam. Kylie pôs a mala no chão e abraçou ambas.

— Espero um telefonema de vocês duas vezes por dia.

— Duas vezes por dia — repetiu Della. — Espero que você não se importe se eu ligar enquanto estou fazendo o exame *antidoping*, porque é isso o que vou fazer o tempo inteiro.

— Só não dê descarga — disse Miranda. — Odeio quando dão descarga enquanto estão falando comigo.

Cinco minutos depois, no refeitório, Kylie deu um abraço apertado em Holiday.

— Cuide de Socks.

— Estou pensando em levá-lo pra minha cabana.

Quando Kylie e a mãe estavam prestes a sair do refeitório, Perry apareceu e deu um cutucão nela com o cotovelo. Para Perry, aquilo equivalia a um abraço. Kylie lhe exibiu um sorriso caloroso.

— Parece que você fez bons amigos aqui — comentou a mãe.

— É, tem razão, mãe. Eles são especiais.

Kylie quase saiu correndo pela porta quando Lucas parou diante dela.

— Olá, senhora Galen — ele cumprimentou. — Meu nome é Lucas. Eu só queria me despedir da sua filha.

O coração de Kylie quase saiu pela boca ao pensar que a mãe podia reconhecê-lo.

— Prazer em conhecê-lo, Lucas — disse a mãe, e se afastou um pouco para lhes dar privacidade.

Ele sorriu.

— Se cuida.

— Vou me cuidar.

— E sonhe comigo — sussurrou ele, inclinando-se na direção dela.

Ela revirou os olhos, mas deu uma risadinha e se afastou, aproximando-se da mãe.

— Ele é uma gracinha — disse a mãe, mas com o mesmo tom que usava quando dava a Kylie os panfletos sobre sexo. Elas saíram do refeitório e foram para o carro.

— É — Kylie concordou, e pela enésima vez torceu para que o final de semana transcorresse com tranquilidade. Sem surpresas inesperadas ou silêncios longos e desconfortáveis entre ela e a mãe.

Quando a mãe deu partida, o frio que invadiu o interior do veículo foi mais forte do que o ar-condicionado.

— Uau! Nunca vi este carro tão frio antes! — Quando a mãe arrancou, Kylie deu uma olhada no banco de trás e viu sentado ali o fantasma com sua camisola cheia de sangue. De repente, o espírito deu um salto para a frente e agarrou o ombro de Kylie. O odor que exalava dela era repugnante.

Kylie reprimiu a ânsia de vômito.

— Então — disse a mãe, alheia a tudo o que estava acontecendo. — Onde você gostaria de almoçar? Estou faminta!

Capítulo Trinta e Um

Kylie não sabia direito quem dissera que, uma vez fora da casa paterna, não é possível voltar para lá outra vez. Mas essa pessoa em parte tinha razão. Ah, você pode voltar, sim. Mas que é muito esquisito é. Por incrível que pareça, a culpa não era da mãe dela. Elas, na verdade, percorreram o trajeto de três horas até em casa na mais santa paz, se Kylie não levasse em consideração o fantasma. O problema era a casa. Parecia fria, não só porque o fantasma tinha decidido fazer uma visitinha mais longa, mas por causa do seu pai. Ou da falta dele. Não havia nada, nadinha mesmo, que a lembrasse de que um dia ela tinha morado ali. Até as fotos dos passeios dela com o pai não estavam mais ali, pois tinham sido substituídas por fotos só de Kylie.

Ela não podia culpar a mãe, mas que droga! Pela primeira vez, desde que tudo tinha acontecido, Kylie se preocupava com a possibilidade de a mãe se sentir solitária quando ela voltasse para Shadow Falls. E talvez ela até entendesse por que a mãe queria vender a casa.

— Não é bom voltar pra casa? — disse a mãe, abraçando-a.

Voltar pra casa? Nem tanto. Do abraço, no entanto, ela gostou. Gostou tanto que a casa até ficou com uma atmosfera mais acolhedora.

Quando Kylie foi para o seu quarto, não conseguiu deixar de rir. Na mesinha de cabeceira, havia uma pilha de panfletos sobre tópicos relacionados a sexo. O que estava em cima da pilha, obviamente, era o que a mãe achava mais importante, sobre sexo seguro. Ah, claro, informações essenciais para ela... Até parece que Kylie pretendia sair furtivamente de casa à noite para fazer sexo...

A mãe tinha preenchido todos os horários do final de semana com itens da sua lista de "Programas Imperdíveis". Elas tinham que assar os biscoitos favoritos de Kylie. Tinham que jantar na nova pizzaria. Tinham que ir ao hotel mal-assombrado às seis da tarde.

Quando, Kylie se perguntava, ela teria tempo de sair às escondidas e praticar sexo "seguro"?

Kylie acrescentou um item importantíssimo à lista de "Programas Imperdíveis". *Convencer a mãe a matriculá-la em Shadow Falls para cursar o ano letivo.* Apesar de não querer deixar a mãe, Kylie era sobrenatural e se sentia como um peixe fora d'água em casa.

Às seis da tarde, depois de assar biscoitos e aproveitar a companhia da mãe, Kylie tratou de entrar no carro para irem ao passeio ao hotel mal-assombrado. E esperava que o dono do hotel não se importasse se ela levasse um visitante com ela, pois no banco de trás — ainda ensanguentado e apavorante — estava o fantasma de Kylie, que não se comunicava mais com ela agora do que se comunicara em Shadow Falls.

E para provar que isso era verdade, ele desapareceu antes de chegarem ao hotel.

Depois que estavam todos reunidos no saguão do hotel, a proprietária, uma mulher alta e corpulenta na casa dos 50 anos, com cabelo vermelho tingido, pediu que fizessem um semicírculo.

— Bem-vindos! Muito bem-vindos ao Hotel Anderson's. Meu nome é Celeste Bell. Alguns de vocês talvez se lembrem de mim de uma das muitas aparições que fiz na TV.

Kylie discordou com a cabeça, mas vários outros hóspedes concordaram. Celeste era uma médium que já tinha participado de vários programas de TV como especialista em casas mal-assombradas. Ela usava uma longa túnica branca, como se o traje fantasmagórico adicionasse um pouco mais de intensidade à experiência.

— Esta casa foi construída no final do século XVIII por Joshua Anderson, mas a tragédia se abateu sobre ela antes mesmo de ele se mudar para cá, quando sua jovem noiva morreu no dia do casamento, num acidente de carruagem. Joshua então tirou a própria vida nos aposentos principais. A casa foi depois vendida e transformada numa taverna. E mais tragédias ocorreram. Agora, antes de começarmos, vamos falar sobre as regras.

As regras eram simples. Deviam ficar juntos. Nada de conversas desnecessárias. Celeste também insistia que desligassem os celulares, pois aquele tipo de energia poderia espantar os fantasmas.

O mais engraçado, pensou Kylie, é que por experiência própria ela sabia que os fantasmas gostavam de brincar com o celular dela.

Kylie de fato investigou o padrão cerebral de Celeste para ver se ela era sobrenatural, mas descobriu que não era. Os dez hóspedes, com exceção de Kylie e a mãe, eram todos cidadãos idosos. Avançando lentamente em grupo, metade deles usando bengalas, eles seguiram a mulher através do primeiro andar da casa. Em cada cômodo, Celeste parava para contar uma história de fantasmas, a maioria da época em que a casa era uma taverna.

Até ali, o lugar parecia livre de fantasmas.

Embora Celeste pudesse não ser muito boa médium, ela era uma boa contadora de histórias e mantinha todos com os ouvidos atentos aos seus contos assustadores.

— Agora, vamos ao jantar. E eu contarei a vocês o que aconteceu no início do século XIX. Por favor, acomodem-se nos seus lugares. — Celeste fez um gesto indicando a mesa da sala de jantar, onde havia uma fileira de pratos cheios de espaguete.

— Por alguma razão — ela sussurrou — esta sala é sempre um pouco mais fria do que o resto da casa.

Bastou ela falar isso para a temperatura do velho cômodo cair para uns cinco graus. O fantasma de Kylie se materializou em seguida. As pessoas começaram a esfregar as mãos, cruzar os braços de frio, exalando dos lábios uma nuvem de vapor. O olhar intrigado de Celeste teria feito o jantar caça-fantasmas valer a pena caso Kylie não tivesse visto o mais puro terror no rosto da mãe.

— Está tudo bem, mãe — Kylie sussurrou.

— Este maldito lugar está mesmo me assustando pra caramba... — A mãe nunca tinha dito "maldito" ou "caramba".

— Provavelmente é um truque — Kylie mentiu.

— *Chegou a hora. É hora de você fazer alguma coisa!* — o fantasma gritou.

— *Mostre-me o que eu preciso fazer* — disse Kylie mentalmente.

Neste exato momento, todos os celulares no cômodo começaram a tocar. Todos exceto o de Kylie. O dela coaxou como um sapo dementado. E, como todos os celulares estavam desligados, o incidente causou um susto geral.

Mas não tão forte quanto o susto que todos levaram quando o lustre caiu bem no meio da mesa, espalhando pratos de espaguete por toda a sala.

Celeste, a médium profissional e "celebridade da TV", desmaiou. Kylie não sabia que pessoas usando bengala conseguiam andar tão rápido. Mas não tão rápido quanto a sua mãe. Kylie por um segundo achou que a mãe fosse derrubar os velhinhos para tirá-los do caminho e liderar a correria para fora da sala de jantar.

Kylie ajoelhou-se ao lado de Celeste. Quando o último hóspede sumiu porta afora, Kylie ouviu um deles dizer:

— Quem é Trey Cannon?

Kylie olhou para o senhor idoso.

— Não sei — disse outra senhora. — Mas foi essa pessoa que me telefonou também.

Kylie pegou o celular e, como já esperava, viu que tinha uma mensagem de voz de Trey.

Por que o fantasma teria mandado uma mensagem de Trey para todos na sala?

Kylie olhou para o fantasma, que estava no meio da sala com a camisola ensanguentada suja de espaguete, protagonizando uma cena que faria Kylie ficar, por muito tempo, com aversão a espaguete.

— É Trey? É ele que tenho que ajudar? Mas você disse... que "ela" precisava de ajuda.

Os contornos do fantasma começaram a se desvanecer.

— Nem pense em desaparecer! — gritou Kylie para ele.

— Desculpe, querida. Pensei que você estivesse atrás de mim — gritou a mãe do outro cômodo. Segundos depois, ela correu de volta para a sala de jantar e se ajoelhou ao lado de Celeste. — Ai, meu Deus, ela está morta?

Os olhos da mulher se arregalaram e ela gritou.

Vinte minutos depois, enquanto a mãe de Kylie falava com o motorista da ambulância que estava prestes a levar Celeste para o hospital numa maca, junto com um dos hóspedes que se queixava de dor no peito, Kylie pegou o celular da mãe e deletou a mensagem de Trey. A última coisa que ela queria era que a mãe suspeitasse de alguma coisa. Esperava que a mãe não tivesse ouvido o nome do ex-namorado dela no meio da confusão.

Kylie ouviu, então, a mensagem dele. Tudo o que dizia era que ela ligasse para ele. Foi o que ela fez. A ligação caiu na caixa postal. Ah, mas que droga!

Quando Kylie acordou no dia seguinte, às nove horas da manhã, percebeu duas coisas surpreendentes:

Primeiro, não tinha acordado ao amanhecer com a presença do fantasma. Será que isso significava alguma coisa? Alguma coisa boa? Ou alguma coisa ruim?

Segundo, e o mais chocante, ela não estava sozinha. Nada disso. Completamente coberto pelo cobertor, havia um corpo ao lado dela na cama. Morto ou vivo, ela não sabia.

Reprimindo um grito, ela o tocou. Na verdade, cutucou. Ele não estava frio. Tinha até soltado um gemido. Então a cabeça da mãe apareceu sob as cobertas. Quando ela viu a expressão de Kylie, sentou-se na cama.

— O que foi?

Kylie piscou.

— O que está fazendo na minha cama?

— Ah! — A mãe correu os dedos pelos cabelos com um novo corte que realmente os valorizava. — Eu vim ver se você estava bem e acho que... caí no sono.

Kylie achou graça.

— Você estava apavorada.

A mãe revirou os olhos de um jeito que colocaria Sara no chinelo.

— Ah, que nada... — disse a mãe, e caiu na gargalhada. — Tudo bem. Foi assustador mesmo. Me admira que tenha conseguido dormir.

— Era só um fantasma — disse Kylie, com um sorriso no rosto.

— Você diz isso como se conseguisse vê-lo o tempo todo. — A mãe de Kylie a tocou no rosto. — Estou tão feliz que esteja em casa... Viu como podemos nos divertir juntas? Você não precisa estudar em Shadow Falls.

Kylie prendeu a respiração.

— Mas eu realmente quero ir, mãe.

O brilho nos olhos da mãe esmoreceu.

— Não vamos falar sobre isso por enquanto. Temos um dia maravilhoso pela frente.

Apesar da conversa desanimadora e o fato de Kylie ainda não ter conseguido falar com Trey, ela continuou animada. O fantasma aparentemente tinha dado uma trégua. Ou tinha chegado à conclusão de que já tinha causado bastante tumulto na noite anterior. Um telefonema para o hotel informou que tanto Celeste quanto o hóspede idoso com dor no peito já estavam bem.

Elas decidiram comer pizza no almoço e estavam prestes a sair quando o telefone de Kylie tocou. Quando viu que era Miranda, pediu para a mãe esperar um minuto. A mãe então resolveu verificar seus e-mails.

— Ei — disse Miranda. — Della também está na linha. Diga oi, Della.

— Um *ménage à trois* verbal — disse Della.

— Que grosseria...

— Quer ouvir uma grosseria? — Della perguntou. — Acabei de molhar minha mão tentando mijar naquela droga de pauzinho *antidoping* enquanto falo no telefone com vocês.

Kylie riu.

— Sinto falta de vocês, meninas. — Ouviu-se o som de descarga na linha.

— Grosseria em dose dupla! — reclamou Miranda. — Eu disse pra não dar descarga enquanto fala ao telefone.

Kylie se jogou no sofá.

— Miranda, e a competição? Já foi?

— É só às quatro da tarde. — Ela parecia desesperada.

— Vai dar tudo certo — tranquilizou-a Kylie.

— Com certeza — Della acrescentou. — Como foi o jantar caça-fantasmas, Kylie?

Kylie certificou-se de que a mãe não estava por perto.

— Vocês não vão acreditar... — Ela contou tudo o que tinha acontecido. As três deram boas risadas e depois mudaram de assunto e começaram a falar sobre o quanto estavam ansiosas para voltar a Shadow Falls. Quando Kylie percebeu que estavam falando há mais de dez minutos, resolveu se despedir. Elas concordaram em se falar mais tarde.

— Estou pronta, mãe!

A campainha tocou. Kylie correu para a porta, quando a mãe gritou que estava desligando o computador. Quando Kylie abriu, toda a estranheza que ela tinha sentido na noite anterior voltou a assombrá-la. O mais engraçado era que, na noite anterior, estava se sentindo pouco à vontade por causa da ausência do pai e agora estava sentindo a mesma coisa por causa da presença dele.

— Oi, Fofinha!

Kylie se perguntou mentalmente se a mãe sabia que o pai iria aparecer.

— Já estou pronta... — Os tênis da mãe derraparam quando ela brecou ao entrar no saguão de entrada. As marcas pretas no chão de mármore e o choque no rosto da mãe responderam à pergunta de Kylie.

A mãe não sabia que ele viria. E, com toda a certeza, não estava nada feliz com isso.

O olhar do pai se desviou para a mãe.

— Oi, benzinho — ele a cumprimentou, sorrindo.

O sorriso nervoso do pai provocou uma sensação ruim no estômago de Kylie. Tudo bem, o pai merecia estar nervoso. Mesmo assim parecia errado atender o pai na porta se aquela tinha sido a casa dele. Seu castelo. Agora ele não sabia se era bem-vindo. E, se a expressão da mãe servia de indicação, ele não era.

— Achei que podia levar as minhas garotas pra almoçar — ele disse.

A mãe recuou um passo.

— Eu... eu devia saber que você queria vê-la. — Ela fez um gesto com a mão em direção à porta. — Vocês dois podem ir.

— Por que não vem também? — insistiu o pai.

— Melhor, não — contemporizou a mãe.

— Kylie quer que você vá. — O olhar dele voou para ela. — Não quer, Fofinha? Como nos velhos tempos, nós três juntos.

A mãe franziu a testa. Kylie franziu a testa. O pai ficou ainda mais nervoso. A tensão no ar aumentou.

A mãe enrijeceu o queixo.

— Por que não vamos os quatro? Sua piranha pode ir também.

— Humm, péssima hora, hein? — A voz de Trey soou atrás do pai.

A mãe de Kylie subiu as escadas pisando duro. O pai parecia atordoado. Trey parecia constrangido.

Então o pai franziu a testa para Kylie.

— Você não disse à sua mãe que estava tudo terminado?

Será que ela tinha ouvido direito?

— O quê?

— Você não disse a ela que estava tudo acabado com Amy?

— Será que eu devo voltar outra hora? — perguntou Trey.

— Deve — respondeu o pai.

Kylie concordou com a cabeça. Ficou observando Trey se afastar. Ouviu a mãe chorando. Kylie ficou olhando para o pai — o padrasto. A ideia de que ele tinha tentado usá-la para convencer a mãe a deixava furiosa. O fato de esperar que *ela* contasse à mãe sobre o fim do relacionamento dele também a enfurecia.

Ela apontou o dedo para o pai.

— Nem tente me usar de novo para convencer minha mãe!

— Eu pensei...

— Então não pense! — Ela bateu a porta, sacudindo os alicerces da casa. A janelinha de vidro da porta se estilhaçou. Ela viu a expressão chocada do pai através da janela quebrada antes de ele se afastar.

Ela respirou fundo.

Depois expirou o ar.

Então subiu as escadas de dois em dois degraus para ver como a mãe estava.

Kylie levou uma hora para convencer a mãe a ir à pizzaria outra vez. Depois tentou ligar para Trey, para saber o que era tão importante a ponto de o fantasma enviar a mensagem dele para todos os celulares do hotel mal-assombrado. Elas já estavam quase terminando a pizza, ainda longe de recuperar o mesmo estado de ânimo jovial de antes, quando o telefone começou a coaxar.

— Ai, querida — comentou a mãe. — Troque esse toque do celular. — Ela cruzou os braços e chamou o garçom. — Pode desligar o ar-condicionado, por gentileza?

Kylie agarrou o celular. Mas não havia ninguém na linha, só a transmissão de uma antiga mensagem de voz.

— Oi, Kylie. É Sara. Desculpe eu ter desligado daquele jeito. Eu... precisava resolver uma coisa. Olhe, eu realmente quero ver você quando estiver em casa. Por favor, me ligue, tá?

— Quem era? — perguntou a mãe, e depois acrescentou em voz mais baixa —, seu pai?

— Não. Uma mensagem de Sara.

Kylie olhou para a pizza e teve um mau pressentimento.

— Mãe, você se importa se eu for à casa de Sara depois do almoço?

— Oi, Kylie — cumprimentou-a a senhora Jetton uma hora depois. — Sara vai ficar muito feliz em vê-la.

Kylie analisou a expressão da mãe de Sara. Os olhos pareciam vermelhos e o rosto, pálido. O clima melancólico que pairava no ar aumentou a preocupação de Kylie pela ex-melhor amiga.

— Ela está no quarto — disse a mãe.

Kylie quase perguntou o que havia de errado, mas o calafrio que percorreu sua espinha a impediu de falar. O curto trajeto da sala até a porta do quarto de Sara foi suficiente para encher a cabeça de Kylie com dezenas de lembranças. E, por uma estranha razão, essas lembranças a deixaram com lágrimas nos olhos.

"Você tem que salvá-la. Tem que salvá-la."

As palavras do fantasma vibravam na cabeça de Kylie. Ela engoliu em seco e disse a si mesma que estava exagerando, que tudo devia estar bem.

Kylie abriu a porta do quarto de Sara e, ao pousar os olhos na amiga, quase perdeu o fôlego.

Sara estava com uma aparência... horrível. Tão pálida que Kylie ficou olhando seu peito para ver se ela estava respirando.

Sara abriu os olhos.

— Ela te contou, não é?

Kylie limpou as lágrimas com as mãos.

— Contou o quê?

— O que o médico... Se não contou... por que está chorando?

— Estou feliz de ver você... — Kylie tentou sorrir.

— Você sempre mentiu muito mal. — Sara puxou as cobertas. — Mãe, pode desligar o ar, por favor? Estou congelando aqui.

— Querida, já desliguei! — gritou a mãe da sala. — Já telefonei para o eletricista. Tem algo errado com o ar-condicionado outra vez.

Um álbum de foto, na mesinha de cabeceira de Sara, caiu no chão.

Kylie pegou-o. Não ficou surpresa ao ver o rosto na foto. Então ela olhou para os pés da cama de Sara e viu o mesmo espírito da mulher. Ela não estava mais coberta de espaguete nem tinha a camisola ensanguentada, mas sua expressão era tão medonha quanto antes.

— Quem é? — perguntou Kylie, passando a mão no rosto da mulher da foto.

Sara se curvou para ver. Parecia que o movimento lhe causava dor.

— Minha avó. Ela morreu quando eu tinha 4 anos. De algum tipo de câncer. De arrepiar, né?

Câncer. A palavra causou outro sobressalto em Kylie e ela teve que se conter para não deixar os lábios tremerem. Olhou para o espírito.

— Não posso consertar isso.

— *Sim, você pode* — insistiu o fantasma.

— Não pode consertar o quê? — Sara olhava para o álbum como se Kylie tivesse quebrado alguma coisa.

— Nada. — Kylie sentou-se ao lado de Sara. As lembranças das duas naquela cama, confidenciando segredos, rindo de bobagens, voltaram à memória.

Ela engoliu as lágrimas que ameaçavam dominá-la.

— Lembra quando nos deitávamos aqui e ficávamos beijando o espelho para praticar antes do baile do sexto ano?

Sara sorriu.

— Lembro. — Ela se reclinou no travesseiro e fechou os olhos. Seu longo cabelo castanho parecia mais ralo e sem brilho. O silêncio ficou mais pesado. Mais triste.

Kylie acariciou o braço de Sara.

— O que o médico disse?

Capítulo Trinta e Dois

Sara abriu os olhos.

— O oncologista disse que vai tentar uns tratamentos experimentais, mas... ele acha que é tarde demais. — Os olhos de Sara se encheram de lágrimas. — A minha mãe diz que estou reagindo bem, mas... — Sara engoliu. — Não quero morrer. — Os lábios dela tremeram. — Mas ainda posso ouvir minha mãe dizendo dezenas de vezes que, se ela um dia tiver câncer, prefere morrer a passar pelo que a mãe dela passou. Ela disse que os médicos judiaram muito dela. Eu não quero passar por isso. Uma cirurgia já foi ruim o suficiente.

Kylie recordou dos seus sonhos em que sentia uma faca cortando-a. Ela olhou para o abdômen de Sara.

— Quando você fez a cirurgia?

— Semana passada — respondeu Sara. — Fiquei muito tempo sem menstruar. O médico sentiu um caroço quando estava me examinando. Dois dias depois, eu estava no hospital.

— Por que não me ligou?

Sara mordeu o lábio.

— Eu liguei. Não disse a você que achava que estava com câncer, mas...

Kylie sentiu o sentimento de culpa crescer dentro dela. O fantasma, a avó de Sara, tinha tentado fazê-la ouvir a mensagem. A mesma mensagem que ela tinha ouvido aquele dia, na pizzaria.

— Não podem tirar o tumor?

Sara balançou a cabeça.

— Já se espalhou. Está em todo lugar.

A dor no peito de Kylie ficou mais forte. Ela se lembrou da mensagem de Trey, enviada para todos no hotel. Por que o fantasma tinha enviado uma mensagem de Trey?

— Trey?

Sara olhou as próprias mãos.

— Desculpe. Eu não tinha intenção que acontecesse. Eu tinha bebido muito. Ele tinha bebido muito também.

— O quê? — Kylie perguntou.

Sara olhou para ela.

— Droga. Ele não te contou, né?

Levou um segundo para ela digerir o que Sara tinha dito — e menos tempo ainda para saber que não era importante.

— Eu disse a ele pra te contar, porque eu não ia conseguir. Ele prometeu que contaria.

— Ele tentou. Eu não retornei as ligações dele. Mas eu não me importo, Sara. — Ela pegou a mão da amiga e a apertou. — Trey e eu... acabou. Você é que é importante.

Outra lágrima desceu pela face pálida de Sara.

— Você não está dizendo isso porque estou morrendo, está? — Sara tentou fazer piada.

Kylie não riu.

— Não.

Sara soltou a mão de Kylie.

— Você está quente.

— *Você pode ajudá-la.* — A voz do fantasma soou atrás da orelha de Kylie. — *É o seu toque.*

Kylie olhou o espírito, atrás dela.

— Você quer dizer... como Helen?

— O quê? — Sara perguntou.

Kylie continuou a olhar para o fantasma.

— *Cure-a* — insistiu o fantasma. — *Por favor. Cure-a. Antes que seja tarde demais.*

— Não sei como — Kylie murmurou.

— Estou tendo alucinações ou você está falando sozinha? — perguntou Sara. — Quer dizer, estou sob o efeito de uns remédios meio fortes agora.

Kylie olhou para Sara novamente.

— Não. — Ela sentiu o frio do fantasma chegar mais perto.

— Não o quê? Não estou tendo alucinações ou não está falando sozinha?

— Não para as duas coisas. — Kylie tentou pensar. Ela podia mesmo curá-la? Olhou novamente para a foto da avó de Sara.

— Qual era o nome dela?

— Fanny Mildred Bogart. — Ela riu. — Estou feliz de não ter o nome dela. — Era óbvio que Sara sentia dor ao rir, porque soltou um gemido e voltou a se recostar no travesseiro. Quando abriu os olhos, fitou a fotografia. — Quer ouvir uma coisa muito louca?

— O quê? — perguntou Kylie, quase adivinhando o que Sara ia dizer.

— Às vezes acho que ela está aqui.

— Ela *está* aqui. — Kylie pegou a mão de Sara novamente e por um instante lutou para decidir o quanto diria à amiga.

Sara riu.

— Agora você acredita em fantasmas, hein?

— É isso aí. — Kylie encheu os pulmões de ar. — Você ia ficar surpresa se soubesse tudo em que acredito agora.

— Como o quê?

— Como em milagres. — Kylie olhou para Fanny.

— Eu queria um milagre. — Sara sorriu e tentou de novo soltar a mão de Kylie. — Por que a sua mão está tão quente?

— Como eu faço isso? — Kylie perguntou para o espírito, segurando a mão de Sara.

— Faz o quê? — Sara perguntou, sua voz parecendo tão cansada quanto seus olhos.

— *Eu não sei como, só sei que você tem esse poder.*

— Isso não está ajudando em nada — Kylie respondeu.

— Você está falando sozinha outra vez? — perguntou Sara, mas sem tentar puxar a mão.

— Eu sei — Kylie disse a Sara. Então Kylie se lembrou de como Helen, a fada com o dom da cura, tinha tocado sua cabeça quando a examinava para saber se ela tinha um tumor. E Helen também tinha contado o que fez quando curou a irmã de um câncer.

Largando a mão de Sara, Kylie se levantou e se sentou na cabeceira da cama. Com uma mão, afastou a franja da testa de Sara e com a outra tocou as duas têmporas.

— O que está fazendo? — Sara perguntou, olhando para Kylie com cara de quem está achando graça.

— Tentando ajudar você a relaxar — disse Kylie, sabendo que tinha sido pouco convincente.

— É, esse acampamento deixou você esquisita — disse Sara, estendendo a mão para afastar as mãos de Kylie.

— *Diga a ela que sua mãe fazia isso em você quando não estava se sentindo bem* — aconselhou Fanny.

Boa ideia.

— Minha mãe costumava fazer isso em mim e eu realmente me sentia melhor.

Sara voltou a estender os braços na cama.

— Tudo bem, mas se tentar me beijar vou gritar para a minha mãe me salvar — disse Sara rindo.

— O quê? Eu não faço o seu tipo, então? — Kylie perguntou, rindo também, e depois tentou se concentrar em pensamentos positivos de cura.

Já passava das nove da noite quando Kylie deixou a casa de Sara. Quando estava lá há uma hora, Kylie ligou para a mãe do banheiro e chorou ao contar que a amiga estava com câncer. A mãe disse que ligaria para a mãe de Sara no dia seguinte e que Kylie deveria ficar com a amiga o quanto quisesse, mas deveria avisá-la quando fosse para casa.

Kylie só foi para casa depois que Sara dormiu. Ela tinha se esquecido de ligar para a mãe, mas, como estava de carro e morava a poucos quarteirões, não se preocupou.

O bairro estava às escuras, não havia iluminação nas ruas nem nas casas. Devia estar faltando luz, Kylie disse a si mesma, enquanto lutava contra um sentimento crescente de apreensão.

E foi então que tudo aconteceu.

Algo grande se chocou contra o para-brisa do seu carro.

Capítulo Trinta e Três

O coração de Kylie quase parou quando ela viu o corpo bater contra o para-brisa. Ela afundou o pé no breque. Ai, Deus. Devia ter atropelado alguém.

Então viu um rosto olhando para ela através do para-brisa. O vampiro que tinha matado as meninas em Fallen. Mas como? A gangue não tinha "cuidado" dele?

Ela acelerou e depois virou o volante abruptamente, na esperança de atirar fora o vampiro do capô. Não funcionou. Agarrado ao carro como uma aranha, ele aos poucos foi escalando o capô, depois sorriu e socou o vidro com o punho. O para-brisa se estilhaçou e pedaços de vidro voaram para todos os lados. Ela gritou e pisou mais fundo no acelerador. Ele estendeu o braço na direção dela, pegou-a pelo pescoço e apertou. Ela não conseguia respirar. Nem se mover. Fogos de artifício explodiam diante dos seus olhos. Seu último pensamento foi Sara. Ela tinha esperança de que a amiga se curasse. Pelo menos uma delas tinha que sobreviver.

Quando Kylie acordou, estava sentada numa cadeira dura e fria de madeira. A cabeça e a garganta latejavam. Ela ouviu o som de metal contra metal. Correntes?

Abriu bem os olhos, mas não viu nada. Estava cercada da mais profunda escuridão.

Ao arrastar os pés, ouviu as correntes chocalhando de novo. Percebendo que estava presa pelos pulsos e tornozelos com argolas de metal, sua mente começou a racionalizar. Seus braços e pernas estavam presos a algum tipo de corrente de metal. Ela tentou se libertar para testar sua teoria.

De fato eram correntes.

Ela detestou estar certa. A lembrança do vampiro voltou à sua mente. Ela reprimiu um grito na garganta.

Piscou e esperou ver alguma coisa, mas só a escuridão invadiu seus sentidos. Ela respirou fundo. Um cheiro de pó e concreto encheu suas narinas.

Uma leve inspiração chegou aos seus ouvidos.

— Tem alguém aí? — Nenhuma resposta. — Sei que tem alguém aí.

Testando sua força, ela puxou as correntes. Mal conseguiu se mexer.

— Então os boatos a respeito da sua força não passam mesmo de boatos. — Uma áspera voz masculina ecoou na escuridão.

— Me solte! — Dominada pelo pânico, ela lutou contra as correntes que a prendiam, mas não conseguiu se libertar.

— Você não deve resistir, Kylie. Vai gastar energia à toa. Guarde suas forças para pensar. Para fazer sábias escolhas.

Forçando-se a se acalmar, ela ouviu. A voz ecoava no ambiente, mas ela não a reconheceu. Lembrou-se do vampiro que tinha se chocado contra o para-brisa do carro. O pânico apertou sua garganta seca. Ela tentou lembrar que voz era aquela. Podia ouvi-la na sua cabeça, mas não parecia a mesma. Ou era?

— De que escolhas está falando? — ela perguntou.

— Temos muito que conversar. — Definitivamente não era o vampiro nem era a voz que tinha ouvido antes. Parecia mais rouca, mais... envelhecida.

A maneira como a voz ecoou no cômodo deu a Kylie a impressão de que estava num túnel.

— Onde estou? Quem é você? — Ela teria que perguntar o que queria saber, mas estava apavorada demais para saber.

Era preciso admitir, quando se está acorrentado numa sala escura feito breu, geralmente ninguém vem servir chá com bolinhos.

O único barulho que ela ouvia era o som da própria respiração e as respirações mais curtas e superficiais do homem de voz rouca. Ela se lembrou das visões do fantasma e se perguntou se não as tinha interpretado mal. Seria Kylie a pessoa que seria torturada?

Respirando fundo, lutou mais uma vez contra as correntes. Não conseguia se libertar. Onde estava sua força?

— Sobre o que temos que conversar? — ela perguntou.

A luz acendeu com um brilho ofuscante. Ela piscou e, quando suas pálpebras se abriram pela segunda vez, ela o viu. Usava uma estranha túnica, como um monge. Sua pele era enrugada e tinha a textura de couro. Ela franziu as sobrancelhas e viu seu padrão cerebral. Como suspeitava, era um vampiro.

Um velho e estranhíssimo vampiro, como Tabitha, a concorrente de Miranda, tinha descrito. Os instintos de Kylie tinham tentado avisá-la de que não deveria ignorar a bruxinha. Ela esperava que esse erro não fosse fatal e definitivo.

— Você estava me vigiando.

— Seus instintos são bem afiados. — Ele chegou mais perto, assustadoramente perto. Seus olhos eram frios e acinzentados. De um cinza mortiço. — Você mantém sua mente fechada de propósito? — ele perguntou.

Ela refletiu sobre o quanto devia contar a ele ou *se* deveria contar alguma coisa. Mas, se ele achasse que ela estava bloqueando seus padrões de propósito, podia ficar furioso. E ela tinha que se lembrar de que não adiantava mentir para um vampiro.

— Eu não sei como abri-la.

O som do metal arranhando o concreto encheu o ambiente. Kylie olhou atrás do velho vampiro, para a porta que estava se abrindo. Seu coração parou e sua garganta se apertou quando ela se lembrou da mão do recém-chegado apertando sua garganta e sufocando-a.

— Eu disse pra esperar! — o velho resmungou.

— Mas, vô, estou ansioso para ver minha nova noiva. — O vampiro se aproximou.

Noiva? Kylie puxou as correntes com toda força, repelindo a ideia de ser noiva daquela criatura.

— Saia agora! — rugiu o velho. Sua voz podia ser rouca e envelhecida, mas o tom exigia obediência. Obediência absoluta.

O vampiro parou a dois passos dela. Seu cabelo ruivo não estava empapado de sangue desta vez, mas ela ainda podia vê-lo em sua mente. Soube, desde o momento em que olhou nos seus olhos frios e cinzentos, que era o mesmo vampiro que a tinha espiado no vestiário da loja — e que tinha se chocado contra o para-brisa do seu carro.

— Ela é tão bonitinha! Não me obrigue a ficar afastado dela por muito tempo.

O vampiro saiu da sala. O som de uma porta de ferro batendo ecoou através do cômodo.

Kylie olhou para o velho.

— Ele matou duas meninas.

— É. — O velho tombou a cabeça, como se estivesse envergonhado. — Meu neto comete muitos erros. Mas ele vai ficar mais esperto.

— O Conselho dos Vampiros deveria... — Kylie se lembrou de algo que Della tinha dito sobre o Conselho, sobre serem todos velhos e, de repente, ela soube. — Você faz parte do Conselho. Você mentiu pra eles.

O velho a encarou.

— Eu não menti. Disse que ia cuidar de tudo. Você é parte do meu plano.

— Ele me sequestrou. — Será que ela conseguiria fazer o velho soltá-la e deixá-la ir?

— Por ordem minha.

Ela não devia ter tanta esperança.

O vampiro chegou mais perto, envolto em sua aura de poder.

— Na minha época, quando nossos jovens agiam, só uma coisa conseguia acalmá-los. Uma mulher forte, bela, que lhes desse motivo para se acalmar.

— Ele não pode ser salvo. — O pulso de Kylie acelerou quando o velho chegou mais perto.

— Ele está fora de controle agora, mas você o fascina. Você tem ideia de quantas horas ele passou nos bosques daquele acampamento, correndo o risco de ser pego, só para ter a chance de vê-la?

Ela estremeceu de ódio, sabendo que tinha sido ele todas as vezes.

— Eu estava curioso para saber quem tinha roubado o coração do meu neto e, então, eu o segui. Depois que vi você, pude entender o que o seduziu. Você é de fato fascinante. — Ele se inclinou, o rosto a centímetros do dela. O hálito do vampiro atingiu seu rosto e ela ficou com nojo de dividir o mesmo ar com ele. — O que você é, Kylie Galen? Você pelo menos sabe? Há sangue vampiro nas suas veias?

— Ele é um assassino. Eu prefiro morrer a deixar que encoste um dedo em mim.

O velho arqueou uma sobrancelha.

— A morte é sempre uma opção. Não que eu recomende, porém.

O pânico começou a comprimir seu peito novamente.

— Eu vi você bebendo sangue. — O toque frio do vampiro no seu braço fez a pele dela arrepiar. — Mas você ainda é quente. Vi aquele lobo estranho querendo ser seu amigo, mas você não se transformou no dia da lua. Normalmente, eu buscaria uma vampira para acasalar com meu neto, mas você... ele está certo. Você é especial.

Ela lutou contra as correntes.

— Me solte!

— Você quer uma família, Kylie Galen. Podemos ser uma família pra você. Você geraria meus bisnetos e com meus genes e os seus eles seriam mais poderosos ainda. E você ensinaria meu neto a ser um homem.

— Nem pensar — Kylie disse, com desprezo.

— Nós vamos convencer você.

— Não me deixo convencer facilmente. E se o seu neto não é um homem, talvez seja porque não tenha um bom exemplo.

Os olhos do velho se apertaram.

— Sou tolerante, mas exijo respeito.

— Respeito é algo que é preciso conquistar. — Essa era uma das frases preferidas da mãe dela e nunca parecera tão verdadeira quanto agora.

Ele balançou a cabeça.

— No nosso mundo, merece respeito quem tem mais poder. No momento, minha doce criança, todo o poder está nas minhas mãos.

Sem aviso, o vampiro simplesmente desapareceu. Sumiu. Kylie não viu nem seu borrão ao se afastar. O que ele era? Ela se lembrou de Tabitha, a bruxa que Miranda pegou espionando sua cabana, dizendo que ele era mais do que um vampiro, e Kylie temeu que a garota estivesse certa.

Ele podia ter poder, Kylie pensou, mas mesmo assim ela não o respeitava. E, Deus do céu, ela não ia gerar os bisnetos dele!

Ela forçou as correntes outra vez, buscando força dentro dela para se libertar. Mas a força não veio. Pensou em gritar, mas a sua intuição lhe dizia que seria perda de tempo. Ela precisava pensar. Precisava usar o cérebro para sair dali.

Ela chamou Daniel. Ele não apareceu. Será que os anjos da morte ou quem quer que habitasse a cachoeira não viriam ajudá-la?

Ela fechou os olhos e pediu ajuda. Implorou, na verdade. A ideia de ser tocada por aquele vampiro lhe deu certeza de que não hesitaria em implorar.

Nos recônditos da sua mente, uma voz sussurrou: "*Você tem a força dentro de você*".

— Pelo amor de Deus, isso está mais parecendo um filme de *Guerra nas Estrelas*. — Quando ela só ouviu o silêncio como resposta, continuou. — Agora não é hora de autodescobertas. — Ela lutou contra as correntes outra vez, constatando que sua força estava meio fraca. Lutou até sentir os pulsos e tornozelos doloridos. — Ele me quer para gerar seus bisnetos. Eu preciso de uma ajuda para sair daqui!

Tentando se lembrar de respirar, ficou imaginando de que poder os anjos da morte estavam falando. Ela falava com fantasmas, era veloz na corrida e de vez em quando descobria em si força suficiente para atirar longe até lobisomens. E ela tinha uma superaudição intermitente. Também havia a possibilidade de que tivesse o dom da cura — pelo bem de Sara, ela esperava que de fato tivesse — e era capaz de invadir os sonhos de outras pessoas.

Ela podia invadir o sonho de alguém! Isso não era tão bom quanto ter um celular? Se conseguisse entrar em contato com Lucas, ele avisaria Burnett. Burnett a tiraria dali. Ele faria isso. Poria toda a UPF atrás daquele vampiro filho da mãe.

Ela contou carneirinhos. Cem, depois duzentos. Qualquer barulho e às vezes a falta de barulho a mantinham acordada. Seus olhos estavam cansados. Ela estava cada vez mais exausta. Por fim, a sensação de flutuar tomou conta do seu subconsciente. Então ela flutuou por entre as nuvens. E o viu.

— Você veio! — Lucas se sentou na sua imensa cama de casal. Ele exibia um sorriso sexy e o peito nu. Não que agora ela estivesse em condições de reparar nessas coisas.

— O vampiro me sequestrou. Avise Burnett. — Ela falou rápido, com medo de acordar.

— O quê?

— Você me ouviu.

— Onde você está?

— Não sei. Num túnel. Há muito concreto. Portas de ferro, também.

Ele olhou para ela em pânico.

— Tenho que saber onde você está.

— Eu estava inconsciente quando eles me trouxeram para cá.

— Eles?

— O avô do vampiro. Ele é do Conselho dos Vampiros.

Lucas passou as duas mãos pelos cabelos escuros.

— Escute, Kylie. No sonho lúcido, você pode voar. Então agora vai voltar para o seu corpo, mas lentamente. Olhe para baixo e procure pontos de referência. Depois volte para cá e me diga onde você está. Tenho que saber onde está, do contrário não posso ajudá-la.

— E se eu não conseguir voltar? E se acordar e não puder falar com você? — O pânico a deixava angustiada e sua voz denunciava essa angústia. Ela não queria deixar Lucas. Embora soubesse que era um sonho, sentia-se mais segura ali.

— Você pode fazer isso, Kylie. Vá! — Ele fez um gesto com a mão para que ela fosse. — Rápido!

Kylie fez o que Lucas disse. Ela começou a flutuar de volta. Mas rápido demais. Então se concentrou, até conseguir reduzir a velocidade com que avançava. Aí olhou para baixo. Viu a linha do horizonte. Viu Houston ao longe. Ela foi ainda mais devagar até ver um prédio grande, o Toyota Center, que ela reconheceu. Depois se lembrou de que o pai a tinha levado ao centro da cidade, nos túneis de Houston.

Voando pelos túneis, através das paredes, Kylie não diminuiu até ver a si mesma. Seu coração martelava contra as costelas. Ao se ver adormecida sobre uma cadeira, acorrentada como numa cena de um filme de terror, ficou apavorada. Ouviu um barulho. A porta de ferro começou a se abrir. Ela se sentiu voltando para o corpo.

— Não! — Ela tinha que voltar até Lucas. Tinha que lhe dar as instruções sobre como encontrá-la.

Capítulo Trinta e Quatro

Lutando contra o impulso de voltar para o corpo, Kylie deu uma guinada no ar e voltou pelo mesmo caminho pelo qual tinha vindo. A velocidade a impedia de respirar.

Alguém chamou seu nome. Não era Lucas. Era o velho vampiro.

As nuvens estavam mais espessas. Lucas não estava do outro lado da parede de fumaça? Ela se sentiu sendo puxada para trás. Estava prestes a acordar.

— Lucas, estou no sistema de túneis de Houston. Embaixo do edifício da Toyota. Pode me ouvir?

— O que está fazendo? — rugiu a voz rouca e sombria.

Kylie abriu os olhos. O velho vampiro a encarava. Ela se lembrou de que não podia mentir.

— Estava sonhando.

— Que tipo de sonho? Eu senti a energia.

— Um sonho perturbador. Eu... costumava ter terrores noturnos quando era mais jovem. — Não havia mentira ali.

Ele pareceu resignado a acreditar nela, mas continuou cheio de suspeitas. Mas havia alguma coisa de que suspeitar? Será que Lucas a ouvira?

— Tenho alguns velhos amigos interessados em conhecê-la. Para o seu próprio bem, espero que se comporte.

— Quem são eles? E por que querem me conhecer?

— Acho, Kylie Galen, que você é mais especial do que pensa.

— Como assim? Especial?

Ele não respondeu.

— Se me disser que não vai tentar escapar, afrouxo as correntes.

A ideia de se libertar das argolas de metal foi um grande alívio. As palavras estavam na ponta da língua, mas ela teria que mentir.

— Nós dois sabemos que, se houver um jeito de escapar, eu vou tentar. A sua parte é garantir que não haja.

Ele riu.

— Aprecio a sua sinceridade.

— Ela basta para me soltar?

— Não exatamente — ele disse.

Ela fitou os olhos acinzentados dele.

— Não vejo como eu poderia escapar daqui. A menos que acredite que eu tenha força para vencer você quando a porta estiver aberta. E como não posso quebrar as correntes, você está dizendo que os seus poderes são menores que este metal?

Ele a estudou.

— Você é muito inteligente, garota. Será que é tão ardilosa quanto inteligente?

— Se eu fosse tão ardilosa e inteligente, estaria aqui?

— Vamos chegar a um acordo. — Ele fechou os olhos e as argolas de metal em torno dos braços dela e de um dos tornozelos desapareceram. Seu tornozelo direito estava agora preso a uma corrente longa e pesada.

Chocada com a capacidade dele, ela o fitou.

— O que você é?

Ele sorriu.

— Veja, eu já estou conquistando seu respeito.

— Você está confundindo curiosidade com respeito.

Os olhos dele se estreitaram, mas um leve sorriso se revelou por trás da raiva.

— O que você é? — ela perguntou outra vez.

Ele cruzou os braços flácidos sobre o peito.

— Qual o problema, minha cara? As semelhanças a assustam? — Ao dizer isso, ele desapareceu no ar.

— O que quis dizer? — ela gritou e levantou-se para ver até onde conseguia ir com a corrente presa ao tornozelo.

Não longe o bastante.

Kylie tentou voltar a dormir, para entrar no sonho de Lucas outra vez, mas não conseguiu. Ela só podia torcer para que ele tivesse ouvido a mensagem e já tivesse ligado para Burnett, para que viessem salvá-la. Quanto tempo levariam para chegar?

Mas e se não viessem? E se a mensagem não tivesse chegado até ele? Ela tentou se libertar da corrente, mas sua força não foi suficiente. O que havia acontecido com sua força? Por que ela era intermitente?

Kylie começou a andar de um lado para o outro, arrastando atrás de si a corrente. Não conseguia chegar à espessa porta, mas aquilo não fazia nenhuma diferença, pois, ao desaparecer, o vampiro tinha feito a maçaneta desaparecer também. Abri-la seria impossível. Ainda andando pelo cômodo, tentava achar um jeito de sair dali, com a ajuda de Burnett ou não. Ela olhou novamente para a porta sem maçaneta. O que será que esse vampiro era? E o que queria dizer com aquela história de semelhanças?

A corrente se chocava contra o chão de concreto. Ela se lembrou de que não tinha telefonado para a mãe antes de sair da casa de Sara, e esperou que ela não estivesse preocupada. Ao dar meia-volta, marchando em direção à outra parede dessa vez, Kylie ficou surpresa ao ouvir vozes. Estaria o velho de volta com seus amigos? Ela parou de andar e ouviu.

Não era a voz do vampiro mais velho, mas do neto. Ah, mas que ótimo, estaria planejando outra visitinha? Seu corpo ficou tenso e ela olhou em volta, procurando qualquer coisa que pudesse usar como arma. Antes que seus olhos percorressem o cômodo, a voz do vampiro soou mais clara.

— *Quem é você e o que está fazendo aqui, nos espionando?*

De onde vinham as vozes? Ela hesitou e chegou mais perto da parede. De repente, ouviu um baque alto, como se algo pesado fosse atirado para o outro lado do cômodo.

Algo ou alguém?

Seu coração parou. Ela chegou ainda mais perto da parede, tentando descobrir se as vozes vinham de detrás dela. Outro ruído ecoou e ela quase adivinhou o que era.

— *Você vai me dizer!* — o vampiro sibilou.

O medo revirou suas entranhas. Com quem o vampiro estava falando? Será que... era alguém que tinha vindo procurá-la? Seus pensamentos e seu coração voaram para Lucas.

— *Me solte e lute como um homem!* — rugiu a voz de Lucas.

O peito dela se expandiu de alívio. Ela tinha pedido ajuda a ele e...

— *Por quê? Você só luta como o cão que é...* — Um outro golpe se seguiu e Kylie concluiu que Lucas tinha tomado um soco.

Seus músculos se retesaram. Uma onda de energia percorreu seu corpo. Ela agarrou a corrente com uma mão e arrancou-a do concreto. Então, virando-se para a parede, arremeteu contra ela e golpeou-a com o ombro. Só um segundo antes de se chocar contra ela, lhe ocorreu que aquilo podia doer.

Por mais estranho que fosse, ela não sentiu nada. Pedaços de concreto desabaram em torno dela. Ela tirou fragmentos do rosto e então, percebendo que estava do outro lado da parede, olhou através da nuvem de poeira. Lucas estava caído de lado, ainda acorrentado à cadeira, assim como ela estivera momentos antes. Ela viu seu rosto ensanguentado e os olhos fechados, como se estivesse inconsciente.

Ou morto.

Ela ofegou, cheia de fúria, e olhou em volta, à procura do vampiro. Quando o viu, o choque no rosto dele não a surpreendeu. Ela investiu contra ele, mas justo quando ia pôr as mãos no ordinário, ele desapareceu.

— Então você não é tão indefesa assim. — A voz do velho vampiro ressoou em torno do cômodo, embora ela não pudesse vê-lo. A parede de concreto atrás dela voltou a ficar intacta e ela percebeu que parecia mais espessa dessa vez.

— O que você é? — ela sibilou, sabendo que nenhum vampiro comum conseguiria reconstruir uma parede daquele jeito.

— Eu não perguntei a você a mesma coisa? — ele respondeu.

Ela correu para Lucas. Ao pousar a mão em seu peito, percebeu que ele estava vivo. Ela arrancou as correntes e jogou-as ao lado dele. Um cascalho do chão voou em seu rosto.

Lembrando-se de que ela possivelmente tinha o dom da cura, impôs as mãos sobre ele e, como tinha feito com Sara, pressionou as mãos nos dois lados da cabeça de Lucas.

— Fale comigo, Lucas. Por favor. — A lembrança dele salvando-a de seus agressores na infância e de ambos olhando o céu em busca de elefantes a deixou com lágrimas nos olhos. — Por favor, fique bem...

Ela tentou pensar de modo positivo, imaginar as próprias mãos enviando uma onda de calor ao corpo dele. Ela não sabia se era daquele jeito que o seu dom funcionava, mas pelo bem de Lucas e de Sara, rezou para que fosse. Seu coração se encheu de esperança quando o inchaço no rosto dele desapareceu.

— Agora fale comigo — ela sussurrou, se inclinando na direção dele.

Os olhos de Lucas se abriram, o pânico marcou sua expressão e ele fechou o punho para desferir um soco.

Ela tentou segurá-lo, mas sua força já tinha desaparecido.

Fez o possível para se desviar do soco, evitando que atingisse seu rosto. Em vez disso, ele atingiu seu ombro. Ela sentiu uma explosão de dor, quando o golpe a atirou para longe.

— Cristo! — ele gritou, ficando de pé. — Me desculpe! — Ele correu até ela e a aconchegou em seu peito. — Você está bem?

Ela assentiu. Ainda bem que ele não era um vampiro, pois ela não poderia mentir. Seu ombro latejava como um dente cariado.

— Vou cair — ela conseguiu dizer ao sentir uma fraqueza nas pernas.

Ele a sustentou, mas os joelhos dela se dobraram e ele teve que segurá-la.

— Me desculpe.

Ela olhou seus olhos azuis.

— Tudo bem. — Ele não teve a intenção de atingi-la. — Acho que não quebrou. Você conseguiu falar com... — Ela parou de falar, lembrando-se de que o vampiro mais velho provavelmente os estava ouvindo. — Burnett? — Ela pronunciou sem fazer nenhum som e olhou para ele com ar de interrogação.

Ele assentiu e ela rezou para que ele tivesse lido seus lábios corretamente e Burnett de fato estivesse a caminho com a UPF.

Seu ombro latejava. As pernas tremiam. Ela se encostou à parede e foi escorregando até se sentar no chão frio de concreto. Lucas se sentou ao lado dela. Ela tremia e ele deve ter sentido, porque passou o braço pelos ombros dela. Sentindo o calor que exalava do corpo dele, ela se inclinou para mais perto e tentou absorver a sensação de calidez.

— Você é tão quente! — ela disse.

— Já era hora de você notar — ele brincou.

Ela teria sorrido se não estivesse tão exausta. Apesar da dor, se sentia segura.

— É coisa de lobisomem — ele disse. — A temperatura do nosso corpo é mais alta.

— Que horas são?

— Já passa da meia-noite.

Ela se lembrou da mãe, que deveria estar em pânico naquele momento. Então, se sentindo esgotada até para pensar, fechou os olhos e se encostou no peito dele, com cuidado para não mexer o ombro.

Ele a deitou no colo dele. Seu calor a envolvendo. Ela o sentiu acariciando seu cabelo.

— Tem alguma coisa presa no seu cabelo — ele disse.

— Deve ser concreto, da hora em que eu... atravessei a parede.

— Que parede?

Ela se lembrou de que ele estava inconsciente. Será que nem sabia que ela o havia curado?

— Aquela — ela mostrou com a cabeça. — Mas o vampiro a reconstruiu.

— Acho que bati em você com mais força do que pensava...

Ela não tinha forças para argumentar.

— Estou tão cansada...

— Descanse. — Ele a puxou para mais perto. — Falta pouco — ele sussurrou.

Será que ele estava dizendo que faltava pouco para tudo aquilo acabar? Deus, ela esperava que sim.

— Kylie, está na hora.

As palavras de Lucas a acordaram algum tempo depois.

Ela o sentiu se levantando num pulo com ela nos braços e ficou instantaneamente alerta. Um barulho alto vinha de detrás da parede e, num salto, ele ficou rente à parede dos fundos, longe do barulho. Antes que ela tivesse tempo para insistir que Lucas a pusesse no chão, a parede da frente foi abaixo e Burnett, na companhia de vários outros agentes da UPF, entrou no cômodo sob uma chuva de concreto.

Burnett correu na frente.

— Está tudo bem?

— Tudo bem — disse ela, constrangida por estar no colo de Lucas como uma criança. — Me coloque no chão.

— O ombro dela — disse Lucas. — Acho que está quebrado. Culpa minha. Eu... o quebrei acidentalmente.

— Eu estou bem. — Ela tentou mexer o ombro para provar que estava bem, mas estremeceu.

— Eles estão aqui! — alguém gritou do saguão, no andar de baixo. Lucas, Burnett e outros homens correram através do buraco onde antes havia uma parede. Ela ficou ali sozinha em meio à nuvem de poeira que a correria tinha provocado. Sentindo-se inútil, começou a segui-los, esperando que sua força voltasse, mas bastou dar um passo para sentir uma rajada de vento passar por ela.

O jovem vampiro de olhos malignos estava parado ao lado dela e, antes que Kylie pudesse gritar, ele a tinha nos braços. Esquecendo-se do ombro machucado, ela lutou. A dor no ombro era insuportável, mas ela continuou se debatendo. No entanto, a força dele era maior e a dela, tinha desaparecido.

— Não! — O rugido grave da voz de Lucas encheu seus ouvidos. — Põe ela no chão! — Lucas gritou.

— Ela é minha! — o vampiro grunhiu.

— Só sob o meu cadáver! — Lucas rugiu, seus olhos adquirindo um tom alaranjado.

— O prazer é todo meu — o vampiro rugiu de volta, os olhos cinzentos agora em brasa.

Percebendo a oportunidade, Kylie golpeou a garganta do vampiro com a palma da mão. Ele a soltou, deixando-a cair num baque, enquanto Lucas o atacava. O barulho de socos encheu o cômodo. Horrorizada, ela viu Lucas ser arremessado para o outro lado da sala. Nesse momento, viu sua própria força voltando, mas, antes que conseguisse ficar de pé, Lucas já tinha se recuperado e apertava a garganta do vampiro. Os sons guturais que ele emitia deu a Kylie a certeza de que Lucas o estava sufocando.

— Largue-o! — A voz do velho vampiro ressoou no ambiente, deixando o ar mais pesado. — Largue-o ou ela morre.

Embora Kylie não estivesse vendo ninguém, ela sentiu uma mão em volta da garganta. Ela enfiou as unhas na mão invisível que a sufocava e tentou encher os pulmões de ar. Inútil.

Ela viu Lucas se virar para ela. Pontos pretos começaram a toldar sua visão e, quando tudo ficou escuro, viu Lucas largar o vampiro mais jovem, que então desapareceu. Sem vento, sem ar. Obviamente, a magia do velho o fizera desaparecer.

Ainda lutando para respirar, Kylie sentiu os joelhos cedendo. Mas Lucas a sustentou.

Burnett de repente apareceu ao seu lado.

— Ele voltou para buscá-la — disse Lucas.

— Precisamos levá-la daqui — disse Burnett, pegando-a nos braços. — A UPF vai atrás deles.

— Vou com eles — disse Lucas.

— Não — disse Kylie, forçando as palavras pela garganta machucada. Mas ela não estava mais na sala. Burnett acomodou-a melhor no colo e enterrou o rosto dela contra o seu peito, nem de longe tão quente e confortável quanto aquele em que ela se apoiara para dormir.

Quando fizeram uma pausa, do lado de fora de um grande prédio, Kylie levantou a cabeça.

— Onde estamos? — Ela tocou o pescoço.

— Numa clínica — ele disse, colocando a mão no pescoço dela para ver se estava machucado.

— Eu estou bem. Me põe no chão.

— Ainda não. Você pode estar bem, mas Holiday vai me matar se eu não levá-la a um médico.

Ela se lembrou de Lucas.

— Você precisa impedir Lucas de ir atrás dos vampiros...

— Eu não poderia impedi-lo — ele disse. — Os lobisomens são teimosos demais. Mas Lucas sabe cuidar de si mesmo.

— Ele foi capturado — ela disse.

— Só para conseguir entrar no prédio e encontrar você.

A constatação a atingiu em cheio.

— Ele podia ter morrido!

— Mas não morreu. — As luzes se acenderam no prédio e Burnett entrou.

Kylie leu a placa na porta quando ele a carregou para dentro: "Proteja os seus animais de estimação dos parasitas".

— Ei, espere, está me levando a um veterinário? — Kylie olhou em volta, para o pequeno consultório cheio de fotos de animais nas paredes, e sentiu cheiro de cachorro.

— Veterinário e médico sobrenatural — ele disse.

Um homem saiu de uma sala nos fundos.

— Aqui dentro — ele os orientou.

Burnett apresentou-a ao dr. Whitman enquanto a carregava para a sala. Um imenso gato amarelo os seguiu. Quando Burnett colocou-a na mesa de exames, o gato pulou ao lado dela.

— Eu estou bem — ela disse a Burnett e ao dr. Whitman.

— O ombro dela — disse Burnett — e o pescoço.

Quando o médico estendeu o braço para tocar o ombro de Kylie, ela se encolheu.

— Foi só um arranhão. — Ela olhou para Burnett. — Quero ir pra casa da minha mãe. Uma hora dessas ela provavelmente já está na delegacia.

Burnett pegou o telefone e foi até o canto da sala. Enquanto isso, o dr. Whitman moveu o ombro de Kylie e observou-a com atenção. Kylie se encolheu um pouco, mas ela sabia que não estava quebrado. Ele franziu as sobrancelhas quando olhou para a testa dela.

— O que você é?

— Não sei — ela respondeu e analisou as ondas cerebrais dele. Ele era meio *fae*. O gato passou por Kylie e se esfregou na perna do médico. Ela suspeitou de que ele pudesse se comunicar com os animais, como Derek fazia. Ao pensar nele, lembrou-se de quanto sentia sua falta, mas procurou afastar o pensamento.

— Bem, a garota está certa. Não está quebrado — disse o médico quando Burnett voltou.

— Como eu disse... — Kylie não resistiu em dizer. — Agora, pode por gentileza me levar pra casa da minha mãe?

— Obrigado — disse Burnett para o dr. Whitman, fazendo sinal para que ele esperasse do lado de fora. Quando estavam a sós, Burnett se virou para Kylie.

— Vou levá-la de volta pra casa. Mas primeiro preciso saber o que aconteceu esta noite.

Kylie contou tudo de que se lembrava, desde a hora em que o vampiro se chocou contra o carro dela até a hora em que Burnett irrompeu contra as paredes de concreto. Ela contou que o vampiro que tinha assassinado as garotas em Fallen era o neto do vampiro do Conselho dos Vampiros. E contou também que eram os vampiros que estavam espionando o acampamento durante todo o verão. As revelações de Kylie deixaram os olhos de Burnett brilhantes e cheios de fúria.

— Só não entendi por que ele queria que eu me casasse com o neto dele — ela comentou quando acabou de contar tudo.

Burnett deu de ombros.

— No passado, nossos avós é que escolhiam nossos parceiros.

— Mesmo que o "parceiro em questão" não estivesse a fim?

— Receio que sim. — A expressão de Burnett se encheu de remorso. — Você estava certa, Kylie. Tudo tinha a ver com você. Eu devia ter ouvido o que me disse. Não vou cometer esse erro outra vez.

Ela assentiu, sentindo o quanto era difícil para ele admitir que havia cometido um erro.

— O velho era muito estranho. Seu padrão cerebral era o de um vampiro, mas ele era mais do que isso.

— Eu conheço o homem de que está falando. Eu o encontrei durante uma das minhas visitas ao Conselho. Ele é vampiro, mas, você tem razão, é muito estranho.

— É mais do que um vampiro — disse Kylie. — Colocou a parede de pé depois que eu a derrubei.

— Talvez tivesse a ajuda de outra pessoa com poderes.

— Acho que é mais do que isso.

— Pode ser — ele disse, mas Kylie não tinha certeza de que ele tinha concordado. — Tudo bem, vou levar você pra casa. E vou colocar alguém para vigiar sua casa, assim ficará mais segura.

Ele a pegou outra vez no colo.

— Segure-se.

Desta vez ela sabia que era melhor enterrar a cabeça no peito dele.

Em segundos, Burnett a deixou em frente à casa dela.

— O que eu vou dizer à minha mãe? — ela perguntou.

— Não sei. Nunca fui muito bom com pais... mas seja criativa.

— Você não ajudou muito. — Ela mordeu o lábio. — Ai, não, meu carro!

— Nós o achamos quando estávamos procurando você. Alguém consertará o vidro e o trará aqui para você amanhã bem cedo.

— Obrigada.

Ele acenou com a cabeça.

— Estou satisfeito que esteja bem, Kylie. Vamos repassar tudo outra vez amanhã à noite, quando estiver de volta ao acampamento. E ligue para Holiday assim que puder. Ela não vai dormir enquanto não falar com você.

Kylie se aproximou dele e o abraçou. Ele não parecia preparado para a demonstração de afeto.

— Obrigada.

— De nada — ele respondeu, obviamente desconfortável tanto com o agradecimento quanto com o abraço.

Ela olhou para a escuridão em volta. O silêncio não a assustava, porque ela sabia que Burnett era quem o causava.

— Vou colocar dois homens para vigiar a casa — ele disse, ao interpretar mal a expressão dela.

— Acredito em você.

Ela o observou se afastar. Então se dirigiu à porta da sua casa. Quando percebeu que estava sem as chaves, procurou as chaves extras que sua mãe deixava dentro de uma imitação de plástico de fezes de cachorro, atrás das azaleias.

Ela mal abriu a porta quando viu a mãe correndo até ela e envolvendo-a nos braços.

— Graças a Deus! Eu estava quase ligando pra polícia. Onde você estava, mocinha?

Ao abraçá-la, a mãe comprimiu seu ombro e ela quase perdeu o fôlego. Afastando-se e tentando disfarçar a dor na voz, ela respondeu:

— Esqueci de ligar. E então... fiquei tão chateada por causa de Sara que precisava pensar.

Lágrimas inundaram os olhos da mãe.

— Ah, querida, sinto muito. Acabou a força. Eu caí no sono no sofá enquanto esperava você voltar pra casa. Acordei há quinze minutos e, quando percebi que você não estava, liguei para a casa de Sara. A mãe dela disse que você já tinha saído, mas ela não sabia a que horas.

Por sorte, a mãe de Sara já tinha ido para a cama quando Kylie foi embora, e não sabia dizer quando Kylie tinha partido.

— Está tudo bem.

— Eu não ouvi o motor do carro — disse a mãe.

Pense rápido.

— Parei na rua. — Ela esperava que Burnett cumprisse a promessa e o carro estivesse de volta de manhã bem cedo.

Kylie fingiu um bocejo.

— Sabe, mãe, não vejo a hora de cair na cama — ela disse, esperando poder ir para o quarto e ligar para Holiday. Mas teria que usar o telefone de casa, porque o celular tinha ficado no carro.

— Tudo bem, conversamos sobre Sara amanhã.

É isso aí, pensou Kylie. Ela também precisava falar sobre a matrícula na escola de Shadow Falls. Mas se preocuparia com isso mais tarde. Disparou para o quarto e discou o número de Holiday.

— Você tem notícias de Lucas? — ela perguntou, quando a líder do acampamento atendeu.

— Tenho. Ele está bem. Mas, primeiro ouça, as pessoas responsáveis por raptá-la não foram pegas. Mas Burnett está de olho em você, não se preocupe.

— Eu sei.

— Você está bem? Gostaria de poder estar ao seu lado para poder acalmá-la.

— Estou bem — ela mentiu.

— Se você fechar os olhos e imaginar a cachoeira, isso vai ajudar a aliviar o pânico.

— Farei isso — disse Kylie, e dessa vez ela não estava mentindo.

No domingo de manhã, o toque do telefone acordou Kylie quase às dez horas. Ela se sentou na cama, pegou o telefone e olhou em volta, esperando ver o fantasma. Afinal, durante um mês o fantasma era a primeira coisa que ela via todo dia de manhã, e claro que sentia falta dele.

Ao apertar o botão, ela se lembrou da conversa com Holiday na noite anterior. Tinha funcionado; imaginar a cachoeira fez com que o sentimento de pânico diminuísse.

— Alô — atendeu Kylie.

— Você está bem? — As vozes de Della e Miranda explodiram ao mesmo tempo na linha.

— Estou. — Kylie se reclinou no travesseiro. — Como vocês descobriram?

— Quando vimos que passou a noite toda sem atender a droga do telefone, ligamos para Holiday — explicou Della.

— Conte tudo! — exigiu Miranda.

Kylie contou uma versão abreviada e prometeu que contaria os detalhes depois. Então perguntou do final de semana delas. Miranda gemeu e choramingou por causa da competição, mas no final contou que tinha ficado em segundo lugar.

— E a piranha da Tabitha ficou em quarto — disse Miranda com orgulho.

— E você, Della? — perguntou Kylie.

— O que isso lhe diz? — ela perguntou apertando a descarga do banheiro.

— Que grosseria! — reclamou Miranda.

— Acho que meus pais estão chocados ao ver que nenhum exame deu positivo ainda.

Depois de alguns minutos de conversa, elas se despediram. Lembrando-se do carro, Kylie pulou da cama e olhou pela janela. Burnett tinha cumprido a palavra. Ele estava estacionado na rua em frente à casa, parecendo novo.

Se tudo na vida dela pudesse ser consertado com a mesma facilidade...

— Já está de pé?! — surpreendeu-se a mãe quando Kylie saiu do quarto alguns minutos depois. A mãe tinha uma toalha na cabeça e usava um roupão de banho, como se tivesse acabado de sair do banho.

— Me dê um minuto e já faço seu café da manhã.

Trinta minutos depois, Kylie estava comendo panquecas e ovos com a mãe. Elas conversaram sobre muitas coisas, mas principalmente sobre Sara. A mãe de Kylie lhe contou que a mãe de Sara tinha ligado para ter certeza de que Kylie chegara bem em casa.

A mãe pegou o prato vazio de Kylie e o colocou dentro da pia.

— A mãe de Sara disse também que ela acordou se sentindo bem melhor hoje. Elas vão ao médico amanhã para conversar sobre as opções de tratamento. Espero que dê tudo certo.

Kylie ficou de pé e ajudou a tirar a mesa.

— *Ela não vai precisar de tratamento* — uma voz sussurrou atrás de Kylie. — *Você conseguiu.*

A temperatura da cozinha tinha baixado mais de dez graus.

— Juro, faz um mês que o ar-condicionado está dando problema... — A mãe estremeceu e foi verificar o termostato. Kylie se perguntou se o ar-condicionado da mãe estava mesmo com defeito ou se era Daniel quem estava causando o frio.

Kylie se virou e viu o espírito da avó de Sara. Ela parecia jovem e saudável. Linda. Kylie suspeitou de que Sara teria a aparência dela quando tivesse trinta e poucos anos.

— *Obrigada. Eu sabia que você era capaz.*

— Você não precisa me agradecer. Ela é minha amiga.

— Disse alguma coisa? — perguntou a mãe da porta da cozinha.

O fantasma sorriu e desapareceu.

— Sim. Eu disse que precisamos conversar sobre a escola.

Kylie se aproximou e lhe deu um grande abraço, sentindo uma agulhada de dor no ombro. Quando se afastou, simplesmente despejou as palavras antes que perdesse a coragem.

— Eu sei que é difícil pra você. Sei que me ama. Mas eu preciso disso agora. Realmente preciso.

A mãe acariciou o rosto de Kylie, enquanto as lágrimas toldavam sua visão.

Depois respirou fundo.

E soltou o ar.

— Meu amor, me desculpe. Mas eu simplesmente não posso deixar você ir.

Capítulo Trinta e Cinco

O coração de Kylie congelou no peito. A temperatura da sala caiu novamente. Daniel apareceu, e sorriu.

— *Lembre-a...* — ele disse, mas antes de acabar a frase desapareceu novamente. De algum modo, Kylie sabia o que ele queria dizer.

— Mãe — ela disse. — Lembra quando me contou que, ao conhecer Daniel, simplesmente sabia que ele era a pessoa certa pra você?

A mãe pareceu surpresa quando Kylie tocou no nome de Daniel.

— Sim, mas...

— Esta escola é como Daniel pra mim, mãe. Eu sei que é o lugar certo pra mim. Sei disso no meu coração. Por favor, não a tire de mim. Não a tire de mim como Daniel foi tirado de você.

— Não quer nem que eu a acompanhe até lá dentro? — perguntou a mãe, ao pararem no estacionamento, do lado de fora dos portões de Shadow Falls, mais tarde naquele mesmo dia.

— Não é dia de visita, mãe — Kylie explicou, olhando de relance para o novo espírito que tinha tomado carona com elas ao passarem pelo cemitério de Fallen. A mulher de cabelos escuros usava um roupão e parecia ter pouco menos de 30 anos. Parecendo completamente confusa, ela não tirava os olhos de Kylie e não parava de perguntar onde estava. Kylie tinha tentado conversar com ela mentalmente, mas a mulher não ouvia. Além do mais, a mãe tinha reclamado a viagem todo do ar-condicionado do carro, que na opinião dela devia estar quebrado também.

Kylie se aproximou mais da mãe e lhe deu um grande abraço.

— Obrigada.

A mãe tinha concordado com relutância em assinar os papéis da matrícula para que Kylie cursasse a escola de Shadow Falls.

Suspirando, a mãe se afastou e descansou a mão sobre a bochecha de Kylie.

— Ainda não gosto dessa ideia.

— Eu sei.

— Lembre-se da condição — alertou-a.

Kylie não queria discutir com a mãe, mas as palavras escaparam.

— Não entendo. Você não o perdoou. Nem quer vê-lo, mas espera que eu ligue pra ele duas vezes por semana.

— Ele é seu pai.

— Daniel é meu pai.

A mãe estremeceu.

— Sim, mas Tom amou você como se fosse filha dele.

— Eu sei. E eu pretendo perdoá-lo, mas... ainda dói. E quando ele tentou me usar para convencer você, bem...

— Eu sei — concordou a mãe. — Ele estava errado. Não é perfeito. Nem eu sou. Lamento ter feito uma cena quando ele apareceu.

Kylie olhou nos olhos da mãe.

— Você ainda o ama?

— Não sei. Quando parar de doer tanto, talvez eu descubra.

Elas se abraçaram novamente e, alguns minutos depois, Kylie viu a mãe dar partida e pegar a estrada. O fantasma tinha preferido ficar com Kylie e agora estava em pé ao lado dela. Ela abriu o roupão e olhou para o grande buraco aberto no seu abdômen. Por que Kylie nunca era assombrada por fantasmas que morreram pacificamente enquanto dormiam?

— *O que aconteceu comigo?* — o fantasma perguntou.

— Não sei — Kylie respondeu, enquanto o fantasma se desvanecia. Mas Kylie tinha um palpite de que ele voltaria. E esperaria que Kylie a ajudasse a descobrir tudo também. Era aquilo que mais frustrava Kylie. Como ela podia descobrir a solução para os problemas dos fantasmas se não conseguia descobrir nem para os próprios? Ela verificou o celular para ver se o investigador tinha retornado a ligação que ela lhe fizera logo depois de resgatar seu telefone aquela manhã. Ele tinha deixado uma mensagem dizendo que tinha novidades, mas ela ainda não sabia do que se tratava.

Quando Kylie chegou ao portão, a sensação de estar chegando em casa fez seu coração bater mais rápido. Era a esse lugar que ela realmente pertencia. Viu que Holiday e Burnett estavam esperando por ela assim que entrou.

Holiday lhe deu um abraço apertado e sincero. Burnett pegou sua mochila e pediu para que ela o seguisse.

Quando passaram pelo refeitório, Kylie viu que vários campistas também tinham chegado mais cedo. Holiday tinha ligado para Kylie e pedido que ela chegasse uma hora mais cedo para conversarem. Eles foram até o escritório e Kylie ficou surpresa ao ver que Lucas os esperava do lado de fora da cabana.

Seus olhos azuis encontraram os dela.

— E o ombro? Melhorou?

Kylie teve a impressão de que ele queria tocá-la, mas esperou que ela tomasse a iniciativa. Por mais tentada que estivesse para envolvê-lo num abraço, ela não sentiu certeza absoluta de que aquela era a coisa certa a fazer. Na noite anterior seria natural como respirar, mas agora ela não estava mais tão segura.

— Só dói um pouquinho. Obrigada.

— Se um dia bater nela de novo, por acidente ou não, eu te ponho pra correr com uma pá! — disse Holiday. Pela expressão dura dos olhos dela, Kylie percebeu que a líder do acampamento estava falando sério.

— Não foi culpa dele — Kylie chegou mais perto de Lucas e obviamente ele tomou isso como o sinal que tanto esperava. Ele estendeu a mão e tocou o pulso dela. Um simples toque, mas foi suficiente para aquecê-la por dentro.

— Foi culpa minha, sim. — Lucas olhou para ela, com os olhos cheios de culpa. —Tenho que aprender a pensar antes de bater. — Ele olhou para Burnett e Kylie teve a impressão de que Holiday não tinha sido a única a lhe dar uma bronca.

Devagar, Lucas enlaçou os dedos dela e apertou de leve sua mão. Sentimentos conflitantes fizeram seu estômago se contrair. Ela não tinha certeza se estava pronta para aceitar as possibilidades que aquele toque lhe traria, mas também não estava disposta a rejeitá-las. Ele tinha arriscado a própria vida para salvá-la. Lembrando-se de que tinha que se concentrar em outra coisa que não fosse Lucas, ela olhou para Burnett.

— Conseguiram encontrá-los?

— Não. — Os olhos do vampiro brilharam de raiva.

— Ainda não — disseram Burnett e Lucas ao mesmo tempo.

— Os outros membros do Conselho dos Vampiros souberam do que aconteceu. Imagino que haverá consequências.

Em poucos minutos, pediram que Lucas os deixassem a sós e Burnett e Holiday levaram Kylie para o escritório. Burnett fez Kylie contar tudo novamente três ou quatro vezes. Embora aquilo tenha sido um martírio, ela não reclamou nenhuma vez. Os olhos de Holiday se encheram de orgulho quando Kylie lhes contou sobre como ela tinha curado Lucas e possivelmente Sara.

Por fim, a pergunta que girava em sua cabeça veio à tona.

— O que eu não entendo é por que não posso usar a minha força para salvar a mim mesma.

Holiday ofegou como se ela tivesse chegado a uma súbita constatação.

— Você é uma protetora. Eu devia ter adivinhado depois do incidente com Selynn. Quando estávamos no riacho, você só ganhou força quando pensou que sua mãe estava em perigo. Isso também explica por que o seu pai biológico, Daniel, não foi capaz de se salvar no dia em que morreu.

— Então isso... fez você descobrir o que eu sou? O que ele era?

— Receio que não... — O olhar de Holiday se desviou para Burnett, que parecia igualmente surpreso e impressionado. — Ser um protetor é algo muito raro e um privilégio concedido apenas aos que são extremamente talentosos.

— Realmente bem-dotados — disse Burnett, parecendo realmente admirado. — Eu só conheci um protetor a minha vida inteira.

Um protetor? Kylie não sabia o que isso significava.

— Então tenho outros dons além dos que já conheço?

— Provavelmente — disse Holiday, sorrindo. — Eu sabia que você era especial, Kylie. Soube disso no momento em que a vi.

— Eu queria que um desses dons me ajudasse a descobrir que diabos eu sou! — A frustração era evidente em sua voz.

Depois de um minuto ouvindo a mesma ladainha, *Você vai acabar descobrindo. Precisa ser paciente, empreender sua busca.. blá...blá...blá...*, Burnett voltou a lhe fazer perguntas.

— Mario lhe disse que amigos queriam conhecê-la?

— Mario? — perguntou Kylie.

— Mario Esparza é o nome do velho vampiro.

Ela fechou os olhos, sem ter certeza de que gostava da ideia de saber o nome dele.

— Não. — Kylie estremeceu, imaginando que tipo de amigos ele provavelmente tinha. — O que você acha que ele quis dizer quando se referiu às semelhanças entre nós? Você acha que ele acredita que eu, de certo modo, sou como ele? Ele pode ser um protetor ou...

— Não sei o que ele quis dizer — Burnett respondeu. — Mas não acho que seja um protetor.

— Você não é como ele, Kylie — insistiu Holiday. — Ele não nasceu à meia-noite.

— Então é perverso? — Kylie perguntou.

Burnett olhou para Holiday como se não tivesse certeza do que deveria dizer. Holiday assentiu com a cabeça, como se lhe desse permissão para falar.

— Sim, é perverso. Tem sido uma pedra no caminho da UPF há muitos anos. Tentamos tirá-lo do Conselho, mas nunca conseguimos provas suficientes.

Kylie deu um longo suspiro.

— Vocês acham que ele virá atrás de mim outra vez?

Mais uma vez, Burnett olhou para Holiday antes de continuar.

— Gostaria de poder dizer que acho que tudo acabou. Ele não gosta de perder, mas você tem a minha palavra de que ele não vai ganhar essa. Eu o deterei, custe o que custar.

Holiday pegou na mão de Kylie e lhe apertou com suavidade.

— Precisamos terminar aqui — ela disse para Burnett. — Acho que a maioria dos campistas já está no refeitório.

Ele não pareceu satisfeito.

— Tá legal, mas talvez eu queira fazer mais algumas perguntas mais tarde.

Kylie concordou. Os três se levantaram e Burnett se dirigiu para a porta do escritório.

— Burnett? — Holiday chamou, sua voz cheia de incerteza.

Ele se virou e por um segundo sua expressão foi a de um filhotinho em busca de afeto e aceitação.

Kylie observou Holiday pegar uma folha de papel da gaveta da escrivaninha.

— Acho que você vai querer ver isso. Leia cuidadosamente antes de assinar.

— O que é?

Holiday hesitou.

— É um contrato. Achei que queria ser investidor de Shadow Falls.

Ele olhou o papel e então se voltou para Holiday.

— Então não conseguiu encontrar mais nenhum interessado?

Ela arqueou uma sobrancelha.

— Acho que a escola não é vista como um bom investimento.

Kylie teve que reprimir um sorriso quando reconheceu a técnica de Holiday para evitar a mentira e ao mesmo tempo esconder a verdade.

Ela não queria que Burnett soubesse que tinha outros investidores interessados, e Kylie sabia por quê. Admitir que tinha escolhido a ele, em detrimento de vários outros, era admitir que não queria perdê-lo.

— Vou insistir em participar de todas as decisões — avisou Burnett.

— E tenho certeza de que vou discutir com você na maioria delas — Holiday contra-atacou.

Um leve sorriso apareceu nos lábios dele.

— É justo.

Holiday assentiu.

— A maioria das minhas condições está relacionada aí.

Burnett foi até a escrivaninha de Holiday, pegou uma caneta e assinou o papel.

— Não acha que deveria ler primeiro? — Holiday perguntou.

— Digamos que eu esteja ansioso para discutir com você. — Ele lhe entregou o papel e saiu pela porta, deixando uma doce tensão no ar.

Kylie esperou até ter certeza de que Burnett não ouviria.

— Eu sei que você tinha outro investidor interessado.

Holiday revirou os olhos.

— E você sabe que não deve dizer nada sobre isso, certo?

Kylie sorriu.

— Você não quer perdê-lo, Holiday.

— Ele está subindo no meu conceito — ela disse. — Mas isso não significa...

— Certo. — Kylie riu.

Holiday mudou de assunto.

— Aposto que Della e Miranda estão esperando por você.

Kylie abraçou Holiday antes de sair. Quando saiu do escritório, olhou na direção do refeitório e de repente não soube ao certo se estava pronta para encarar todo mundo. Tanta coisa tinha acontecido e ela não tinha tido tempo para se adaptar. Nesse momento, sentiu uma mão pegar na dela.

Ela deu um pulo e começou a se afastar, mas parou quando reconheceu o calor da palma na dela.

— Oi — disse Lucas, puxando-a na direção dele. — Vamos dar uma volta.

Ela deixou que ele a levasse para detrás da cabana onde ficava o escritório. No momento em que chegaram ao ponto isolado entre as árvores, ele parou e olhou para ela.

— Eu sinto muito ter batido em você — ele disse, apertando a mão dela.

Ela balançou a cabeça.

— Você não tinha intenção.

— Mesmo assim bati. — Ele a puxou novamente pela mão até ela chegar mais perto dele. — Burnett disse que você... você me curou.

— É — ela disse, sentindo o calor do peito dele, embora não estivesse nem encostada nele. Ela inspirou o ar e percebeu que Lucas tinha um cheiro amadeirado. O aroma das árvores e de terra úmida estava impregnado nele.

— Você pode ter salvado a minha vida — ele acrescentou.

— Sim, mas foi por minha causa que você se feriu.

— Não importa. — Ele abriu um sorriso tímido. — Você sabia que os vampiros têm um velho ditado que diz "Se alguém salva a sua vida, você deve ficar com essa pessoa para sempre"?

Ela olhou para ele.

— Mas você não é vampiro.

Ele se inclinou para mais perto dela. Seus lábios tão próximos que ela quase podia sentir seu sabor.

— E pela primeira vez na vida, gostaria de ser. — Ele respirou fundo. — Mas como não sou, acho que o mínimo que posso fazer é lhe dar um beijo de agradecimento.

— O mínimo que pode fazer — ela disse, e então os lábios dele se colaram aos dela.

Não foi o beijo sensual que trocaram na cachoeira nem como os outros que trocaram nos sonhos, mas nem por isso foi menos especial. Nem foi mais fácil para ela se afastar. Mas ela se afastou. Acontece que era... cedo demais. Mais tarde talvez... Só talvez.

— Acho... acho que devíamos estar com os outros.

— É... — então eles andaram em silêncio e ele não largou a mão dela até entrarem no refeitório.

Kylie ficou quase estressada com todo mundo querendo saber se ela estava bem. Não sabia direito quem tinha espalhado a notícia do rapto, mas era evidente que todo mundo estava a par dos acontecimentos.

Della, Miranda, Perry, Helen e Jonathon, todos a cercaram. Lucas ficou um pouco para trás, como se quisesse lhe dar mais espaço. Mas ele não descolava os olhos dela. Ela até acenou para que ele se aproximasse, mas ele negou com a cabeça, como se soubesse que ela ainda se sentia insegura ao lhe fazer o convite. Ou talvez fosse porque ele era um lobisomem e os lobisomens gostavam de ficar entre os da sua espécie. No entanto, ela tinha a estranha impressão de que ele estava cuidando dela. Ela se lembrou de como ele a protegera dos agressores quando ela tinha 6 anos de idade e mais uma vez sentiu uma ligação entre eles. Agora, o que ela precisava descobrir era que ligação era essa.

Uma hora depois, os amigos mais íntimos de Kylie ainda estavam todos comendo pizza e conversando sobre o fim de semana na casa dos pais.

— Ah! — exclamou Miranda, com a voz cheia de animação. — Acho que descobri o que eu fiz de errado com Socks. Logo vou transformar o gambazinho num gato outra vez.

— Então, Miranda, foi tudo bem na competição? — Perry perguntou, cheio de nervosismo. Era a primeira vez que ele falava com Miranda. Kylie sabia que esse era o jeito de ele dizer que queria fazer as pazes com ela, e Kylie o teria abraçado se ela não tivesse receio de que, ao fazer isso, a amiga a liquidasse, usando seu dedinho recém-premiado.

— Foi tudo bem — ela respondeu, mas Kylie não conseguiu interpretar a expressão dela.

— Por que vocês dois simplesmente não se beijam e fazem as pazes? — perguntou Della. — E depois vão para um lugar onde possam ficar sozinhos e dar uns amassos?

Miranda fulminou Della com o olhar, o que com certeza significava uma briga mais tarde. Os olhos de Perry estavam pretos quando ele olhou para Della e então ele se afastou, se sentindo um pouquinho rejeitado. Kylie só se recostou na cadeira e se perguntou se as coisas um dia iriam mudar.

Mas de fato... algumas coisas realmente tinham mudado, não tinham? Ela se pegou olhando ao redor à procura de outro rosto. Embora se esforçasse muito para não admitir, sentia falta de Derek. Mais do que isso, ela se preocupava, imaginando se ele estaria bem. Decidiu procurar Burnett e perguntar, mas no mesmo instante o seu celular bipou com a chegada de uma mensagem.

Ela olhou o identificador de chamadas. Era uma mensagem do investigador. Então Kylie viu que havia também uma mensagem de Sara: "*O que você fez? Não minta. Eu sei que foi você*".

O coração de Kylie deu uma cambalhota de alegria. Maravilha! Mas o que ela iria dizer a Sara?

Seu celular bipou outra vez. Quando Kylie leu a mensagem do investigador, ela ofegou. "*Avós de volta. Falei com eles ontem. Querem ver você o quanto antes!*"

A esperança cresceu em seu peito. Será que isso a levaria à resposta que tanto queria e que revelaria quem ela era?

— Kylie — Mandy chamou o nome dela da porta.

Kylie se virou.

— Sim?

— Holiday pediu pra você ir ao escritório. Alguém quer te ver.

— Quem? — ela perguntou, sentindo-se em pânico só de pensar que poderiam ser os avós. Será que ela já estava pronta para fazer isso? Estava pronta para conhecer os pais adotivos de Daniel? Seus avós?

— Eu não sei, mas havia um casal de idosos no portão há alguns minutos.

E nesse mesmo instante, Kylie ouviu o som de uma cascata. Algo chamou sua atenção em sua visão periférica e ela olhou para a parede de madeira, onde uma mescla de luz e sombras rodopiava num padrão quase hipnótico. Anjos da morte dançando.

Ela olhou para Della e Miranda. Nenhuma das duas reagiu. Aparentemente, Kylie era a única que via o espetáculo do outro lado do refeitório. E, então, ouviu:

— *Vá e descubra o seu passado, para que possa descobrir o seu destino.*

— Está tudo bem? — Della perguntou, parecendo preocupada.

Kylie respirou fundo.

— Tudo bem.

E ela esperava estar certa.

Você não vai querer perder o que acontecerá no próximo livro.

Leia uma prévia do terceiro livro
da série Shadow Falls, de C.C. Hunter.

Eles de fato estavam lá. Bem ali no acampamento.

Kylie Galen saiu do refeitório, para a claridade da luz do Sol, e olhou para o escritório do acampamento, ao longe. Passarinhos cantavam a distância, uma rajada de vento agitava as árvores, mas ela só ouvia o som do seu coração martelando no peito.

Tum. Tum. Tum.

Eles estavam ali para vê-la.

Seu pulso acelerou ao pensar que encontraria os Brightens, o casal que tinha adotado e criado seu pai biológico. Um pai que ela nunca conhecera em vida, mas tinha aprendido a amar com as breves visitas que ele lhe fizera na vida após a morte.

— Daniel? — ela sussurrou o nome do pai, quase como se requisitasse sua presença. Foi como se o seu pedido tivesse sido arrebatado e carregado por uma rajada de vento, repentina e inesperada. Ela andava em direção ao escritório, insegura com o torvelinho emocional que se agitava dentro dela.

Medo.

Empolgação.

Curiosidade.

Medo. Muito medo.

Mas do quê?

Uma gota de suor, mais de nervoso do que do clima quente de final de verão, rolou pela sua testa.

"*Vá e descubra o seu passado, para que possa descobrir o seu destino.*" As palavras místicas dos anjos da morte se repetiam na sua cabeça. Ela dava um passo para a frente e depois parava. Embora não visse a hora de solucionar o mistério sobre quem o pai era, quem *ela* era e, com sorte, descobrir a que espécie pertencia, seus instintos gritavam para que ela desse meia-volta e fugisse.

Do que sentia tanto medo? De saber a verdade?

Até alguns meses antes, quando ainda não conhecia Shadow Falls, ela tinha certeza de que era só uma adolescente confusa, cuja sensação de ser diferente era uma coisa normal. Agora entendia por quê.

Ela não era normal.

Não era nem humana. Pelo menos não totalmente.

E descobrir seu lado não humano era intrigante.

Um enigma que os Brightens podiam resolver.

Ela deu outro passo. O vento, como se ansioso para fugir assim como ela, soprou e levou com ele algumas mechas rebeldes do seu cabelo loiro, espalhando-as pelo rosto.

Ela piscou e, quando abriu os olhos, o brilho do Sol tinha desaparecido. Ao olhar para cima, viu no céu uma nuvem carregada de chuva bem sobre ela, provocando uma grande sombra ao seu redor e sobre o arvoredo. Sem saber se aquilo era um mau presságio ou uma simples tempestade de verão, seu coração acelerou.

Inspirando o ar com aroma de chuva, ela deu mais um passo, quando sentiu uma mão agarrando seu cotovelo.

Mais essa.

O pânico correu pelas suas veias.

Ela se virou, sobressaltada.

— Calma! Tudo bem? — Lucas perguntou, afrouxando o aperto em torno do braço dela.

Kylie prendeu a respiração e olhou para os lindos olhos azuis.

— Tudo. Você só.... me surpreendeu. Você sempre me surpreende. Precisa cantarolar ou assobiar quando estiver se aproximando de mim.

— Cantarolar ou assobiar — ele repetiu, com um meio sorriso. Claro, ele tinha achado graça. Os lobisomens tinham a fama de ser discretos, silenciosos e intensos. Lucas era cem por cento lobisomem. E, pelo menos no que dizia respeito a ela, era extremamente, absolutamente intenso.

— Desculpe — disse ele, fazendo pequenos círculos com o dedo no braço dela. Ela podia sentir o pulso acelerando e oscilando ao seu toque. E de algum modo aquela leve carícia com o dedo parecia... íntima. Como ele conseguia fazer um toque tão simples parecer um doce pecado?

Outra rajada de vento, agora prenunciando chuva, agitou o cabelo escuro de Lucas e jogou-o sobre a testa.

Ele continuou olhando para ela, agora com um ar sério.

— Você não parece bem. Algum problema? — Ele estendeu o braço e tirou um fio de cabelo do rosto dela, recolocando-o atrás da orelha.

Ela desviou os olhos dele e fitou a cabana onde ficava o escritório do acampamento.

— Meus avós..., os pais adotivos do meu pai biológico, estão aqui.

— Achei que estava procurando por eles. Não queria encontrá-los?

— Queria. Eu só...

— Está com medo — ele terminou a frase para ela.

Kylie não queria admitir, mas, como os lobisomens podiam farejar o medo, mentir não ia ajudar muito.

— É. — Ela olhou novamente para Lucas e mais uma vez viu humor nos olhos dele.

A ideia de que ele estava rindo dela a desagradou.

— O que é tão engraçado?

— Você — ele disse, como se ela o divertisse. — Ainda estou tentando entender você. Quando foi raptada por um vampiro delinquente, com ligações com o submundo sobrenatural, não ficou tão assustada. E agora está exalando um fedor de medo.

— Exalando um fedor?

Ele pareceu reprimir de propósito um sorriso.

— Não... não um fedor... é só que... — Ele fez uma pausa e depois se inclinou para mais perto dela e baixou a voz. — Sério, se esse é o mesmo casal que eu vi entrando há alguns minutos, então posso garantir que são simplesmente velhos e humanos. Acho que você pode dar conta dos dois até com as duas mãos amarradas nas costas.

Só humanos. Se ela não conhecesse Lucas e não gostasse tanto dele, podia ficar aborrecida com a escolha das suas palavras.

— Não estou assustada. Só estou... — Ela fechou os olhos por um instante, sem saber ao certo como explicar algo que nem ela entendia direito, mas então as palavras saíram da sua boca como se há muito esperassem uma oportunidade. — O que vou dizer a eles? "Sei que vocês nunca disseram ao meu pai que ele era adotado, mas ele descobriu depois de morto. E então veio me ver. Ah, sim, e ele não era humano. Então, será que vocês poderiam, por gentileza, me dizer quem são os pais verdadeiros dele? Para que assim eu possa descobrir também o que eu sou?"

Ele deve ter percebido a angústia na voz dela porque sua expressão passou de divertimento para preocupação instantaneamente.

— Você vai descobrir um jeito.

— É. — Ela gostaria de estar tão confiante quanto ele. Sabendo que tinha que se apressar, ela recomeçou a andar. A presença reconfortante dele aliviava o medo que sentia à medida que avançavam.

Lucas parou ao lado da porta e acariciou o braço dela.

— Quer que eu entre com você?

Ela quase disse sim, mas se deteve. Lucas a tinha resgatado do vampiro, mas ela sabia que isso era algo que precisava enfrentar sozinha. Achou ter ouvido vozes do lado de dentro e olhou de relance para a porta.

Ela não estaria sozinha.

Sem dúvida Holiday esperava por ela lá dentro, preparada para oferecer apoio moral e também para acalmá-la. Normalmente, Kylie não gostava que suas emoções fossem manipuladas, mas no momento poderia fazer uma exceção.

— Obrigada, mas tenho certeza de que Holiday vai estar ao meu lado.

Ele assentiu, o olhar descendo para sua boca. Ele inclinou levemente a cabeça e seus lábios chegaram perigosamente perto dos dela.